sweetly

달콤하게 짜릿하게

thrilling

DAHYANG ROMANCE STORY

이해안 장편 소설

www.b-books,co,kr

www.b-books.co.kr

달콤하게 짜릿하게

달콤하게 짜릿하게

초판 1쇄 찍음 2019년 7월 4일
초판 1쇄 펴냄 2019년 7월 11일

지은이 | 이해인
펴낸이 | 정 필
펴낸곳 | **(주)뿔미디어**

기획 · 편집 | 이영은
표지 디자인 | 김수진

출판등록 | 2002년 9월 11일 (제1081-1-132호)
주소 | 경기도 부천시 원미구 소향로 17, 303(두성프라자)
전화 | (032)651-6513 / 팩스 | (032)651-6094
E-mail | dahyangs@naver.com
블로그 | http://blog.naver.com/dahyangs
비북스 | http://b-books.co.kr

값 9,000원

ISBN 979-11-315-9838-2 03810

contents

프롤로그

옛날 옛적, 아주 먼 옛날에 왕자님을 기다리던 공주님이 살았습니다.

공주님은 마녀의 성에 갇혀 외롭게 살면서 언젠가 자신을 구해 줄 멋진 백마 탄 왕자님을 기다렸습니다.

어느 날, 정말로 백마 탄 왕자님이 온갖 역경과 시련을 이겨 내고 공주님이 사는 성에 도착했습니다.

공주님과 왕자님은 눈이 마주친 순간 사랑에 빠졌습니다.

왕자님은 마녀의 성에서 공주님을 구하고 그녀에게 키스했습니다.

그리고 둘은 행복하게 오래오래 살았답니다.

남자가 여자의 가슴골에 얼굴을 묻고, 한 손을 치마 속으로 넣어 그 하얀 살결을 꽉 잡았다.

호흡이 한층 가빠지는 것을 느끼며 그녀는 그의 침대에 누웠다. 까끌까끌한 이불이 엉덩이를 사르륵 스치다 사라졌다.

　핀으로 살짝 고정했던 그녀의 검고 긴 머리카락이 사방으로 흩어졌다. 파자마가 올라가며 속옷이 드러났지만, 그래도 그녀는 부끄러워하지 않았다. 티셔츠와 바지를 벗는 그를 누운 채로 몸을 살짝 일으켜 열에 들뜬 눈으로 바라볼 뿐이었다.

　아름다운 몸이다.

　남자의 몸도 예술 작품처럼 미(美)를 느낄 수 있구나.

　어릴 때 보았던 동화 속에서 공주님을 구하는 백마 탄 왕자님이 이런 사람이 아닐까.

　그녀는 감탄했다.

　그는 잠시 서서 그녀의 몸을 눈으로 탐했다. 그리고 천천히 그녀 위로 올라갔다. 그의 손길이 스치는 대로 그녀의 몸에서 파자마가 벗겨졌다.

　그녀의 빗장뼈와 젖가슴에, 살짝 볼록해서 언제나 스스로 단점이라 생각하는 배에, 그의 촉촉하고 폭신한 입술이 도장을 찍었다.

　그는 혀로 그녀를 맛보았다.

　간지러워 몸을 살짝 비틀자 그것을 신호로 여겼는지 조금 더 대담해진 그의 입술이 더 아래로 내려갔다. 가늘고 기다란 손가락으로 그녀의 팬티를 끌어 내렸다.

　기다림의 순간에 그녀는 무릎을 세우고 다리를 살짝 벌렸다. 촉촉하게 젖은 눈으로 그를 올려다봤다. 뜨거운 몸으로 그녀를 누르던 무게가 점점 아래로 내려갔다. 그녀는 기대감에 눈이 스르륵 감기고, 입이 벌어졌다. 입꼬리에 미소가 걸렸다.

그의 손가락이 안으로 들어와 살짝 움직이자 그녀는 온몸에 힘이 들어갔다. 그 세밀한 움직임에 머릿속에서 폭죽이 터졌다.

"힘 빼요."

그녀처럼 가쁜 숨을 몰아쉬며 그가 말했다.

어떻게 힘을 뺄 수 있을까.

불가능한 일을 그가 원했다.

그는 완전히 그녀 위로 올라왔다. 그녀는 자신을 내리누르는 낯선 무게를 느끼며 엉덩이를 살짝 들었다. 그리고 기대감이 가득 어린 눈빛으로 그를 바라봤다.

그의 침입에 두 사람은 동시에 신음을 흘렸다.

그녀의 얼굴이 희열로 들뜨고, 그 희열은 몸짓으로 표출됐다. 흥분과 쾌락의 파도가 뜨거운 여름의 열기와 함께 춤을 췄다. 그녀는 교성을 한껏 내지르며 그의 등을 손톱으로 눌렀다.

점점 그의 허리 움직임이 빠르고 격렬해지더니 어느 순간 딱 멈추며 정지했다. 그와 동시에 그녀도 허리를 꺾으며 그를 더 깊이 받아들였다.

짜릿한 전기가 찌릿찌릿 등을 타고 흘렀다.

사랑해요.

이 사랑을 끝까지 놓지 않겠다고 그녀는 다짐했다.

* * *

한 달 전.

한국, 대한민국. 영어로는 Republic of Korea. 미국 시애틀에서 한국 서울까지의 거리는 유나도 잘 모른다. 그녀에게 한국은 딱이 정도의 거리였다. 이름을 알고 쓸 수 있는 정도. 정확한 거리는 알 수 없지만, 몰라도 딱히 불편함이 없는 나라. 관심을 받은 적도 없고, 관심을 준 적도 없는 사이.

여섯 살에 그녀가 시애틀로 입양되기 전의 기억은 흐릿했다. 한국에서의 기억은 매우 희미하게 남아 있을 뿐, 뚜렷한 기억은 오로지 시애틀에서의 생활뿐이었다.

운이 좋았던 것인지 한국인 이민 2세대인 양어머니와 변호사인 양아버지를 만나 두 분의 사랑을 듬뿍 받으며 자랐다. 양어머니 덕에 한국어도 잊어버리지 않고 유창하게 할 수 있었다. 여기에는 영어를 거의 할 줄 모르는 양할머니와의 교류도 한몫했다.

문학을 사랑하던 유나는 대학에서 영문학을 전공하고 졸업 후 자연스럽게 번역 일을 시작했다. 한국어에서 영어로, 혹은 그 반대로. 스스로 작품을 써 낼 재주는 없다는 것을 일찍이 깨달았기에 작가의 꿈은 버린 지 오래였다.

그리고 꿈에 그리지 않았지만, 어쩌다 보니 한국행 비행기를 타고 인천 국제공항에 도착했다. 딱 3년, 딱 3년만. 한국을 온몸으로 부딪쳐 보기로 했다. 다른 뜻은 없었다. 자신을 버렸던 친모가 사는 곳이라는 원망도 없었다.

그냥 갑자기 한국에서 할 일이 생겼다. 아무리 국제화 시대라 해도 사람을 인터넷이나 전화로만 만나 업무를 진행하는 데는 무리가 있었다.

최근 들어 한국 문학의 번역을 요청하는 출판사의 연락이 늘어났다. 한국어를 아무리 잘해도 문화를 이해하지 못하면 번역하기가 쉽지 않았다. 외할머니나 엄마의 도움이 있어도 벌써 30년 전에 머물러 있는 그들의 기억에 의존할 수는 없었다.

그래서 한국으로 오기로 했다. 순전히 필요에 의한 선택이었던 만큼 한국에 대한 기대 또한 없었다.

"왈!"

"쉿, 샘. 사람 많은 곳에서는 짖는 거 아니야."

유나는 품에 들고 있던 애견 이동 가방을 번쩍 들며 말했다. 철장으로 된 입구에 까만 코가 삐죽 나와 유나의 냄새를 맡듯 킁킁거렸다. 그녀는 그 축축한 코를 손가락으로 살짝 만져 줬다. 9년 전에 만나 그녀의 20대를 함께 보낸 반려견 샘이었다.

"조금만 기다려. 곧 집에 갈 거야."

그녀는 웃으며 말하곤 이동 가방을 바닥에 내려놓았다. 수화물 찾는 곳에 도착한 그녀는 다리가 아파 기둥에 기대선 채 수화물 벨트가 돌아가 어서 그녀의 여행 가방을 토해 내길 간절히 바랐다.

약 열두 시간의 비행은 아무리 젊고 건강한 사람도 녹초로 만들기에 충분했다. 어서 빨리 '새로운 집'에 가서 두 다리 쭉 펴고 눕고 싶었다. 긴 비행시간을 위해 편한 청반바지에 흰 티셔츠를 입고 운동화를 신었지만, 이조차도 힘들었다.

"꺅!"

"웬일이야! 봤어? 봤어?"

갑작스러운 소음에 유나는 인상을 찡그리며 그 출처를 찾았다. 그녀가 서 있는 35번 벨트 근처로 한 무리의 사람이 우르르 지나갔다. 멀리 가면 좋으련만 그 소란스러움은 36번 벨트에서 계속 이어졌다.

"봤어? 맞아?"

"어머, 웬일이야!"

"진짜 잘생겼다. 얼굴 되게 작아."

어느새 유나 옆에 있던 사람들도 그쪽을 바라보며 웅성거렸다. 남녀노소 할 것 없이 그쪽을 향해 목을 쭉 빼고 기웃거리느라 벨트 위에서 돌아가며 주인을 기다리는 짐들이 줄어들 기미가 보이지 않았다. 170cm라는 큰 키가 이럴 때 유용할 만도 하건만, 그녀는 그쪽을 향해서는 전혀 관심을 보이지 않았다.

'연예인인가? 꽤 유명한 사람이 등장했나 보네?'

유나로서는 전혀 알 리 없는 사람의 등장이라 안 그래도 북적거리는 공항이 더 시끄러워진 것 같아 불편할 뿐이었다.

'내 가방이나 토해 내, 어서.'

여전히 남의 가방만 빙글빙글 돌아가는 벨트를 바라보며 그녀는 빌고 또 빌었다.

마침내, 벨트 위에 얼룩덜룩한 노란색 덮개가 씌워진 그녀의 여행 가방이 등장했을 때 그녀는 깡충깡충 뛰고 싶은 것을 간신히 참아야 했다.

"가자, 샘. 이제 진짜 우리 집으로 가는 거야."

"왈!"

"쉿, 아직 안 돼."

그녀는 여행 가방 위에 애견용 이동 가방을 올리고 한 손으로 밀며 출구로 향했다. 그리고 청바지 뒷주머니에 꽂아 놓았던 휴대 전화를 꺼내 어딘가로 전화를 걸었다. 몇 초 지나지 않아 전화가 연결되었다.

"아, 엄마. 유나예요."

— 오, 벌써 도착한 거야?

"벌써라뇨. 힘들어 죽겠어요."

말은 그렇게 하면서도 그녀의 얼굴에는 화색이 돌았다. 엄마의 목소리를 들으니 저절로 기운이 돋았다.

— 샘은?

"빨리 가방에서 나오고 싶어 하죠."

— 샘하고 둘이서만······.

유나는 엄마의 말을 끝까지 들을 수가 없었다. 어떤 남자가 스치듯 그녀를 지나 자동문을 통해 출구 밖으로 나갔는데, 동시에 사람들의 비명과 함께 카메라 플래시가 터졌다. 아까 그 소란을 몰고 온 남자인 듯했다.

커다란 등에 검은색 가방을 메고 검은색 모자를 쓴 뒷모습이 사람들 틈에 나타났다 사라졌다.

— 유나, 듣고······?

"엄마, 잠깐만요. 다시 걸게요."

그녀는 전화를 끊고 잠시 남자를 향해 시선을 던졌다. 불과 몇 초 전에 지나갔는데 벌써 그 남자의 주변에는 검은 양복을 입은 경호원들이 에워싸듯 서 있었다. 그 앞으로 기자들과 팬으로 보이는 사람들이 뒤엉켜 엉망진창이었다.

'얼마나 유명하길래 이렇게 유난스러운 거야?'

원망 섞인 눈초리를 던져도 남자에게 닿을 리 없다는 것을 깨달은 유나는 서둘러 자리를 피하기로 했다. 걸음을 재촉해 한참을 걸어 간신히 공항 청사 밖으로 빠져나오고 나서야 주변 소음이 사라졌다.

그녀는 다시 엄마에게 전화를 걸었다. 엄마는 연결음이 채 한 번도 지나기 전에 전화를 받았다. 갑자기 끊긴 전화에 적잖이 놀란 목소리였다.

"엄마."

— 유나야! 무슨 일이야?

"미안해요. 웬 연예인이 공항에 왔는지 시끄러워서요."

— 누군데?

"누군지 내가 알 수가 없죠."

— 하하하, 그렇긴 하지. 그보다 너, 외롭지 않겠어?

엄마는 하나뿐인 딸을 먼 곳으로 보낸 것이 아직도 탐탁지 않은 모양이었다. 하긴, 미국 내에서 떨어져 사는 것과는 차원이 다른 거리였다.

"걱정하지 마세요. 못 견디게 외로우면 다시 시애틀로 돌아갈게요."

— 알았어. 이삿짐은? 내일인가?

"네. 내일 이삿짐 올 거예요. 오늘은 그냥 샘이랑 같이 바닥에서 뒹굴어야죠."

— 휴, 네가 가겠다고 해서 보내긴 했는데…….

"걱정하지 말래도요."

— 알았어. 사랑한다, 내 딸.

"나도 사랑해요, 엄마. 아빠한테도 전해 주세요."

— 직접 전화해. 안 하면 삐치는 거 알지?

"히히, 네."

— Love you.

"Love u."

전화를 끊고 유나는 긴 한숨을 내쉬었다.

'이삿짐이라니. 고작 3년인데 채워 넣을 것이 뭐가 있다고.'

말은 이렇게 했지만, 내일 집에 도착할 짐이 한 트럭은 된다는 것을 그녀도 알고 있었다. 로한이 그녀를 위해 특별히 가구와 생활 용품을 주문했고, 내일 집으로 배송된다. 게다가 시애틀에서 보낸 짐도 내일 도착할 것이었다. 그러니 엄마 말대로 '이삿짐'이 맞았다.

부딪쳐 보자고 결심하고 떠나왔지만, 시애틀이 그리운 것은 어쩔 수 없었다. 지금처럼 커피 한잔 마시지 못한 상태에서는 더욱 그랬다.

"샘, 누나가 커피 사러 다시 저 안으로 들어가면 화낼 거야?"

"왈!"

"알았어. 그냥 가자, 그냥 가."

그제야 유나는 하늘을 올려다보았다. 처음 맞이하는 한국의 하늘, 한국의 공기였다.

— 한국 하늘 별로야. 중국에서 날아온 먼지 때문에 하늘 맑은 날이 드물어.

로한이 하도 겁을 줘서 그런지 유나의 눈에 한국 하늘은 생각보다 맑고 깨끗해 보였다. 사실 시애틀의 하늘과 별반 다를 바가 없었다. 파랗고, 중간중간 하얀 구름이 떠 있고, 여름으로 향하는 시기의 하늘답게 뜨거웠다.

"낑, 낑낑."

"아, 미안. 미안, 샘. 가자."

샘의 울음소리에 유나는 정신을 차렸다. 넋 놓고 서서 한국에 대한 감상을 늘어놓을 시간은 앞으로 3년이나 남았다. 그러니 굳이 이런 땡볕에 서서 샘까지 고문할 필요가 없었다.

'여기가 한국이란 말이지.'

유나는 로한이 알려 준 대로 길을 건너 공항 철도를 타기 위해 발걸음을 옮겼다.

녹초가 되어 도착한 곳은 서울 시내의 한 빌라였다. 이곳 역시 로한이 유나의 부모님과 상의 끝에 고른 곳이었다.

'교통이 편리하고, 위험하지 않은 곳, 가격은 상관이 없으니 될 수 있음 시내가 좋겠지.'

아빠의 말에 로한이 당연하다고 대답하는 것을 전화 너머로 들었었다.

'그리고 우리 딸 요리 못하니까 근처에 레스토랑이 많았으면 좋겠네.'

굳이 덧붙이지 않아도 될 말까지 내뱉은 아빠의 요구대로 로한은 역세권이고, 레스토랑이 매우 많은 서울 시내의 고급 빌라에 3년 동안 유나가 지낼 집을 구해 줬다. 그가 열쇠를 맡겨 뒀다는 공인 중개사 사무실에 들러 도착한 집 앞에서 유나는 고개를 가로저으며 난감해했다.

'호화로워도 너무 호화로운데?'

여자 혼자, 강아지와 둘이서 살 곳인데 방 3개에 화장실 2개가 딸린 집이라니. 이 정도면 시애틀에 있는 부모님 집이 떠오를 정도였다.

유나는 집에 도착한 것을 귀신같이 아는 샘을 이동 가방에서 꺼내 주었다. 샘은 미친 듯이 이 방 저 방을 뛰어다니더니 화장실로 쏙 들어가 시원하게 오줌을 갈겼다.

"똑똑하네, 내 새끼."

유나는 가방에서 샘을 위한 간식을 꺼내어 건넸다. 샘은 환하게 웃으며 거실 한구석에 자리 잡아 간식을 뜯어 먹었다.

윙. 윙. 윙.

주머니 속에서 울려 대는 휴대 전화를 꺼내 보니 로한이었다.

"여보세요."

— Hey!

반가운 목소리가 크게 소리쳤다. 잠시 인사를 나누고 나서 유나는 로한에게 곧바로 집에 대한 불만 아닌 불만을 쏟아 냈다.

"집이 너무 큰 거 같아."

— 왜? 가끔 나도 가서 놀 거고, 어머니랑 아버지 오시면 지낼 곳도 있어야지.

"그래도 이건 아닌 것 같은데."

— 야, 내가 거기 청소하느라 얼마나 힘들었는데.

로한의 삐죽거리는 얼굴이 생생히 그려질 정도였다.

"알아."

— 고생한 것 좀 알아주지?

"불만이 아니라, 걱정돼서 한 말이야. 혼자 지내기엔 너무 큰 것 같아서. 미안해. 고맙게 생각하고 있어."

어쨌든 그녀를 위해서 그 나름대로 최선을 다해 이 빌라를 골랐을 것이다. 게다가 청소와 함께 내일 도착할 살림살이들까지. 그에게는 고맙다는 말로도 신세를 갚기 어려웠다.

"조만간 보자. 맛있는 거 먹자."

— 조만간이라니, 내일 봐야지.

"내일? 올 거야?"

로한의 말에 깜짝 놀라 유나가 되물었다.

— 당연하지. 출근해야 하니까 이사할 때는 못 가지만, 저녁에 퇴근하고 바로 달려갈게.

"흠, 그래 그럼."

— 너 보러 가는 거 아니야. 샘이 보고 싶어서 가는 거지.

"샘은 너한테 전혀 관심 없는 거 알지? 지금도 간식 먹느라 정신없거든?"

유나는 키득키득 웃으며 말했다.

— 네가 잘 몰라서 그러는데, 샘이 나를 얼마나 좋아하는데. 이 형이 보고 싶어서 엄청나게 울었을걸?

"됐고. 일 안 해? 점심시간이야, 아직도?"

— 으아, 이런. 끝났네, 젠장.

시간을 확인했는지 한숨을 푹푹 내쉬는 로한의 목소리에 유나는 다시 웃음이 터졌다.

"회사원 힘드네. 어서 들어가."

— 알았어. 이따 퇴근하고 전화할게.

"No, No. 나 잘 거야. 내일까지 쭉. 그러니까 통화는 내일 하자."

— 하하하, 알았다. Good night, princess.

아빠한테서나 들을 수 있는 닭살 돋는 애칭과 함께 그는 전화를 끊었다.

로한은 한국인 아버지와 스페인계 어머니 사이에서 태어나 미국으로 유학을 왔다. 학교에서 처음 만난 이후로 지금까지 두 사람은 서로에게 둘도 없는 친구가 되었다.

학창 시절 로한과의 만남을 떠올리며, 유나는 여전히 간식을 열정적으로 물어뜯고 있는 샘 옆에 몸을 누였다.

커다란 창으로 들어오는 햇빛이 몸을 따끈따끈하게 데우고, 활짝 열린 창으로 바람이 솔솔 들어와 머리카락을 간지럽혔다. 심하게 덥지 않은 초여름의 기운에 녹초가 된 몸이 만나 눈이 슬슬 감겼다. 어느새 간식을 다 먹은 샘도 그녀의 배 앞으로 다가와 눕더니 완전히 몸을 기대고 눈을 감았다.

"그래, 샘. 자자. 좀만 자고 일어나자."

새로운 집에서의 꿈같은 나날들이 이제 막 시작되고 있었다.

1.

옆집 여자 옆집 남자

"형, 그럼 내일은 쉬시고 모레 아침에 데리러 올게요."

밴에서 내리려는 기성을 향해 운전석에 앉은 태호가 말했다. 기성은 차에서 반쯤 내린 어정쩡한 상태로 고개를 돌렸다.

"뭐 하러 와. 내가 혼자 갈게."

"또 지하철 타려고요? 사람들이 알아보면 어쩌려고요."

잔뜩 피곤한 얼굴을 한 태호가 기성을 돌아봤다.

"나 의외로 못 알아보던데."

"다 알아보는데 못 알아보는 척하는 거라니까요."

"그런가?"

태호의 말에 기성은 잠시 생각에 잠겼다.

"그러면 운전해서 갈게. 안 와도 돼."

"그래도 형."

"아유, 좀 쉬어라, 쉬어. 쉬는 날엔 쉬어야지."

못 미더운 듯 태호가 망설이는 것을 보고 기성은 애써 안심시키고 밴에서 내렸다.

"알았어요. 대신 꼭 운전해서 가요. 또 SNS 같은 데 목격담 뜨면 진짜 화낼 거예요."

"아이고, 알았습니다."

태호는 고개를 절레절레 흔들고는 차를 출발시켰다. 기성은 차가 주차장을 떠나 보이지 않을 때까지 손을 흔들어 주고 빌라 입구로 들어갔다.

아침부터 이어진 영화관 무대 인사 행사가 저녁 무렵이 되어서야 끝났다. 종일 서울에 있는 영화관 네 곳에 들러 관객들에게 인사하고, 행사 진행자의 똑같은 질문에 똑같은 대답을 했다. 그래도 개봉 열흘 만에 천만 관객 돌파라는 신기록을 세운 영화라서 기분은 하늘을 날았다.

배우 생활을 시작한 지 5년, 드디어 그의 노력과 인내가 빛을 본 것이다.

"유후—"

몸은 지치고 힘들어도 입에서는 자연스럽게 노래가 흘러나왔다. 이만큼 마음이 가벼웠던 적은 오랜만이었다.

엘리베이터를 타고 집이 있는 5층에 내리니 널따란 복도 가득 박스와 포장된 가구들이 늘어섰다. 분주히 움직이는 사람들의 소리가 기성의 맞은편 옆집에서 들려왔다. 얼마 전까지 살던 사람이 이사 간 것은 알고 있었다. 아무래도 새로운 이웃이 들어온 모양이다.

"왈왈!"

갈색의 꼬불거리는 짧은 털을 가진 매우 작은 강아지 한 마리가 집에 들어가지 않고 멀뚱거리며 서 있는 기성의 발치로 달려와 꼬리를 흔들었다. 기성은 무릎을 쪼그리고 앉아 강아지를 쓰다듬었다. 기다렸다는 듯이 강아지는 기성의 품으로 뛰어들더니 그의 턱을 핥았다.

"하하하, 너 사람 좋아하는구나? 어이구, 어디 살아? 옆집에 이사 온 거야?"

한동안 그렇게 대화를 나누다가 그는 강아지를 안고 일어섰다. 그리고 이사가 한창 진행 중인 옆집에 슬쩍 들어가 두리번거리며 주인을 찾았다.

그의 집과 같은 구조인데도 왠지 분위기가 달랐다. 그의 집이 매우 깔끔하게 딱 떨어지는 느낌이라면 이곳은 따뜻한 기운이 넘쳤다. 거실을 베이지색이 감도는 원목 가구로 꾸며서인가 싶었다.

"저, 여기 집주인이 누구시죠?"

기성의 질문에 일하던 사람들의 시선이 그에게 쏠렸다. 그리고 잠시 후 휘둥그레지는 그들의 눈동자를 보며 기성은 순간 아차 싶었다.

"그 사람 맞지?"

"윤기성이네, 윤기성."

"이 동네 산다더니 이 빌라 사는구나."

사람들의 웅성거림이 기성의 귀에도 슬며시 들려왔다. 진땀이 등줄기를 타고 흘렀다.

강아지만 놓고 갈걸, 괜한 오지랖을 부렸나. 후회막심이었다.

'친절도 너에게는 독이야.'

어디선가 유 대표의 일침이 들리는 듯했다.

그 순간 긴 머리카락을 아래로 질끈 묶고 이마의 땀을 손등으로 닦아 내며 한 여자가 그에게 다가왔다. 티셔츠와 반바지를 입고 날씬한 몸매를 한껏 드러낸 그녀는 작은 얼굴에 큼직한 이목구비를 가졌다. 반쯤 의아한 얼굴로 나온 그녀의 미간에 피곤함이 살짝 묻어났다.

"전데요."

"아, 네. 강아지가 밖으로 나와서요."

"샘! 얌전히 있으라니까."

그녀는 얼른 기성의 품에서 강아지를 받아 안았다.

"감사합니다."

그녀는 하얗고 가지런한 치아를 드러내며 기성을 향해 밝게 웃었다.

그는 너무 맑은 그녀의 미소에 순간 눈이 부셨다. 이 집과 그녀가 정말 잘 어울렸다. 따뜻한 기운이 온몸에서 번쩍이는 여자였다.

"이사 오셨나 봐요?"

"네."

"저는 옆집……."

"아, 옆집 사시는구나. 잘 부탁드려요."

다시금 그녀는 그를 향해 눈부신 미소를 지었다.

"아, 네. 이사 잘하세요."

그는 우물쭈물 인사를 하고 그녀의 집을 빠져나왔다.

'이상한데?'

뭔가 찝찝한 기분에 그는 옆집에서 나오면서 고개를 갸우뚱했다.

왜일까, 뭔가 이상했다. 보통 낯선 사람을 만났을 때의 일반적인 느낌이 아니었다. 이상하긴 한데 무엇 때문인지 몰랐던 그는 자신의 집에 들어오고 나서야 그 이유를 깨달았다.

'나를 못 알아본 건가? 설마⋯⋯?'

이삿짐을 정리하던 사람들이 기성을 알아보고 놀라서 서로의 얼굴을 쳐다보며 두런거리던 것과 달리, 옆집 여자는 그를 생전 처음 보는 사람처럼 아무런 반응이 없었다. 그를 둘러싸는 팬들처럼 떨리는 목소리나 확장된 눈까지는 아니라 쳐도, 바로 옆집에 연예인이 산다는데 그 흔한 호기심조차 보이지 않은 것이었다.

"이야, 윤기성. 분발해야겠다."

자신을 몰라보는 사람이 있다는 것이 신기하기만 한 기성은 자기 자신에게 혼잣말로 채찍질을 했다.

＊　＊　＊

"샘, 여기 얌전히 있어야 해."

유나는 거실 한쪽에 울타리를 쳐서 만들어 놓은 공간에 샘을 풀어 주었다. 샘은 뚱한 표정을 짓는가 싶더니 울타리 안에 있는 자신의 집에 깡충 뛰어 들어가 누워 버렸다. 그런 샘을 보며 풋 하고 웃음이 터진 유나는 이내 옷방으로 발걸음을 옮겼다.

'근데 다들 일은 안 하고 뭐 하는 거야?'

일하던 사람들이 옆집 남자가 오간 이후에 서로 수다를 떠느라 일손을 놓고 있었다.

"오늘 내로 끝나는 거죠?"

유나는 보다 못해 그들을 향해 큰 소리로 물었다. 그제야 그녀의 눈치를 보고 사람들이 손을 움직였다.

'아까 그 옆집 남자 때문인가?'

그녀는 옷방의 옷을 정리하며 생각했다.

잘생기긴 했지만, 그렇다고 그렇게 넋 놓고 있을 정돈가?

의아해하며 고개를 갸우뚱했다.

옆집 남자가 지금까지 그녀가 봤던 남자 중에 잘생긴 편이긴 했다. 얼굴도 작고, 이목구비도 적당하니 괜찮았다. 키도 꽤 크고 운동을 좋아하는지 반팔 티셔츠 아래 드러난 팔뚝에 근육이 잘 자리 잡아 있었다. 그 짧은 순간에 유나는 옆집 남자의 외모가 준수한 편이라는 것을 파악했다.

하지만 그뿐이었다. 레오나르도 디카프리오나 톰 크루즈급으로 잘생긴 것도 아니고만, 뭔 유난인가 싶었다. 그래서 유나의 머릿속에서는 옆집 남자에 대한 기억이 사라졌다.

그녀의 재촉에도 불구하고 이삿짐 정리는 어둠이 깔린 후에나 끝이 났다. 이제 남은 상자에 든 짐은 그녀가 혼자 정리할 것들이었다.

꼬르륵.

배 속에서 들리는 엄청난 기세의 소리에 유나는 정신이 번쩍 들었다. 시계를 보니 벌써 저녁 시간이 지나 있었다. 그녀는 땀에 젖은 옷을 벗어 던지고 하늘색 원피스를 꺼내 입었다.

"샘, 누나 가서 먹을 거 사 올게. 집 잘 지키고 있어."

지갑을 들고 집을 나서면서 샘을 향해 말했다. 샘은 산책 가려는 줄 알고 기뻐하며 문 앞까지 따라 나오다가 다시 집 안으로 돌아갔다.

오늘 저녁 퇴근하고 온다던 로한은 갑자기 생긴 일정 때문에 못 온다고 연락이 왔다. 혼자서 저녁을 때우게 된 유나는 집 앞에 있는 빵집에서 간단하게 해결하기로 했다.

집 앞은 그녀의 아빠가 원했던 대로 레스토랑도 많고 사람도 많았다. 저녁 시간, 어둠이 깔린 시각이지만 가로등 불빛이 닿지 않는 곳이 없어 보였다.

2층으로 되어 있는 커다란 빵집에 들러 오늘 저녁과 내일 식사까지 해결할 수 있을 정도의 많은 빵을 사고 그녀는 옆에 있는 과일 가게에 들렀다.

"뭐가 맛있을까?"

그녀의 혼잣말을 들었는지 가게 아주머니가 말을 걸었다. 짧은 머리카락을 꼬불꼬불하게 파마한 아주머니를 보니 시애틀에 계신 외할머니 생각이 잠시 났다.

"처음 보는 얼굴이네? 이사 왔어요?"

"네, 오늘요."

"그렇구나. 우리 집 과일 맛있으니까 자주 와요."

"네."

그녀는 사과와 바나나를 들고 아주머니가 있는 계산대로 갔다.

"떡은 돌렸고?"

"떡이요?"

"젊은 사람이라 그런 거 모르나?"

아주머니는 의아해하는 유나를 보며 짧게 혀를 찼다.

"아뇨, 제가 외국에서 와서 한국 문화를 잘 몰라요."

유나는 얼른 변명했다. 그제야 아주머니는 반색하며 고개를 연신 끄덕였다.

"아유, 그렇구나. 한국에서는 이사를 오면 이웃에 떡을 돌리는 거야. 잘 지내자는 인사지, 인사."

"아, 떡을 돌려요?"

"그래. 아무 떡은 아니고, 시루떡. 팥 들어간 거 있어."

"시루?"

"이리 와 봐. 내가 떡집 알려 줄게."

아주머니는 유나의 손을 덥석 잡아끌더니 가게 밖으로 나와 손가락으로 건너편에 있는 한 상점을 가리켰다.

"저기, 저 작은 가게 보이지? 하얀 간판."

"네."

"저 집 가서 사면 돼. 시루떡이야, 시루떡."

"네, 감사합니다."

유나가 계산하고 나오는데, 아주머니는 밖에 나와서 그녀가 떡집에 제대로 가는지 감시하듯이 지켜봤다. 등에 꽂히는 그 따가운 시선에 그녀는 할 수 없이 떡집으로 향했다.

'옆집 사람한테 주면 되겠지?'

한국에 왔으니 한국 문화를 따르는 것도 나쁘지 않겠다는 생각에 그녀는 옆집 남자에게 떡을 갖다주기로 했다. 아까 오후에 샘을 집에 데려다주기도 했으니 고마운 마음도 표할 겸 괜찮은 생각 같았다.

과일 가게 아주머니 말대로 시루떡을 달라고 하자 떡집 주인도 새로 이사 왔냐고 물었다.

'다른 사람한테 관심이 많네, 여기 사람들.'

유나는 이것 역시 미국과는 다르다는 생각이 들었다. 매일 얼굴을 마주하면서 자연스레 친분이 쌓이는 미국과 달리 이곳 사람들은 처음 보는 사람에게도 관심이 많은 것 같았다. 아직은 그 관심이 좋은 건지 나쁜 건지 알 수 없었다.

한 김 식힌 듯 미지근한 온기를 머금은 떡을 들고 유나는 옆집 문 앞에 섰다. 벨을 누르기에 앞서 그녀는 잠시 숨을 골랐다. 과연 잘하는 짓인지 한 번 더 고민하고 초인종을 눌렀다.

"누구세요?"

남자의 목소리가 안에서 들렸다.

"옆집인데요."

"아, 잠시만요."

잠시 우당탕하는 소리가 나더니 이내 문을 열고 옆집 남자가 나왔다.

앞머리가 살짝 흘러 눈을 가리는지 손으로 머리를 쓸어 넘겼다. 면 반바지에 폴로셔츠를 입었는데 셔츠 끝자락이 살짝 말린 것을 그가 급하게 끌어 내렸다.

유나는 조금 전에 안에서 들린 우당탕하는 소리가 옷을 입으려는 소리였음을 깨닫고 피식 웃었다.

"늦게 죄송해요. 떡을 좀 갖고 왔는데……."

"떡이요?"

남자는 쌍꺼풀 없는 눈을 동그랗게 치켜떴다.

"이사하면 떡을 줘야 한다고 해서요."

"아! 그래서 일부러 사 온 거예요?"

"네, 뭐……."

"감사합니다. 잘 먹을게요."

옆집 남자는 해맑게 웃으며 유나가 건넨 떡을 받아 들었다.

"와, 맛있겠다."

떡이 든 봉지를 열어 냄새를 쓱 맡더니 그가 쑥스러워하며 말했다.

'귀엽네.'

옆집 남자는 웃을 때 꽤 귀여운 얼굴을 가졌다. 고마우면 고마운 것이지 왜 저렇게 쑥스러워하며 웃는 걸까 싶었다.

"아까 감사했습니다. 아저씨 아니었으면 샘이 가출한 것도 모를 뻔했어요."

"강아지 이름이 샘이에요?"

"네."

"푸들 맞죠?"

"맞아요. 잘 아시네요."

"동물을 좋아해서요."

그녀의 칭찬에 그는 귀가 붉게 물들었다.

"아무튼, 감사해요. 아저씨가 동물을 좋아하셔서 다행이네요. 샘이 가끔 짖어도 조금만 이해해 주세요."

"뭐, 개야 짖을 수 있는 건데요. 그런데 저 아저씨 아닌데. 아직 결혼도 안 했어요."

옆집 남자는 불만인지 입술을 삐죽거렸다.

"나이가 어떻게 되시는데요?"

"저요? 서른둘……."

그녀의 질문에 그는 머리를 긁적이며 답했다.

"뭐라고 불러야 할지……."

"그래도 아저씨는 좀……."

"이름이 어떻게 돼요?"

"하하하!"

이번 그녀의 질문에는 그가 대답 대신 크게 웃음을 터트렸다.

"깜짝이야! 왜 웃어요?"

갑작스러운 큰 웃음에 그녀는 깜짝 놀랐다.

"하하하, 아니에요. 잠깐만요, 미안해요."

그는 쉽게 웃음이 멈추지 않는지 결국 콜록거리며 기침까지 했다.

"미안해요. 내 이름은 윤기성이에요. 윤. 기. 성."

간신히 기침을 멈춘 기성이 자신의 이름을 한 글자 한 글자 그녀의 가슴에 새기듯 말했다.

"그럼 기성 씨라고 부르면 되죠?"

"네. 그래 줘요, 제발."

"알았어요. 저는 유나예요."

"나이가?"

유나는 기성을 흘겨봤다.

한국은 어떤지 몰라도 적어도 시애틀에서는 여자 나이를 이렇게 대놓고 묻지 않는 것이 남자들의 예의였다.

"아저씨, 아니 기성 씨보다는 어려요."

"미안해요. 너무 대놓고 물었네요, 내가."

"흠, 사과하셨으니까 특별히 알려 드릴게요. 스물여덟이에요."

"고마워요, 특별히 알려 줘서."

"별말씀을요. 아무튼, 앞으로 잘 부탁드려요."

"나도요. 잘 먹을게요."

"네."

유나는 새침하게 대답하고 몸을 돌려 자신의 집에 들어갔다. 그녀가 완전히 문을 닫을 때까지도 기성은 그녀의 뒷모습을 계속 응시했다. 그리고 집으로 돌아와 식탁 위에 그녀에게서 받은 시루떡을 올려놓았다.

한참을 그 시루떡을 바라보고 있자니, 기성은 다시금 웃음이 터졌다.

"하하하. 진짜 나를 모르는 거였어. 와, 진짜 신기하다, 신기해."

그는 허리를 꺾으며 멈추지 않는 웃음에 꺽꺽거렸다.

'이름이 어떻게 돼요?'

진심으로 궁금하다는 듯 커다란 눈동자를 반짝이며 묻던 유나의 얼굴이 떠오르자 간신히 멈췄던 웃음이 다시 터질 것 같았다.

'거봐라, 태호야. 나 못 알아보는 사람도 있다니까.'

그는 태호와 나눴던 대화가 떠올라 우쭐하다가 금세 이게 우쭐할 일은 아니라는 것을 깨달았다.

"열심히 해야겠다, 열심히! 최선을 다해서 일해야지. 데뷔 10년 차인데 가수로도 배우로도 모르는 사람이 있으면 안 되지. 암, 그렇고말고."

그는 혼잣말을 중얼거리며 시루떡을 접시에 조금 덜어 포크와 함께 거실로 자리를 옮겼다. 그리고 테이블 위에 올려놓고 떡 한

조각을 집어 먹었다. 입안에 든 떡을 우물거리며 소파에 기대앉은 그는 두꺼운 시놉시스 하나를 집어 들었다.

"어떤 작품을 해야 유나 씨도 내가 배우라는 것을 알려나?"

노랫말과 같이 음을 붙여 혼잣말을 이어 가며 그는 시놉시스를 한 장 한 장 꼼꼼하게 읽어 내려갔다. 최근에 개봉한 코미디 영화의 각본을 맡았던 분이 감독으로 데뷔하는 작품이라고 들었다.

그 외에도 테이블 위에는 다른 영화와 드라마 시놉시스가 잔뜩 쌓여 있었다. 주연을 맡은 영화가 천만 관객을 돌파하니 주위에서 쏟아지는 구애가 엄청나게 늘었다. 다음 작품을 함께하고 싶다는 감독들의 전화도 많고, 각 영화 제작사에서 시놉시스가 하루가 멀다고 들어왔다.

이번 영화가 대박을 터트리기 전까지는 항상 비슷한 캐릭터의 배역만 들어왔었는데 지금은 온갖 캐릭터들이 쏟아졌다. 그만큼 선택의 폭도 넓어졌다. 넓어진 만큼 고민도 늘어났다. 과연 자신이 잘할 수 있을 것인가, 하는 고민이 가장 컸다. 없던 행운이 쏟아지니 두려움도 생겨났다.

그래도 지금은 이 행복을 즐기기로 했다. 그에게는 지금이 7년을 돌고 돌아 다시 찾아온 인생 최고의 순간이었다.

* * *

"아아, 짜증 나!"

유나는 들고 있던 펜을 책상 위에 던져 버렸다.

출판사에서 받은 소설 원서 파일이 책상 위에 수북하게 프린트

되어 쌓여 있었다.

이번에 미국 출판사와 계약을 맺어 올겨울쯤에 번역본 출간 예정인 유명한 소설가의 신작이었다. 이제 막 원고의 3분의 1을 번역했는데, 웬일인지 그녀의 마음에 들지 않았다.

종이 위에 던졌던 시선을 거둬 그녀는 기지개를 쭉 켰다. 모니터와 프린트물을 들여다보느라 잔뜩 굽었던 어깨와 척추 마디마디에서 뚝뚝 하고 끊어지는 소리가 들렸다.

휴대 전화로 시간을 확인해 보니 아침부터 벌써 네 시간째 이 상태로 일을 했다. 어제까지 이삿짐을 다 치웠더니 온몸 마디마디가 쑤셨는데, 지금은 그 느낌조차 마비된 것 같았다.

"샘, 누나 어떻게 하지? 처음부터 다시 뒤집을까?"

시애틀에서부터 3분의 1을 번역하는 데 보름 정도 걸렸는데 다시 시작하면 그것보다는 좀 줄지 않을까, 유나는 고민이 됐다.

그런 그녀의 마음을 아는지 모르는지 책상 밑에 엎드려 있던 샘은 그녀의 발치에 완전히 자빠져 배를 드러냈다. 심심한지 배를 간지럽히는 그녀의 발가락을 혀로 핥고 깨물려 들었다.

"산책 갈까?"

'산책'이라는 단어는 어쩜 그렇게 잘 알아듣는지, 샘은 재빠르게 몸을 일으켜 꼬리를 흔들고 껑충껑충 뛰었다.

"그래, 가자! 한국 와서 처음으로 나가네, 우리 샘?"

유나는 의자에서 일어나 가벼운 운동복으로 갈아입었다. 샘에게 산책도 시킬 겸, 그녀도 러닝을 하기로 했다. 옷을 갈아입고 신발장으로 향하자 쪼르르 달려오는 샘한테 목줄을 채웠다.

"잠깐만 기다려. 봉투랑 휴지도 챙겨야지."

깜빡 잊을 뻔했던 준비물을 챙기러 다시 안으로 들어갔다. 그녀는 화장실에서 휴지를, 부엌 서랍에서 봉투를 챙기고 운동화를 신었다.

그동안에도 샘은 참지를 못하겠는지 그녀 앞에서 빙글빙글 돌고 낑낑거리며 그녀의 다리를 긁어 댔다.

유나는 샘을 데리고 빌라 밖으로 나와 단지를 크게 한 바퀴 돌았다. 처음에는 낯선지 땅바닥에 잔뜩 웅크리고 도통 움직이려 하지 않던 샘도 시간을 주자 조금씩 냄새를 맡기 시작했다. 그리고 신나게 단지 내를 뛰어다니면서 오줌을 쌌다.

로한이 구해 준 이 빌라 단지는 총 세 동이 있었다. 유나가 사는 곳은 가운데 동이고, 5층짜리 건물이었다. 한 동에 세 개의 입구가 있고, 한 층마다 양쪽으로 두 집이 있으니까 빌라치고는 꽤 큰 규모였다.

"그렇게 좋아? 미안해. 내일 또 하자."

너무 신나서 입이 귀에 걸린 채 헥헥거리는 샘을 보며 유나는 약속했다. 귀찮으니까, 바쁘니까 나중으로 미뤘던 산책을 이제는 새로운 마음으로 매일 나와야겠다고 다짐했다.

샘도 운동을 다 했는지 점점 단지를 도는 속도가 느려졌다. 샘을 따라 뛰었던 유나의 얼굴에도 땀이 주르륵 흘렀다. 티셔츠도 땀으로 젖어 진심으로 샤워가 간절했다.

"그만 집에 갈까?"

그녀는 샘을 향해 물었다. 그녀에게 답하듯 샘도 가벼운 발걸음으로 집을 향해 방향을 돌렸다.

단지 내를 가로질러 중간쯤 갔을 때 갑자기 샘이 앞으로 쏜살같이 뛰어갔다.

"샘! 왜 그래? 샘!"

유나가 아무리 불러도 샘은 뒤도 돌아보지 않고 달렸다. 목줄이 팽팽해지는 것이 느껴져서 할 수 없이 그녀도 샘을 따라 뛰었다.

"샘!"

50m쯤 뛰었을까. 샘이 벤치에 앉아 있는 남자에게 꼬리를 흔들며 알은척을 했다. 그러자 그 남자도 샘의 머리를 쓰다듬으며 뭐라 말을 했다.

"샘! 이리 와!"

유나는 간신히 샘을 따라잡고는 깜짝 놀라 샘을 끌어당겼다.

"안녕하세요?"

벤치에 앉아 있던 남자가 마스크를 손가락으로 끌어 내리며 유나에게 인사했다. 그제야 그녀는 남자를 알아봤다. 옆집 남자, 기성이었다.

검은 모자에 검은 마스크를 하고 있어서 누군지 알아볼 수가 없었는데, 마스크 아래 드러난 얼굴은 바로 그였다.

안 그래도 더운 날씨에 그는 검은 티에 검은 반바지까지 온통 검은색으로 도배를 하고 있었다. 그나마 벤치가 나무 그늘에 있어서 다행이지, 그렇지 않았으면 그는 오늘 새까맣게 탔을 것이다.

"안녕하세요. 뭐 하세요, 더운데?"

그녀의 질문에 그는 손가락으로 벤치 위에 올려놓은 봉지를 가리켰다.

"장 보고 오는 길에 하늘이 맑길래요."

그의 대답에 그녀는 고개를 끄덕였다.

기온이 높아지자 거짓말처럼 뿌옇던 공기가 맑아졌다. 어제까지 미세 먼지로 가득했던 하늘이 오늘은 하늘색 얼굴을 드러내며 구름 한 점 없이 맑았다.

"감기 걸렸어요?"

"네? 아, 아니에요."

마스크를 쓴 것이 이상해 질문한 그녀에게 그는 아니라며 손을 저었다. 그러곤 턱 언저리에 있던 마스크를 벗어 봉지 속에 넣었다.

"산책했나 봐요?"

"네. 머리도 식히고 샘한테 동네 구경도 시킬 겸."

"샘, 우리 동네 좋지?"

그가 말을 걸자 샘은 기다렸다는 듯이 그의 다리에 앞발을 턱 얹었다.

"하하, 안아 달라고? 그래, 이리 와."

"발바닥 더러워요, 안지 마세요."

"괜찮아요. 어차피 옷도 땀에 젖어서 빨래해야 해요."

그녀의 만류에도 아랑곳하지 않고 그는 샘을 번쩍 들어 품에 안고 쓰다듬었다.

"뭐 하나만 물어봐도 돼요?"

그가 고개를 들더니 물었다.

"네. 뭔데요?"

"혹시 외국에서 살다 왔어요?"

"아……."

역시 원어민이 듣기엔 어색한 것이 있었나 보다 싶었던 유나는 혀를 쏙 내밀었다.

"발음이 티가 나죠? 시애틀에서 왔어요."

"와, 시애틀. 미국에서 오셨구나. 그럼 미국 사람?"

"엄밀히 말하면 그렇죠."

그제야 무언가 이해된 듯 기성은 연신 '아아'를 연발하며 고개를 끄덕였다.

"점심 먹었어요?"

그가 잠시 샘에게 보냈던 시선을 다시 들어 그녀에게 물었다.

"아니요, 아직."

"그럼 파스타 먹을래요? 혼자 먹기에는 재료가 많아서 그러는데."

"직접 만들어 드세요?"

"네."

유나는 한 3초 정도 고민했다. 파스타라면 그녀가 가장 좋아하는 음식이었다. 그런데 서로 알게 된 지 얼마 되지도 않은 기성의 제안에 무작정 그러자고 하기도 거북했다. 어떤 사람인지 제대로 알지도 못하는 낯선 남자를 마냥 쫓아갈 수는 없지 않은가.

"죄송해요. 저도 먹어 치워야 하는 음식이 남아서요."

"아아……. 할 수 없죠."

그는 머쓱한 웃음을 지었다.

"샘, 이제 가자."

어색한 자리를 피하려 유나가 샘을 재촉했다.

기성은 웃으며 샘을 다시 땅에 내려놓았다.

"또 보자, 샘."

그는 허리를 숙여 샘에게 눈을 맞추고 손을 흔들며 인사했다.

"안 들어가세요?"

"하늘 좀 더 보고요. 먼저 들어가세요."

"그럼 먼저……."

두 사람은 서로를 향해 고개인사를 했다.

빌라 입구에서 들어가기 전에 유나는 고개를 돌려 기성이 앉았던 벤치를 찾았다. 여전히 그는 하늘을 올려다보고 있었다.

'백수인가?'

평일 낮에 유유히 하늘이나 보고 점심으로 파스타 요리를 해 먹는 남자라니. 백수가 아니면 자영업자일 것 같았다.

'파스타를 같이 먹자고? 작업 거는 말치고 너무 뻔해.'

유나는 빌라로 들어서며 피식 웃었다. 그녀의 착각일 수도 있겠지만, 만약 작업을 걸려고 했던 말이라면 너무 옛날 멘트였다.

그런 말에 넘어가는 여자가 있을까.

그녀는 엘리베이터를 타고 올라가면서도 계속 생각했다.

'하긴, 잘생겼는데 무슨 말을 해도 먹혔겠지.'

벤치에 앉아 있기만 했는데도 그는 우월한 유전자를 숨기지 못했다.

"넌 남자애가 왜 그렇게 기성 씨를 좋아해? 네가 보기에도 매력적이니?"

집으로 들어가 샘의 목줄을 풀고 발을 닦이며 유나가 말했다. 그러다 그녀는 화들짝 놀랐다. 자신도 모르는 사이에 기성을 매력적으로 여겼다는 것이 웃겼다.

"아이고, 유나 힐(Hill). 남자가 필요한 거야? 큰일이다, 큰일."

큰일이라 말하면서도 유나는 자신의 연애가 3년 전에 끝난 것을 떠올렸다. 3년이면 이별의 아픔 따위 치유가 되고도 남을 시간이었다.

그리고 사실 애초에 이별의 아픔도 없었다. 썰물처럼 사랑의 감정이 서로에게서 빠져나가 자연스럽게 헤어졌으니까.

간식을 물고 자기 집으로 들어가는 샘을 확인하고 유나는 옷을 벗었다. 운동복이 땀에 잔뜩 절은 찝찝함에 인상을 찡그렸다.

욕실로 들어가 속옷을 벗고 샤워기 앞에 섰다. 마음 같아서는 찬물을 뒤집어쓰고 싶을 정도로 더웠다. 하지만 종일 책상 앞에 웅크리고 있다가 오랜만에 몸을 움직였더니 다리 근육이 뭉친 듯해 결국, 욕조에 미지근한 물을 받아 몸을 담갔다. 반신욕과 함께 정성껏 마사지까지 하니 온몸이 나른해졌다.

딩동.

"왈! 왈!"

샤워를 마치고 몸의 물기를 닦는데 초인종이 울리고 샘이 짖어 댔다.

"누구세요?"

"옆집입니다."

갑작스럽게 찾아온 기성 때문에 화들짝 놀란 유나는 어찌할 바를 몰랐다.

"자, 잠시만요!"

옷을 챙겨 입자니 시간이 늦어질 것 같아 그녀는 대충 수건으로 머리카락을 둘러 감았다. 그리고 아직 새것이라 빳빳한 샤워 가운을 걸치고 허리끈을 묶었다.

문을 열자 쏜살같이 샘이 뛰어나가 기성의 다리를 빙빙 돌았다.

어느새 그도 씻고 옷을 갈아입었는지 셔츠에 면바지 차림으로 머리카락이 젖어 있었다. 확실히 모델 같은 몸매라 어떤 옷을 입어도 잘 소화해 냈다.

"샘, 들어가! 네, 어쩐 일이세요?"

유나는 샘을 발로 밀어 집 안으로 들여보냈다.

문이 열리길 기다리고 서 있던 기성의 눈이 유나를 보더니 큼지막해졌다. 그는 고개를 돌려 애먼 복도를 바라봤다. 아무래도 유나의 복장이 너무 과감한 탓인지 그의 귀가 붉어져 있었다.

"미안해요, 흠흠. 내가 갑자기 찾아와서⋯⋯."

그는 헛기침까지 하며 말했다.

"아니에요. 무슨 일인데요?"

"여기, 이거."

기성의 반응에 오히려 유나가 마음이 조급해져서 대답을 재촉했다. 그는 여전히 그녀를 정면으로 바라보지 않고 고개를 돌린 채 손을 앞으로 쭉 내밀었다. 그의 손에 뚜껑이 덮인 그릇이 들려 있었다.

"역시 너무 많이 해서요. 같이 먹는 게 불편한 거 같아서 갖고 왔어요."

"진짜 파스타 하신 거예요?"

작업 걸기 위한 말이라고만 생각했던 유나는 깜짝 놀라 물었다.

"네. 한다고 했잖아요."

기성은 그녀를 바라보며 답했다가 이내 다시 고개를 돌렸다.

"난 또⋯⋯."

그녀는 말을 삼켰다.

"굳이 안 갖다주셔도 되는데."

"떡도 잘 먹었고요."

사양하려는 줄 알았는지 그가 말했다.

"잘 먹을게요."

그녀는 그가 내민 그릇을 받아 들었다. 그 순간, 그녀의 몸을 감싸고 있던 샤워 가운의 끈이 풀리는 것이 느껴졌다. 역시 옷감이 너무 빳빳한 탓에 잘 묶이지 않은 모양이었다.

"앗!"

그녀가 다급하게 한 손으로 가운의 한쪽을 움켜잡자 반대쪽이 간당간당하게 그녀의 가슴과 중요 부위를 가린 채 벌어진 모양새가 됐다.

"앗!"

기성은 재빠른 동작으로 휙 뒤돌아섰다.

"괜찮아요?"

"봤어요?"

"못 봤어요. 진짜 아무것도 못 봤어요."

그는 뒤돌아선 상태로 양손을 들어 휘휘 저었다.

"잘 먹을게요."

"네, 네. 맛있게 드세요."

닫히는 문 사이로 유나는 기성이 꽁지에 불붙은 동물처럼 뒤도 돌아보지 않고 자신의 집을 향해 뛰는 것을 보았다.

'으, 쪽팔려.'

문이 꽝 닫히고 나서야 유나는 가운을 움켜쥐었던 손을 내리고 양손으로 그릇을 받쳤다. 그 와중에도 파스타를 사수한 자신에게 경의를 표하면서도 샤워 가운만 걸친 채로 문을 열어 주러 간 자신에게는 마음속으로 언어폭력을 구사했다.

"이렇게 되면 누가 누구한테 작업을 거는 거냐고. 못 살아, 내가 정말."

그녀는 옷을 갖춰 입고 식탁 위에 올려 뒀던 그릇의 뚜껑을 열어 보았다. 그러자 모락모락 김이 피어오르는 로제 파스타가 먹음직스러운 자태를 드러냈다. 토마토소스의 새콤한 향과 깊은 치즈 향이 어우러져 코끝을 자극했다.

"우와!"

그녀는 깜짝 놀랐다.

그녀가 할 줄 아는 요리라고는 스테이크용 고기를 프라이팬에 올려 굽는 것밖에 없었다. 그러니 기성이 갖다 준 로제 파스타는 최상급 레스토랑에서 맛볼 수 있는 전문가가 만든 요리나 마찬가지였다. 게다가 한입 먹고 나서는 화가 치밀 정도였다.

"너무 맛있잖아!"

잘생기고 비율도 좋은 데다 요리까지 잘하는 남자라니. 왠지 현실에서는 절대 없을 것 같았던 영화 속 주인공을 만난 것 같았다. 이런 남자가 옆집에 산다니 즐거운 마음도 들고, 한편으로는 제대로 작업을 걸기 전에 낯 뜨거운 모습을 보인 것이 허탈했다.

'아, 아닌가? 오히려 잘된 건가?

실제로는 작업을 걸 생각도 없으면서 상상의 나래를 펼치던 유나는 혼자 키득거리며 웃었다. 그런 그녀를 올려다보며 앉아 있던 샘이 이상하다는 듯 고개를 좌우로 갸우뚱거렸다.

"왜 그렇게 쳐다봐?"

"왈!"

그녀가 말을 걸자 샘이 짖었다.

"누나가 멍청한 상상을 했어, 샘. 그러니까 그렇게 한심하게 바라보지 마."

그녀의 변명에도 샘은 한심해하는 표정을 지우지 않았다. 비록 그녀의 눈에만 그렇게 보이는 것이지만.

* * *

반면, 집으로 돌아온 기성은 문을 닫자마자 문에 기대서서 얼굴을 손으로 훔쳤다. 방금 자신이 무엇을 본 것인지 떠올리자 다시 얼굴이 뜨거워졌다.

유나에게는 못 봤다고 했지만, 그 순간이 잊히지 않았다. 그녀가 그릇을 받아 드는 순간, 샤워 가운의 끈이 풀리면서 그녀의 봉긋한 가슴 윤곽을 보고 말았다. 탄탄한 배에 작게 파인 배꼽과 뼈가 도드라진 치골이 시선을 끌었다.

안 그래도 문을 열자마자 촉촉하게 물기가 맺힌 그녀의 몸과 샴푸 냄새에 정신이 아찔했는데, 가운의 끈이 풀리는 순간 이성까지 놓칠 뻔했다.

'외국 사람이라 그런가? 굉장히 자유분방하네.'

샤워 가운만 입고 나올 줄은 정말 꿈에도 생각해 본 적이 없는 그였다. 무슨 외국 영화에서나 볼 법한 장면이 자신의 눈앞에서 펼쳐진 것이었다.

게다가 유나가 아름다운 여성이라는 것도 한몫했다. 완벽한 몸매와 향기와 빛나는 미소까지. 기성은 고개를 휘휘 저었다. 더 생각해서는 안 될 것 같았다.

"세수! 세수하자, 세수!"

그는 긴 팔다리를 휘휘 저으며 화장실로 들어가 찬물로 세차게
얼굴을 적셨다. 얼굴에 부딪치고 산산이 흩어지는 물방울에도 계속
해서 떠오르는 유나의 잔상에 쉽사리 열기가 가라앉지 않아 그는
한동안 세수를 이어 갔다.

2.

스며들다

아침 7시. 신나는 노랫소리에 기성은 눈을 떴다. 휴대 전화 알람
으로 설정해 놓은 BSB의 신나는 댄스곡을 끄고 나서도 그는 노랫
말을 계속 흥얼거렸다.

지난 7년 동안 죄책감 비슷한 마음에 제대로 들을 수 없었던 그
들의 노래를 조금은 가벼운 마음으로 듣게 되었다.

'BSB 콘서트 같이하자!'

그를 찾아와 설득하던 지호의 모습이 아직도 생생했다. 그리고
몇 년의 설득 끝에 드디어 기성이 지호의 설득에 넘어간 것이다.
아직도 기성에게는 이 콘서트에 대한 확신이 없었다. 어느 방향으
로 자신과 나머지 멤버를 이끄는 일이 될지 전혀 가늠되지 않았다.

아무튼, 그렇게 아침을 오랜 친구들의 목소리와 함께 맞이한 기성은 편한 운동복으로 갈아입고 작은 가방을 챙겨 바로 집을 나섰다. 엘리베이터를 타고 지하 2층으로 내려가면 빌라에 사는 사람들만 이용할 수 있는 회원제 헬스장이 있었다.

"오늘도 칼같이 출근이시네요?"

헬스장에 도착한 그에게 트레이너가 밝게 인사를 건넸다. 매일 비슷한 시간에 운동하러 내려오는 기성에게 건네는 똑같은 인사였다.

우락부락한 근육질 몸매를 딱 붙는 티셔츠로 뽐내는 트레이너에게 기성은 고개를 꾸벅 숙이고 쑥스러운 미소를 머금으며 안으로 들어섰다. 같은 남자지만, 아직도 저 무서운 근육질 몸매는 적응이 되지 않았다.

그는 러닝머신을 20분 빠르게 걷고, 기구를 이용해 근력 운동을 30분 하고, 다시 40분을 러닝머신 위에서 뛰었다. 그러는 동안 그의 귀에 꽂힌 블루투스 이어폰에서는 여전히 BSB의 노래들이 흘러나왔다.

운동을 마치고 나면 헬스장 옆에 있는 목욕탕에서 샤워를 하고 나온다.

그의 하루는 매일 이렇게 시작됐다.

일정이 바쁠 때 빠진 적은 있어도 쉬는 날 운동을 거른 적은 없었다. 30대에 접어들면서 조금만 관리에 소홀하면 곧바로 몸이 무너지는 것을 알고 나서 스스로 결심한 것을 지키는 중이었다. 담배는 아직도 끊지 못하고 있지만.

"어? 오늘 재활용 쓰레기 버리는 날이네?"

집으로 다시 돌아오는 길에 재활용 쓰레기를 들고 가는 주민을 보고 기성은 마음이 바빠졌다.

오늘 오후에는 BSB 멤버들과 만나 석 달 뒤에 있을 10주년 콘서트에 대해 논의하기로 했다. 오랜만에 만나는 거니 언제 돌아올지 몰라 집에 있는 재활용 쓰레기를 버리고 나가야 하는데 시간이 촉박했다.

"바쁘다, 바빠."

그는 집에 들어가 다용도실 문을 열고 미리 분리해 두었던 재활용 쓰레기 박스를 꺼냈다. 커다란 박스엔 비닐, 캔, 플라스틱, 종이가 종류별로 분리되어 있었다.

혼자 살고 있지만 청소하는 것을 귀찮아하는 성격은 아니었다. 언제 누가 찾아오더라도 깨끗한 공간에서 맞이하고 싶었다.

그렇다고 집에 많은 사람이 찾아오는 것도 아니었다. 또한 자신이 깨끗함을 결벽증 환자처럼 집착하는 것도 아니었다. 가끔 정신이 사나울 때, 스트레스가 최고조에 달했을 때 청소를 하면 기분이 상쾌해졌다.

최근에는 바쁜 와중에 쌓인 스트레스와 고민거리들 때문에 집이 깨끗하게 정리되어 있었다.

박스를 번쩍 들고 나가 이번에는 1층에서 내려 그가 사는 동 바로 앞에 있는 분리수거 센터로 갔다. 아직 이른 시간이라 그런지 수거 봉투들이 비어 있었다.

"오, 좋아. 비어 있어."

늦게 나오면 꽉 차 있는 수거 봉투들이 넘쳐서 당혹스러울 때가 있었는데 오늘은 그렇지 않아서 기분이 좋아졌다.

콧노래를 흥얼거리며 쓰레기를 각각의 수거 봉투에 넣고 그는 발걸음을 돌렸다. 아직 시간이 있으니 아침 겸 점심을 간단하게 만들어 먹고 나갈 수 있을 터였다.

"뭘 만들어 먹을까나?"

왠지 기분 좋은 아침이라 계속 혼잣말을 중얼거렸다.

"어?"

5층에 도착해 엘리베이터에서 내리자마자 복도에서 기성은 유나와 마주쳤다. 그녀는 머리카락을 위로 둥글게 말아 묶고 매우 짧은 반바지와 민소매 차림으로 복도에 재활용 쓰레기를 꺼내 놓고 있었다.

"안녕하세요?"

커다란 박스 두 개에 재활용 쓰레기를 분리하는 그녀의 뒤통수에 대고 기성이 인사했다.

"아, 안녕하세요?"

그녀는 몸을 돌려 그를 발견하더니 어색한 미소를 지으며 인사했다. 그 어색한 미소를 보고 나서야 기성은 어제 일이 떠올랐다.

어젯밤에 그녀의 알몸을 떠올리지 않으려 애쓰며 잠이 들었으면서 어찌 이렇게 한순간에 잊어버릴 수 있는지, 스스로가 한심했다.

'멍청한 놈.'

어제 봤던 그녀의 모습을 애써 떠올리지 않으려 노력하며 기성은 어색한 미소를 최대한 자연스럽게 지으려 했다. 그럼에도 슬쩍 떠오르는 그녀의 가슴과 치골을 잊기 위해 최대한 말을 돌리기로 했다.

"분리수거하시려고요?"

"네. 오늘이라고 들어서요."

"맞아요. 저도 지금 막 버리고 왔거든요."

기성은 손에 들고 있던 빈 박스를 들어 보였다.

"부지런하시네요."

"도와드릴까요?"

그의 말에 유나는 잠시 고민하는 듯싶더니 이내 고개를 끄덕였다.

"그래 주시면 감사하죠."

그는 그나마 무거워 보이는 종이가 분류된 박스를 들었다. 다른 박스에 들어 있는 것은 캔 몇 개와 플라스틱으로 반도 차 있지 않았다.

"따라오세요."

종이가 가득 든 무거운 박스를 번쩍 들고 그는 앞장서서 걸었다.

'어깨가 꽤 넓네.'

그를 조용히 뒤따라 분리수거 센터로 가면서 유나는 흐뭇하게 그의 듬직한 등과 어깨를 바라봤다.

평소에는 그녀가 이제 막 잠에서 깼을 시각이지만, 오늘은 어쩔 수 없이 일찍 일어난 터였다. K 방송국에서 출판사를 통해 그녀에게 일자리를 제의한 탓이었다.

조만간 제작에 들어가는 드라마가 있는데 유명한 할리우드 배우가 특별 출연을 한다며 그녀에게 통역을 부탁했다. 오늘은 그 일 때문에 오후에 드라마 제작사와 방송국 관계자를 만나야 했다.

어쩔 수 없이 일찍 일어나 집을 나서기 전에 쓰레기를 버려야겠다고 결심한 것이 지금 기성의 멋진 몸을 감상하는 기회를 준 것이었다.

'어제 진짜 못 본 걸까? 그러니까 아무렇지 않게 말을 건 거겠지?'

그녀는 부끄러웠던 어제 일을 떠올리며 얼굴이 빨개지는 것을 그에게 들키지 않으려고 일부러 손에 든 박스 더미를 최대한 높이 들었다. 덕분에 멋진 기성의 뒤태를 감상하는 것도 더는 불가능해졌지만, 어쩔 수 없는 노릇이었다.

"혹시 더 버릴 거 있어요? 도와줄게요."

"진짜요? 감사합니다."

들고 온 쓰레기 더미를 버리고 나서 나온 기성의 말에 유나는 반색했다.

그렇지 않아도 지금 버린 것은 집에 아직 남아 있는 쓰레기의 절반밖에 되지 않았다. 이삿짐을 다 정리하고 났더니 너무 많은 쓰레기가 나온 것이다.

왔던 길을 되돌아 두 사람은 함께 유나의 집으로 들어섰다.

"우와! 벌써 정리를 했어요?"

기성은 유나의 집을 둘러보곤 감탄하며 말했다. 이틀 전에 이사한 집이라고 볼 수 없을 정도로 모든 것이 깔끔하게 정리되어 있었다.

"짐이 별로 없으니까요. 들어오세요."

"실례하겠습니다."

그는 신발을 벗고 안으로 들어섰다.

따뜻한 베이지색이 감도는 거실 한가운데에 테이블과 함께 소파가 'ㄴ' 자로 배치되어 있었다. 그리고 특이하게도 거실의 커다란 창 앞에 책상이 놓여 있었다. 책상 위에는 책과 A4 용지가 쌓여 있고, 노트북이 켜져 있었다.

"샘, 안녕?"

두어 번 봤을 뿐인데 기성이 익숙해졌는지 짖지도 않고 그의 곁으로 와 맴도는 샘에게 인사했다. 그런 둘을 슬쩍 보고 유나는 다용도실 안으로 사라졌다.

"아유, 착해라. 너 진짜 나 좋아하는구나?"

배를 드러내며 재롱 피우는 샘을 어루만지고 놀다가 기성은 고개를 들어 거실을 한 번 더 휘둘러보았다.

식물은 없었지만, 원목 가구와 살구빛이 도는 벽지가 잘 어우러져 따뜻한 기운을 쏟아 내고 있었다.

'역시 유나 씨랑 잘 어울리는 집이네.'

유나가 직접 가구며 벽지를 고르지 않았다는 사실은 꿈에도 모르는 기성이 그렇게 혼자 생각했다.

"혹시 집에서 일해요?"

책상 위에 놓인 종이와 노트북을 보고 궁금증이 동한 기성이 물었다. 여전히 손으로는 샘의 드러난 배를 간지럽혔다.

"네, 프리랜서예요."

유나가 다용도실에서 그에게 대답했다.

"무슨 일 하는지 물어봐도 돼요?"

기성이 다시 묻자 이번에는 유나가 다용도실 밖으로 얼굴을 빼꼼 내밀었다.

"이것부터 좀 들어 줄래요?"

"아, 미안해요."

기성은 빠르게 일어나서 유나에게 다가갔다. 그녀는 그에게 가지

런하게 접혀서 끈으로 말끔하게 묶인 박스 더미를 내밀었다.

"어이쿠, 많네요."

"이삿짐 쌌던 상자들이라 좀 많아요."

"이게 다예요?"

"네."

대답과 달리 그녀는 그에게 건넨 것의 반 정도 되는 박스 더미를 품에 안고 나왔다.

"그것도 나한테 올려요."

이미 양팔에 한가득 박스 더미를 들고서도 그는 호기롭게 말했다.

"괜찮아요. 이건 몇 개 안 돼요."

그녀는 극구 사양하더니,

"번역도 하고, 가끔 통역도 하고 그래요."

미처 그가 다시 권하기도 전에 대화 주제를 바꿨다.

둘은 박스 더미를 들고 다시 집을 나섰다. 끝까지 발치에 맴도는 샘을 간신히 돌려세우느라 진땀을 뺐다.

'내 직업은 안 궁금한가 보네?'

엘리베이터를 타고 다시 1층으로 내려가면서 기성은 왠지 모를 섭섭함이 느껴졌다. 그의 직업에 대해 유나가 물으면 자연스럽게 자신이 연예계에 종사한다는 것을 말할 수 있을 터인데 말이다.

'설마 나를 그냥 백수라고 생각하는 건 아니겠지?'

이제 섭섭함을 넘어 초조하기까지 했다. 그렇다고 본인이 먼저 '나는 연예인이에요' 라고 할 수는 없으니 더 답답한 노릇이었다.

'아, 그러고 보니 집에 TV가 없었어!'

그제야 기성은 유나의 집에서 가장 특이했던 점을 떠올렸다. 거실에 떡하니 놓인 책상 때문에 미처 생각을 못 했는데, 그녀의 거실에는 TV가 없었다. TV만 켜도 그가 나오는 CF를 볼 수 있을 텐데, 그녀에겐 그런 기회마저 없는 것이다.

"도와주셔서 감사해요."

분리수거를 끝내고 유나가 헤어지기 전에 인사했다.

"덕분에 수월하게 끝냈어요."

"아니에요. 다 도우면서 사는 거죠, 뭐."

기성은 웃으며 말했다.

"아! 잠시만요."

무언가 떠올랐는지 유나가 집으로 들어가려는 기성을 멈춰 세웠다.

"잠깐만 기다려 주세요."

"네? 왜요?"

"잠깐만요!"

그의 질문을 못 들은 건지 그녀는 몸을 돌려 문을 열고 집으로 들어가 버렸다. 복도에 덩그러니 남겨진 기성은 바지 주머니에서 휴대 전화를 꺼내 시간을 확인했다.

'이런, 벌써 11시 반이네.'

아침 겸 점심을 만들어 먹고 나가려던 애초의 계획은 어그러졌다. 1시까지 강남에 있는 연습실에 도착하려면 바로 옷을 갈아입고 나가야 했다.

'배고픈데, 어쩌지? 지하철 타려고 했는데 운전해야 하나?'

태호가 신신당부했건만, 지하철을 타고 나가려던 기성은 얼굴을 찌푸렸다. 운전을 싫어하는 건 아니었지만, 그래도 가볍게 대중교통을 이용하는 것이 더 편했다.

'에이, 할 수 없지. 미숫가루나 타 먹고 운전해서 가야겠다.'

이미 벌어진 일에 대해 뒤늦은 후회는 아무 소용이 없었다. 그냥 마음 편히 먹고 흘러가는 대로 두는 것, 그게 그가 스트레스를 최소화하는 방법이었다.

"죄송해요. 바쁘신 거 아니에요?"

유나가 문을 열고 나오며 말했다.

"아닙니다."

"여기 그릇이요."

그녀는 뚜껑 덮은 파스타 그릇을 그에게 건넸다.

"정말 맛있었어요."

"그래요? 다행이네요."

"혹시……?"

"네?"

"혹시 요리사가 직업이에요?"

그녀가 눈을 반짝이며 물었다.

"아……. 아니요. 그냥 요리하는 걸 좋아해요."

"아, 그래요? 암튼 잘 먹었어요."

역시나 그녀는 그의 직업에 대해서 다시 묻지 않았다. 요리사인가 했는데 아니라고 답했건만 진짜 직업이 무엇인지에 대해서는 궁금하지 않은 모양이었다.

"좋은 하루 보내세요."

"네, 유나 씨도요."

그대로 그녀는 집으로 들어가 버렸다.

'하……. 정말 호기심 없는 아가씨네.'

기성은 그릇을 든 채 잠시 한숨을 내쉬고 집으로 발걸음을 옮겼다.

급한 대로 청바지에 폴로셔츠를 꺼내 갈아입고 차 키를 백팩 앞주머니에 챙겼다.

미숫가루를 타기 전에 유나에게서 받은 파스타 그릇을 찬장에 넣으려는데, 그릇 안에 무언가 들어 있는 소리가 났다. 뚜껑을 열어 보니 안에 노란색 포스트잇에 쓰인 메모와 함께 초콜릿 몇 개가 들어 있었다.

「어제도, 오늘도 고마워요.

— Yoona」

급했는지 약간 흘려 쓴 동글동글한 글씨가 눈에 들어왔다.

그는 초콜릿 하나를 들어 비닐 포장을 벗기고 입안에 넣었다. 달달하면서 쌉쌀하고 진한 초콜릿의 풍미가 입안 가득 퍼졌다.

"오, 맛있다!"

그는 남은 초콜릿을 차 키를 넣었던 백팩 안에 넣었다. 그리고 그녀의 쪽지를 냉장고 문에 붙였다. 그의 눈높이에 딱 맞게.

아침에 눈을 뜰 때부터 왠지 기분 좋았던 오늘, 그녀 덕분에 더욱 기분이 좋아졌다. 따스하고 행복한 기운이 가슴팍에 번졌다.

기성은 왠지 모르게 설레는 마음에 자신도 모르게 미소를 지었다.

* * *

오랜만에 만난 BSB 멤버들은 서로를 부둥켜안으며 인사를 나눴다.

7년 전, 기성이 군에 입대하면서 BSB는 활동을 중단한 상태였다. 물론 긴 공백 사이에도 꾸준히 음반을 다시 내자는 이야기가 오갔지만, 기성은 단호하게 싫다고 말했다.

그렇게 서로 이유를 묻지 않고, 말하지 않아 오해가 쌓인 채로 시간만 흘렀다. 멤버들은 각자 살아갈 길을 찾았다.

그리고 다행히 그 누구도 도태되지 않았다. 만약 누군가 연예계에서 완전히 떨어져 나갔다면 이런 자리를 만들 수 없었을 터였다.

지호가 몇 년 동안이나 기성을 설득한 끝에, 데뷔 10주년이라는 핑계로 이 자리가 성사됐다. 물론 그 전에 기성은 이미 반 이상 '하고 싶다' 쪽으로 마음이 기운 상태였다.

문제는 자신이 없을 뿐. 팬들에게서 BSB의 활동을 중단시킨 장본인으로 낙인찍혀 엄청난 욕을 먹었던 터라 다시 그들 앞에 서는 것에는 큰 용기가 필요했다.

세월이 흘러서 몇 년 전부터 멤버들과는 1년에 한두 번씩 만나고는 했지만, 서로 당시의 이야기는 무슨 활화산을 건드리는 것처럼 피했다.

"어서 와."

지호가 기성을 세게 껴안으며 반갑게 말했다.

오늘 모인 장소는 지호가 속해 있는 극단의 연습실이었다. 지호는 BSB 활동이 중단된 이후에 극단에 들어가 연극을 시작했고, 현재는 연극뿐 아니라 뮤지컬 배우로도 활동했다.

"축하한다, 천만 돌파!"

"우리 배우님, 멋져, 멋져!"

지호 옆에서 희주가 커다란 웃음을 띠며 엄지손가락을 들고 기성을 추켜세웠다.

"하하, 고마워."

기성은 멤버들 앞에서조차 쑥스러워서 어찌할 바를 몰랐다. 어릴 적 BSB 활동 때는 분명 자기 잘난 맛에 살았던 그였는데, 지금 배우로서 얻는 칭찬에는 몸 둘 바를 몰랐다.

"너 이번 영화에서 연기 변신 제대로 했더라."

"그러니까. 나 완전 영화 보면서 소름 돋았잖아."

희주와 지호는 '맞아'를 연발하더니 아예 팔에 돋은 소름을 쓱쓱 비비는 흉내까지 냈다.

"영화 천만 관객 넘는 게 애 하나 잘했다고 될 일이냐? 다른 배우나 스태프들도 다 열심히 했으니까 그런 결과가 나온 거지."

옆에서 듣고 있던 성규가 차갑게 말했다.

"넌 맨날 그렇게 미운 말만 하냐."

"맞아."

"내가 뭘? 사실을 말한 건데."

셋은 옛날 모습 그대로 옥신각신했다. 기성은 그리웠던 그 모습에 미소 지으면서도 성규의 말에 가슴 한쪽이 아팠다.

멤버들을 배신하고 BSB를 떠났다는 이유로 성규는 벌써 7년째 기성과 벽을 쌓고 있었다. 예전에는 멤버 중 그 누구보다 친했던 사이인데. 기성은 안타까운 마음이 들어도 그냥 모르는 척했다.

"싸우지 마."

"넌 시사회 할 때 초대권이나 좀 줘!"

결국은 기성에게 화살이 돌아왔다.

"어? 알았어. 미안."

당황하며 사과하는 그를 보고 셋은 또 웃음을 터트렸다.

"근데 마호 형은?"

기성은 예전 BSB 멤버 네 명의 매니저이자, 현재 성규의 매니저로 일하는 마호를 찾았다.

BSB가 데뷔도 하기 전부터 마호는 그들의 전담 매니저로 함께 생활했다. 멤버 모두가 동갑내기 친구라 싸우기도 많이 싸웠는데, 그때마다 나이가 많았던 마호가 그들을 교육하는 어른의 역할을 했다.

그들이 데뷔하고 나서도 마호는 꾸준히 네 명의 곁을 지켰고, 모두가 흩어져 활동하는 지금은 성규의 매니저로 일하는 중이었다. 이번에 BSB 멤버가 모인다는 이야기에 가장 반가워했던 사람 중 하나이기도 했다.

"마호 형 사무실에 회의 있어서 갔어."

성규가 차가운 목소리로 대답했다.

"아, 그래? 오랜만에 마호 형 얼굴 좀 보려고 했더니."

"어차피 연습할 동안 실컷 볼 텐데 뭐."

"마호 형 바쁘네."

"너보다 바쁘겠냐?"

별 희한한 사람 다 보겠다는 얼굴로 희주가 말했다.

"넌 요즘 뭐 하면서 지내?"

기성이 희주에게 묻자 희주는 손가락으로 V 표시를 해 보였다.

"나야 라디오 진행하지."

"맞다. 너 라디오 하지?"

"언제 한번 나와라. 우리 작가들이 너 섭외하라고 난리더라."

"하하하, 알았어."

"어? 약속한 거다?"

반색하며 희주가 새끼손가락을 내밀었다. 기성은 그의 손가락에 자신의 손가락을 걸었다.

"그래, 한번 불러. 갈 테니까."

"좋았어!"

라디오 출연이 어려운 일은 아니었다. 네 명이 함께 콘서트를 연다고 이미 기사가 나간 마당이었다. 그러니 천만 관객 주연이라는 타이틀과 함께 겹경사로 이곳저곳에서 인터뷰가 많이 들어오고 있었다.

그래서 아직 팬들의 반응을 제대로 접하지 못한 탓에 몸을 사리고 있던 기성으로서는 희주가 DJ로 있는 라디오 프로그램에 나가는 것이 제일 마음이 놓였다.

"회의하자, 회의."

"그래. 회의하자. 시간이 별로 안 남았어."

성규가 재촉하자 지호가 손뼉을 짝 치며 회의실로 자리를 옮기자고 손짓했다.

"야, 그냥 둘이 해. 어차피 둘이서 결정 다 할 거잖아."

희주가 귀찮다는 듯 말했다.

"뭐야, 그런 게 어딨어."

어이없다는 듯 성규가 말했다.

"둘 고집을 누가 꺾어. 너네 둘이 하고 싶은 대로 못 하면 끝까지 우리 설득할 거잖아."

"맞아. 너네 옛날에도 그랬어."

희주의 말에 기성이 끼어들었다.

옛날부터 고집이 셌던 지호와 성규는 나머지 멤버의 의견이 어떻든 자신들의 생각을 관철하기 위해 몇 시간이고 설득했다. 결국, 희주와 기성은 그들의 고집을 못 꺾어 두 사람이 원하는 대로 하게끔 됐다.

"지금은 다르지."

"맞아. 이번에는 모두가 참여해야지."

지호와 성규는 또 짝짜꿍이 돼서 말했다. 하는 수 없이 기성과 희주는 둘을 따라 회의실로 들어가 앉았다.

그렇게 세 시간이 지나고 나서 기성은 팔짱을 낀 채 하품이 나오려는 것을 간신히 참고 있었다.

'시간이 그렇게 흘렀는데도 변함이 없어.'

그도 그럴 것이 회의가 시작되고 얼마 지나지 않아 기성과 희주는 완전히 회의에서 배제된 채 지호와 성규가 열띤 토론을 벌이는 것을 지켜보고만 있었다. 기성도 소속사에서는 똥고집이라 불리는데, 지호와 성규에게 비하면 새 발의 피였다.

"좀만 쉬었다 하면 안 될까?"

참다못한 희주가 토해 내듯 한 말에 결국 쉬는 시간이 주어졌다. 기성은 한숨을 내쉬고 자리에서 일어나 밖으로 나와 연습실에 마련

된 소파에 쓰러지듯 주저앉았다.

"무슨 좋은 일 있어?"

뒤따라 나온 지호가 싱글벙글 웃으며 옆에 앉았다.

"나?"

"응. 얼굴이 밝아졌는데?"

"내 얼굴이 언제는 어두웠냐?"

"아니, 그건 아닌데 뭔가 미묘하게 달라졌어."

기성은 의아해하며 고개를 갸우뚱거렸다.

"영화가 잘돼서 그런 건가?"

지호는 자문자답했다.

문득 해맑게 웃는 지호를 보자니, 기성은 신기하고 재밌으면서 매혹적인 유나가 떠올랐다.

"너 혹시 대한민국에서 너 모르는 사람 봤냐?"

"본 적은 아직 없지만, 있기는 하겠지."

갑작스러운 질문에도 지호는 막힘없이 대답했다.

"왜?"

호기심이 생겼는지 기성의 옆으로 바싹 붙어 앉으며 지호가 물었다.

"아니, 최근에 누구를 만났는데 나를 모르더라고."

"몇 살인데?"

"스물여덟이라던데."

"그런데 윤기성을 몰라?"

지호는 깜짝 놀라 웃음까지 거두고 반문했다.

"외국에서 살다 왔다니까 모를 수도 있지 않을까?"

"그럼 모를 수 있지."

"엄밀히 말하면 외국에서 그냥 살다 온 사람이 아니라, 아예 국적 자체가 미국이라니까 모를 수도 있겠지?"

"그럴 수는 있는데, 그래도 TV 보면 바로 알 텐데. 너 지금 CF 몇 개나 나와?"

"세 개."

"근데도 몰라? 집에 TV도 없대?"

"어, 없나 봐."

"거참 신기한 사람이네."

지호는 고개를 절레절레 저었다.

"누군데?"

"아……. 옆집 여자."

"예뻐?"

옆집 여자라는 기성의 대답에 지호는 바로 물었다. 그 천진난만함에 기성은 웃음을 터트렸다.

"예뻐? 응? 예뻐?"

지호는 굴하지 않고 계속 물어 왔다.

"네가 더 예뻐."

기성은 지호의 구불구불한 머리카락을 손으로 어지럽히며 말했다. 어릴 적 장난칠 때처럼 닭살 돋는 말이 순식간에 기성의 입에서 흘러나와 둘은 동시에 마주 보고 웃음을 터트렸다. 이러니 예전에 팬들 사이에서 수상한 소문이 돌았지, 싶었다.

"흐흐흐, 그래도 20대 후반이면 우리는 알지 않나?"

간신히 웃음을 멈춘 지호가 신기하다는 듯 입술을 쭉 내밀고 생각에 잠겼다.

"그치? 신기하지?"

위로라도 받은 것처럼 기성은 지호의 반응이 고마웠다. 역시 그가 이상한 것이 아니라 유나가 신기한 사람인 것이다.

＊　＊　＊

집에 도착해 차를 주차한 기성은 곧장 밖으로 뛰어갔다. 빌라 앞 세탁소에 맡긴 옷이 세탁과 수선이 다 끝났다며 찾으러 오라고 연락이 온 것이 벌써 사흘 전이었다. 내일은 지방에서 잡지 촬영이 있어서 찾지 못하고, 모레는 주말이라 세탁소가 휴무고, 다음 주부터는 콘서트 연습에 들어가니 오늘 꼭 찾아야 했다.

하지만 회의가 끝나고 저녁까지 멤버들과 먹고 돌아온 탓에 간당간당하게 세탁소 문 닫는 시간에 도착했다.

"헉, 헉. 아저씨! 문 아직 안 닫았죠?"

기성이 전속력을 다해 세탁소로 뛰어 들어가 주인아저씨에게 물었다.

"아이고, 뭘 뛰어서까지 와. 전화하지. 기다리면 되는데."

기성과는 안면을 튼 지가 오래인 세탁소 아저씨가 그를 안쓰럽게 바라보며 말했다. 기성은 허리를 숙여 무릎에 손을 올리고 숨을 가다듬었다.

작년에 안주인이 암으로 세상을 뜨고 나서 한동안 침울해 있던 아저씨는 아들 내외가 가게 근처로 이사를 오면서 생기를 되찾았다.

"그럼 안 되죠. 퇴근은 칼퇴근이 제맛인데."

"허허, 기성 씨는 내가 기다려 줄 수 있어."

그렇지 않아도 세탁소 문 닫는 시간이 밤 9시라 너무 늦다며 아들에게 잔소리를 듣는다던 아저씨는 입에 발린 소리가 아니라 진심으로 기성에게 말했다. 벌써 5년 이상 이어진 인연에 정이 들었나 보다.

"말씀만으로도 감사하네요."

간신히 호흡을 정리하고 고개를 들었을 때 기성은 깜짝 놀랐다. 웃음을 참으며 그를 바라보고 있는 유나를 발견한 탓이었다.

"아, 유나 씨."

"외출하고 돌아오시나 봐요?"

"네."

그녀도 그처럼 외출하고 돌아오는 길인지 얇고 하얀 블라우스에 검은색 슬랙스 차림이었다.

"일 때문에 나갔었나 봐요?"

"평소에 입는 옷이랑 너무 다르죠?"

그녀는 자신이 입은 옷을 내려다보며 말했다.

"잘 어울리네요. 평소랑 달라서 못 알아볼 뻔했어요."

"기성 씨는 별로 다른 게 없는데요?"

그녀 말대로 그는 평소와 다를 것 없이 편한 복장이었다. 굳이 다른 점을 꼽자면, 모자와 마스크를 하지 않았다는 것 정도였다.

"아, 저는 오랜 친구들 만나고 오는 길이라서요."

그의 대답에 그녀는 조용히 고개를 끄덕였다.

'역시 나를 백수로 생각하는 건가? 내가 뭐 하는 사람인지 알면

어떻게 반응할지 궁금한데?'

찝찝한 마음이 그에게 반기를 들게 만들었다.

"둘이 아는 사이야?"

세탁소 아저씨가 옷걸이들 사이에서 옷을 찾으며 물었다.

"네. 제가 며칠 전에 옆집으로 이사 왔어요."

유나가 대답했다.

"아이고, 아가씨 횡재했네. 윤기성 씨가 옆집이라니."

아저씨는 아무렇지 않게 지나가는 말로 툭 던졌다.

"왜요?"

그러자 유나가 고개를 갸웃거리며 물었다.

"왜……냐니?"

옷을 찾던 아저씨가 손을 멈추고 유나를 돌아다보았다. 얼굴에 짙은 당혹감이 묻어났다. 그는 유나의 것으로 보이는 옷을 찾아 들고 두 사람 쪽으로 다가왔다.

"아이고, 옷이 참 많네요. 무겁겠어요. 내가 들어 줄까요?"

아저씨와 유나보다 더 당황해서 지켜보던 기성이 순식간에 두 사람 사이에 끼어들었다. 그 때문에 아저씨와 유나의 대화는 이상한 순간에 끊겼다.

"아니요. 괜찮아요. 제가 들고 갈게요."

"좀만 기다리면 가는 길이니까 도와줄게요."

"괜찮아요. 일 보고 오세요. 먼저 갈게요. 안녕히 계세요."

유나는 아저씨에게 꾸벅 인사하고는 세탁소를 나갔다.

그녀가 멀리 빌라 쪽으로 사라지자 기성은 놀란 가슴을 쓸어내렸다.

"뭐야, 저 아가씨? 혹시 기성 씨가 연예인인 거 몰라?"

"외국에서 오래 살다 왔대요."

"그래? 어쩐지 발음이 약간 이상한 것 같긴 했어."

아저씨는 다시 기성의 옷을 찾으러 안쪽으로 들어갔다.

"아저씨."

"응?"

"저 아가씨한테 제가 배우인 거 비밀로 해 주실래요?"

기성의 말에 아저씨는 옷 더미 사이에서 얼굴만 쏙 내밀어 그를 바라봤다. 매우 수상쩍어하는 눈초리였다.

"왜?"

"저를 모르는 사람이 드물어서 신기하고 재밌거든요."

머리를 긁적거리며 기성이 말했다.

"신기하긴 하네."

다행히 아저씨는 더는 묻지 않고 기성의 옷을 찾기 시작했다.

아무것도 묻지 않는 아저씨를 보며 기성은 다시금 가슴을 쓸어내렸다.

그러다 문득 의아한 생각에 동작을 멈췄다.

'왜 안심하는 거지? 유나 씨가 알아도 상관없잖아?'

유나가 자신의 직업을 모르는 것 같아 신기하고 재밌는 것은 사실이지만, 굳이 이렇게까지 숨길 일은 아니었다. 게다가 아저씨에게 모르는 척해 달라고 부탁할 일도 더더욱 아니었다. 그런데 왜 이렇게 안심되는 걸까. 이상한 일이었다.

"여기. 맡겨 놓은 옷이 많네."

아저씨가 옷걸이에 걸린 셔츠와 바지, 외투를 잔뜩 들고 나왔다.

생각해 보니 이전에도 찾아가지 못했던 옷들이 누적된 결과였다.

순간 기성은 태호에게 찾아오라고 시킬 것 그랬나 싶었지만, 이내 그 마음을 접었다. 매니저는 매니저의 일을 해야지 가사도우미가 아니었다.

"들고 가기 힘들 테니 묶어 줄게."

서랍에서 굵은 끈을 꺼낸 아저씨는 옷걸이를 한데 묶어 들고 가기 쉽게끔 만들어 주었다.

"감사합니다. 어서 들어가세요. 또 아드님한테 혼나지 마시고요."

"허허, 장사가 잘되면 좋은 거야. 혼날 일은 아니라고."

아저씨는 너털웃음을 터트리며 기성을 배웅했다.

무거운 옷을 양팔 가득 들고 집으로 돌아가는 길에 기성은 여전히 유나 생각에 빠져 있었다. 아무리 생각을 해 봐도 그가 그녀를 이렇게까지 신경 쓰는 이유가 떠오르지 않았다.

'요즘 많이 한가한가 보구나, 윤기성. 여자에게 관심을 다 주고.'

그는 코웃음을 치며 고개를 흔들었다.

데뷔 이후 10년 동안 그가 누군가와 연애한 것은 단 세 번에 불과했다. 물론 그 세 명 모두 그와 2년 가까이 사귀었다.

하지만 누군가에게 빠지면 그 사람밖에 보이지 않는 그의 성격상 일과 사랑을 병행하는 데 어려움이 있었다. 그래서 결국은 여자 쪽이 먼저 그에게 늘 이별을 고했다.

'기다리는 일에 지쳤어.'

'숨겨진 여자가 되고 싶지 않아요.'

'내가 0순위가 아닌 남자랑 사귀고 싶지 않아.'

그녀들은 각각 그런 말을 남기고 그의 곁을 떠났다. 이별의 말은 제각각이었지만, 그 속에 담긴 의미는 같았다. 99퍼센트 그도 인정하는 잘못이었다.

그렇게 마지막 연애가 끝난 것이 벌써 2년 전 일이었다.

'지금이라고 내가 달라졌을까?'

그 질문에 기성은 다시금 코웃음 쳤다.

달라졌을 리 없었다. 그 어떤 여자가 그의 곁에 오더라도 지금 그에게는 일이 가장 중요하니까. 그러니 유나를 좋아한들, 그녀와 행여 사랑에 빠지게 된들, 이전의 연애와 다른 결말이 있을 것 같지는 않았다.

"정신 차려라, 윤기성. 네가 지금 여자 생각할 때가 아니야."

콘서트에 곧 선택해야 할 작품도 있고, 할 일이 태산이었다.

그는 다시 고개를 저어 유나에 대한 생각을 애써 떨쳤다. 만난지 얼마 되지도 않은 옆집 여자를, 비록 속살을 좀 보게 되긴 했지만, 진지하게 고민하게 되는 일 따위 없을 거라고 스스로 다짐하며 오늘따라 유난히 멀기만 한 빌라를 향해 언덕길을 올라갔다.

＊　＊　＊

빨리, 빨리, 빨리 움직여라.

유나는 버스에 앉아 밖을 바라보며 기도했다. 어둠이 깔리려는 시간인데 밖에는 사람과 차가 가득했다.

퇴근 시간인 탓이다. 덕분에 버스는 5분 이상 제자리에 미동도 없이 서 있었다. 휴대 전화 액정에 뜬 숫자가 약속 시각이 임박했음을 알렸다.

윙. 윙. 윙.

휴대 전화가 울리며 로한의 이름이 떴다.

"여보세요?"

— 어디쯤이야?

로한의 밝은 목소리가 들렸다.

"몰라. 한 5분째 같은 자리인 것 같아."

— 너 설마 버스 탔어?

순식간에 밝았던 그의 목소리가 한심하단 투로 변했다. 그녀를 향해 고개를 내젓는 그의 얼굴이 훤하게 상상됐다.

"응."

— 지하철 타라니까.

"이럴 줄 몰랐지."

— 사람이 말을 하면 좀 들어라.

로한이 그렇게 말하지 않아도 유나는 버스 안에서 폭풍 자책 중이었다.

집에서 약속 장소인 강남역에 가는 데 지하철을 탈 것인가, 버스를 탈 것인가 하는 고민은 처음부터 없었다. 로한은 유나에게 지하철을 타고 오라고 했지만, 그녀가 알아본 결과 집에서 강남을 가려면 멀리 도는 데다 한 번 갈아타기까지 해야 했다.

날도 더운데 땀을 뻘뻘 흘리며 걸어 다니기가 싫어서 아무런 고민 없이 단번에 갈 수 있는 버스를 탔건만, 퇴근 시간에 걸려 버린 탓에 길 한가운데에 갇힌 신세가 되어 버렸다. 게다가 여기가 어디쯤인지 그녀로서는 알 수가 없어 더 답답했다.

그녀가 할 수 있는 일이라고는 창밖으로 보이는 **빽빽**한 차들을 보면서 기도하는 것밖에 없었다.

"미안해. 넌 벌써 도착한 거야?"

— 응, 당연하지.

"미안."

유나가 기어들어 가는 목소리로 사과했다.

— 내 걱정은 하지 말고 내리는 곳 지나치지나 마.

"알았어."

— 영화 뭐 볼래? 표 미리 사 둘게.

그는 현재 상영하고 있는 영화 제목 몇 가지를 댔다.

"제목만으로는 하나도 모르겠는데?"

— 그렇지?

"추천해 봐."

그녀의 말에 그는 한참을 고민하는 것 같더니 이내 선택한 영화 제목을 말했다.

"무슨 영화데?"

— 스릴러 영화. 살인 사건의 범인을 찾는 건데 무서울 수 있어.

"난 스릴러는 별로. 무서운 거 싫어."

유나가 인상을 찡그리며 말했다.

— 그래? 그래도 이 영화 지금 천만 명 이상이 본 건데.

"그래도 No."

그녀는 로한이 보는 것도 아닌데 고개를 세차게 저었다.

— 그럼 듣기 편하게 외국 영화 볼까?

"뭐 있는데?"

로한이 이번에는 그녀도 아는 영화 제목을 말했다. 로맨틱 코미디로 미국에서 흥행하고 있는 영화였다.

"그거 볼래."

— 알았다. 이걸로 예매할게.

그 순간 버스에서 유나가 내려야 하는 강남역 정류장 도착을 알리는 방송이 흘러나왔다.

"어? 이번이 강남역이네. 나 지금 내려."

— 알았어.

"날아갈게."

— 천천히 와. 아직 시간 남았으니까.

"응. 좀 이따 봐."

전화를 끊은 유나는 하차 벨을 누르고 일어났다.

버스에서 내리자마자 그녀는 건널목에 있는 영화관을 발견했다. 높은 빌딩이 치솟아 있는 강남의 마천루가 그녀의 시선을 잡아끌었지만, 약속 시각에 늦은 상태라 한가하게 구경할 시간이 없었다.

발을 동동 구르며 건널목 신호가 바뀌기를 기다렸다가 정류장에서 영화관 건물까지 뛰어갔다. 뛰는 것보다 지나가는 사람이 너무 많아서 최대한 부딪치지 않으려고 노력하는 것이 더 힘들었다.

"아직 안 늦었지?"

영화관에 도착해서 먼저 기다리고 있던 로한을 만나자마자 그녀는 가쁜 숨을 몰아쉬며 물었다.

"뛰어왔어?"

그의 질문에 그녀는 고개를 끄덕이며 답했다. 건널목 하나만 뛰어왔을 뿐인데 땀으로 범벅이 되었다.

"힐 신고 뛴 거야? 다치면 어쩌려고."

"괜찮아. 익숙해."

숨을 고르고 나자 그제야 로한의 얼굴이 눈에 들어왔다.

"이리 와. 한번 안아 보자."

그는 유나를 향해 양팔을 벌렸다. 유나는 거리낌 없이 그의 품에 안겼고, 그는 양팔로 꼭 그녀를 끌어안았다.

"나 땀 냄새 날 텐데?"

"괜찮아. 에어컨 바람에 다 날아간 것 같은데 뭘."

"그래도."

그의 말대로 다행히 영화관 안은 에어컨이 빵빵하게 나와서 순식간에 땀을 식혀 주었다. 오히려 팔에 소름이 돋을 만큼 싸늘하게 느껴질 정도였다.

"그보다……."

그는 포옹을 풀고 한참 그녀를 바라봤다.

그래도 오랜만에 친구를 만나러 나오는 자리라고 그녀는 오늘 최대한 멋을 부렸다. 한국에 오기 전에 샀던 파란색 계열의 하늘거리는 원피스 차림이었다. 맑은 하늘처럼 파란색이 그녀의 하얀 피부 위에서 더 선명한 빛을 발했다.

"너 더 예뻐졌다?"

"그래?"

"응. 한참 더 예뻐져야겠지만, 이 정도면 시집가도 되겠어."

"뭐라고?"

그녀는 그의 가슴팍에 주먹을 꽂았다. 그 작은 행동에 그는 아파 죽겠다는 표정으로 답했다.

이번에는 그녀가 그를 붙잡아 빙글 돌리며 앞뒤로 그의 모습을 살폈다. 말끔하게 검은색 슈트를 위아래로 맞춰 입고 넥타이까지 단정하게 맨 그의 모습이 낯설었다. 180cm가 넘는 키라 그런지 슈트 입은 모습이 모델 같아 보일 정도였다. 볼 때마다 어지럽게 흩날리던 그의 앞머리도 젤을 발라 깔끔하게 뒤로 넘겨 고정되어 있었다.

"이야, 멋지다. 남자네, 남자."

"야, 야. 나이가 몇인데."

"우리 겨우 1년 못 보지 않았어?"

"응."

"근데 너 너무 멋져졌다?"

"그래?"

그는 커다란 이목구비를 이용해 최대한 밝은 미소를 지었다.

지금으로부터 10년 전 처음 그를 봤을 때처럼, 그는 여전히 잘생기고, 키도 크고, 잘 웃는 남자였다. 그녀에게 있어서는 가장 든든한 아군이자 친구였기에 1년 만에 만났어도 마치 어제 만난 것처럼 편안했다.

"자, 티켓."

"고마워. 팝콘은 내가 살게. 매점 가자."

"당연히 네가 사야지."

둘은 키득거리며 영화관 매점으로 향했다. 누가 봐도 선남선녀의 모습이라 사람들의 시선이 그 둘을 좇는 것을 두 사람만 몰랐다.

영화가 끝나고 배가 고파진 두 사람은 이탈리안 레스토랑으로 자리를 옮겼다. 테이블마다 켜 놓은 촛불과 천장에 매달린 작은 샹들리에에서 나오는 불빛으로만 조명을 써 조금은 어둡지만, 매우 로맨틱한 분위기를 풍기는 작은 레스토랑이었다.

"뭐 먹을래?"

"맛있는 거."

유나의 대답에 로한은 빙긋 웃었다.

"파스타랑 스테이크 하나씩 시켜서 나눠 먹자."

"그래."

그는 웨이터를 불러서 봉골레 파스타와 안심 스테이크를 시켰다. 유나를 위해 샐러드도 추가했다.

"와인 마실래?"

"당연하지."

"하하, 정말이지."

술을 사양하지 않는 모습은 변함이 없어, 그는 웃으며 다시 웨이터를 불러 하우스 와인 한 잔을 추가했다.

"너는?"

"운전해야지."

그는 대신 물잔을 들어 그녀의 와인 잔에 부딪쳤다.

"영화 재밌었어?"

"응, 완전. 역시 로맨틱 코미디가 최고지."

조금 전 보고 나온 영화를 떠올리며 유나는 만족스러운 미소를 지었다.

영화 중간에 주인공들의 정사 장면에서 그녀가 한 다른 생각은 로한에게 말하지 않았다. 왜 그랬는지 모르겠지만, 그 찐한 정사 장면을 보면서 그녀는 옆집 남자, 기성을 떠올렸다.

'미쳤나 봐.'

기성에게 안겨 있는 것이 영화 속의 여자 주인공이 아니라 그녀 자신이었기에 그녀는 깜짝 놀라 정신을 차리고 영화에 다시 집중해야 했다.

"나 때문에 보고 싶은 영화 못 본 거 아니야?"

"뭐?"

"아까 스릴러 영화 말했던 거."

"아, 그거? 봤어, 이미."

로한은 잔을 들어 물을 마시는 척하며, 놀라는 유나의 시선을 피했다.

"뭐? 설마 너 오늘 본 영화도 두 번째 보는 거 아니지?"

"아니지. 이런 영화는 커플끼리 보는 건데 난 솔로잖아."

"그러니까 왜 솔로인데?"

"윽, 아픈 곳을 찌르네."

그가 웃음을 터트리며 가슴을 부여잡았다.

"그러는 너도 혼자잖아."

"음, 한국에서 찾아봐야지. 좋은 남자."

"너무 멀리서 찾지 말고."

스쳐 지나가듯 흘린 로한의 말에 유나가 무슨 반응을 보이기도 전에 웨이터가 준비된 음식을 가지고 왔다.

'가까이에 남자 한 명이 있긴 하네.'

먹음직스러운 자태를 뽐내는 봉골레 파스타를 보자 유나는 다시 기성이 떠올랐다.

"내가 재밌는 이야기 하나 해 줄까?"

"뭔데?"

파스타 면을 포크와 숟가락을 이용해 돌돌 말면서 그녀는 로한에게 옆집 남자에 관해서 이야기했다.

"잘생기고 비율도 좋은데, 백수인가 봐. 평일에도 집에 있더라."

"너도 집에서 일하잖아. 그럼 너도 백수야?"

키득거리며 로한이 반문했다. 그는 안심 스테이크를 작게 한 조각 썰어 유나의 앞접시 위에 올려 줬다.

"야, 나는 경우가 다르지. 그리고 그 사람한테 나 프리랜서라고 말했거든?"

"그럼 뭐 하는 사람인지 물어보지 그랬어?"

"굳이……."

그녀는 말끝을 흐렸다.

아무리 궁금해도 실례일 수도 있는 질문을 옆집 남자에게 함부로 하고 싶지 않았다.

"어제는 세탁소에 들렀다가 그 사람이랑 마주쳤거든? 그런데 세탁소 아저씨가 그 사람 옆집에 살아서 좋겠다고 하더라."

"응? 그건 좀 이상한데. 뭐가 좋다는 거야?"

스테이크를 먹다가 꿀꺽 삼키고 로한이 물었다. 얼굴에 궁금증이 가득했다.

"몰라. 그냥 무시했어."

"흠……."

그의 얼굴에 이번에는 찜찜함이 가득 묻어났다.

"옆집 남자도 좀 무안해하더라고."

"그 남자가 있는데 아저씨가 그렇게 말했어?"

"응. 웃기지?"

"웃긴 게 아니라 이상하다."

그의 말에 그녀는 고개를 크게 끄덕였다.

"잘생겨서 동네 여자들한테 인기가 좋은가?"

"그 정도로 잘생겼어?"

"뭐, 좀…… 잘생기긴 했지."

유나가 씩 웃으며 말하자 로한의 얼굴에 걸렸던 미소가 조금 어색해졌다.

"이상한 사람일지도 모르니까 언제 내가 한번 봐야겠다."

"킥킥, 그 핑계로 놀러 오려고?"

"응. 들켰네."

그는 미소 지으며 말했다.

'아니, 오히려 그 반대지. 놀러 가는 핑계로 어떤 놈인지 봐야겠어.'

그의 마음속 진심은 유나에게 들리지 않았다.

* * *

로한은 유나의 빌라 지하 주차장에 차를 세웠다. 그녀를 태우기

위해 일부러 실내 세차까지 맡긴 탓에 그의 애마는 새 차처럼 보일
정도였다.

그 반짝이는 고급 세단에서 내린 로한은 유나가 내리기 전에
빨리 몸을 움직여 조수석 문을 열어 주었다. 그녀가 안전띠를 풀
고 내리려 하자 머리가 차에 닿지 않게 정수리를 손으로 가려 주
었다.

"젠틀맨이네, 우리 로한이."

"어서 들어가."

그녀의 장난기 어린 말에 그는 그저 웃었다.

"오늘 재밌었어. 고마워."

"주말에 올게."

"알았어. 조심해서 가."

"응. 잘 자."

"바이."

그녀는 그의 차가 주차장을 벗어날 때까지 빌라로 들어가지 않
고 바라봐 주었다.

'후, 이제 숨기지 않을 생각인 건가?'

그녀를 향한 그의 마음을 눈치챈 것은 몇 년 전 크리스마스 때였
다. 매년 연고도 없는 시애틀로 날아와 그녀의 가족들과 시간을 보
내는 그를 처음으로 이상하게 본 것은 그녀의 엄마였다.

'로한이가 널 좋아하는 것 같아.'

'무슨? 말도 안 돼요.'

'그렇지 않고서야 매년 크리스마스를 우리랑 보내려고 시애틀

로 온다고? 걔도 가족이 있을 텐데. 아니면 애인이랑 시간을 보내야지.'

엄마의 말에 그제야 유나도 로한이 그녀에게 마음이 있다는 것을 깨달았다. 그 전까지는 단순히 우정으로 생각했던 그의 말과 행동, 선물들이 사실은 그녀 모르게 그가 자신의 마음을 표현하고 있던 것이었다.

하지만 그녀에게 로한은 그저 좋은 친구였기에 그의 마음을 모르는 척할 수밖에 없었다. 그녀는 이 관계를 깨고 싶지 않았다. 그가 그녀에게 정식으로 고백하지 않는 한 그녀는 끝까지 모르는 척할 생각이었다.

"남자 친구?"

뒤에서 갑자기 들린 목소리에 유나는 화들짝 놀라 몸을 돌렸다.

"Jesus Christ! Don't do that."

"기독교 신자예요?"

그녀의 시선이 닿았던 곳을 바라보며 묻는 사람은 다름 아닌 기성이었다. 언제나처럼 그는 반바지에 반팔 티셔츠 차림으로 모자를 쓰고 있었다.

"그런 게 아니라, 놀랐다고요. 언제부터 보고 있었어요?"

"유나 씨가 차에서 내렸을 때부터?"

"인기척 좀 하세요."

"아, 미안해요."

그는 시선을 돌려 그녀를 바라보더니 싱긋 웃었다. 파란색 원피스가 그녀에게 매우 잘 어울렸다. 어제 본 정장 차림의 그녀와는 또 다른 분위기였는데, 항상 대충 올려 묶었던 머리카락이 미용실이라도 다녀온 것처럼 깔끔하고 예쁘게 묶여 있었다.

게다가 그녀에게서 나는 은은한 향은 그가 맡았던 그녀의 샴푸 냄새와 또 달랐다. 화장도 어제보다 조금 더 진하고, 귀걸이도 어깨까지 길게 내려와 반짝였다.

모르는 사람이 봐도 데이트를 하고 온 모습이었다.

"고의로 그런 건 아니에요. 나도 이제 막 주차하고 내리려는데 유나 씨랑 저 남자분이 내리길래 민망해할까 봐 헤어질 때까지 기다린 거예요."

"민망할 게 뭐가 있어요."

"하하, 그렇긴 하네요."

머쓱해진 그는 귀를 문질렀다.

"아무튼, 남자 친구예요?"

"네."

그녀는 아무렇지 않게 대답했다.

'어휴, 깜짝이야. 아까 영화 보면서 이상한 상상 했던 것 때문에 더 놀랐네.'

갑자기 등장한 기성 때문에 놀란 마음을 진정시키며 그녀는 몸을 홱 돌려 빌라 안으로 들어갔다.

기성은 조용히 그녀의 뒷모습을 바라보며 입술을 삐죽 내밀었다.

'남자 친구란…… 말이지?'

왠지 모를 섭섭한 감정이 들어 그는 볼을 빵빵하게 부풀리고 콧잔등을 찡그렸다. 심통을 부리고 싶은 심정이었다. 배신감도 들었다. 자신을 유혹하던 것이라고는 생각하지 않았지만, 그래도 당연히 솔로라고 생각했는데, 남자 친구라는 말에 배신감이 밀려왔다.

한동안 그녀가 사라진 빌라 입구를 뚫어지게 바라보다 그는 고개를 저었다.

"뭐 하는 거냐, 윤기성."

그는 한숨을 쉬었다.

'남자 친구가 있든지 말든지 무슨 상관이야.'

불과 하루 전에 여자 생각할 때가 아니라고 마음을 다잡고선 이렇게 한순간에 흔들리는 자신이 우스웠다. 사람 마음이 그렇게 생각한 대로 되는 것은 아니지만, 이렇게 쉽게 흔들리다니 웃기는 일이었다.

그는 다시금 자신을 다잡았다. 그녀에게 남자 친구가 있다면 오히려 더 잘된 일이었다. 더는 그녀 때문에 흔들릴 일은 없을 테니.

잔뜩 찌푸렸던 얼굴을 펴고 그는 평온함을 가장한 채 빌라 안으로 들어갔다.

3.

질투의 힘

로한은 한 손에 들고 있던 화분이 든 쇼핑백을 다른 손으로 옮겨 들었다. 평소 유나가 갖고 싶어 했던 만세 선인장을 꽃 가게에서 찾아 포장했는데 생각보다 부피가 커서 무게가 나갔다.

그래도 모자를 쓰고 두 팔을 만세하고 있는 선인장을 보며 좋아할 그녀의 얼굴을 생각하니 그는 기분이 좋아졌다.

'집들이 가시나 봐요?'

빨간 앞치마를 허리에 둘러맨 꽃 가게 주인이 선인장 화분을 포장하며 물었다. 그녀가 매고 있는 앞치마 색깔이 너무 선명한 빨간색이라 오히려 꽃 가게에 있는 형형색색의 꽃들의 색이 죽어 보였다.

'네.'

'여자 친구네 집?'

'네? 아, 네.'

'여자 친구분이 좋아하시겠어요.'

어차피 모르는 사람이고, 다시 만날 일은 없을 터이니 로한은 꽃 가게 주인이 생각하고 싶은 대로 생각하게 내버려 두었다. 타인이 유나를 자신의 여자 친구로 생각해도 상관없지 않나 싶었다.

그리고 유나와 함께일 때는 이런 농담도 쉽게 할 수 없으니까 혼자일 때만이라도 그녀를 애인으로 만들고 싶었다.

그래서 선인장을 사서 꽃 가게를 나왔을 때 그는 매우 즐거웠다.

유나가 살 집을 구하고 그 안의 살림살이들을 채워 넣은 것은 로한이건만, 그녀는 집 구경을 시켜 준다며 그를 초대했다. 가구를 구매할 때부터 그녀라면 이렇게 배치하겠지, 상상했던 그였기에 굳이 보지 않아도 그녀의 집이 어떻게 꾸며졌을지 충분히 알 것 같았다.

그래도 그녀를 만날 기회라면 단 한 순간도 놓치고 싶지 않았다. 원래 이사하던 날 와야 했는데 그놈의 고객이 뭔지, 갑자기 잡힌 고객과의 미팅에 퇴근 시간을 놓쳤다. 펀드 매니저에게 고객과의 미팅보다 우선순위인 약속은 없었다.

그래서 오늘을 위해 로한은 아침부터 바쁘게 준비했다. 새벽같이 일어나 러닝을 하고, 샤워한 후에 잘 정돈된 드레스 룸에서 면바지와 셔츠를 꺼내 입었다. 세련되게 보이고 싶어 머리도 출근할 때처럼 단정하게 뒤로 넘겼다. 또한 자극적인 매력을 보이고 싶어 셔츠의 단추를 조금 과하게 풀었다.

'내 마음을 알기는 알까?'

유나가 여자로 보이기 시작하고 매일같이 드는 질문이었다.

고등학생 때만 해도 선머슴처럼 하고 다니던 그녀가 대학을 가더니 화장을 하고 짧은 치마를 입고 나타났을 때 그는 깜짝 놀랐다. 그녀를 처음으로 이성으로 생각했던 순간이었고, 처음으로 그녀를 마음에 품게 된 순간이었다.

빌라 엘리베이터를 기다리면서 그는 다시금 쇼핑백 안에 든 선인장을 확인했다. 커다란 선인장이 사람이 양팔을 벌린 것처럼 생겼다.

엘리베이터 문이 열리고 로한이 타려고 하자 안에 있던 남자가 한쪽 구석으로 옮겨 섰다. 지하 주차장에서 올라온 사람인가 보다 했는데, 남자의 얼굴을 본 순간 로한은 깜짝 놀라고 말았다.

"윤기성 씨?"

너무 놀란 나머지 입 밖으로 소리가 나와 버려 더욱 당황한 로한에게 기성은 쑥스러운 미소를 지으며 고개를 살짝 숙였다.

"안녕하세요?"

"아, 네. 안녕하세요? 죄송합니다. 너무 놀라서 그만⋯⋯."

"아니에요. 괜찮습니다."

"저, 팬입니다. 이번 영화 정말 재미있게 봤어요."

"하하, 감사합니다."

마트에 가서 장을 보고 오는 길인지 기성의 손에는 무거워 보이는 장바구니가 들려 있었다. 매우 편안해 보이는 티셔츠에 반바지 차림이건만, 배우는 역시 일반인과 다른 것인지 옷 밖으로 드러나는 끝내주는 몸매를 보고 로한은 같은 남자임에도 멋있다는 생각을 지울 수 없었다.

이 빌라에 연예인이 몇 명 살고 있다는 말은 집을 계약할 때 부동산 실장을 통해 들었지만, 요즘 제일 유명하고 인기 많은 배우 윤기성이 이곳에 살고 있으리라고는 전혀 생각지 못했다.

"몇 층 가세요?"

"아, 5층이요."

너무 당황해서 올라갈 층수를 누르지 못했던 로한은 그제야 손을 뻗어 엘리베이터 버튼을 누르려고 했지만, 5층 버튼은 이미 눌려 있었다.

"어? 5층 사세요?"

깜짝 놀라 기성에게 로한이 물었다.

"네."

"그럼 옆집 남자라는……"

로한은 다시 밖으로 흘러나오려는 말을 간신히 삼켰다.

'윤기성이었어? 그 좀 잘생긴 편이라는 백수 옆집 남자가?'

한국에서 자라지 않으니 유나가 기성을 모르는 것은 당연했지만, 그럼에도 불구하고 로한은 오히려 그녀가 원망스러웠다.

"아, 유나 씨의……?"

기성은 뭔가 말을 하려다 말고 입을 다물었다. 그 때문에 기성과 로한은 서로를 마주 보고 어색하게 미소 지었다.

느려 터진 엘리베이터가 5층에서 멈추고 문이 열리자 두 사람은 동시에 고개를 꾸벅 숙이고 각자의 목적지를 향해 몸을 돌렸다.

＊　＊　＊

기성은 집에 들어오자마자 장바구니를 아일랜드 식탁 위에 던지다시피 올렸다. 다행히 장바구니 안에 깨질 만한 물건은 들어 있지 않았다.

그는 침실로 들어가 침대에 그대로 엎어져 누웠다. 까끌까끌하고 시원한 촉감의 이불이 볼에 닿았다.

'저놈이란 말이지?'

그가 며칠 동안 간신히 진정시켰던 마음이 부글부글 끓었다.

유나에 대한 미련을 버리겠다, 마음을 키우지 않겠다 다짐하고 남자 친구가 있다니 정말 다행이네, 라며 혼자 정리했던 마음이 다시금 깃발을 들고 아우성을 쳤다.

"으아! 열받아!"

그는 주먹으로 침대를 세게 쳤다. 탄탄한 매트리스에 주먹이 튕겼다.

질투란 것을 해 본 적이 언제던가. 기억이 가물가물했다. 아니, 그의 기억에 여자 때문에 질투심이 폭발한 적은 없었다. 그런데 지금 그 생소한 감정이 마구 솟구쳤다.

지금쯤 둘이 부둥켜안고 키스를 나누고 있지는 않을까. 어쩌면 진도가 더 나가고 있을지도 모른다. 별의별 상상이 기성의 머릿속을 어지럽혔다.

의도치 않게 보았던 유나의 아슬아슬했던 알몸이 불현듯이 떠올랐다. 아까 만난 남자의 풀어 헤친 셔츠 단추 사이로 보이던 가슴

근육도 떠올랐다. 남자의 가슴에 안긴 채 하얀 치아를 드러내며 싱
그럽게 웃는 유나가 상상됐다.

그 순간 이성의 끈이 끊겼다.

"젠장!"

기성은 침대에서 벌떡 일어나 부엌으로 갔다. 냉장고 문에 유나
가 초콜릿과 함께 주었던 메모가 아직 그대로 붙어 있었다. 그는
그 메모를 떼어 내 냉장고 안쪽에 붙였다.

그리고 냉장고에 있는 채소란 채소는 모조리 꺼내고, 고기란 고
기도 모두 꺼냈다. 장바구니에서 방금 사 온 재료들도 모두 꺼내
어떤 음식을 만들면 되는지 순식간에 머리로 계산을 했다.

질투로 이성의 끈이 끊겨 버린 상태로 그는 빠르게 손을 움직
였다.

＊　＊　＊

유나의 집에 들어선 로한은 넋이 나간 상태였다. 오랜만에 그를
만난 샘이 오줌을 지릴 정도로 반갑게 맞이했지만, 그는 제대로 샘
을 이뻐해 줄 수 없었다.

"무슨 일 있어?"

"어?"

문 앞에서 건성건성 샘을 쓰다듬고 있는 로한을 유나가 이상하
다는 듯 쳐다봤다. 그녀는 샘이 지린 오줌을 치우느라 양손에 휴지
와 물티슈를 들고 있었다. 끈으로 된 민소매를 입고 몸을 숙인 탓
에 그녀의 가슴이 보일 듯 말 듯 해 그의 시선을 끌었다.

하지만 그는 고개를 젓고 재빨리 신발을 벗었다. 그렇게 입고 돌아다니면 남자들의 시선을 끌게 되니 조심하라고 그녀에게 말해 줘야겠다, 속으로 다짐했다.

"안색이 안 좋은데? 더위 먹었어?"

"그런가? 조금 머리가 어지럽네."

"들어와서 에어컨 앞에서 쉬고 있어. 맛있는 거 해 줄게."

바닥을 다 치운 그녀는 로한이 건넨 쇼핑백에서 만세 선인장 화분을 꺼내더니 아이처럼 좋아하면서 거실로 갔다.

"와, 만세 선인장이네? 너무 예쁘다. 고마워."

"갖고 싶어 했잖아."

"비싸지 않아?"

그녀는 창가에서 떨어져 햇빛이 많이 닿지 않는 아일랜드 식탁 위에 화분을 올렸다.

"그렇게 안 비싸."

유나의 집은 로한이 상상했던 그대로 꾸며져 있었다. 시애틀에 있는 그녀의 집처럼 거실에 버젓이 자리를 잡은 책상과 그 앞에 어지럽게 흩어 놓은 소파를 보며 그는 미소 지었다.

'여전하구나.'

왠지 시애틀에 온 것 같은 기분도 들었다.

"왈!"

"아, 샘. 미안, 미안."

간신히 마음이 안정된 로한은 그의 발을 긁어 대는 샘의 눈높이에 맞춰 거실에 누워 버렸다. 샘은 그의 얼굴을 혀로 핥고 몸 위를 펄쩍펄쩍 뛰어다녔다.

"많이 컸네, 이 녀석."

"큰 정도가 아니라 늙었지, 이제. 중년 아저씨라고."

로한의 말을 유나가 정정했다.

처음 샘을 만났을 때는 손바닥에 올려놓을 수 있을 정도로 작은 크기였는데, 어느새 녀석은 머리가 로한의 주먹만 해졌다. 그래도 다른 개에 비하면 작은 크기였지만, 갓 태어나 유나네 집으로 입양 왔을 때의 샘을 떠올리면 세월이 무상하게 느껴질 정도였다.

언젠가 샘이 죽을 때를 떠올리면 너무 겁이 난다고 했던 유나의 말이 떠올랐다.

어느 정도 샘이 진정되고 나자 그는 몸을 일으켜 앉았다.

유나는 부엌에서 바쁘게 움직이는가 싶더니 이내 인상을 찡그리며 돌아서서 그와 샘을 향해 멋쩍은 미소를 지었다.

"뭐 좀 마실래?"

"물 한 잔 줘."

그녀는 냉장고에서 생수병을 꺼내 유리잔에 따라서 가져왔다. 투명한 유리잔에 투명하고 차가운 물이 담겼다. 로한이 한 모금 마시니 세상 더위가 다 도망가는 것 같았다.

"나 옆집 남자 만났는데."

"그래? 어디서?"

"엘리베이터에 같이 탔어."

옆집 남자 이야기에 그녀의 눈이 반짝이는 것을 로한은 놓치지 않았다. 불안함이 연기처럼 스멀스멀 그의 마음에 퍼졌다.

"어때 보여, 그 사람?"

"……"

"이상한 사람 같지는 않지?"

유나는 대답하지 않는 로한에게 계속 질문했다.

"너, 그 남자한테 관심 있어?"

결국, 로한은 솔직하게 물었다. 대답을 듣지 않고는 미칠 것 같았다.

"에? 아니야, 그런 거."

그녀는 과장된 몸짓과 함께 대답하더니 다시 부엌으로 가 버렸다. 그러고선 괜히 냉장고 문을 열었다 닫았다 하고, 가스 불 위에 올려 둔 냄비 뚜껑을 열었다 닫았다 했다.

"TV는 일부러 안 샀는데. 필요 없어?"

거실이 휑한 것이 어색했던 로한은 곧바로 이유를 알아차리고 물었다.

"나 TV 안 좋아해."

유나의 대답에 로한은 안심했다. 이미 알던 사실이지만, 그녀의 입으로 직접 들으니 다시 안심되었다.

'그나마 다행이네.'

며칠 전 그녀와 함께 영화관에 갔을 때 처음 그녀에게 권했던 것이 윤기성이 주연으로 나온 영화였다.

그녀가 스릴러 영화를 좋아하지 않아서 얼마나 다행인지.

그날 그 영화를 보지 않고 로맨틱 코미디를 본 것이 얼마나 그에게 행운이었는지.

이제야 그는 신에게 감사했다.

"요즘 좀 심심하긴 한데, 살까?"

"뭐? TV?"

유나의 말에 깜짝 놀라 로한의 목소리가 커졌다.

"응. 뭘 그렇게까지 놀래고 그래?"

"야, 야. 그럴 시간에 일하거나 책을 읽어. 심심할 시간도 있나 보지?"

"우씨."

그의 핀잔에 그녀의 볼이 팽팽해졌다.

"심심하면 나한테 연락해. 내가 놀아 줄 테니까."

"치! 바쁘다면서? 맨날 야근하는 사람이."

퉁퉁거리는 유나를 보면서 로한은 안도의 한숨을 내쉬었다.

그녀가 TV를 살까, 하는 말에 소스라치게 놀라서 자신도 모르게 핀잔을 주었다. 그래도 그 핀잔을 장난으로 넘기고 TV에 대해서 잊어버리기를 바랐다.

그녀가 혹여나 TV를 사서 전원을 켰을 때, 그저 옆집 남자로 알고 있던 사람이 대한민국의 유명 배우라는 것을 알게 된다면 어떻게 반응할지 불안했다.

지금도 그녀는 그녀 자신도 모르게 기성에 대한 호감을 드러내고 있었다. 만약 기성에 대해 알게 된다면, 그녀의 마음이 그에게 더 기울까, 아니면 비호감으로 바뀌게 될까.

'분명 더 좋아하게 되겠지.'

여자라면 기성 같은 남자를 마다할 이유가 없을 것 같았다.

"밥이나 먹자. 뭐 시켜 먹을까?"

하지만 그런 로한의 마음을 전혀 모르는 유나가 물었다.

"배달이야? 요리 중인 거 아니었어?"

"나 요리 못하잖아. 망했지."

그녀가 장난꾸러기처럼 눈을 가늘게 뜨며 웃었다.

"한국 정말 좋아. 뭐든 배달을 다 해 준다? 뭐 먹을래? 뭐 먹고
싶어?"

로한이 기가 차서 웃음을 흘리는 순간이었다.

딩동—

유나 집의 초인종이 울렸다.

"응? 누구 올 사람 없는데?"

그녀는 고개를 갸우뚱하며 현관을 향해 갔다.

"왈!"

로한의 곁을 맴돌던 샘이 꼬리를 흔들며 쏜살같이 그녀를 쫓아
나갔다.

"누구세요?"

"윤기성입니다."

들려오는 대답에 그녀는 깜짝 놀라 몸을 돌려 로한을 바라봤다.
거실에서 엉거주춤하게 일어나려던 로한이 그대로 굳어서는 커다
란 눈을 더 크게 뜨고 그녀를 보고 있었다.

"자…… 잠시만요."

눈에 띄게 당황해 허둥지둥하는 유나의 모습을 보며 로한은 입
안 가득 까끌까끌한 모래를 씹는 기분이 들었다.

유나가 문을 열자 기성이 그녀를 향해 해맑게 미소 지었다. 방금
로한과 같이 엘리베이터를 탔다고 들었는데 외출하고 돌아왔다고
하기에는 너무 말끔한 모습이었다. 빳빳한 면바지에 폴로셔츠 차림
이라 오히려 지금 외출하려는 사람 같았다.

"어쩐 일이에요?"

그녀는 당황한 얼굴을 감추지 못하고 물었다.

"안녕하세요? 안녕, 샘?"

기성은 유나에게 인사하고 나서 쭈그리고 앉아 역시나 자신을 반기는 샘에게 인사하고 귀여워해 줬다.

"밥을 해 먹으려고 장을 봤는데 역시나 오늘도 재료를 많이 사 와서요. 괜찮으면 같이 밥 먹을래요?"

여전히 쭈그려 앉아 샘을 쓰다듬으며 기성은 고개를 들어 유나에게 물었다.

그의 질문에 유나는 잠시 로한이 있는 거실을 바라봤다.

"오늘은 손님이 있어서요."

"알아요. 아까 엘리베이터에서 인사했어요. 남자 친구분, 맞죠? 며칠 전에 그분?"

콕 집어 이야기하는 기성 때문에 유나는 더욱 당황했다.

"누구야?"

로한이 일부러 모르는 척 현관으로 나오며 물었다. 그는 기성의 얼굴을 확인하고는 웃으며 유나 뒤에 섰다.

"안녕하세요? 아까 봤었죠?"

기성이 그에게 인사했다.

"네, 안녕하세요?"

"윤기성이라고 합니다. 옆집 살아요."

기성이 손을 내밀어 로한에게 악수를 청했다.

'윤기성이라고 합니다? 유나가 자신을 모른다는 걸 알고 일부러……'

기성의 자기소개에 로한은 다시금 얼굴이 굳어졌다. 기성은 방금 로한에게 자신의 정체에 대해서 유나에게 말하지 말라고 신호를 보낸 것이다.

"이로한입니다."

로한은 기성의 손을 잡았다. 맞잡은 손에 힘이 들어가려는 것을 로한은 간신히 참았다.

"제가 혼자 사는데 장을 너무 많이 봐 왔네요. 음식을 많이 했는데 괜찮으시면 같이 드시겠어요?"

"미안하지만 오늘은……."

유나가 기성에게 거절하려고 하는데 로한이 그녀의 어깨에 손을 올리며 말을 막았다.

"좋은 생각이네요. 배달 음식이나 시켜 먹으려고 했는데."

"야…… 그냥 배달시켜 먹자."

흔쾌히 제안을 받아들이는 로한을 돌아보며 유나는 깜짝 놀라 말리려 했지만, 로한은 기성을 향한 시선을 거두지 않았다.

유나만 모르게 기성과 로한은 서로를 향한 가벼워 보이는 시선 속에서 힘겨루기 중이었다.

"그럼 한 20분 있다가 오세요. 밥이 그쯤 완성되니까."

"알겠습니다."

기성은 유나에게 싱긋 웃음을 짓더니 돌아섰다.

문을 닫고 유나는 거실로 돌아가는 로한의 팔을 붙잡았다.

"뭐 하는 거야?"

"뭐가?"

"옆집 남자랑 같이 밥을 먹겠다니?"

"음식 많이 했다잖아. 초대했는데 가서 먹지, 뭐."

아무렇지 않게 말하고 거실 소파에 기대앉았지만, 그는 속으로 걱정이 한가득이었다.

엘리베이터에서 만났을 때 분명 유나의 집에 온 손님이라는 것을 알고서도 굳이 음식을 많이 했다는 핑계로 저와 유나를 불러내는 기성의 속셈이 궁금했다. 유나가 기성을 모른다는 것을 기성도 알고 있단 것은 알겠는데, 굳이 초대하는 이유는 무엇인지 말이다.

'혹시 윤기성이 유나를 좋아해?'

거기까지 생각이 미치자 로한은 기성의 초대를 받아들인 것이 잘한 일이라는 생각이 들었다. 기성이 유나를 좋아하는 것이 맞는다면 그에 맞춰 계획을 세워야 했다. 오랜 시간 가슴에 품은 사랑을 이대로 뺏길 수는 없었다.

상대는 배우였다. 그것도 매우 유명한. 그런 남자가 유나를 좋아하는 마음을 이렇게 쉽게 드러낸다면 로한이 할 수 있는 일이 무엇일지 고민됐다. 유나가 기성에게 호감이 있다는 것을 확인한 이상 넋 놓고 앉아 뺏길 수는 없었다.

'도대체 이게 무슨 일이야?'

한편 유나는 혼란스러웠다.

손님이 있는 것을 알면서도 갑작스럽게 집으로 초대하는 기성이나, 그런 초대를 아무렇지 않게 받아들이는 로한이나, 둘 다 이해가 되지 않았다.

'둘이 언제 봤다고 친한 척이야?'

그녀는 심란한 표정으로 로한의 옆에 풀썩 주저앉았다.

"걱정하지 마. 네가 그 남자가 어떤 사람인지 봐 달라며? 그냥 외모만 봐서 어떻게 알아? 이야기도 나눠 보고 해야지."

"그래도 이건 좀 아니지. 실례잖아."

"그냥 가든파티에 초대받았다고 생각해."

유나는 로한의 미소에 살짝 마음이 풀렸다. 그의 말대로 이웃이 어떤 사람인지 알려면 어느 정도 교류가 있어야 하는 것이 맞다. 그러니 오늘 기성의 집에 가서 이야기를 나눠 보면 진짜로 그가 어떤 사람인지 조금은 알게 될 터였다. 그저 수상한 옆집 남자인 것보다야 낫지 않겠냐는 생각이 들었다.

"나도 모르겠다. 배달 음식보다는 맛있겠지?"

"그러길 바라야지."

둘은 그렇게 기성이 오라고 한 시각까지 입을 다물고 각자의 생각에 빠졌다.

* * *

"어서 오세요."

기성이 문을 열어 주며 활짝 웃었다.

"실례하겠습니다."

로한이 먼저 집으로 들어서며 말했다.

맛있는 음식 냄새가 가득 퍼진 기성의 집은 온통 하얀색이었다. 벽지도 가구도 전부 흰색이라 혹여나 때가 타지 않을까, 로한이 걱정될 정도였다.

거실에는 커다란 TV가 벽에 걸려 있고, 마찬가지로 커다란 홈시어터가 나란히 TV 맞은편 소파 옆에 서 있었다. TV 아래에는 영화 DVD가 잔뜩 쌓여 있었다.

'누가 배우 아니랄까 봐.'

로한은 콧방귀를 뀌었다.

DVD 외에 기성의 직업을 유추할 수 있는 물건은 하나도 없었다. 하다못해 TV에 나오는 배우들의 집처럼 그의 얼굴이 커다랗게 액자에 꽂혀 있지도 않았고, 팬들에게 받은 선물도 하나 보이지 않았다.

'깔끔한 거야, 아니면 숨긴 거야?'

그런 물건들은 침실과 다른 방에 두었다는 것을 알 리 없는 로한은 모든 것이 불만이었다.

거실에서 시선을 돌리니 소파 뒤로 유리 벽을 만들어 방 하나를 거실과 연결되게 해 놓은 것이 보였다. 그렇게 하니 유나의 집보다 거실이 훨씬 넓어 보였다. 그 방에는 커다란 8인용 식탁이 놓여 있었다.

"방을 하나 텄나 봐요?"

"네. 혼자 사니까 굳이 방이 많을 필요는 없을 것 같아서요."

"좋네요. 넓어 보이고."

"식탁에 앉으세요. 바로 음식 내갈게요."

기성의 말에 로한은 바로 식탁이 있는 방으로 들어갔다.

이미 식탁 위에는 각종 김치와 나물이 올려져 있었고, 메인이 될 음식 자리만 비어 있었다.

"도와줄까요?"

유나는 부엌에서 혼자 분주히 움직이는 기성에게 물었다.

"아니요. 유나 씨도 가서 앉아요."

기성은 유나에게 싱그러운 웃음을 지으며 말했다.

"거의 다 됐어요. 접시에 담기만 하면 돼요."

프라이팬에서 그릇으로 고기를 옮겨 담으며 기성이 덧붙였다.

그래도 유나는 식탁으로 가지 않고 아일랜드 식탁 주변을 서성이며 기성의 움직임을 눈으로 좇았다.

그가 식탁 위에 마지막으로 불고기를 올려놓고, 새하얀 쌀밥과 쇠고기뭇국을 로한과 유나 앞에 놓아 주었다. 그들의 맞은편에 앉은 그는 어서 먹으라는 손짓을 보냈다.

"와, 이걸 다 혼자 만든 거예요?"

유나가 감탄하며 물었다. 식탁 위의 먹음직스러운 음식들을 보니 기성이 초대해 준 것이 감사할 정도였다.

"밑반찬은 원래 있던 거고, 불고기랑 국만 새로 한 거예요."

"와, 버섯 좀 봐, 로한아. 칼집도 냈어."

유나가 불고기에 넣은 표고버섯에 새긴 별 모양의 칼집을 가리키며 로한을 툭 쳤다.

"김치도 직접 만들어 먹어요?"

"아, 배추김치는 어머니가 주신 거예요."

뭐가 그렇게 신이 난 것인지 반찬마다 질문하는 유나에게 로한은 심통이 났다.

"윤기성 씨 원래 요리 잘할걸?"

"응?"

갑작스러운 로한의 말에 유나가 고개를 획 돌려 그를 바라봤다. 기성도 놀란 토끼 눈이 되어 그를 쳐다봤다.

"네가 그걸 어떻게 알아?"

유나가 수상하다는 듯 물었다.

"음식……. 음식 한 거 보면 모르겠냐?"

로한은 간신히 대답했다.

언젠가 예능 프로그램에 나왔던 기성이 현란하게 칼을 다루던 모습과 다양한 요리를 막힘없이 해내던 것이 떠올라 무심결에 말해 버린 것이다. 그는 침을 삼키고 뭔가 변명할 거리를 찾았다.

"하긴, 너처럼 요리를 하나도 모르는 사람은 모를 수도 있겠다."

"뭐라고?"

간신히 로한이 상황을 장난으로 넘기자 유나는 입을 쭉 내밀며 삐죽거렸고, 기성은 속으로 한숨을 내쉬었다.

"자, 드세요. 음식 식겠어요."

"잘 먹겠습니다."

간신히 세 사람은 기성이 준비한 음식을 먹기 시작했다.

"너무, 너무 맛있어요."

유나가 말했다.

"안 그래도 제대로 된 한식이 먹고 싶었는데 덕분에 소원 이뤘네요."

"그래요? 다행이네요."

그녀가 기뻐하니 기성도 내심 불안해 긴장했던 마음이 풀렸다.

커플이 데이트하는데 질투심을 이기지 못하고 괜한 짓을 벌였다고 생각하며 두 사람을 초대한 것을 후회하고 있었다. 그런데 그녀가 이렇게 맛있게 먹는 모습을 보니 눈앞에 그녀의 남자 친구가 있든 말든 상관없었다.

"두 분은 그래서 얼마나 오래 사귄 거예요? 오래되어 보이는데?"

"저희요?"

로한이 들고 있던 젓가락으로 자신과 유나를 가리켰다.

"네. 오래된 커플 같은데요."

"Just friend인데요?"

"Just friend?"

"네."

로한의 대답에 기성은 머리가 멍해졌다.

"유나 씨가 남자 친구라고……?"

"네, 남자 친구 맞는데요? 아, 한국에서는 다르게 표현하죠?"

유나가 아차 싶은 표정으로 답했다.

"남자 사람 친구, 맞나?"

"저희 그냥 친구예요."

로한이 유나 대신 기성을 향해 확실하게 말했다.

"아……."

이해하고 안도하는 기성의 얼굴에 나타난 찰나의 표정을 로한은 놓치지 않았다.

'뭐야, 남자 친구라고 생각했으면서 초대한 거야? 애인이 있어도 자신 있다, 이건가?'

로한이 생각했던 불안함이 다시금 고개를 들었다.

'정말 괜한 짓을 했군.'

기성은 속으로 자신을 탓했다.

아무것도 모르고 맛있다는 말을 연발하며 음식을 먹는 그녀를 보며 그는 속으로 안도했다. 이 초대가 그의 질투심에서 유발된 것을 알면 그녀가 어떤 반응을 보일지 궁금하면서도 아무것도 모른다니 다행이라는 이중적인 생각이 들었다.

물잔을 들어 물을 마시던 그는 로한과 눈이 마주쳤다.

'당신……'

로한의 눈이 그에게 설명을 요구하고 있었다. 아니, 그보다는 그의 마음을 눈치챈 듯 적대감이 보였다.

'당신도……?'

그는 로한의 시선을 피하지 않고 되물었다.

뜻하지 않게 선전포고를 하게 된 셈이었지만, 어쩐지 그녀를 마음에서 지워야겠다는 생각보다 그녀와 시작하고 싶다는 생각이 커졌다.

*   *   *

식사를 마치고 설거지를 하겠다는 유나와 로한을 극구 말리는 기성 때문에 둘은 등 떠밀리다시피 밖으로 나왔다.

"잘 먹고 갑니다. 이렇게 그냥 가서 죄송하네요."

"아니에요. 같이 밥 먹어 주셔서 오히려 제가 감사하죠."

"다음에는 제가 대접하죠."

로한이 바지 주머니에서 지갑을 꺼내 명함 한 장을 기성에게 내밀었다.

"저는 명함이 없어서……."

명함을 받아 든 기성이 애매한 미소를 지었다. 명함 한 장 갖고 있지 않은 남자라니, 왠지 유나에게 자신이 백수로 보일지도 모른다는 생각에 표를 한 장 더 얹어 준 것 같았다.

하지만 그녀는 두 사람을 지켜보면서 아무 생각이 없는 듯 만족스러운 미소만 짓고 있었다.

"괜찮습니다. 연락 주세요. 유나한테 말씀하셔도 되고요."

"네, 그러죠."

부른 배를 문지르며 잘 먹었다고 인사하는 유나에게 환한 웃음을 지어 보이고 기성은 문을 닫고 들어갔다.

"가야겠다."

"벌써?"

로한은 기성과의 기싸움 때문에 진이 빠졌다. 밥을 어디로 먹었는지 기억이 나지 않았고, 잘 먹었다는 생각보다 오히려 얹힌 것 같았다.

"가야지. 내일 출근해야 하는데."

"그래도 좀 더 놀다 가지."

"아니야."

로한과 유나는 엘리베이터를 타고 1층에서 내렸다.

"차라도 갖고 오지."

"얼마나 멀다고. 지하철 타면 10분이면 오는데."

그는 그녀에게 손을 흔들고 발걸음을 돌렸다. 차라리 차를 안 갖고 온 게 다행이었다. 지금 운전을 했다면 속도를 얼마나 냈을지 장담할 수 없었다. 그리고 식도와 위 어디쯤에서 얹힌 것 같은 음식을 소화하기 위해서도 운동이 필요했다.

"아, 맞다."

몇 발자국 가지 못해 그가 몸을 돌렸다.

"너, TV 하나 사라."

"TV?"

유나가 되물었다.

"아까까지는 사지 말라더니?"

"아니야. 세상이 어떻게 돌아가는지는 알아야지."

"야, 나도 인터넷으로 뉴스는 보거든?"

"네가 보고 싶은 뉴스만 보잖아. 그리고 사람들이 뉴스만 보고 살진 않아."

로한이 말했다.

"아무튼, 하나 사서 좀 봐라."

"생각해 볼게."

유나의 대답을 듣고 로한은 다시 몸을 돌렸다.

유나가 기성이 누구인지 모르는 것이 다행이라고 여겼던 마음이 식사하는 동안 완전히 사라졌다. 그는 차라리 유나가 기성에 대해서 알게 되면 지금까지 저를 속인 것에 대해 그녀가 배신감을 느끼게 될 거라 여겼다.

그렇게 해서라도 기성을 유나에게서 떼 놓아야 했다. 기성의 마음을 그가 알게 된 이상 선택의 여지가 없었다.

기성이 유나에게 더 가까워지기 전에, 그가 먼저 유나에게 고백해야 했다.

'이제 어떻게 되든 상관없어.'

10년 동안의 우정은 이제 로한에게 아무런 의미가 없어졌다. 그동안 유나에 대한 감정을 키워 오면서도 고백하지 못했던 것은 그나마도 그녀와 연결되어 있던 우정까지 사라지게 될까 두려워서였다.

그녀가 사귀었던 다른 남자 친구들에 대해서도 질투심을 느끼고 헤어졌다는 소식에 속으로 기뻐했던 그였다. 하지만 윤기성은 그들과 달랐다. 모든 면에서 흠잡을 데 없이 완벽해 보이는 남자가 그녀를 자신에게서 앗아 가려 한다고 생각하니 미칠 것 같았다.

일단은 그가 유나에게 고백하기 전에 그녀가 기성의 정체를 알아야 했다. 기성이 계획적으로 유나에게 정체를 밝히지 않고 속이고 있는 것이 확실한 이상, 사실을 알게 된다면 그녀는 기성에게서 돌아설 것이 분명했다.

4.

탄로

CW 엔터테인먼트의 수장인 유채완 대표는 동종 업계에서 가장 성공한 사람으로 손꼽혔다. 매니저로 활동하던 중 5년 전 회사를 설립하고, 현재는 대한민국의 내로라하는 배우들과 계약했다.

한때 실력은 뛰어나지만, 무명이던 배우들도 유 대표의 든든한 지원과 뛰어난 영업력을 통해 유명해졌고, 현재는 가족 같은 분위기로 서로 상생하고 있었다.

그런 유 대표가 가장 소중하게 생각하는 배우가 바로 윤기성이었다. 기성은 유 대표가 회사를 설립하면서 가장 먼저 계약서를 내밀었던 사람이었다. 아이돌 가수였지만, 군을 제대하고 나서는 활동을 접었던 기성을 유 대표는 직접 찾아갔었다.

'배우를 해 볼 생각 없나요? 나는 기성 씨가 대한민국 최고의

배우가 될 수 있다고 생각합니다.'

5년 전, 그렇게 유 대표와 기성은 손을 잡았다.

그때부터 지금까지 기성은 유 대표의 바람대로 차근차근 연기 실력을 쌓고, 필모그래피를 늘려 갔다. 그리고 드디어 기성은 천만 배우라는 타이틀과 함께 이곳저곳에서 찾는 대한민국 최고의 배우 반열에 들었다.

유 대표의 생각보다는 오래 걸렸지만, 꾸준한 열심을 보이는 기성은 그에게 보물이나 마찬가지였다. 큰 사고도 치지 않고, 모든 일에 열심히 임하는 자세를 가진 좋은 배우였다.

"이번에 천만 찍었으니까 제대로 이어 가야지."

유 대표는 CW 엔터테인먼트 10층에 있는 대표실 창가에 붙어 도로 위의 차를 바라보며 말했다.

위에서 바라보면 세상이 얼마나 조그만지, 바쁘게 움직이는 차와 사람들이 음식을 지고 움직이는 일개미처럼 보였다. 더 높은 곳에서 개미보다 작은 차와 사람을 보는 것이 그의 목표였다.

올라갈 수 있는 최고의 높이로 올라가는 것, 그에 도움을 줄 수 있는 배우가 회사에 널렸다. 그 생각에 그의 입가에 만족스러운 미소가 걸렸다.

"스릴러로 천만 찍었으니까 비슷한 영화로 가 볼래?"

그가 깔끔하게 면도한 턱을 유리창에 비추어 보며 물었다. 자신의 각진 턱을 남자답다며 좋아하는 그였다.

그가 서 있는 창가 맞은편 반원 모양의 소파에 기성이 앉아 있었다.

"난 됐어. 작품 보고 결정하는 거 알잖아."

기성이 자조 섞인 미소와 함께 대답했다.

"그래서? 다시 독립 영화로 돌아갈래?"

유 대표는 퉁명스레 물었다.

아이돌 출신 배우라는 이유로 처음 기성이 연기를 시작했을 때 받았던 텃세는 장난이 아니었다. 대놓고 그를 무시하는 발언을 하는 동료 연예인들뿐 아니라 언론에서도 그에게 호평보다 혹평을 쏟아 냈다.

기성은 그 돌파구로 독립 영화나 저예산 영화에 출연하면서 차근차근 연기를 배워 나갔다. 어느 정도 연기가 몸에 익숙해지고 나서도 한동안 그는 돈을 받지 않고 연기했다. 그로서도, 그를 지켜보는 유 대표로서도 힘든 시간이었다.

조언이나 위로를 구할 사람을 찾지 않고 심연으로 파고드는 기성을 보며 유 대표는 자신이 괜한 사람을 끌어들인 것이 아닌가, 후회하기도 했다.

"작품성만 좋다면야 얼마든지."

유 대표의 속도 모르고 기성은 능청스레 웃으며 말했다.

"야! 노 개런티가 무슨 취미 생활이야?"

버럭 화내는 유 대표에게 기성은 능청스러운 웃음을 지우지 않았다.

"내가 너 때문에 늙는다, 늙어."

유 대표는 기성에게 다가가 자신의 짧게 자른 머리카락을 들춰 보였다.

"보이냐, 이 흰머리? 내 나이에 이 정도면 너무 많은 거 아니냐?

이게 다 너 때문이야."

"형, 지금이나 아이돌이 연기하면 겸업이다, 네이밍 마케팅이다 하는 거지. 나는 우리 멤버들 버리고 연기한다고 오만 가지 욕 다 먹었어. 이제 겨우 자리 잡았는데 필모그래피 더 쌓아야지. 아직 안 돼, 멀었어."

"버리긴 네가 뭘 버려."

기성 옆에 앉으며 유 대표가 한숨을 쉬었다.

"어쩌다 시기가 그렇게 맞물린 거지. 너 연예계 완전히 떠날 거라고 해서 내가 너 설득하느라고 얼마나 공을 들였는데."

"맞아. 형 나 설득한다고 매일 우리 집에 왔었는데."

"내가 한 달 내내 갔다. 그리고 BSB도 이번에 다시 뭉쳤잖아. 그걸로 너희 팬들 다시 돌아왔어. 그러니까 힘든 길 그만 가고 쉽게 가자."

"아유, 참."

· 알 듯 모를 듯 한 미소를 얼굴에 매단 기성은 머리를 긁적였다.

"아직 내가 자신이 없어서 그래. 떳떳하지가 않아. 팬들을 떠나서 희주나 지호, 성규 볼 때마다 내가 아직 마음이 편하지가 않아."

"난 모르겠다 정말, 네 속을."

자리에서 벌떡 일어나며 유 대표가 허탈한 목소리로 말했다.

"네 마음대로 하세요. 네 고집을 누가 꺾겠냐."

"이번 주 내로 작품 결정할게."

기성이 따라 일어나며 말했다.

"그런데 형이 바라는 그런 상업 영화는 아닐 것 같아. 미안해. 미리 사과한다."

"알았다, 알았어."

속이 상한 유 대표는 기성에게 손을 휘이 저어 보이고 책상 의자에 가 앉았다.

'저 고집만 아니었으면 벌써 천만 배우 소리 들었을 텐데.'

아쉬운 마음이 한가득했지만, 기성에게 강요하고 싶은 마음은 없었다. 유 대표가 바라는 성공이 아무리 간절해도 소속사 배우들과의 관계를 해치면서까지 고집할 마음은 없었다. 괜히 '가족 같은' 회사가 아니다.

"갈게."

"야."

돌아서서 나가려는 기성을 유 대표가 불러 세웠다.

"옷 좀 신경 써서 입고 다녀. 그게 뭐야?"

기성은 그대로 자신의 옷을 살폈다.

평소 입던 대로 티셔츠에 반바지를 입고 운동화를 신었는데, 그 모습이 유 대표의 눈에 거슬린 모양이었다.

"일정도 없는데 뭐 어때?"

"그래도 명색이 배우라는 녀석이. 내가 더 배우 같아 보이겠다."

짙은 청색 슈트를 위아래로 빼입고 넥타이까지 깔끔하게 맨 모습이 기성이 보기에도 유 대표가 더 연예인 같았다.

"몸은 참 좋아."

기성이 검지로 유 대표의 몸을 위아래로 훑으며 말했다.

"몸은?"

"에이, 얼굴은 아니지."

익살스러운 표정과 함께 대답하는 기성을 보고 유 대표는 웃음을 터트렸다.

"집에나 가. 다음 주부터 본격적으로 연습이지?"

"응. 바쁠 거야. 부르지 마."

"다음 작품이나 골라. 연습 시작하기 전에 도장 찍게."

"옙! 알겠습니다. 갈게."

거수경례하고 기성은 대표실을 떠났다.

"어휴, 자식. 마음은 약한 게 고집은 또 세 가지고."

기성이 BSB를 떠나 홀로 걸어온 순탄치 않았던 길을 떠올리며 유 대표는 안타까운 마음에 긴 한숨을 쉬었다. 그 긴 여정을 묵묵히 감내하며 버텨 온 기성의 마음에는 멍 자국이 가득할 터였다. 비록 기성은 직접 그 아픔을 드러내지 않았지만, 가끔 그의 얼굴에 드러나는 쓸쓸한 표정을 보면 알 수 있었다.

그래도 이제 기성 앞에 더는 장애물이 없을 것 같았다. 배우로서의 입지도 다졌고, BSB도 아직 확정은 아니지만 이대로만 간다면 재결합해서 간간이 활동을 이어 갈지도 모른다. 그렇다면 외로웠던 기성도 마음을 기댈 사람이 생기는 것이다.

어릴 적 함께했기에 진짜 가족 같은 세 사람을 다시금 곁에 둔다면 고집불통이지만, 마음 약하고 외로움 잘 타는 기성에게 큰 도움이 될 터였다.

유 대표는 다시 창가에 서서 아래를 내려다보았다. 기성의 성장은 곧 CW 엔터테인먼트의 성장이자 유 대표 자신의 성장이었다.

'이대로만, 이대로만 쭉 가자.'

그는 승자의 웃음을 지으며 창밖 도로를 오가는 일개미 떼를 눈으로 좇았다.

＊　＊　＊

"우와!"

유나는 마트에 들어서며 감탄했다.

미국에서도 W 마트나 C 마트처럼 큰 곳에 가 본 적이 있지만, 로한의 설명에 의하면 한국에는 동네마다 그런 대형 마트가 하나 이상은 꼭 있다고 했다.

그가 설명해 준 대로 길을 찾아오니 집 근처에서 커다란 마트를 발견했다. 크기만 큰 것이 아니라 에어컨이 얼마나 빵빵하게 나오는지, 민소매로 된 원피스를 입고 나왔는데도 땀에 흠뻑 젖었던 그녀의 몸이 빠르게 식었다.

지나가는 사람들이 쳐다보는 시선에서 그녀는 자신의 옷차림 때문이라는 것을 느꼈다.

미국에서는 아무런 문제가 되지 않았는데 아직 보수적인 시선이 살아 있는 한국에서는 어깨와 가슴을 드러낸 옷은 아무래도 불편한 복장이었나 싶었다.

이런 상황을 대비해 가방에 넣어 둔 얇은 카디건을 원피스 위에 걸쳐 입었다.

100원짜리 동전으로 빼 온 카트를 밀고 들어선 매장 입구에는 식료품이 가득 진열되어 있었다. 이렇게 큰 식품관이라니, 무슨 백화점에라도 온 기분이 들어 신이 났다.

"무엇을 해 먹을까요?"

신이 난 유나는 노랫말처럼 흥얼거렸다.

잔뜩 쌓여 있는 채소를 보니 오늘 저녁은 아무래도 샌드위치가될 것 같았다.

'요리라도 좀 배워 둘 걸 그랬나?'

엄마가 요리할 때 뒤에서 곁눈질로라도 배워 뒀더라면 먹고 싶은 요리를 마음껏 해 먹을 텐데. 유나는 그러지 못한 과거의 자신을 반성했다. 엄마가 아니라면 할머니에게서라도 배워 둘걸.

'할머니 없으면 네가 해 먹어야지.'

그녀가 좋아하는 음식을 해 달라고 조르면 할머니는 항상 당신이 죽고 나면 어찌할 것이냐며 걱정했다. 엄마에게 해 달라면 된다는 그녀의 대답에 할머니는 혀를 끌끌 찼다. 아마 엄마도 이런 잔소리를 들으며 할머니에게 요리를 배웠을 터였다.

아무튼, 유나가 할 수 있는 요리라고는 샌드위치와 스테이크, 샐러드 몇 가지뿐이었다. 그것도 요리라고 부른다면 말이다.

그렇게 저녁 메뉴를 생각하다 문득 유나는 기성이 떠올랐다.

'흠, 이번엔 내가 초대를 해야 하나?'

벌써 두 번이나 맛있는 음식을 대접해 준 그에게 그녀가 준 것이라고는 초콜릿 몇 개가 다였다.

지난번에 식사를 마치고 로한이 기성에게 명함을 주며 대접하겠다는 약속을 하기는 했지만, 그건 로한이 한 것이고, 유나 자신도 그에게 무언가 보답을 해야겠다는 생각이 들었다.

하지만 기성이 만들어 주었던 로제 파스타나 불고기 음식을 떠올리니 갑자기 자신이 없어졌다. 역시 그처럼 요리를 잘하는 남자는 불공평한 존재였다.

'이럴 때는 엄마 찬스를 써야지.'

그녀는 엄마에게 전화를 걸었다. 지금쯤 엄마는 일어나 커피에 토스트를 먹고 있을 터였다.

시애틀 시내의 한 상점에서 퍼스널 쇼퍼로 일하는 엄마는 오랜 경력과 뛰어난 실력으로 많은 고객을 가졌다. 매일 일정한 시각에 일어나는 것으로 엄마의 하루는 시작되었다.

유나 생각에는 매일 반복되는 엄마의 하루가 매우 지루할 것 같았지만, 엄마는 그렇지 않은 모양이었다.

'나는 딱 정해져 있는 것이 좋아. 뭔가 내 일정을 방해하는 것이 제일 신경질 나.'

약속도 없이 무작정 찾아오는 고객을 엄마는 그런 이유로 굳이 돌려보냈다.

반대로 아빠는 매일 반복되거나 정해진 일상을 매우 싫어했다. 변호사로서 항상 새로운 고객을 만나는 것이 그래서 적성에 맞는다고 했다.

신호가 한참 이어지고 나서 엄마가 전화를 받았다.

— 유나? 무슨 일이야, 이 시간에?

엄마는 너무 이른 시간에 걸려 온 전화에 적잖이 당황한 목소리였다.

"바빠요? 아침 먹을 시간일 것 같아서 전화한 건데."

— 오늘 수요일이잖아. 운전하다 갓길에 세웠어.

"아, 맞다. 수요일에 회의 있죠?"

— 응. 무슨 일?

수요일마다 엄마가 일하는 상점에서는 전주에 누가 가장 많은 소득을 올렸는지 발표하고 보너스를 주었다. 분명 한 달에 두 번은 엄마가 차지할 보너스였다.

갓길에 차를 세우고 전화를 받은 엄마의 시간을 빼앗지 않기 위해 유나는 재빨리 목적을 말했다.

"누군가한테 밥을 좀 해 주고 싶은데요."

— 누구? 로한이?

"갑자기 웬 이로한?"

— 그럼 누구? 너 애인 생겼니?

엄마의 말에 유나는 어이가 없었다. 로한 아니면 애인일 거라는 공식은 딸에게 연애하는 사람이 생기기를 간절히 바라는 엄마의 바람이었다.

"엄마, 나 여기 온 지 이제 열흘 됐어요. 그새 무슨 애인?"

하지만 유나가 항의했다.

— 누군지 말 안 해 줄 거야?

"그냥 아는 사람이에요."

— 말 안 할 거면 끊어. 나도 안 알려 줄 거야.

엄마는 살짝 삐친 목소리로 말했다.

유나가 고등학교 다닐 때 첫 남자 친구를 사귄 이후로 엄마는 그녀의 남자관계를 모조리 알고 싶어 했다. 성인이 된 이후로도 마치 친한 친구처럼 남자관계를 알고 싶어 하는 엄마 때문에 곤혹스러울 때가 있었다.

하지만 이제 유나도 엄마를 다루는 법에는 도가 텄다.

"관둬요. 요즘은 인터넷에 조리법 다 나오네요."

왠지 모르게 옆집 남자라는 설명을 하기가 싫어 유나는 고집을 피웠다.

분명 옆집 남자에 대한 말을 꺼내면 엄마는 2절, 3절까지 들으려고 할 것이었다. 본인의 출근이 늦어지는 것은 신경 쓰지 않고, 왜 딸이 그에게 밥을 해 주려고 하는지 듣고 싶어 할 것이었다.

— 어이구, 고집은.

엄마가 백기를 들었다.

— 그렇게 신경 많이 써야 하는 사람 아니면 그냥 스테이크나 구워. 너 그거 하나는 잘하잖아. 샐러드랑 스테이크, 와인이면 되지 않겠어?

"그거 하나는이라뇨, 엄마."

사실인데도 유나는 괜히 투정을 부렸다.

— 아무튼, 스테이크면 되지 않아?

"역시 그렇겠죠?"

— 근데 진짜 누구야?

"끊을게요. 출근 잘하세요."

— 알았다, 알았어.

결국, 엄마는 단념하고 전화를 끊었다.

결론은 기성에게 유나가 유일하게 할 줄 아는 음식을 만들어 주든가 아니면 배달 음식을 시키거나 밖에서 먹는 수밖에 없었다.

'좀 더 고민해 봐야겠다.'

유나는 일단 며칠 동안 자신이 먹을 채소와 과일들을 카트에 넣고 자리를 옮겼다.

식품관을 벗어나니 생활용품이 진열되어 있고, 제일 마지막으로 가전제품을 파는 곳이 보였다.

'TV라······.'

가전제품 파는 곳에 진열된 TV를 보며 유나는 고민에 빠졌다.

'너, TV 하나 사라.'

'세상이 어떻게 돌아가는지는 알아야지.'

'네가 보고 싶은 뉴스만 보잖아. 그리고 사람들이 뉴스만 보고 살진 않아.'

로한이 했던 말이 떠올랐다.

'걔는 왜 이랬다저랬다 하는 거야. 언제는 사지 말랬다가, 이제 는 또 사라고 그러고.'

고민에 빠지는 순간이었다.

생각해 보면 TV가 크게 필요한 것은 아니었다. 그녀가 원하는 정보는 인터넷이나 책에서도 충분히 찾아볼 수 있었다. 물론 지금 까지는.

하지만 TV를 보면 이점도 있을 터였다. 실제로 사람들이 말할 때 쓰는 구어를 많이 배울 수 있을 테고, 한국 문화도 더 많이 접 할 수 있을 것이다. 어떻게 보면 지금까지 우물 속에 갇혀 있던 그 녀에게 새로운 세계가 열릴지도 몰랐다.

"저기요."

그녀는 가전제품 매장을 담당하는 직원을 찾아 말을 걸었다.

"TV를 살까 하는데요."

직원은 그녀의 집 평수를 묻더니 커다란 TV를 추천해 주었다.

"64인치요? 너무 큰데요."

"그래도 그 평수에 64인치 정도 들어가면 딱 좋죠. 영화나 스포츠 중계 볼 때도 좋고요."

"굳이 그렇게까지 큰 TV는 필요하지 않아요. 영화나 스포츠 중계도 잘 보지 않으니까 적당한 크기로 추천해 주세요. 저렴한 쪽으로요."

단호한 그녀의 말에 직원은 매장에 진열된 제품 중 48인치 TV 하나를 보여 줬다. 진열 상품이라 할인된 가격에 구매할 수 있다고 했다.

"이걸로 할게요."

그녀는 단번에 결정을 내리고 며칠 내로 배송해 달라고 했다.

선글라스를 쓰고 장 본 것을 종이봉투에 넣어 들고 그녀는 집으로 걸어갔다. 문득 로한에게 TV를 샀다고 보고해야겠다는 생각이 들어 그에게 문자를 보냈다.

[TV 샀음. 잘했지?]

잠시 후에 그에게서 답장이 왔다.

[잘했어. 다양한 채널을 보려면 인터넷 케이블을 연결해야 할 거야. 링크 보내니까 결정해서 신청해.]

그는 몇 가지 인터넷 링크를 전송해 주었다. 그녀는 그가 보내준 링크 중에 휴대 전화와 집에서 쓰는 인터넷 회선과 같은 통신사를 찾아 전화를 걸었다. 다행히 통신사에서는 TV가 집으로 배달 오기로 한 날에 연결해 줄 수 있다고 했다.

약속을 잡고 즐거운 마음으로 집을 향해 가는 그녀는 운명의 시간이 며칠 내로 다가왔다는 것을 전혀 몰랐다.

✳ ✳ ✳

드디어 새로 들어갈 작품을 골랐다.

기성은 하루 만에 모두 읽은 드라마 시놉시스와 3회분의 대본을 테이블에 올려놓고 만족스러운 미소를 지었다.

유 대표에게 다행스럽게도 기성이 선택한 작품은 노 개런티를 외치며 참여할 작품도, 흥행과는 관련이 먼 독립 영화도 아니었다. 그가 읽은 시놉시스대로라면 시청률이 꽤 잘 나올 만한 공중파 드라마 작품이었다.

벌써 그가 받은 대본은 그가 써넣은 글씨들로 너덜너덜해진 상태였다. 그만큼 그는 이 드라마 속 배역이 마음에 들었다.

기쁜 소식은 빨리 알려야 하는 법이기에 기성은 바로 유 대표에게 전화를 걸었다.

"형, 작품 결정했어. K 방송국 박 PD님 새로 들어가는 드라마, 그거 할게."

— 드라마? 영화가 아니고?

분명 좋은 소식이건만, 유 대표는 그 나름대로 기대를 하고 있던 영화가 있었는지 맥 빠진 목소리였다.

그러고 보니 태호에게서 전달받은 영화 시놉시스 중에 빨간색 별이 커다랗게 그려진 것이 있었다. 기성은 그제야 그것이 유 대표가 표시한 것임을 눈치챘다.

"영화는 끌리는 것이 없네. 왜? 박 PD님 드라마 재밌을 거 같은데."

— 남자 주인공 역할이 아니잖아.

"그렇다고 조연도 아니잖아. 서브면 괜찮지. 역할도 마음에 들고."

유 대표의 말대로 기성이 선택한 작품은 이미 남자 주인공 역할의 캐스팅이 끝난 상태였다. 남녀 주인공은 모두 캐스팅이 끝났고, 그 둘 사이에 갈등을 조장할 남녀 서브 주연을 뽑는 단계에서 기성에게 연락이 온 것이었다.

하지만 이미 캐스팅된 남녀 주인공, 특히 남자 주인공 역할을 맡은 배우 때문에 기성은 더욱 이 드라마를 하고 싶었다.

"주연이면 더 좋았겠지만, 주연 역할은 나보다는 그 선배가 훨씬 잘 어울려. 나는 서브가 좋은데?"

— 비중이 크지 않아서 그래. 지금은 주연을 딱 맡을 때인데.

여전히 유 대표는 아쉬운 모양이었다.

— 내가 표시해 둔 시나리오 보긴 본 거야?

"응, 봤어."

— 그거 특별히 안 감독이 부탁한 건데.

"내가 직접 연락드릴게, 죄송하다고. 어차피 다른 대본이랑 시나리오들도 거절하는 전화 돌리려고 했어."

— 다시 한번 생각해 보면 안 될…….

"그럼 나 아무것도 안 할래."

징징거리는 유 대표에게 최후의 수단처럼 기성은 말을 뱉었다.

하지 말라면 더 하고 싶은 것처럼, 그에게도 청개구리처럼 괜히 엇나가고 싶을 때가 있었다. 그리고 가끔 출몰하는 그의 청개구리 짓은 효과가 있었다. 특히 유 대표에게는.

— 야, 야.

"드라마 해, 말아?"

— 해라, 해. 대신 안 감독한테 전화 꼭 해. 공손하게 잘 말씀드리고.

"알았어."

눈에 보이지 않아도 유 대표가 두 손을 번쩍 든 모습이 상상됐다. 고집 센 기성을 꺾지 못하면서도 꾸준히 이의를 제기하는 유 대표가 안쓰러울 때도 있었다.

— 박 PD한테 연락할게. 당장 계약서 쓰자고 할 테니까 사무실로 와.

"오늘 당장?"

— 뭐 다른 일 있어? 어차피 연습은 저녁부터 시작이잖아.

"그러니까 그때까지 쉬려고 했지."

— 그만 쉬어라. 이제 일해야지.

영화 홍보 끝나고 혼자 3박 4일로 대만 여행을 다녀온 것을 두고 하는 말이었다. 지난 5년 동안 기성이 연일 쉰 적이라고는 손에 꼽을 정도였다. 이번 대만 여행도 간신히 휴가를 받아 다녀온 것인데, 누가 들으면 한 달 정도 놀다 왔다고 생각할 것처럼 말하는 유 대표였다.

"진짜 너무하네. 자꾸 이러면 나 CW랑 재계약 안 한다? 얼마나 남았지, 내 계약 기간?"

— 이 자식이.

"농담, 농담. 준비하고 갈게."

— 알았다.

기성은 가볍게 웃으며 전화를 끊었다.

배우의 길로 이끌어 준 유 대표를 떠날 생각은 애초에 기성에게 손톱만큼도 없었다. 연기를 배우면서 홀로 끙끙거리며 힘들어하는 그에게 위로와 조언을 아낌없이 해 주던 유 대표는 그에게 친형 같은 사람이었다. BSB가 제2의 고향이라면 CW 엔터테인먼트는 제3의 고향이었다.

유 대표 역시 기성에 대한 마음이 같을 터였다. 유 대표가 처음 CW를 세웠을 때 많은 배우를 영입하려 했지만, 뜻대로 잘되지 않았다. 그때 기성과 함께 많은 술잔을 기울였다.

두 사람은 서로에게 기대며 아프고 힘든 시간을 견뎌 냈다. 그러니 둘 다 서로의 믿음을 저버릴 생각은 추호도 없었다.

기성은 나가기 전에 유 대표가 부탁한 대로 안 감독에게 전화를 걸었다. 거절하는 전화는 언제나 진땀을 빼게 했다.

유 대표는 굳이 배우가 모든 감독에게 직접 전화를 하지 않아도 된다고 말했지만, 기성은 항상 직접 전화를 걸어 예의를 표했다.

그 작업은 아무리 반복해도 익숙해지지 않았지만, 거절도 어떻게 하느냐에 따라 미래가 바뀌는 거라 여겼다. 그리고 그렇게 하는 게 옳다고 느꼈기에 한 작품도 빠짐없이 직접 전화를 걸었다. 언젠가는 이런 수고가 그를 더 빛나게 해 줄 날이 올 것이었다.

전화를 마친 기성은 점심을 간단하게 샌드위치로 때우고 옷을 갈아입었다. 지난번 유 대표를 만나러 갔을 때 복장에 대한 잔소리를 들은 뒤라 오늘은 제대로 갖춰 입기로 했다. 그래도 평소에 입던 셔츠에 면바지지만, 오늘은 반지와 팔찌, 선글라스로 포인트를 주었다. 이쯤만 되도 잔소리는 면할 터였다.

신발을 신고 집을 나와 문을 닫는데 엘리베이터에서 커다란 박스를 밀차에 실은 두 남자가 내렸다. 그들은 유명 전자 제품 회사의 로고가 작게 새겨진 티셔츠를 입고 있었다.

두 남자는 기성을 못 본 채 유나의 집 앞에서 초인종을 울렸다. 그러자 곧장 유나가 문을 열었다.

"들어오세요."

남자들은 그녀에게 인사를 하고 집 안으로 들어섰다.

"안녕하세요?"

기성이 유나에게 다가가며 인사했다.

"안녕하세요? 어디 가세요?"

오늘은 노란색의 나풀거리는 가벼운 블라우스에 짧은 청치마를 입은 그녀가 그를 향해 활짝 웃었다. 정수리에 둥글게 올린 머리 때문에 그녀가 더욱 발랄해 보였다.

"네, 일이 있어서요. 뭐 샀어요?"

기성은 유나의 집 안을 살펴보며 물었다. 집 안으로 들어간 남자들이 분주하게 박스를 뜯는 것이 얼핏 보였다.

"TV요."

"TV요?"

기성은 깜짝 놀라 되물었다.

"네."

"갑자기 TV는 왜……? TV 안 보는 타입이라 생각했는데……."

너무 놀란 그는 말을 잇지 못했다.

"문명과 너무 떨어져 지내는 것 같아서요. 일하는 데 도움이 될 것 같기도 하고요."

"아, 네……."

유나가 TV를 살 거라고는 생각지 못해 허점을 찔린 것처럼 기성은 착잡한 심정이었다.

'이제 TV를 틀면 내가 뭐 하는 사람인지 알게 되겠네.'

딱히 그녀에게 거짓말을 한 것도 아닌데 괜히 잘못을 저지른 아이처럼 그녀를 제대로 쳐다볼 수가 없었다.

"언제 밥 먹으러 와요."

땅을 바라보며 고민에 빠진 기성에게 유나가 말했다.

"밥이요?"

"너무 얻어먹기만 해서 미안하니까요. 이번엔 내가 밥해 줄게요."

"요리할 줄 알아요?"

진심으로 궁금해서 그가 물었다.

"뭐라고요?"

그의 물음에 그녀는 눈을 치켜뜨며 발끈했다. 하지만 뽀로통하게 말하는 그녀가 그에게는 귀엽게만 보였다.

"아니, 지난번에 보니까 살림이 뭐가 없는 것 같던데……."

그는 멋쩍게 웃으며 말했다.

얼핏 둘러본 것이긴 했지만, 그녀의 부엌에는 제대로 된 살림살이가 크게 눈에 띄지 않았었다. 함께 분리수거를 하러 나갔을 때도 대부분이 배달 음식을 먹고 나왔던 것들이라 요리와 그녀는 거리가 멀어 보였다.

"고객님, 어디에 설치하면 될까요?"

유나가 뭐라고 기성에게 반박하려는데 거실에서 설치 기사가 큰 소리로 그녀에게 물었다.

"잠시만요!"

그녀는 그 남자에게 소리쳐 대답했다.

"저기……. 잠깐만 같이 있어 줄래요?"

그녀는 고개를 돌려 기성에게 물었다.

"혹시 바빠요?"

외출 중이었다는 것을 기억해 냈는지 그녀가 조심스레 다시 물었다.

"왜요?"

"여자 혼자라 좀 그래서요. 조금 있으면 케이블도 설치하러 올 텐데 그거 끝날 때까지만 같이 있어 주면 안 돼요?"

커다란 갈색 눈동자를 반짝이며 그녀가 간절한 눈빛으로 물었다.

"알았어요."

하는 수 없이 그는 고개를 끄덕이며 그녀의 집 안으로 들어갔다. 손님이 오는 것을 대비해서 샘은 거실 구석의 울타리 안에 들어가 있었다.

"안녕, 샘?"

기성은 집으로 들어서자마자 샘에게 가 머리를 쓰다듬으며 알은 척을 했다. 샘이 꼬리를 흔들고 울타리를 다리로 밀며 달려들어 결국 그는 샘을 번쩍 안아 들었다.

설치 기사들은 벽에 구멍을 뚫고 TV를 매달 수 있도록 도와주는 거치대를 먼저 설치했다. 허튼 동작은 하나도 없었다. 그러다 기사 한 명이 고개를 돌리다 기성과 눈이 마주치자 잠시 멈칫했다.

'이상한 소문이 나지는 않겠지.'

기사의 시선을 피하며 그제야 기성은 스캔들이 살짝 걱정됐다. 그래도 옆집에 사는 사람이라는 것을 설치 기사들도 대화 내용을 들어 알았을 테니 크게 문제 되지는 않으리라 여겼다.

"로한이가 TV 사라고 하지 않았으면 안 샀을 거예요."

설치 기사들과 기성에게 차가운 커피를 건네며 유나가 말했다.

"로한 씨가요?"

"네. 언제는 사지 말라더니, 며칠 전에 기성 씨랑 밥 먹은 날은 또 사라고 그러고. 아주 멋대로라니까요."

그녀는 분홍색 입술을 삐죽거리며 말했다.

'이로한, 그 사람……. 설마 나 때문에?'

기성은 왠지 자신 때문에 로한이 유나에게 TV 설치를 권한 것 같다는 예감이 들었다. 역시 그날 밥 먹으면서 느꼈던 대로 로한은 그를 연적으로 느끼는 모양이었다.

TV 설치가 거의 끝나 갈 무렵 케이블 방송 선을 연결하러 온 남자가 열린 문으로 유나를 찾았다. 그는 유명 통신사의 이름이 크게 박힌 조끼를 입고 있었다. 그도 유나의 집 안에 우두커니 서서 강아지를 안고 있는 기성을 보고 순간 깜짝 놀라며 인사를 했다.

다행히도 어느 한 사람도 기성에게 사인이나 사진을 요청하지 않았다.

'남자들한테 인기가 없는 걸 그나마 다행으로 여겨야 하나?'

기성은 안도했다.

그 사람들이 기성에게 아무것도 요청하지 않은 것은 서비스 직

종이라 고객을 불편하게 할 수 있는 행동을 하지 않으려고 한 것인데, 기성은 그것을 몰랐다. 게다가 이번 그가 찍은 영화를 보고 여성에 치우쳐 있던 팬층에 남성이 많이 유입되었지만, 그는 그 사실도 몰랐다.

오늘 유나와 함께 있는데 그들이 기성에게 알은척을 크게 하지 않은 것은 천운과도 같은 일이었건만, 그조차도 그는 깨닫지 못했다.

"고마워요."

설치 기사들이 모두 돌아가고 나서 유나가 기성에게 감사를 표했다.

"별말씀을."

"한국은 안전하다고 들었는데, 그래도 혹시 모르니까요."

"조심해서 나쁠 건 없죠."

"덕분에 더 안전했어요."

유나가 설치 기사들에게 대접했던 커피 잔을 치우며 말했다.

"밥 언제 먹으러 올래요?"

"마음만 받을게요."

다시 그녀가 기성에게 식사 초대를 하자 그는 조심스레 거절했다.

오늘 설치한 TV에서 곧 그의 얼굴을 볼 텐데, 분명 식사 초대 따위 없던 약속이 될 것이 뻔했다.

"내가 요리 못하는 건 맞는데, 그래도 와요."

그녀가 아무것도 모르면서 계속 그를 설득했다.

"정 안 되겠으면 배달 음식이라도 시킬게요."

"그게 아니라……."

그는 그녀의 말을 막았다.

"앞으로 좀 바빠질 것 같아서 그래요."

"어머, 취직했어요?"

그녀는 반가운 얼굴로 묻더니 이내 실수했다는 듯 입을 손으로 가리며 얼굴을 살짝 찌푸렸다.

"미안해요. 실례되는 말을 했네요."

"하하, 나 백수 아니에요."

그는 웃으며 그녀를 안심시켰다.

"나 이래 봬도 번듯한 직장 있어요. 돈도 잘 벌고요."

"아, 나처럼 프리랜서예요?"

그녀는 정말 기쁜 얼굴로 물었다.

"뭐, 비슷한 거예요."

그는 대충 말을 얼버무렸다.

"아무튼, 고마워요. 가 볼게요."

그는 자리를 피하려고 그녀에게 재빨리 안고 있던 샘을 건네주고 현관으로 발걸음을 옮겼다.

"시간 날 때 말해요, 그럼. 기다릴게요."

"그럼, 다음에 만났을 때 그때도 나랑 밥 먹고 싶다면, 같이 먹도록 하죠."

그가 말했다.

"그건 또 무슨 말이에요?"

이해할 수 없는 말을 들은 그녀는 고개를 갸우뚱하며 물었다.

"갈게요."

그는 대답 대신 그녀에게 쓸쓸한 미소를 짓고서 문을 열고 나왔다. 일 잘하라며 큰 소리로 응원하는 목소리가 굳게 닫히는 문 뒤로 들렸다.

엘리베이터를 타고 지하로 내려와 차에 올라탄 그는 시동도 걸지 않고 잠시 멍하니 생각에 잠겼다.

그녀는 그가 예상했던 대로 그를 백수로 알고 있던 모양이었다. 그래도 사생활 영역이라 존중하는 차원에서 묻지 않았는데, 하필 마지막에 가서야 그가 백수가 아니라는 것을 알게 된 것이었다.

TV를 설치했으면 오늘 중으로 채널을 돌리다 그가 나오는 CF를 보게 될 것이다. CF가 아니더라도 천만 관객을 돌파한 배우란 수식어 때문에 그가 출연했던 옛날 영화들도 여러 채널에서 반복적으로 틀어 줬다.

그러니 그녀가 한두 시간만 TV를 시청하면 그가 대한민국에서 꽤 잘나가는 연예인이라는 사실을 알게 될 것이었다.

'재밌었던 날들도 이제 끝났네.'

그에게 허무함과 쓸쓸함이 밀려왔다.

아무런 허물 없이 인간 윤기성으로 대해 주는 사람을 정말 오랜만에 만났는데, 이제 모든 것이 끝났다.

로한이 유나의 남자 친구가 아니라는 것을 알고 좋아하던 자신을 떠올리며 기성은 입안을 깨물었다. 이렇게 자신의 정체가 탄로 나니 모든 것이 끝난 것 같고, 그동안 어떻게 그녀를 차지하고 싶다는 생각을 했나 싶었다.

'멍청이, 바보.'

그는 룸미러에 비치는 자신의 얼굴을 보고 한심해하며 고개를 저었다.

＊　＊　＊

"Stop, Stop!"

희주가 동작을 멈추더니 팔을 젓고 손뼉을 치며 다른 사람들의 동작까지 멈춰 세웠다. 안무팀 막내가 다급하게 오디오가 있는 연습실 구석으로 뛰어가 음악을 정지시켰다. 안무팀 인원 8명과 기성의 시선이 동시에 희주에게 닿았다.

"10분만 쉬었다 하자. 다들 힘든가 보네."

희주의 말에 모두가 이쪽저쪽으로 흩어졌다. 누군가는 연습실 밖으로 나가고, 누군가는 벽에 몸을 기대고 물을 마셨다. 에어컨 온도를 아무리 낮추려고 해도 몸을 격하게 움직인 사람들의 열을 식히기엔 역부족이었다.

흔히 볼 수 있는 안무 연습실의 풍경이었지만, 기성은 마음이 편치 않았다. 방금 희주가 연습을 중단시킨 이유가 자신임을 알기 때문이었다.

"미안."

기성은 연습실 바닥에 주저앉아 숨을 몰아쉬며 희주에게 사과했다. 티셔츠가 다 젖을 정도로 땀을 흘려 탈진할 지경이었다. 벌써 연습을 시작한 지 세 시간이 지났다.

"기성아, 오늘 왜 이래? 유난히 버벅거린다?"

민소매 운동복을 입고 땀으로 범벅이 된 몸을 수건으로 닦으며 희주가 기성에게 다가와 물었다. 갈색으로 염색된 머리카락이 땀에 젖어 반짝였다.

BSB 데뷔 전부터 비보이 활동을 했던 희주, 아이돌 연습생으로 시작한 지호나 성규와 달리 기성은 서브 보컬로 팀에 들어온 터라 춤은 BSB 안무밖에 춰 본 적이 없었다. 그래서 데뷔 전에도 다른 세 명보다 더 열심히 연습해야 했다.

다시 콘서트 연습을 위해 7년 동안 단 한 번도 춰 본 적이 없는 안무를 숙지해야 하는 게 기성에게는 고역이었다. 그나마 다행인 것은 BSB 안무 외에는 춤을 춰 본 적이 없기에 순서는 대부분 기억하고 있다는 점이었다.

하지만 오늘은 기성의 정신이 산만할 수밖에 없었다. 유 대표를 만나 드라마 계약서에 도장을 찍은 것도 제대로 기억이 나지 않았다. 박 PD에게는 어떤 말을 했는지도 가물가물했다. 그나마 기억나는 것이라고는 드라마 첫 촬영이 콘서트가 끝나고 단 3일 후에 시작된다는 것이었다. 콘서트 연습 일정 사이사이에는 대본 리딩 일정이 잡혔다.

그런 중요한 일정만 기억에 남고, 나머지 자잘한 대화는 떠오르지 않을 만큼 그는 지금 유나 집에 설치된 TV가 신경 쓰였다.

"미안. 오늘은 꽤 피곤하네."

기성은 다시금 사과했다.

오늘 연습엔 지호와 성규는 오지 않았다. 희주가 특별히 기성을 위해 연습 시간을 만든 것이었다. 그것도 기성의 부탁으로 말이다.

순서는 기억하고 있지만, 몸이 굳어 말을 듣지 않으니 도와 달라는 그의 부탁에 그만큼 바쁜 일정을 소화하고 있는 희주가 특별히 시간을 낸 것이었다. 게다가 안무팀도 희주의 부탁으로 함께 자리했다.

"이제 석 달도 안 남았어. 몸 관리도 잘해야지. 중요한 공연인데."

희주가 말했다.

그의 말대로 콘서트는 이제 두 달 하고 보름밖에 남지 않았다. 티켓은 사이트 오픈과 동시에 3분도 되지 않아 전 좌석이 매진되었다. 그만큼 BSB를 기다리는 팬이 많았다. 그 오랜 시간이 지났는데도 팬들은 그들을 꾸준히 기다려 온 것이다. 그만큼 이번 콘서트는 BSB에게나 팬들에게나 정말 중요했다.

"미안해, 진짜."

"그냥 오늘은 여기서 이만 접자."

"아니야. 좀만 쉬면 돼. 10분만, 10분만 쉬자."

기성은 아예 연습실 바닥에 드러누웠다.

그런 그를 흘깃 보더니 희주는 다시 몸을 움직였다. 기존의 안무를 조금 더 세련된 동작으로 바꿔 보려는지 이렇게 저렇게 계속 노래를 흥얼거리며 춤을 췄다.

"넌 그래도 우리 중에 생일도 제일 빠르면서 대단하다. 어쩜 그렇게 에너지가 넘쳐? 난 서른 지나고 나니까 빨리 지치던데."

기성은 희주를 보며 감탄했다. 멤버들 모두 동갑임에도 희주는 언제나 팀 내에서 가장 체력이 좋았다.

"기름칠해야지. 멈추면 삐꺽거리는 거야."

얼굴에 흐르는 땀을 수건으로 닦으며 희주가 말했다.

"그러네. 기름칠. 내가 너무 오래 방치를 했지."

"괜찮아. 몸에 한번 익은 건 언젠가 다시 튀어나오게 되어 있어. 정신이나 바짝 차려."

희주는 기운 없는 기성에게 격려의 말을 건넸다.

"근데 넌 연애 안 해?"

갑자기 기성은 벌떡 몸을 일으키며 물었다.

"야, 내가 여자가 있으면 벌써 너네한테 소개했지."

"그렇지. 우리 희주는 그런 사람이지."

"왜? 너 연애해?"

정말 궁금했는지 안무 동작을 멈춘 희주는 기성 옆에 쭈그리고 앉았다.

"내가 연애할 시간이 어디 있어."

"하긴."

"그냥……."

기성은 목소리를 줄였다. 듣는 귀가 많았다.

"왜? 그냥 뭐?"

뭔가 중요한 이야기라고 생각했는지 희주가 얼굴을 기성 쪽으로 바짝 들이밀었다.

"신경 쓰이는 여자가 생겼는데."

"오!"

기성의 말에 희주의 눈이 반짝 빛났다.

"이제 그 여자가 날 싫어할 거 같아."

"왜?"

"내가 그 여자한테 거짓말을 했거든."

"거짓말? 그럼 네가 잘못했네."

더 들을 것도 없다는 듯 희주는 단호하게 말했다.

예전부터 희주는 늘 그랬다. 정직하고 바른 생활을 하도록 멤버들을 인도했다. 리더는 분명 기성이었건만, 모든 면에서 볼 때 가장 바른 생활을 하는 건 희주였다. 그의 인품 자체가 그랬다. 작은 일에도 감사할 줄 아는 사람이 되어야 한다는 것도 기성은 희주에게서 배운 것이었다.

"아니, 거짓말이라기보다는……. 아무튼 내가 그 여자한테 꼭 말해야 하는 걸 안 하고 숨겼어."

"그럼 안 돼."

희주는 웃음을 싹 거두고 말했다.

"믿음이 가장 중요한 거야. 특히 사랑하는 사이에서는."

"사랑하는 것까지는 아직 아니고……."

기성은 애써 변명했다.

"어쨌든. 사과해, 무조건!"

언제나 바른 생활 사나이였던 희주답게 기성에게 충고했다. 다른 말을 보태지 않아도 그의 목소리와 표정에서 기성은 희주가 자신을 얼마나 위하는지 알 수 있었다.

"그래야겠지?"

"그럼. 근데 누군데?"

희주는 다시 장난기 많은 친구로 돌아와 웃으며 물었다.

"나중에. 소개할 만한 사이가 되면 알려 줄게."

"사과부터 꼭 해."

"응. 그렇게 할게."

기성은 고개를 끄덕였다.

"자, 자! 휴식 끝! 다시 연습하자."

대화의 끝을 알리며 희주가 몸을 일으켜 안무팀을 호출했다.

복잡했던 기성의 머릿속은 희주와의 대화로 어느 정도 정리가 되었다. 유나와의 관계에 어떤 발전이 있건 없건 간에 그는 그녀에게 사과해야 했다.

'며칠만 피했다가 하면 안 되려나?'

한 가지 고민이 끝나니 또 다른 고민이 찾아오기는 했지만, 더는 그 생각에 집중할 수가 없었다. 희주의 불호령이 떨어지기 전에 오늘은 영혼까지 끌어모아 안무에 집중해야 했다.

* * *

"네. 싹 갈아엎은 건데 그게 훨씬 낫죠?"

— 네, 이쪽이 더 낫네요.

유나는 출판사 편집자에게 보냈던 원고를 노트북에 띄우며 물었다.

얼마 전 진도가 나가지 않던 번역 작업을 결국 엎어 버리고 처음부터 다시 작업에 들어갔었다. 다행히도 생각했던 것보다 새로 시작한 작업이 수월하게 진도가 나갔다.

오늘 편집자에게 비교할 수 있도록 두 원고를 함께 보냈는데 그쪽에서도 새로 시작한 원고가 더 마음에 든다고 했다.

— 작업 완료되는 데 얼마나 걸릴 것 같아요, 유나 씨?

"이대로만 작업하면 최대 두 달 정도 걸릴 것 같아요."

손에 든 볼펜으로 책상을 톡톡 두드리며 유나가 말을 이었다.

사실 그녀가 편집자에게 보낸 원고는 작업한 원고의 3분의 2 분량이었다. 최대 두 달이라고 했지만, 이대로라면 보름 내로 번역이 끝날 것이다. 하지만 사람 일이란 모르는 것이니 최대한 일정을 늘려 말한 것이었다. 방송국에서 새로 받은 일도 있으니 만약을 대비해 일정을 최대로 늘려 말했다.

— 알겠습니다. 더운데 더위 조심하세요. 냉방병도 조심하시고요.

"네, 감사합니다. 다시 연락드릴게요."

만족해하는 편집자의 목소리를 들으며 흐뭇한 미소와 함께 유나는 전화를 끊었다.

아직 6월 말인데도 날씨는 너무 더웠다. 집에 있는 창이란 창은 모두 열었는데도 바람 한 점 불지 않았다. 가만히 앉아 있는데도 땀이 흘러 입고 있던 티셔츠를 적셨다.

유나는 의자에서 일어나 창을 모조리 닫고 에어컨을 틀었다.

"왈!"

벽에 배를 붙이고 더위를 식히던 샘이 벌떡 일어나며 짖었다.

"에어컨 켜니까 좋아, 샘?"

유나는 샘의 그 단순한 반응이 귀여워 웃음이 터졌다. 샘은 그녀의 발치에 배를 드러내며 누웠다.

"더위 식히고 있어. 누나는 찬물로 샤워를 좀 해야겠어."

놀아 달라는 샘에게 간식 하나를 던져 주고 그녀는 욕실로 들어갔다. 시원하게 쏟아지는 차가운 물줄기에 얼른 뜨거운 몸을 식혔다.

"아, 시원하다."

몸과 머리에 수건을 둘둘 감고 욕실 밖으로 나오니 집 안은 어느새 시원하고 상쾌한 공기가 가득 차 있었다.

옷방에서 속옷과 옷을 꺼내 입고 그녀는 머리에 감았던 수건을 풀어 에어컨 바람에 머리카락을 말리기 시작했다. 감기 걸리기 딱 좋은 짓이었지만, 예전부터 그녀는 드라이어보다 선풍기나 에어컨 바람에 머리카락 말리는 것을 선호했다.

"에취!"

크게 기침을 하고 나서야 그녀는 에어컨에서 떨어져 소파에 앉았다.

테이블 위에 TV 설치 기사가 놓고 간 리모컨과 사용 설명서가 가지런히 놓여 있었다. 벌써 사흘째 똑같은 위치에 있었다.

"샘, 우리 TV 볼까?"

샘이 소파 위로 펄쩍 뛰어올랐다.

그녀는 샘을 쓰다듬으며 한 손으로 리모컨을 집어 들고 전원을 켰다. 커다란 화면에 번쩍하고 빛이 들어오더니, 이내 사람들의 모습이 보이고 말소리가 들렸다.

제일 먼저 화면에 뜬 0번 채널부터 시작해 그녀는 하나하나 채널을 올려 보았다.

그러다 문득 그녀는 채널을 돌리던 손가락을 멈췄다. 방금 지나간 채널에서 이상한 기시감을 느낀 탓이었다. 그녀는 지나쳤던 채널로 다시 돌아갔다.

— 나를 느끼며 도시를 달린다.

익숙한 목소리와 함께 자동차 광고가 나왔다.

'뭐지? 잘못 본 건가?'

고개를 갸우뚱하는데 자동차를 운전하는 사람의 얼굴이 화면에 확대됐다.

"윤기성 씨?"

유나는 자신이 보고 있는 광고의 주인공이 기성과 매우 닮았다는 사실에 깜짝 놀라 샘을 쓰다듬던 손길을 멈췄다. 하지만 자세히 확인할 틈도 없이 이내 자동차 광고는 다른 광고로 이어졌다.

"내가 잘못 본 거겠지? 닮은 사람인 거겠지? 그치, 샘?"

너무 놀라 심장이 세차게 뛰었다.

그녀는 리모컨을 다시 눌러 댔다. 어디선가 똑같은 광고가 나오기를 바라면서 채널을 계속 바꿔 보았다.

그러다 영화를 소개하는 채널에서 멈추게 되었다.

— 천만 관객을 돌파하면서 배우 윤기성의 시대가 열렸다는 말이 나오고 있습니다. 올해는 배우 윤기성의 새로운 발견을 하게 된 해라는 말이 있죠? 그 말대로 지금까지 윤기성 씨가 해 오던 역할들과 너무나 다른 변신에 관객들과 영화 관계자들까지 호평이 이어지고 있습니다.

귀여운 인상의 리포터가 현란한 손짓과 함께 재잘댔다. 이어 화면이 영화 속 장면으로 바뀌면서 기성의 얼굴이 등장했다.

"세상에!"

소리를 지르며 유나는 소파에서 벌떡 일어났다. 깜짝 놀란 샘이 소파에서 뛰어내려 자기 집으로 들어갔다.

"말도 안 돼……."

그녀는 자신의 두 눈을 의심했다.

방송은 기성이 그동안 연기했던 영화들을 소개하며 그가 쌓아 온 연기 내공에 대한 칭찬이 일색이었다.

어지러워진 유나는 TV를 껐다.

그녀는 책상으로 다가가 노트북을 켜고 포털 사이트에 '윤기성' 을 검색했다. 검색하자마자 등장한 그의 얼굴, 그리고 그의 이름 옆에는 '배우, 가수'라고 적혀 있었다.

그녀는 천천히 처음부터 끝까지 그의 이력들을 살폈다. 아이돌 가수로 10년 전에 데뷔해 네 개의 앨범을 낸 그는 5년 전부터는 배우로 활동하고 있었다. 지난 5년 동안 출연한 영화와 드라마만 해도 열 편이 넘었다. 게다가 천만 배우라는 타이틀까지.

'무슨 영화인데?'

'스릴러 영화. 살인 사건의 범인을 찾는 건데 무서울 수 있어.'

'난 스릴러는 별로. 무서운 거 싫어.'

'그래? 그래도 이 영화 지금 천만 명 이상이 본 건데.'

'그래도 No.'

로한이 권했던 스릴러 영화가 바로 기성이 출연한, 이번에 천만 관객이 넘었다는 그 영화였다. 그날 그 영화를 봤다면, 그녀는 벌써 옆집 남자가 바로 배우 윤기성이라는 것을 알았을 것이다.

그렇다면 로한 또한 기성을 모를 리가 없었다. 생각해 보니 로한이 기성의 집에서 보였던 수상했던 언행이 떠올랐다.

'윤기성 씨 원래 요리 잘할걸?'

'응? 네가 그걸 어떻게 알아?'

'음식……. 음식 한 거 보면 모르겠냐?'

처음 보는 사이인데도 마치 기성을 잘 아는 것처럼 말하던 로한이 당황하며 말을 돌리던 것도 떠올랐다.

'그래서 TV 사라고 한 거야? 누군지 내 눈으로 직접 확인하라고?'

유나는 로한에게 배신감을 느꼈다.

이어 떠오른 것은 이사하던 날 이삿짐을 옮겨 주던 사람들이 기성을 보고 두런거리던 모습, TV와 케이블 설치 기사가 기성을 보고 놀라던 모습이었다. 그리고 세탁소 아저씨의 의아했던 말까지.

'아이고, 아가씨 횡재했네. 윤기성 씨가 옆집이라니.'

'왜요?'

'왜……냐니?'

이상하게 쳐다보던 세탁소 아저씨의 표정 뒤에 떠오른 것은 눈에 띄게 당황하며 말을 돌리던 기성의 얼굴이었다.

그녀가 이름을 물었을 때 이상하게 바라보다 크게 웃음을 터트렸던 그의 얼굴이 떠올랐다. 분명 그녀가 신기하고 이상하게 보였을 것이다.

'그래서 외국에서 살았냐고 물었구나.'

이제야 모든 퍼즐이 맞춰지는 것 같았다. 모두가 정답을 알고 있는 문제를 혼자만 모르고 있던 것이었다. 바보처럼.

그녀의 팔에 오소소 소름이 돋는 것은 비단 에어컨 바람 때문만은 아니었다.

그녀는 다시 소파로 가서 리모컨을 들고 TV를 켰다. 케이블 설치 기사의 말을 대충 들은 탓에 버벅거리기는 했지만, 이내 VOD 영화를 볼 수 있는 법을 터득했다.

그녀는 인터넷에서 봤던 기성의 필모그래피를 떠올리며 영화 제목을 검색했다. 그가 출연한 모든 영화를 찾을 수는 없었지만, 대신 윤기성이라는 이름으로 검색을 하자 그가 출연했던 영화, 드라마 그리고 예능까지 한꺼번에 찾을 수 있었다.

'확실하게 알아주겠어.'

그녀는 두 눈을 부릅뜨고 다짐했다. 그의 작은 몸짓 하나, 작은 목소리 하나도 놓치지 않고 모조리 습득하겠다는 결심으로 그녀는 그의 첫 영화부터 재생 버튼을 눌렀다.

5.

한 걸음 가까이, 두 걸음 멀리

미끄러지듯 지하 주차장으로 들어온 검은색 승용차가 빌라 2동 입구 근처에 멈춰 섰다. 차창이 내려가고, 운전석에 앉은 기성은 창밖으로 고개를 내밀고 주차할 만한 공간을 찾아 두리번거렸다. 자정을 넘긴 시간이라 주차장은 꽉 차 있었다.

입구에서 가장 먼 구석에 간신히 주차하고, 기성은 잠시 차에 앉아 머뭇거렸다.

'봤겠지?'

만나면 무슨 말을 해야 하나. 역시 사과부터 해야겠지.

화가 많이 났으면, 그래서 사과도 듣지 않으면 그때는 또 어쩌나.

기성의 머릿속은 온통 유나에 대한 걱정으로 가득했다.

유나가 집에 TV를 설치한 지 닷새가 지났다. 그동안 그녀의 얼굴을 마주할 엄두가 나지 않아 기성은 집에 오지 않았다. 태호에게 집에서 갈아입을 옷들을 챙겨 와 달라고 해서는 지호의 집에서 신세를 졌다.

'아, 좀. 집에 좀 가. 도대체 무슨 일이래?'

오늘 저녁에 드디어 터진 지호의 구박에 기성은 등이 떠밀리다시피 집으로 온 것이다. 이유를 말하지 않고 며칠 동안 신세를 지는 기성을 보다 못해 지호가 한 말이었지만, 쫓아낼 생각은 아니었다. 하지만 기성은 아직 지호가 하는 말을 있는 그대로 넘길 수 있는 여유가 없었다.

그는 쉽사리 떨어지지 않는 발걸음을 옮겨 엘리베이터에 탔다. 그래도 늦은 시간이니 조용히 집에 들어가면 유나를 마주치지 않을 것 같았다.

하지만 그의 그런 생각은 곧이어 무참히 깨졌다.

그는 엘리베이터에서 내려 조용히 발걸음을 옮기다 자신의 집 문 앞에 검은색 후드 티를 뒤집어쓰고 쭈그려 앉은 사람을 발견했다.

"누구……. 유나 씨?"

너무 놀라 기성의 목소리가 미세하게 떨렸다.

그의 목소리에 천천히 고개를 드는 사람은 바로 유나였다. 눈가에 짙게 어둠이 내려앉아 초췌한 그녀가 기성을 물끄러미 바라봤다.

"요 며칠 왜 안 들어왔어요?"

"네?"

"나 피하느라 일부러 안 들어온 거예요?"

화가 난 걸까.

아니면 허무함일까.

유나의 목소리에서 기성은 그녀의 감정을 읽을 수가 없었다. 그녀는 로봇 같은 일률적인 음조로 말했다.

"내가 왜 유나 씨를……. 피할 이유가 없는데 왜……?"

"아, 그럼 일정 때문에?"

그의 말을 끊고 그녀가 물었다.

'알았구나.'

그제야 그는 그녀가 함정을 파 놓은 질문을 하고 있다는 것을 깨달았다.

이제라도 솔직하게 말해 주기를 바라고 물은 것이다. 그런데 그는 전혀 모른다는 듯 변명거리만 찾고 있었다.

"……."

"무슨 일정인데요? 영화? 드라마? 아니다. 지금 콘서트 준비 중이죠? 그거예요?"

대답하지 못하는 그를 기다리지 않고 그녀가 쏘아붙였다.

드디어 목소리에 힘이 실리고 그녀의 무표정했던 얼굴에도 감정이 드러났다. 그녀는 매서운 눈으로 그를 노려봤다.

무슨 말을 할 수 있을까. 그는 아무런 대답도 하지 못하고 곤란해했다.

머뭇거리는 그를 지켜보던 그녀가 쭈그렸던 다리를 펴고 일어났다. 언제부터 그를 기다렸던 것인지 다리가 꽤 불편해 보였지만,

그녀는 주먹으로 몇 번 종아리를 두드리고는 그를 지나쳐 자신의 집으로 향했다.

"유나 씨."

기성이 지나치는 유나의 손목을 잡아 멈춰 세웠다.

"뭐 하는 짓이에요? 놔요, 손."

차가운 목소리에 그는 황급히 잡았던 그녀의 손목을 놓았다.

"미안해요."

"됐어요."

"잠깐 들어와요."

"어디를요?"

"내 집이요. 잠깐 씻고 나올 테니까 기다렸다가 우리 얘기 좀 해요."

"됐어요. 할 말 없어요."

그녀는 그대로 자신의 집으로 다시 향했다.

"일부러 속이려고 한 거 아니에요!"

그가 소리쳤다.

그녀는 현관문 잠금장치의 비밀번호를 누르다 깜짝 놀라 멈췄다.

"나를 못 알아보는 사람이 드물어서, 처음엔 그래서 좀 신기했어요. 날 편하게 보통 사람처럼 대하는 사람도 오랜만이었고요. 그래서 모르고 있다면 굳이 알 필요는 없다고 생각했어요."

그녀의 등에 대고 그는 속에 있던 말을 쏟아 냈다.

"미안해요."

마지막으로 이어진 힘없는 그의 사과에 그녀는 몸을 돌렸다.

"다른 사람들이 나를 얼마나 이상하게 생각했을까요? 대한민국에서 배우 윤기성을 모르다니."

"모를 수도 있죠."

"거짓말하지 말아요. 신기했다면서요."

"미안해요. 그런데 유나 씨는 외국 사람이잖아요. 그러니까 모를 수 있죠. 내가 미국에서까지 유명한 사람은 아니니까, 모르는 게 어떻게 보면 당연한 거예요."

"다른 사람들은 내가 미국 사람이라는 걸 모르겠죠. 생긴 게 이러니까요."

"그렇긴 하지만……."

기성은 입을 다물었다.

잠시 유나는 물끄러미 그를 바라보다 다시 몸을 돌려 비밀번호를 눌렀다. 그리고 문을 열기 전에 잠시 고민하는 듯하더니 그를 힐끔 쳐다보며 말했다.

"씻고 밥 먹으러 와요."

"네?"

기성은 잘못 들은 건가 싶었다.

"요리는 못해도 고기는 잘 구워요. 스테이크 해 줄게요."

"이 밤중에요?"

"씻고, 옷 갈아입고, 오세요."

남들 다 자는 밤늦은 시간에 고기를 구워 준다고 해 놀랐지만, 그녀는 단호하게 말을 뚝뚝 끊으며 강조했다. 절대 그가 거절하면 안 된다는 신호였다.

"30분이면 되죠?"

"네."

그의 대답을 듣고 그녀는 집으로 들어갔다.

'이게 무슨 일이지?'

굳게 닫힌 그녀의 집 현관문을 바라보며 그는 놀란 가슴을 진정시킬 수가 없었다.

그녀가 화를 낼 줄 알았다. 너무 화가 나서 다시는 그를 보고 싶어 하지도, 말을 섞지도 않을 줄 알았다.

그런데 식사 초대라니. 상황이 전혀 생각지 못한 방향으로 흘렀다. 그는 괜한 걱정으로 그동안 집에 오지 않았던 자신이 바보 같았다.

'그럼, 다음에 만났을 때 그때도 나랑 밥 먹고 싶다면, 같이 먹도록 하죠.'

닷새 전에 그녀에게 했던 말을 떠올려 보면, 그녀가 이렇게 식사 초대를 했다는 건 그에게 화가 나지 않았다는 의미 아닐까. 희망이 보였다.

30분이라는 시간을 꽉 채워서 그는 몸을 씻고, 머리를 단정하게 빗었다. 그리고 드레스 룸에서 신경 써서 옷을 골랐다. 하얀 셔츠에 검은 면바지를 입고 가장 좋아하는 향수도 뿌렸다.

정식 데이트는 아니지만, 그래도 그녀의 집에서 단둘이 밥을 먹는다니 설레었다. 이것이 설령 그녀와의 마지막 식사가 되더라도 후회하지 않는 시간을 보내고 싶었다.

딩동.

기성은 심호흡하고 유나 집의 초인종을 눌렀다.

왈, 하고 샘이 짖는 소리가 살짝 들리더니 유나가 문을 열어 주었다.

그녀는 검은색의 멋진 드레스를 입고 있었다. 어깨가 드러나고 빗장뼈가 깊게 파인 옷이었다. 아름다운 몸매에 탁 달라붙은 드레스는 허벅지 길이에서 끝났다. 아래로 드러난 매끄러운 긴 다리는 시선을 강탈했다.

"들어오세요."

그녀를 따라 집 안으로 들어서자 커튼이 쳐진 거실에 촛불이 듬성듬성 켜져 있고, 그 불빛만이 조명이 되어 거실을 밝혔다.

기성은 울타리 안에서 꼬리를 흔드는 샘에게 다가가 머리를 쓰다듬어 주며 반가움을 전했다.

"음식 식어요."

먼저 식탁에 앉은 그녀가 그를 불렀다.

식탁 위 접시에 뜨거운 김이 솟는 스테이크와 구운 채소가 먹음직스럽게 놓여 있었다.

그녀는 와인을 잔에 따랐다. 와인의 붉은빛이 촛불의 일렁임에 같이 흔들렸다.

"잘 먹을게요."

"오해하지 말아요. 화가 풀렸다거나, 기성 씨가 연예인이라서 먹자고 한 거 아니에요. 촛불은……. 원래 스테이크는 분위기 좋은 데서 먹는 거예요."

"알아요. 받았던 것 되돌려 주는 의미라는 거."

변명하듯 말하는 그녀를 그는 안심시켰다. 이유가 뭐가 됐든 그녀와 이런 시간을 가질 수 있는 것만으로도 그는 만족했다.

"오해 따위는 하지 않을게요."

"뭐, 연예인을 실제로 처음 봐서 신기하기는 하네요."

"이제 와서요?"

"네."

어이없게도 그는 웃음이 터졌다. 그런 그를 보면서 그녀의 굳어 있던 표정도 풀어지더니 이내 같이 크게 웃어 버렸다.

* * *

맛있는 스테이크를 먹으며 기분이 풀어진 탓에 유나와 기성은 와인 한 병을 다 마셔 버렸다. 알딸딸한 취기가 올라왔지만, 둘은 크게 신경 쓰지 않았다. 어차피 문만 열고 나가면 기성의 집이니까.

"이름이 뭐예요, 하는데 진짜 속으로 얼마나 웃었는지 몰라요."

"진짜 모르니까 물은 건데. 설마 비웃은 건 아니죠?"

"비웃다뇨. 신선했어요. 누군가한테 머리를 딱 맞은 기분이랄까? 어떻게 하면 유나 씨도 나를 알아봐 줄까, 고민하면서 작품을 고르게 되더라니까요."

"그럼 내가 좋은 일 한 거네요?"

"그게 그렇게 되나요?"

"신선한 자극이었잖아요. 도움이 됐어요, 그래서?"

"많이요."

둘은 처음 만났던 순간부터의 일을 곱씹으며 대화를 나눴다. 이렇게 다 밝혀지고 나니 그 순간들이 얼마나 웃긴 상황이었는지 알게 됐다. 머쓱한 유나를 보면서도 기성은 웃음을 멈출 수 없었다.

"진짜 설마 해서 묻는 건데, 나 한국에 온 날 공항에서 어떤 연예인을 봤거든요? 뒷모습만 잠깐. 그거 혹시 기성 씨예요?"

"아, 대만 여행 갔다 오긴 했는데. 설마?"

"진짜? 진짜 기성 씨였다고요?"

"우리 인연이 진짜 깊네요."

"우와."

믿기지 않는다는 듯 유나는 눈을 크게 떴다.

'우리의 인연의 고리는 얼마나 단단하게 묶여 있는 걸까?'

문득 든 생각에 기성은 유나를 그윽한 눈으로 바라봤다.

인연이라면, 그녀가 자꾸 마음에 들어오는 것은 절대로 막을 수 없는 일이 아닌가 싶었다.

"잘 먹었어요. 진짜 고기 잘 굽네요."

"기성 씨한테 비하면 그냥 소꿉놀이 수준이죠."

유나는 인터넷에서 찾아본 기성의 예능 프로그램을 떠올리며 말했다. 그의 수준급인 요리 실력을 따라가긴 힘들 것 같았다.

"맛있었어요. 요리는 좋아하는 사람이나 하는 거죠."

"와인 더 마실래요?"

그녀가 주방 선반에서 와인 한 병을 더 꺼내며 물었다.

'가지 말아요.'

왠지 그녀는 그와 더 많은 시간을 보내며 더 많은 대화를 나누고 싶었다.

그런 그녀의 기대가 통했는지 잠시 그녀를 바라보던 그가 싱긋 웃으며 고개를 끄덕였다.

함께 먹었던 그릇을 치우고 와인 잔과 새로 꺼낸 와인을 들고 소파로 자리를 옮겼다.

"미국 어디서 살았어요?"

"시애틀이요."

"와, 시애틀. 거기 좋아요? 가 본 적이 없어서."

"그럭저럭 괜찮아요."

시애틀이라는 말에 기성은 신이 난 아이처럼 눈을 반짝였다.

"'시애틀의 잠 못 이루는 밤' 이라는 영화 알아요?"

"Sleepless In Seattle?"

"맞아요! 내가 진짜 좋아하는 영화예요. 주인공 다 연기도 잘하고."

"운명적인 사랑 이야기는 남자들이 안 좋아하는 줄 알았는데요."

"그거 꽤 위험한 발언이에요."

웃으며 둘은 다시 잔을 부딪쳤다. 짤랑, 하는 소리가 마음을 울렸다.

"그럼 시애틀에서 태어난 거예요? 거기가 고향?"

"아니요. 여섯 살에 한국에서 입양됐어요."

"아, 미안해요."

그는 놀라며 사과했다.

"그게 왜 미안한 일이에요? 오늘 기성 씨 나한테 사과 많이 하네요?"

"그러게요."

그녀는 자신이 살아온 이야기를 그에게 들려줬다.

어릴 적 입양이 되었을 때의 기억이 흐릿했다. 여섯 살이었고,

그녀가 알기로 친모는 그녀를 한 성당 앞에 버리고 갔다.

양어머니와 양아버지는 친자식을 가질 수 없다는 것을 알고 한국에서 고아를 입양하기로 했다. 그리고 그 아이가 유나였다. 그렇게 유나는 한국에서 미국 시애틀로 입양되어 갔다.

양부모님 덕에 그녀가 경제적으로 겪는 큰 어려움은 없었지만, 학교에서 또래 아이들의 인종 차별을 피해 갈 순 없었다.

"그러면 한국엔 친어머니를 찾으러 온 거예요?"

"네? 아니요. 그럴 생각 전혀 없는데요?"

"전혀?"

"전혀."

이상한 대답인지 기성의 고개가 한쪽으로 기울었다.

"원망을 안 해 봤다면 거짓말이겠지만, 커 오면서 한이 맺히거나 하진 않았어요. 굳이 찾아내서 만나면 원망할 것 같아요. 그분이 잘 살고 있어도, 못 살고 있어도."

유나의 대답을 듣고 나서야 기성은 이해가 간다는 표정으로 고개를 끄덕였다.

"그래도 한번 찾아보는 게 어때요?"

"왜요?"

"음. 유나 씨의 마음은 알겠지만, 그래도 궁금하지 않아요? 어떤 분인지. 만날지 말지는 그때 가서 결정해도 되잖아요. 내가 유나 씨라면 원망할 때 하더라도 어떤 분인지 알고 싶을 것 같은데."

"글쎄요."

유나는 고개를 한쪽으로 꺾으며 눈동자를 굴렸다.

"뭐, 어디까지나 내 생각일 뿐이니까 깊게 생각하지는 말아요."

고민하는 그녀를 보며 기성이 한발 물러섰다.

"그럼 한국엔 왜 왔어요?"

"일 때문에 온 거예요."

"그렇군요."

기성이 유나와 자신의 비어 있는 잔에 와인을 채웠다.

"이제 기성 씨 이야기 좀 해 봐요."

그녀가 말했다.

기성은 손에 든 잔을 물끄러미 바라보며 좌우로 빙글빙글 돌렸다.

"왜요? 다른 사람한테 말할까 봐 말을 못 하겠어요?"

굳게 다문 그의 입을 보며 그녀가 물었다.

그러자 그의 입꼬리에 희미하게 미소가 걸렸다. 하지만 입과 달리 눈에는 쓸쓸함이 번졌다.

"아니라고는 못 하겠네요. 아무래도 이쪽 일은 이미지가 생명이라."

"알았어요. 그럼 나중에 나하고 더 친해지고, 날 믿을 수 있겠다 싶으면, 그러니까 친구가 되면, 그때는 말해 줄래요?"

"그럴게요."

그는 대답하고, 잔에 든 와인을 쭉 들이켰다.

"늦었네요. 이만 돌아가서 쉬세요."

유나가 기성의 손에서 잔을 빼앗아 들더니 말했다. 벌써 그와 함께한 지 두 시간이 지났다.

그와 이야기를 나누면서 그녀는 그에게 더는 화를 낼 수 없는 자신을 발견했다. TV로 그가 나온 작품들을 보고, 인터넷으로 BSB의 콘서트 영상을 보며 그의 매력에 빠질 수밖에 없었다.

하지만 이렇게 마주 앉아 이야기를 나누는 그는 화면 속 그와는 전혀 다른 사람이었다. 평범한 보통 사람과 다를 바가 없는 그가 카메라 앞에서, 팬들 앞에서는 다른 모습으로 변하는 것이 신기했다.

그가 밉지 않다.

그에게 화가 나지 않는다.

오히려 그가 좋다.

그 사실을 깨달은 순간, 그녀는 그를 보내야 했다.

"설거지는 내가 할게요."

"아니에요. 얼마 되지도 않아요."

"그래도 설거지는 내가……."

기성과 유나가 동시에 소파에서 벌떡 일어났다.

툭. 쨍!

순간적으로 둔탁한 소리와 함께 유나가 들고 있던 와인 잔이 테이블에 부딪쳐 깨졌다. 기성의 잔은 비어 있었지만, 유나의 잔에 남았던 와인이 베이지색 카펫을 붉게 물들였다.

"앗!"

"잠깐! 움직이지 말아요."

놀라서 움직이려는 유나를 기성이 멈춰 세웠다.

"맨발이잖아요, 유나 씨."

그제야 그녀는 자신이 슬리퍼도 신고 있지 않음을 깨달았다. 집에 하나밖에 없는 슬리퍼를 손님인 기성에게 양보한 것이다.

다행히 유리 파편이 발에 튀지는 않았지만, 이대로 움직였다가는 어딘가에 퍼져 있는 파편에 발이 다칠 것이 분명했다.

"흠. 어쩔 수 없네요. 오해하지 마요."

"네?"

기성이 잠시 머뭇거리며 무언가 생각하는 것 같더니 유나가 제지할 틈도 없이 그녀를 두 팔로 번쩍 들었다. 그녀는 비명을 지르며 그의 목에 손을 둘렀다.

그의 한쪽 팔은 그녀의 겨드랑이 사이에, 다른 한쪽 팔은 그녀의 허벅지 아래에 있었다. 놀란 그녀가 바싹 붙는 바람에 그녀의 가슴이 그의 얼굴에 스치듯 닿았다.

"꽉 잡아요."

얼굴이 달아오른 그는 빨리 이 상황에서 벗어나야겠다는 생각에 조심히 발을 움직였다. 집에 들어설 때 그녀가 내어 준 슬리퍼를 신고 있어서 다행이었다. 그렇지 않았다면 둘 다 날이 밝을 때까지 이러지도 저러지도 못하고 서 있거나, 누구 한 명이(분명 자신이 했겠지만) 희생했을 터였다.

천천히 뒷걸음질로 소파를 벗어난 그는 그녀를 바닥에 사뿐히 내려놨다.

"괜찮아요?"

그녀가 물었다. 여전히 그녀의 손은 그의 목을 감싸고 있었다.

그녀만이 아니라 그 역시 그녀의 허리를 양팔로 안고 있었다.

에어컨 바람에 촛불이 일렁이며 두 사람을 힐끗 비췄다. 두 사람의 눈동자가 알코올 기운으로 촉촉하게 젖어 있었다. 어색하고 야릇한 기운이 머리끝부터 발끝까지 퍼졌다.

그가 한 손을 들어 흘러내린 그녀의 머리카락을 매만지고, 그녀의 볼을 감쌌다. 그녀는 빤히 그의 눈을 응시했다. 그의 손이 그녀의 볼에 닿았을 때, 살짝 그의 손에 얼굴을 기댔다.

호기심 어린 시선과 망설임이 스치고, 두 사람의 얼굴이 조금씩 가까워졌다.

천천히, 조심스럽게.

그녀의 봉긋한 가슴이 그의 몸에 닿고, 그녀의 매끈한 어깨가 그의 시야에 닿았다.

숨결에서 와인 향이 느껴질 정도로 가까웠다.

조금만 더, 1mm만 더 가까이.

윙. 윙. 윙.

하지만 중요한 순간에 그들의 움직임을 멈추게 한 것은 바지 주머니에 넣어 둔 기성의 휴대 전화였다.

뻘쭘하고 머쓱한 미소와 함께 시선을 피하며 기성과 유나는 동시에 서로에게서 떨어졌다.

"여보세요?"

그가 주머니에서 휴대 전화를 꺼내 통화 버튼을 눌렀다.

"어, 지호야."

— 야, 자고 있었어?

"아니야. 안 자."

— 너는 내가 가라고 했다고 그렇게…….

유나는 전화기 너머로 들려오는 목소리를 듣다가 쉽게 끊어질 전화가 아니라는 생각에 다용도실로 갔다. 기성이 통화하는 동안 깨진 유리를 치워야겠다는 생각에 빗자루와 쓰레받기를 꺼내고, 옷방에서 슬리퍼 대신 두꺼운 양말을 꺼내 신었다.

바스락 소리를 내며 쓰레받기에 담기는 잔 조각들을 바라보는 그녀의 마음에 아쉬움이 가득했다. 카펫을 물들인 와인을 보니 그녀의 마음에도 '그'라는 얼룩이 생긴 것만 같았다.

'이 얼룩은 어떻게 빼지?'

고민하면서 그녀가 파편을 치우는 동안 기성은 거실 한쪽에서 그녀를 바라보며 어색한 미소와 함께 통화를 이어 갔다.

"미안해요. 전화가 길어져서……."

전화를 끊고 기성이 말했다.

"괜찮아요."

"이만 가 볼게요."

"네. 조심해서 가세요."

유나는 좀 전의 상황 때문에 기성을 똑바로 바라보지 못하고 말했다. 너무 쉽게 마음을 들킨 것 같아 창피하기도 했고, 아쉬워하는 마음을 그에게 들키고 싶지도 않았다.

신발을 신고 난 기성이 몸을 돌려 유나에게 자신의 휴대 전화를 내밀었다.

"전화번호 알려 줄래요?"

그가 자신의 얼굴을 똑바로 바라보지 않고 도망가는 그녀의 시선에 눈을 맞췄다.

"연락해도 되죠?"

"그, 그럼요. 물론이에요."

그녀는 그가 내민 휴대 전화에 자신의 전화번호를 입력했다.

"연락할게요."

그는 잔잔한 미소를 남기고 그녀의 집을 떠났다.

＊　＊　＊

유나는 노트북 자판을 두드리던 움직임을 멈추고 책상 위에 올려 둔 휴대 전화를 확인했다. 부재중 전화도, 확인하지 못한 문자도 없었다. 까만 화면에 하얀 글씨로 날짜와 시간만 커다랗게 떠 있었다.

'연락한다더니. 거짓말쟁이.'

섭섭한 마음에 입술을 삐죽였다.

벌써 이틀이나 지났건만, 기성에게서 온 연락은 없었다. 어제 오후에는 기다리다 지쳐 그의 집 초인종을 눌렀지만, 집에 없는지 아무런 인기척도 들리지 않았다.

'문자 하나 보낼 시간도 없단 말이야?'

그녀는 미간을 찌푸렸다.

이럴 줄 알았다면 그의 번호도 알아 두는 건데. 마냥 그의 연락만 기다려야 하는 신세라니, 한심하기 짝이 없었다.

그와 마음이 통했다고 생각했다.

비록 아무 일도 없었지만, 키스까지 할 뻔하지 않았던가.

연락하겠다고 번호까지 저장해 놓고, 이틀이 지나도록 문자 하나 없다니. 이건 기성이 100퍼센트 나쁜 거라고, 유나는 속으로 열을 내면서도 다시 휴대 전화를 확인했다. 그래 봤자 까만 화면에 하얀 글자는 변함이 없었다.

고개를 절레절레 흔들고 유나는 일어나 외출 준비를 했다. K 방송국 드라마 통역 일이 잘돼서 오늘은 일정 조율과 함께 관련 사항

157

을 논의하기로 했다.

보안 문제 때문에 어떤 작품인지 제대로 알려 주지도 않았는데, 오늘 드디어 철통 보안에 접근할 수 있는 인가를 얻은 것이다.

"샘, 누나 빨리 갔다 올게. 집 잘 지키고 있어."

새로운 집에 완전히 적응한 샘은 소파 위에 벌러덩 누워 눈으로만 유나의 움직임을 좇았다. 그녀의 외출에도 아무런 감흥 없이 졸리니 말 시키지 말라고 눈으로 말하고 있었다.

샘의 그 귀여운 모습에 유나는 기성 때문에 어두웠던 마음이 조금 풀렸다.

"어? 이게 뭐지?"

문을 열고 나가자 크고 기다란 박스가 벽에 기대 있었다. 택배 운송장에 쓰인 자신의 이름을 확인하고 유나는 고개를 갸우뚱했다.

무언가를 시킨 기억이 없었다. 이렇게 크고 무거운 것이라면 더욱.

'로한이가 보낸 건가?'

그녀는 일단 낑낑거리며 박스를 집 안으로 들였다. 그리고 손으로 박스를 감싸고 있는 테이프를 뜯었다.

"아⋯⋯!"

안에 든 것은 카펫이었다. 베이지색 바탕에 연보라색 페이즐리 무늬가 그려진 멋진 카펫이다.

카펫을 꺼내고 나서야 박스에 붙은 하얀색의 작은 엽서가 눈에 들어왔다. 보라색 꽃이 그려진 엽서에 정갈한 글씨가 쓰여 있었다.

「주인 허락 안 받고 내 마음에 드는 것으로 샀어요.

유나 씨 마음에도 들었으면 좋겠네요.

― 너」

'Y' 라고 적힌 글자를 손가락으로 매만지는 유나의 입꼬리가 살짝 올라갔다.

이틀 동안 연락 기다리게 한 것을 싹 잊을 정도로 기성이 보낸 선물은 그녀를 깜짝 놀라게 했다.

와인을 쏟아 카펫을 망쳐 버린 것을 그가 신경 쓰고 있었다니. 그 세심함이 놀라웠다.

윙. 윙. 윙.

어깨에 멘 가방에서 진동이 느껴져 유나는 가방에 엽서를 넣고 휴대 전화를 집어 들었다. 왠지 기성일 것 같다는 느낌이 들었는데, 이번에는 그 예감이 맞았다.

[윤기성입니다. 문 앞에 둔 선물 받았어요? 마음에 들었으면 해요.]

드디어!

유나의 눈이 반짝였다. 그녀는 재빨리 그의 전화번호를 저장했다. 이 번호를 몰라 답답했던 체증이 쭉 내려가는 기분이었다.

하지만 순간 무언가 이상하다는 생각에 그녀는 택배 운송장을 다시 확인했다.

'역시.'

운송장에 적힌 이름은 그녀가 맞았지만, 주소는 기성의 집이었다. 즉, 그가 이 카펫을 택배로 받아서 엽서와 함께 그녀의 집 앞에 두고 갔다는 뜻이었다.

언제 왔다 간 걸까. 분명 어제 오후에 벨을 눌렀을 때는 없었는데.

생각해 보니 그는 그녀를 피할 때도 오밤중에 들락거렸다. 이번에는 무슨 핑계 때문인지 모르겠지만, 분명 밤중에 집에 들렀다가 카펫을 두고 간 것 같았다.

'흥!'

얼굴 한번 보여 주지 않고, 연락도 이제야 문자 하나로 끝낸 것이 왠지 괘씸해 유나는 휴대 전화를 가방에 쑤셔 넣었다. 자신처럼 기성도 그녀의 연락을 기다리다 지치게 만들고 싶었다.

＊　＊　＊

"흠……."

기성은 테이블 위의 휴대 전화를 바라보며 얼굴을 과장되게 찌푸렸다.

오후 1시, 분명 그녀가 깨어 있을 시간이었다. 휴대 전화를 확인했다면 연락이 오고도 남을 시간이었건만, 웬일인지 그의 휴대 전화는 티끌만 한 미동도 없었다.

기다리는 데 지친 그는 입고 있던 후드 티의 모자를 뒤집어쓰고 끈을 쭉 잡아당겨 얼굴을 가렸다. 그래도 작은 틈으로 휴대 전화를 확인하는 눈은 그대로였다.

"어디 연락 올 데 있어?"

벌써 30분째 휴대 전화를 응시하며 괴상한 표정을 짓는 기성을 보다 못한 희주가 의자를 끌어 기성 옆에 앉으며 물었다. 연습으로 인해 땀으로 범벅이 된 옷을 그새 갈아입고 왔는지 희주에게서 뽀송뽀송한 냄새가 나는 것만 같았다.

"응? 아니."

"유난히 전화기만 보는데?"

"그게 아니라……."

희주의 말에 기성은 잠시 머뭇거렸다. 기성은 결국 후드 티의 끈을 풀어 잔뜩 일그러진 얼굴을 드러냈다.

"지난번에 말했던 그 여자 말인데……."

"오!"

희주의 눈이 호기심으로 번쩍였다.

"괜찮겠어? 너 지금 우리 콘서트도 있고, 좀 있으면 드라마 촬영도 시작하잖아. 스캔들 나면 위험하지 않겠어?"

"내가 그렇게 대단한 사람도 아닌데, 뭐."

"뭐래? 너 요즘 완전 상승세거든? 그리고 그게 아니어도 활동하는 데 신경 쓰이지. 몸이 열 개여도 부족할 텐데."

"부족하지."

"자신 있어?"

희주의 걱정이 이어졌다.

"그러게나 말이다."

기성은 한숨을 크게 쉬었다.

"너만 괜찮으면 우리는 상관없는데, 그래도 성규한테는 미리 말해 줘라. 괜히 스캔들 기사부터 터지면 성규가 또 오해할라."

목소리를 낮추고 속삭이다시피 말하는 희주에게 기성은 고개를 끄덕였다.

희주의 말대로 만약에 기성이 유나와 어떤 관계가 된다면 다른 누구보다 먼저 성규에게 말해 주는 것이 옳았다. 그래야만 한다, 이번에는.

기성이 군대를 가면서 제대 이후에 BSB 활동을 중단하겠다고 말했을 때, 성규는 매우 화를 냈었다. 아직 배우로서의 길을 고민하기도 전이었건만, 성규는 기성이 가수의 길을 접는 것을 다른 활동을 위해서라고 여긴 듯했다.

'배신자! 너는 배신자야!'

이유를 묻지도 않고 성규는 한동안 분을 참지 못했다. 그도 그럴 것이 기성이 BSB를 떠나면서 그들의 활동 또한 그대로 중단되었다. 해체한 것은 아니지만, 해체나 다름없었다.

기성 또한 성규에게 많은 이해를 요구하지 않았다. 그래도 이유를 물어봐 줬다면 솔직하게 말했을 텐데, 성규는 화만 낼 뿐이었다.

묻지 않은 것에 대해 말하면 그건 변명일 뿐이었다. 그래서 기성은 입을 다물었다.

성규뿐 아니라 멤버 중 그 누구도 이유를 묻지 않았고, 기성 역시 누구에게도 정확한 이유를 말하지 않았다. 그래서 갈라진 틈에 균열이 더 커지고, 골이 깊어졌다.

기성이 그때처럼 다시 멤버들을 와해시킬 만한 일을 벌인다면 성규의 아물었던 상처를 터트리고 소금을 뿌리는 일이 될 것이었다. 그러니 간신히 이어진 끈을 잔혹하게 끊어 버리는 일이 다시는 일어나서는 안 된다. 절대로 그런 일이 일어나서는 안 되었다.

'하긴, 스캔들이 날 일이 있긴 하겠냐.'

여전히 까맣게 속을 태우는 휴대 전화를 바라보는 기성의 마음은 씁쓸하기만 했다.

유나와의 관계가 발전할 가능성이 있기는 한 것인지 의문이었다. 그리고 또 한 가지 드는 의문은 그보다 더 큰 문제였다.

과연 자신이 일과 사랑 모두를 지킬 수 있느냐, 하는 것이었다.

＊　＊　＊

— 주연 배우들이 다 모여서 인사나 하려고 하는데, 기성 씨도 시간 되면 올래요?

갑작스럽게 박 PD에게 연락을 받은 기성은 콘서트 연습을 하다 말고 방송국으로 달려왔다. 모든 캐스팅이 끝나서 촬영 일정이 나왔다고 했다. 그로서는 빠질 이유가 없었다.

차를 주차한 뒤 엘리베이터를 타고 드라마국이 있는 6층에 내렸다. 박 PD가 알려 준 회의실을 찾아 들어가려는 순간, 안에서 청바지에 후줄근한 검은색 티셔츠를 입은 더벅머리의 박 PD가 누군가와 인사를 나누며 나오고 있었다.

"그럼 잘 부탁해요."

"네, 잘 부탁드립니다."

"잘 가요."

고개를 꾸벅하고 돌아서는 여자의 모습을 보고 기성은 깜짝 놀라 걸음을 멈췄다.

그토록 기다리던 얼굴이 바로 앞에 서 있었다. 무릎을 살짝 덮는 하늘하늘한 검은색 플레어스커트에 하얀색 티셔츠를 입고 핸드백을 한쪽 어깨에 단단히 멘 채 웃고 있는 유나였다.

"유나 씨?"

"어?"

기성과 눈이 마주친 유나는 얼음처럼 얼어붙었다.

왜 여기서 마주치느냐는 눈빛.

귀신이라도 본 것처럼 안 그래도 하얀 얼굴이 더 하얗게 질렸다.

"뭐야, 둘이 아는 사이예요?"

박 PD가 호기심 어린 눈으로 기성과 유나를 바라봤다.

"아, 네……. 그냥……."

난처한 얼굴로 유나가 말을 흐렸다.

"잘됐네요. 기성 씨, 이번에 유나 씨가 특별 출연 하는 할리우드 배우 통역을 맡았거든요."

"아, 그래요?"

"아는 사이라니까 따로 인사는 안 해도 되겠네?"

"네, 얘기 좀 나누고 들어갈게요."

"그래요. 그럼 잘 가요, 유나 씨."

박 PD는 안면에 환한 미소를 띠고 회의실로 들어갔다. 사소한 인연이라도 드라마가 잘될 거라는 신호로 여기는 모양이었다.

"이만 가 볼게요."

박 PD가 사라지자 유나는 고개를 꾸벅 숙이더니 그대로 가려고 했다.

"유나 씨. 박스 뜯어 봤어요?"

기성이 유나의 앞을 막으며 물었다. 그녀는 무표정한 얼굴로 그를 물끄러미 응시했다.

"네."

"혹시 카펫이 마음에 안 들어요?"

"마음에 들어요."

"그런데 왜 내 문자에 답 안 해요?"

"……."

마지막 질문에 그녀는 대답이 없었다. 그저 빤히 그를 바라볼 뿐이었다.

"나한테 화났어요?"

분위기가 심상치 않음을 감지한 그가 걱정스러운 얼굴로 물었다.

"내가 남녀 사이에 밀고 당기는 걸 잘 못해요. 그러니까 그냥 말할게요."

그녀는 여전히 무표정한 얼굴로 말을 이었다.

"윤기성 씨 연락 기다렸어요. 이틀 동안."

"아……. 미안해요."

그제야 그녀가 화난 이유를 깨달은 그가 울상이 되어 사과했다.

분명 그의 잘못이었다. 그녀가 기다릴 것이라는 생각을 왜 못 했을까. 그녀에게 연락하겠다고 하고선 제때 연락하지 않았으니, 변명의 여지가 없었다. 백 번이고 천 번이고 사과함이 마땅했다.

"됐어요. 카펫 고마워요. 잘 쓸게요."

그녀는 더 할 말이 없다는 듯 차갑게 떠나가려 했다. 그래서 그는 다시 그녀의 앞길을 막아섰다.

"잠깐만요, 유나 씨. 연락 못 해서 진짜 미안해요. 그런데 정말 바빴어요."

"문자 하나 보낼 시간이 없었어요?"

"변명 같겠지만, 정말 없었어요. 그렇다고 한밤중에 연락하는 것도 예의가 아니니까, 어떻게 하다 보니 시간이 이렇게 지났어요. 미안해요."

그는 진심을 담아 재차 사과했다.

"나는 우리가 마음이 통했다고 생각해서 기다렸어요. 그런데 이젠 됐어요. 윤기성 씨는 나랑 같은 마음이 아니었던 것 같네요."

"아니, 유나 씨……."

상처받은 얼굴로 말하는 그녀에게 설명을 덧붙이려는 찰나였다.

"기성아, 오랜만이다?"

이번 드라마의 남자 주인공 역할을 맡은 선배 배우 최승우가 회의실로 다가오며 기성에게 말을 걸었다.

승우는 모델로 데뷔해 배우로서 정점을 찍은, 기성이 존경하고 본받고 싶은 존재였다. 그와는 평소에도 친분이 있었던 터라 기성이 이 드라마를 선택하는 계기가 되기도 했다.

우월한 다리 길이를 뽐내며 승우는 단걸음에 기성 앞에 섰다.

"아, 최 선배."

당황한 기성이 허리를 꾸벅 숙여 인사했다.

"여기서 뭐 하고 있어, 안 들어가고? 나 기다렸어?"

"아, 그게……."

기성이 고개를 들었을 때 이미 유나는 엘리베이터를 타러 멀리 걸어가는 중이었다.

안타까움에 기성은 그녀를 쫓아가야 하나 싶었지만, 눈치 없는 승우는 기성의 어깨에 팔을 턱 얹으며 회의실 문을 열었다.

회의실 안으로 끌려 들어가며 기성은 유나가 몸을 돌려 자신을 바라봐 주기를 바랐다. 하지만 그녀는 끝까지 그를 바라보지 않았다. 조금도 움츠러들지 않고 당당하게 쫙 편 그녀의 뒷모습을 바라보며 그는 왠지 모를 씁쓸함에 우울해졌다.

*　*　*

드라마 미팅을 마치고 다시 연습실로 돌아가 콘서트 연습까지 마무리한 기성은 녹초가 되어 집에 도착했다.

승우를 비롯해 여자 주인공 역을 맡은 배우도 기성과 친분이 있어서 간단한 만남이라던 모임이 세 시간에 걸친 수다의 장이 되어버렸다.

게다가 연습실에 도착한 기성은 지호가 콘서트 오프닝에 새로 추가한 안무를 보고 공황에 빠졌다. 어렵기도 어려웠지만, 그의 정신 상태가 온전치 못했다. 방송국에서도 간신히 대화를 따라가는 수준이었는데 연습실에서는 그마저도 힘들었다.

이게 다 방송국에서 마주친 유나 때문이었다.

그녀와 그런 식으로 마주쳐 그런 식의 대화를 나누리라고는 생각지 못했던 탓이었다.

현관문을 열기 전에 잠시 유나 집의 문을 바라보며 그는 고민했다.

'이야기를 나눠, 말아?'

그녀가 했던 말 때문에 마음이 계속해서 찝찝했다.

'나는 우리가 마음이 통했다고 생각해서 기다렸어요. 그런데 이젠 됐어요. 윤기성 씨는 나랑 같은 마음이 아니었던 것 같네요.'

짝사랑하던 대상에게 이런 말을 듣는다면 행운일 터였다.

마음이 통했다니, 같은 마음이었다니.

유나가 느닷없이 쏟아 낸 말이 기성을 기쁘게 했다. 그처럼 그녀도 둘 사이에서 뭔가를 느낀 것이다. 뭔가 꼬물거리면서 마음을 간지럽히는, 신경 쓰이고 눈에 밟히고 함께하고만 싶은 그런 감정을.

하지만 그는 곧 깨달았다. 그녀의 말에 마냥 기뻐할 수는 없었다.

'욕심이겠지?'

지금 느끼는 이 모든 감정이 자신에게는 사치였다.

희주가 했던 말처럼 지금 그는 몸이 열 개라도 부족할 지경이었다. 일과 사랑을 병행하는 것이 가능하긴 한지, 사랑을 시작할 용기도 자신도 없었다. 그러니 그녀가 거리를 두는 이쯤에서 끝내는 게 오히려 다행일지 몰랐다. 그것이 설령 오해라 해도.

그는 문을 열고 자신의 집으로 들어갔다.

소파에 누워 휴대 전화와 오디오를 블루투스로 연결해 BSB의 음악을 틀었다. 이번 콘서트에서 공연할 리스트대로 음악이 재생됐다.

기성은 눈을 감고 음악을 음미했다. 어느 때고 음악을 편히 들을 수 있게 이 집을 사자마자 방음 공사를 해 놨다. 덕분에 이렇게 늦은 밤중에도 그는 음악 볼륨을 최대로 높일 수 있었다.

BSB의 신나는 댄스곡도 감미로운 발라드도 언제나 그에게 위안을 주었다. 멤버들과 떨어져 지내는 시간 동안에도 그들이 그리울 때면 그는 항상 '우리'의 음악을 들었다.

'지금은 애들만 있으면 돼.'

그렇게 그는 허탈해하는 자신의 마음을 다독였다.

한여름 밤의 꿈 같은 사랑에서 깨어나기 위해 그는 음악 볼륨을 살짝 더 높였다.

* * *

"네. J&A 재단을 통해서 입양 절차가 이뤄진 것으로 알고 있어요."

— 몇 년 전이라고요?

무미건조한 남자 목소리가 휴대 전화 너머에서 들려왔다.

유나는 엄마에게 확인한 정보를 적어 놓은 수첩을 손가락으로 짚으며 따라 읽었다.

"22년 전이요. 서울 S 성당에서 K 어린이 보호 시설로 갔고요."

— K 어린이 보호 시설이 문을 닫은 지가 오래돼서 자료를 찾으려면 시간이 꽤 걸릴 거예요.

"괜찮습니다."

— 확인하는 대로 연락드릴게요. 그런데 친부모님을 찾는다고 해도 그쪽에서 원하지 않으면 연결해 드릴 수가 없습니다.

"아…… 알겠습니다."

남자는 유나의 대답을 듣더니 연락 주겠다는 말을 되풀이하고 전화를 끊었다.

할리우드 배우가 촬영이 시작되고 한 달 뒤에나 한국에 온다고 하여 그 전까지 대본 리딩에 대신 참여해 달라는 박 PD의 부탁이 있었다. 그 이유로 유나는 오늘부터 일주일에 한두 차례 방송국에 가야 했다. 오늘도 마찬가지였다.

다만 오늘은 방송국으로 출발하기 전에 '서울 아동 복지 센터'에 전화를 걸어 친부모를 찾을 수 있는지 문의했다.

이전에 기성이 했던 말이 마음에 걸렸다.

'음. 유나 씨의 마음은 알겠지만, 그래도 궁금하지 않아요? 어떤 분인지. 만날지 말지는 그때 가서 결정해도 되잖아요. 내가 유나 씨라면 원망할 때 하더라도 어떤 분인지 알고 싶을 것 같은데.'

그의 말을 듣고 나니 친부모가 어떤 사람인지 문득 궁금해졌다. 사춘기를 보낸 후로는 한 번도 궁금해하지 않았던 친부모였다.

어찌어찌 알아낸 바에 의하면 서울 아동 복지 센터에서 해외로 입양된 사람이 가족을 찾을 수 있도록 돕고 있다고 했다.

"후—"

유나는 소파에 앉아 샘을 어루만지며 한숨을 쉬었다.

그녀가 한숨 쉬는 이유는 친부모를 찾는 일 때문이 아니었다. 친부모를 찾을 수 있을지 없을지는 이제 하늘에, 아니 아동 복지 센터 공무원에게 달린 일이었다.

이제 곧 준비하고 방송국에 가야 할 시간이었다. 배우들 사이에서 어색한 연기를 펼쳐야 하는 것은 문제가 되지 않았다. 연기 따위야, 어차피 자신이 배우가 아닌 것을 다 알 텐데 무슨 타박이 있겠냐 싶었다.

문제는 대본 리딩 때마다 계속해서 마주쳐야 하는 기성이었다.

왜 하필 이 드라마인지. 아니, 기성의 이름을 인터넷에 검색했을 때 왜 진작 출연 예정작을 확인하지 못했는지. 모든 것이 원망스러웠다.

분명 며칠 전에는 기성이 선물한 카펫 때문에 기쁜 마음이 가득했었다. 타이밍 좋게 도착한 그의 문자에도 마음이 설레었다.

하지만 방송국에 도착해 얼마 지나지 않아 그녀는 그에 대한 마음을 단단히 접었다.

'윤기성 씨 알아요?'

'윤기성 씨요?'

'네. 이번에 서브 남자 주인공인데, 요즘 완전 상승세거든요.'

박 PD는 유나에게 주연 배우들이 누구인지 알려 주며 잔뜩 들떠 있었다. 그러다 그의 입에서 나온 기성의 이름에 별생각 없이 듣고 있던 그녀는 뒤통수를 세게 맞은 것처럼 충격으로 굳어 버렸다. 그런 것도 모르고 박 PD는 그녀에게 계속해서 자랑을 늘어놓았다.

'기성 씨 덕분에 드라마에 협찬 광고가 엄청나게 붙었어요. 아주아주 많이요.'

'아, 네.'

'그러니까 우리가 할리우드 배우도 캐스팅할 수 있었던 거죠. 윤기성 씨 덕분에 아주 수월해졌어요. 개봉한 영화가 천만 관객 찍은 직후라 서브는 안 한다고 할 줄 알았는데, 흔쾌히 하겠다고 해서 내가 진짜 절하고 싶은 심정이었다니까요?'

한껏 들뜬 박 PD를 보며 유나는 씁쓸한 맛을 느껴야 했다.

기성은 유나가 생각한 것 이상으로 연예계에서 가치가 높은 사람이었다.

회의실 앞 복도에서 그를 마주쳤을 때도 마찬가지였다. 그 5분도 안 되는 짧은 시간 동안 두 사람 곁을 지나는 사람들의 시선이 모조리 기성에게 쏠렸었다. 정작 기성 본인은 그런 시선쯤 익숙한 듯 아무렇지 않아 보였지만, 그래서 유나는 그 시선에 더 부담을 느꼈다.

기성이 그저 옆집 남자였을 때는 생각해 본 적도 느낀 적도 없었던 타인의 시선이 이제야 실감이 났다. 피부에 아프게 와닿았다.

그러니 어쭙잖은 마음으로 관계를 이어 가서는 안 된다. 그것이 유나가 방송국을 떠나면서, 매몰차게 기성에게서 돌아서면서 결심한 것이었다.

눈에 보이지 않으면 마음을 접기도 쉬울 텐데, 한동안 기성과 부딪칠 것을 생각하니 심란했다. 그래도 이미 엎질러진 물이었다.

에어컨을 빵빵하게 켰는데도 손바닥에 땀이 흥건하게 뱄다. 그녀는 청바지에 손바닥을 문질러 닦고 소파에서 일어났다.

"갔다 올게."

유나는 힘없이 샘에게 간식을 던져 주고 집을 나섰다.

집을 나서면서부터 머리가 핑 돌 것 같은 더위가 몰려왔지만, 그보다도 유나를 숨 막히게 한 것은 복도에서 엘리베이터를 기다리고 있는 기성이었다. 청바지에 흰 티셔츠를 입은 그는 이제 막 화보에서 빠져나온 사람 같았다.

입에 선글라스를 물고 휴대 전화를 보고 있다가 유나를 발견한 기성은 고개를 꾸벅 숙였다.

'저 관능적인 입술이라니.'

그녀는 정신이 아찔했다. 선글라스 다리를 물고 있는 저 입술이 그녀에게 닿을 뻔한 것이다. 상상만으로도 가슴이 아릿아릿하게 저렸다.

"안녕하세요?"

"네, 안녕하세요."

유나도 인사했다.

아래층에서 누가 붙잡고 있는지 엘리베이터가 도통 올라올 생각을 안 했다. 그래서 두 사람 사이엔 어색한 침묵만이 이어졌다. 똑같이 청바지에 흰 티셔츠 차림이라 누가 보면 커플처럼 옷을 맞춰 입었다고 할 정도여서 더 어색했다.

"방송국 가는 거죠?"

기성이 먼저 침묵을 깨고 물었다. 여느 때와 다름없이 부드럽고 낮은 음색이어서 유나는 눈을 질끈 감을 뻔했다.

"네."

"같이 가요."

"괜찮아요. 따로 갈게요."

유나는 빠르고 단호하게 거절했다.

"차 없잖아요. 지금 지하철 타도 늦어요."

누구 때문에 늦었는데.

유나는 속으로 기성을 탓했다. 그를 피하려고 최대한 늦게 나온 것인데, 오히려 이런 상황이 되다니. 운이 없어도 이렇게 없을 수가 없었다.

"택시 타면 돼요."

"유나 씨."

"불편해서 그래요, 제가."

기성의 말을 유나가 끊어 버렸다. 너무 차갑게 말한 것 같았지만, 후회하기엔 늦었다. 그녀는 내뱉은 말을 주워 담을 수 없어 그저 입술만 깨물었다.

"알겠어요. 따로 갑시다."

어느덧 부드럽던 그의 목소리도 딱딱하게 굳었다. 그에게서 처음으로 거리감이 느껴졌다.

때마침 도착한 엘리베이터에 올라타서도 두 사람은 아무런 대화 없이 그대로 지하층과 1층 버튼을 눌렀다.

유나가 1층에서 내리자마자 엘리베이터 문이 닫히는 게 느껴졌다. 그녀의 모습을 더 보기 싫었는지 기성이 닫힘 버튼을 누른 것 같았다.

철컹, 하고 움직이는 엘리베이터 소리에 그녀가 걸음을 멈추고 어깨를 움찔했다.

'화가 난 걸까?'

도대체 그가 왜 화를 내는 것인지 이상했다.

마음이 있었다고 고백한 것은 그녀였고, 그 마음을 고이 접어 버린 것도 그녀였다. 아무런 태도도 취하지 않은 그가 화낼 이유는 단 하나도 없었다.

터벅터벅 거리로 나와 택시를 잡으려고 고개를 빼고 찻길을 봤지만, 오가는 택시는 보이지 않았다.

'아, 늦겠다. 그냥 태워 준다고 했을 때 타고 갈 걸 그랬나?'

시간을 확인하고 유나는 초조함에 발을 굴렀다. 기성의 말대로 지금 차를 잡아타지 않으면 늦을 것 같았다. 조금 어색한 자리가 되고 불편하더라도 그의 호의를 그냥 받아들일 것을 그랬나, 하는 후회가 밀려왔다.

그 순간 그녀 앞으로 멋진 검은색 외제 차 한 대가 지나갔다. 선팅이 어둡게 되었어도 그녀는 운전하는 사람이 기성이라는 것을 단번에 알 수 있었다. 그녀 앞을 지나가는 순간 그와 눈이 마주쳤다는 확신이 들 정도였다. 그런데도 그의 차는 멈추지 않고 더 빠르게 그녀 앞을 지나갔다.

조금은 울컥하는 마음으로 그녀는 그의 차가 멀리 사라질 때까지 계속 노려봤다.

＊　＊　＊

K 방송국 대회의실.

드라마에 출연하는 모든 배우와 스태프가 매우 기다란 테이블을 가운데 두고 빙 둘러앉았다. 유나가 속으로 세어 보니 한 오십 명 정도 되는 사람들이 모인 듯했다. 그녀는 모두 처음 보는 사람들이었지만, 한눈에 봐도 누가 배우인지 알 수 있을 정도로 그들이 내뿜는 아우라가 대단했다.

그 틈에 섞인 기성조차도 지금은 그들과 어깨를 나란히 하는 배우라는 것이 틀림없어 보였다. 어떻게 그를 백수라 생각할 수 있었는지, 그녀 자신이 한심할 정도였다.

배우들은 테이블 가까이에 앉았고, 스태프들은 회의실 벽에 의자를 죽 나열해 앉아 있었다. 유나는 엄밀히 말하면 스태프였지만, 오늘은 할리우드 배우를 대신하는 자리였기에 테이블 자리에 앉았다.

그것도 바로 기성의 맞은편에.

손만 뻗으면 그를 만질 수도 있는 자리였다. 하지만 그는 그녀에게 일절 시선을 주지 않았다. 그녀도 최대한 그를 안 보려고 시선을 돌렸지만, 아는 사람이 없는 곳에서 어쩔 수 없이 익숙한 그에게 시선이 가는 것은 어찌할 방도가 없었다.

"자, 승우 씨부터 시작할까요?"

"남자 주인공 진후 역할을 맡은 최승우입니다. 잘 부탁드립니다."

박 PD의 말에 승우가 자리에서 일어나 고개를 숙이며 인사했다. 큰 키에 쌍꺼풀이 진하고 짙은 눈썹을 가져서 이국적으로 생긴 그는 자신감에 찬 목소리였다.

회의실에 모인 사람들이 박수갈채를 보냈다.

"여자 주인공 지선 역할의 한소진입니다. 반갑습니다."

하늘거리는 노란색 원피스를 입고서 윤기 도는 긴 머리카락을 한쪽 어깨로 모아 내리며 소진이 일어나 인사했다. 마르다 못해 앙상하게 보이는 몸매였지만, 그렇기에 어떤 옷을 입어도 잘 소화하는 그녀였다.

"진후와 지선을 두고 경쟁하는, 해진 역할의 윤기성입니다. 잘 부탁드립니다."

기성이 일어나 인사하고 사람들의 박수가 이어졌다. 그는 조금은 쑥스러워하는 미소와 함께 자리에 앉았다.

배우들의 인사가 죽 이어지고 드디어 유나가 인사할 차례가 되었다.

"베니 역할을 맡은 Tony Young의 담당 통역사 유나 힐입니다. 반갑습니다."

"오늘 베니 역의 대사를 유나 씨가 대신 맡아 줄 겁니다."

유나의 인사에 박 PD가 부언했다. 사람들은 그제야 고개를 끄덕이며 박수를 보냈다.

그 순간에야 기성이 유나를 쳐다봤다. 이곳에 도착하고 처음이었다. 자리에 앉은 그녀는 얼굴이 달아올랐다. 팔짱을 끼고 무표정한 얼굴로 물끄러미 그녀를 바라보는 그의 시선에 가슴이 두근거렸다.

이미 접기로 한 마음이 다시 쿵쾅거리며 '나 여기 있어' 하고 신호를 보냈다.

그의 눈에서는 아무런 감정도 읽을 수가 없었다. 그녀를 향한 호의도, 호감도, 그 반대의 감정도 없었다. 마치 인형에 박아 놓은 눈동자가 그녀를 바라보고 있는 듯했다.

"자, 그럼 다음, 1-4 장면 가 봅시다."

대본 읽기가 시작된 지 두 시간이 지나서야 처음으로 유나가 대신할 대사가 등장했다.

"We met for a long time. Let's have a meal together."

"All right, if you'll just wait a minute, we'll get ready and go. Let's go to a restaurant where we can eat delicious Korean food."

베니 역할은 하필 기성이 맡은 해진 역할과 가장 접점이 많았다. 그 때문에 1, 2화의 베니 대사 중 3분의 1 분량을 기성과 주고받게 되었다. 자연스럽지 못한 어휘가 눈에 띄었지만, 이는 후에 박 PD에게 알려 주기로 했다.

최대한 자연스럽게 연기의 흐름을 끊지 않으려고 노력하면서 유나는 대사를 읽었다. 기성도 그녀의 호흡에 맞춰 대사를 읽었다.

'제법인데?'

유나는 기성의 영어 실력에 놀라지 않을 수 없었다. 그녀뿐만 아니라 회의실에 모인 사람 모두 그의 영어 실력에 놀란 듯 '오—' 하는 입 모양이었다.

적혀 있는 대사를 읽는 것뿐이었지만, 그는 거의 원어민에 가까운 수준의 발음을 구사하고 있었다. BSB 멤버 중에 외국에서 살다 온 멤버가 있다더니, 그 까닭이 아닐까 싶었다.

어찌 됐든 그 정도의 실력을 갖추려면 많은 공부와 노력을 했을 것이다. 그래서 그가 영어 대사를 외워서 연기하는 모습이 기대됐다. 지금 읽은 실력대로라면 카메라 앞에서도 완벽하게 소화할 터였다.

그렇다면 해외 진출도 고려할 만한 일이 아닐까.

쉽지는 않겠지만, 유나는 점점 더 그녀에게서 멀어지는 기성이 상상됐다.

쓸쓸한 마음을 다잡으며 유나는 다시 대본에 집중했다.

그렇게 장장 다섯 시간에 걸친 대본 리딩을 마치고 모두 함께 '고사'라는 것을 지내는 모습을 봤다.

유나도 어릴 적에 외할머니 댁에서 제사 지내는 것을 본 적은 있었다. 하지만 '고사'라는 것은 처음 접하는지라 신기한 눈으로 그 모습을 지켜봤다.

돼지 콧구멍에 사람들이 5만 원권 지폐를 돌돌 말아 쑤셔 넣을 때는 웃음이 터지려는 것을 간신히 참았다. 웃고 있는 돼지머리가 상에 올라가 있는 것 자체는 충격이었는데, 콧구멍과 귓구멍에 돈을 꽂은 돼지머리는 너무 웃겼다.

사람들이 하나둘씩 돼지머리에 절을 할 때 유나는 분위기에 휩쓸려 그게 뭘 의미하는지도 모르면서 절을 올렸다. 보조 작가가 나중에 그녀에게 설명해 주고 나서야 그녀는 고사의 의미를 이해했다.

아직 그녀가 번역해 온 작품 중에 이런 장면을 담은 글은 없었지만, 이제 두 눈으로 확인했으니 언제가 되더라도 '고사'를 제대로 번역할 수 있게 되어 뿌듯했다. 한국에 온 보람이 있는 것이다.

고사가 끝나고 단체 사진을 찍는 것까지 마무리되자 드디어 오늘의 일정이 끝났다. 저마다 피곤한 얼굴로 인사를 나누고 회의실을 떠나갔다.

문가에서 기성이 배우들과 스태프들에게 일일이 인사하는 것을 흘깃 보고 유나는 가방을 챙겼다. 그녀가 가방을 다 챙기고 자리에서 일어나는데 어느새 옆에 기성이 다가와 있었다.

"집에는 내 차 타고 가요."

"괜찮아요."

"앞으로 자주 볼 텐데 언제까지 이럴 건데요?"

그는 미간을 찌푸리며 물었다.

회의실을 나가는 사람들의 시선이 둘에게 머물다가 의문을 품은 채 밖으로 나가는 것을 느끼며 유나는 대답하지 못했다.

이 사람의 매니저는 왜 그를 안 말리는 것일까?

그러고 보니 오늘 그는 방송국에 혼자 왔다. 자신을 귀찮게 하는 기성 때문에 유나는 본 적도 없는 기성의 매니저에게 짜증이 났다.

"본인 편하겠다고 나까지 불편하게 만드네요."

약간 짜증 섞인 목소리로 그가 말했다.

다른 사람들이 모두 회의실을 떠나고 둘밖에 안 남았음을 확인한 유나가 그제야 그를 똑바로 바라봤다. 여전히 찌푸린 그의 얼굴에 그늘이 졌다.

"기성 씨 매니저는 일 안 해요?"

"네?"

"아니에요. 그냥 나를 다른 스태프랑 똑같이 생각하세요."

그녀가 말했다.

"똑같이?"

그는 상처받은 얼굴로 되물었다.

"옆집 사는 여자도 아니고, 같이 밥 먹은 사이도 아니라고 생각하라고요."

"유나 씨."

"먼저 가 보겠습니다. 선약이 있어서……."

가방을 획 어깨에 둘러메고 그녀는 멍하니 서 있는 그를 지나쳐 서둘러 회의실을 빠져나왔다.

아직 밖에서 두런거리며 이야기를 나누는 스태프들의 시선이 그녀의 뒤를 좇았다. 왠지 그들이 기성과의 사이를 궁금해하는 것 같아 그녀는 몸을 웅크리고 빠른 걸음으로 자리를 피했다.

선약 따위 없었다.

빨리 집으로 돌아가 샘을 부둥켜안고 잠이나 자고 싶었다.

지하철을 타고 집에 갔다가 혹여나 또 기성과 마주칠까 싶어 얼른 택시를 잡아탔다.

'왜 그렇게 상처받은 얼굴을 한 건데?'

회의실에서 마주했던 그의 얼굴이 떠오르자 그녀는 가슴이 저렸다.

그가 그녀와 같은 마음이었다면 벌써 그녀에게 말을 해야 했다. 하지만 그는 아무런 행동도 취하지 않았다. 그래 놓고 그를 멀리하려는 그녀를 보고 화내고 상처받은 얼굴을 하다니. 도통 이해가 되지 않았다.

이미 그가 머릿속에 가득 차 있는 건 그녀였다.

기성이 나온 드라마와 영화, 예능 프로그램까지 챙겨 보고, BSB의 예전 콘서트 영상도 보았다. BSB의 음악은 1집부터 4집까지 다 들었다. 다른 멤버들의 목소리는 누가 누구인지 몰라도 기성의 목소리는 확실하게 집어낼 수 있었다.

눈만 감으면 그의 웃는 모습이, 우수에 찬 눈동자가 선했다. 배우 윤기성과 BSB의 윤기성과 옆집 남자 윤기성이 모두 소용돌이쳤다.

그 정도로 그는 이미 그녀 안에 있었다.

그렇게 그녀의 머릿속은 온통 그로 차 있었다.

화를 내려면 그녀가 그에게 내는 게 옳았다.

키스할 뻔하지 않았는가.

마음이 있는 것처럼 행동하지 않았는가.

연락처를 가져가 놓고 바람둥이처럼 뒤늦게 연락하고, 아무렇지 않은 얼굴을 했던 것은 그였다.

그보다 애초에 일반인인 척한 게 잘못이었다. 그는 함부로 마음을 키울 수 있는 위치에 있는 사람이 아니었다.

그런데 멋대로 마음에 가득 들어와 놓고 엄청나게 먼 곳으로, 손을 뻗을 엄두도 낼 수 없는 곳으로 멀어져 버린 것이다.

비우려고 하면 할수록 그에 대한 생각이 더 부풀었다.

풍선처럼 커지고 커져서 터지기 일보 직전인 것을 유나는 애써 무시하며 창밖으로 시선을 던졌다. 어둑하게 내려앉는 어둠 속에서도 여름 하늘은 뜨거운 열을 발하며 붉게 타오르고 있었다.

6.

돌격 앞으로

기성의 장점이자 단점으로 가장 먼저 손꼽히는 것이 무서운 집중력이었다. 무언가 한 가지에 꽂히기 시작하면 눈에 뵈는 것이 없는 사람처럼 그것에만 집중했다. 어릴 적부터 그랬고, 나이가 들어서도 별반 달라지지 않았다. 일할 때는 그것처럼 좋은 것도 없지만, 때로는 지나치다 싶은 집착처럼 보일 때도 있었다.

콘서트 연습실에서 안무 연습에 집중하는 기성을 보며 희주와 지호는 서늘한 기운에 겁이 날 지경이었다. 이럴 때 기성에게 쌀쌀맞은 성규라도 있으면 좋을 텐데, 성규는 다른 일정 때문에 오늘 연습에 참여하지 않았다. 그래서 희주와 지호는 한숨을 푹푹 내쉬며 기성의 모습을 관찰했다.

콘서트가 확정되고 나서 기성이 게으른 태도로 연습에 임한 것은 아니었다. 오히려 희주와 지호보다 더 열심히 연습했다. 그런데요 며칠은 그보다 더 지독했다. 아무것도 들리지 않고 보이지 않는 사람처럼 기성은 연습하고 또 연습했다.

버벅거리고 혼동하던 안무도 제 몸에 딱 맞는 옷을 입은 것처럼 거뜬히 해내는 기성이었다. 그런데도 그는 좀처럼 쉬지 않았다. 입고 있는 옷이 다 젖어 몸에 찰싹 달라붙었는데도 땀 하나 닦아 내지 않았다. 거울에 비치는 자신의 모습이 경쟁자라도 되는 것처럼 노려보며 계속해서 안무를 이어 갔다.

멤버든, 안무팀이든, 그런 그의 체력에 맞추는 것이 버거울 정도였다.

"문제야, 문제."

"분명 뭔 일이 있는 거야. 그렇지?"

"어, 분명해."

고개를 절레절레 저으며 희주와 지호는 뭔가 방도를 찾기로 했다. 저 상태로 기성을 그냥 두었다가 폭발하면 그 후환이 두려웠다. 그러니 해결할 방법이 필요했다.

"아이고, 밥시간이 지났네."

일부러 크게 소리치며 지호가 말했다. 그러자 기성이 동작을 멈추고 뒤돌아봤다. 그는 어리둥절한 표정으로 연습실을 둘러봤다. 그리고 고개를 양쪽으로 꺾으며 바닥에 던져 놨던 수건을 들어 땀을 닦았다.

"어휴, 진짜네? 오늘 연습은 여기서 끝내고 빨리 가서 밥 먹어야겠다."

"오늘은 밥보다 술이 당기는데?"

"그래? 그럼 나는 술을 못 마시니까 기성이가 같이 가면 되겠다."

희주와 지호가 서로 찡긋찡긋 눈짓을 요란하게 주고받으며 말했다.

"나? 나는 내일 대본 리딩 있어서 방송국 가야 해. 술은 좀 봐줘라."

"에이, 한잔만 해."

"봐줘라, 좀."

"에헤, 일단 가자."

지호는 막무가내로 에어컨 앞에서 땀을 식히는 기성을 끌어당겼다.

"씻고. 좀 씻고 가자."

"얼른 씻어. 우리는 벌써 다 씻었으니까."

"알았어."

그제야 기성은 희주와 지호가 벌써 연습을 중단하고 샤워까지 마친 상태라는 것을 깨달았다. 연습에 집중하다 보니 아무것도 보이지 않았던 것이다.

안무팀 사람들도 벌써 지호가 집에 보냈다는 희주의 설명에, 그는 연습실이 왜 비어 있는지 그제야 알게 됐다. 그는 한숨이 나오려는 것을 간신히 참았다.

희주와 지호의 성화에 못 이겨 기성은 결국 샤워실에서 간단하게 몸을 씻고 준비한 새 옷으로 갈아입고 나왔다.

세 사람은 같이 연습실 근처의 김치찌개집으로 향했다. 맛집으로 소문이 났는지 손님이 바글바글했다. 세 사람을 알아보는 사람들에게 꾸벅거리며 인사를 하고, 식당의 가장 안쪽 구석에 자리 잡고 앉았다.

주문하고 얼마 지나지 않아 직원이 돼지고기가 큼직하게 들어간 얼큰한 김치찌개를 테이블 불판 위에 올려놨다. 가스 불이 켜지고 냄비 안의 찌개가 보글보글 소리를 내기 시작했다.

"이모, 여기 소주 한 병 주세요."

"잔은?"

"두 개요."

지호가 식당 이모에게서 소주와 잔을 건네받더니 기성 앞에 하나를 놓고 소주를 따랐다.

"야, 나 진짜 술 마시면 안 돼."

"야, 희주는 술 못 마시는데, 그럼 나 혼자 마셔?"

"나 진짜 내일 스케줄 있어."

"아직 초저녁이잖아. 한잔만 해, 한잔만."

징징거리며 지호가 울상을 지었다. 구불거리는 머리카락이 강아지처럼 귀여운 지호의 모습에 기성은 미소를 지었다.

"한잔만 해라, 나 대신."

희주가 옆에서 거들었다. 체질상 술을 못 마시는 희주 때문에 기성은 포기하고 대신 잔을 들었다.

"그럼 딱 한 잔만이다."

"그래!"

기성이 잔을 들자 지호는 반색하며 자신의 잔을 들어 '짠' 하고 부딪쳤다. 잠시 술잔을 바라보던 기성은 이내 단숨에 소주를 들이켰다.

"카— 좋다."

"그래, 좋다."

시원하게 소주잔을 비운 둘은 서로를 마주 보며 웃었다.

김치찌개에 들어간 돼지고기가 완벽하게 익고, 식당 직원이 커다란 고깃덩어리를 먹을 만한 크기로 잘라 주었다.

"오, 맛있네, 여기."

먹어도 된다는 직원의 말에 희주가 한입 떠먹더니 감탄을 금치 못했다. 그는 과장된 표정과 몸짓으로 맛을 표현했다.

"맛집이야, 맛집."

이 집에 자주 오는 지호가 싱글벙글 웃으며 말했다.

그렇게 얼큰한 찌개와 함께한 술잔을 한 잔 두 잔 비워 갔다.

"너 무슨 일 있지?"

혼자서 맥주잔에 콜라를 붓고 홀짝이던 희주가 기성에게 물었다. 기성은 희미한 미소만 지을 뿐 대답하지 않고 다시 소주잔을 들어 단번에 마셨다.

팀에서 항상 남을 배려하고 걱정하고, 무슨 일이 있으면 나서서 수습하는 희주가 자신의 이상한 기류를 눈치챈 모양이라 기성은 조금 당황했다.

'이렇게 감정을 숨기지 못하다니. 배우 맞냐, 윤기성?'

너무 티가 나 버린 속마음 때문에 그는 자신이 한심했다.

"그때 그 옆집 여자 때문이야?"

기성의 비워진 잔에 다시 소주를 채우며 지호가 물었다.

"뭐야, 옆집 여자였어?"

"희주도 아는구나? 응, 기성이네 옆집 여자가 얘가 누군지 전혀 모른대."

"와, 대박. 윤기성을 모른다고?"

"그러니까. 신기하지?"

"어떻게 모를 수가 있대?"

"외국에서 살았나 봐. 맞지, 기성아. 그 여자 외국인이지?"

기성은 대답하지 않았다.

그래도 신경 쓰지 않고 희주와 지호는 그를 사이에 두고 저들끼리 신나서 말했다.

"근데 그 여자가 왜? 너 그 여자한테 관심 있었잖아."

"아, 그런 거야?"

희주의 물음에 지호의 눈이 휘둥그레졌다. 그제야 모든 퍼즐이 맞춰졌다는 듯 지호는 손가락을 튕겼다.

"고백했어?"

"고백? 야, 진짜 그런 거야?"

북 치고, 장구 치고 코미디 같은 만담이 이어졌다.

"그런 거 아니야."

굳게 닫혔던 기성의 입이 드디어 열렸다.

"너 혹시 차였어?"

"에이, 설마."

이번엔 둘이 놀란 눈이 돼서 기성을 바라봤다. 목소리가 컸는지 몇몇 시선이 이쪽을 향하자 급하게 둘은 목소리를 낮췄다.

"말 좀 해 봐. 무슨 일이야."

"아, 답답해, 윤기성. 빨리 말해 줘."

기성은 다시 소주잔에 담긴 소주를 들이켰다.

"고백 안 했어. 그 정도의 마음인지 확실하지도 않고. 그런데 차인 건 맞네."

"왜? 뭐라는데?"

"내가 불편하대. 이 윤기성이 불편하단다."

한숨처럼 말을 내뱉고 기성은 고개를 떨궜다.

입 밖으로 내뱉고 나니 진짜 유나에게 차인 것이 실감이 났다. 아직 그는 고백도 제대로 못 했는데 마음의 문을 닫아 버린 그녀가 원망스러웠다. 어쩜 그렇게 차갑게 돌아설 수 있는지, 술기운에 눈물이 핑 돌았다.

"그래서 포기하는 거야?"

"에이, 강희주. 기성이가 그런 말에 포기하는 사람이야?"

지호가 손을 저으며 말했다.

"너 그 여자 좋아하긴 하는 거지?"

"야, 야. 얘 술 마시는 것 좀 봐라. 안 좋아하면 이렇게 마시겠냐?"

"그치?"

"와, 윤기성. 이렇게 여자 때문에 고민하는 거 오랜만에 보는데?"

"어, 그러네? 한 10년 만인가? 그때 걔 이후로 처음이지?"

"처음이지. 그 사이에 누구를 만났어도 우리가 알 방법이 있나."

"그치. 근데 그때도 기성이가 차인 거 맞지?"

"그랬을걸?"

"그럼 얘가 문제고만. 이 여자 저 여자한테 차이고 다니고."

희주와 지호는 잠시 기성의 첫 여자 친구를 추억에서 끄집어냈다. 기성은 둘의 대화는 제대로 듣지도 않고 혼자 소주잔에 술을 채워 입속으로 털어 넣었다.

"이모, 여기 소주 한 병 더 주세요."

"오— 안 마시겠다더니?"

"술이 달다."

마시지 않겠다고 했는데 기성은 저도 모르게 술을 주문했다.

딱 한 잔만 마시려고 했는데, 한번 술이 들어가니 약처럼 쓰던 술맛이 점차 꿀처럼 달아졌다. 그러니 자꾸만 물 마시듯 마른입을 적시려 술잔에 손이 갔다.

술잔에 가득한 술에 유나의 얼굴이 비치는 것 같아 보고 싶지 않아 비우고, 다시 그녀가 보고 싶어 술잔을 채웠다.

"그래서 어쩔 거야?"

다시 희주의 질문이 기성에게 돌아왔다.

"고백도 못 해 보고 차인 상태로 그냥 끝내는 거야?"

"모르겠다, 나도. 지금은 그 여자 신경 쓸 시간도, 여력도 없어."

말하는 기성의 목소리에서는 허탈함을 감출 길이 없었다.

"그건 아니지, 사내대장부가."

지호가 말했다.

언제 저렇게 큰 건지, 기성은 지호를 보며 웃었다. BSB 활동 때만 해도 자신감이 많이 부족해서 항상 수줍은 모습만 보였던 지호였는데, 그래서 동갑임에도 멤버들은 지호를 항상 동생처럼 여겼는데. 그런 그가 어느새 어른이 되어 있었다. 목소리도 당당해지고 어깨도 쫙 펴고 다니고, 무엇보다 언제나 쓸쓸해 보이던 얼굴이 지금은 행복한 웃음으로 가득했다.

"가서 확실하게 말해. 좋아한다고."

"그래, 이미 차인 거 고백이나 해 버려. 이미 결과는 나왔는데 혼자 속 끓일 필요는 없잖아. 혹시 알아? 그 여자가 다시 돌아올지."

희주와 지호는 열성적으로 기성을 응원했다.

'그런가? 어차피 똑같은 결말일 테지만, 그냥 확 저질러 버려?'

기성은 다시금 술잔을 비우며 생각에 잠겼다.

* * *

"미안하다, 태호야."

"알긴 알아요?"

"그럼, 그럼. 미안해. 쉬지도 못하게 하네, 내가."

차에서 내려 발걸음을 살짝 비틀거리는 기성을 태호가 얼른 다가와 부축했다.

집에서 쉬고 있다가 희주의 전화를 받고 깜짝 놀라서 도착한 곳에 소주 다섯 병을 나눠 마시고 얼큰하게 취해 있는 기성과 지호가 있었다. 희주는 택시 타고 가겠다며 먼저 사라졌고, 태호는 남은 두 사람을 차에 태웠다.

지호를 그의 집 앞에서 내려 주자 기성을 향해 힘내라며, 파이팅을 수없이 외쳐 대고 들어갔다.

"갑자기 웬 술이에요? 내일 일정 어떻게 소화하려고요?"

"내가 간이 튼튼해."

기성은 아이처럼 웃으며 대답했다.

태호는 기성의 사생활을 일일이 캐물을 생각이 없었다. 하지만 기성이 이렇게 술을 마시는 일은 극히 드물어 걱정됐다.

"무슨 일인지 나중에 꼭 말해 줘요."

"왜? 채완 형한테 이르려고?"

"에이, 진짜."

"알았어. 농담이야. 다 정리되면."

"알았어요. 그리고 이거 꼭 마시고 자요."

태호는 기성의 손에 약국에서 사 온 숙취 해소제를 쥐여 줬다. 그것을 받아 들고 기성은 싱글벙글 웃었다.

"나 간 진짜 튼튼한데. 너보다 젊을걸?"

"못 살겠네. 내일은 태우러 올게요."

"아니야, 아니야."

공식 일정이 아니면 굳이 매니저를 움직이게 하고 싶지 않은 기성이 손을 저었다.

"이제 겨우 밤 11시네. 내일 오후 일정이니까 푹 자면 괜찮을 거야."

"안 되겠다 싶으면 바로 전화 줘요, 그럼."

"알았어."

한번 고집을 부리면 어떻게 말해도 안 먹히는 것을 알기에 태호도 더는 길게 말하지 않고 돌아갔다.

차가 확실히 멀어진 것을 확인하고 기성은 비틀거리며 빌라로 들어갔다. 엘리베이터에서 내려서는 집으로 향하던 발걸음을 돌려 유나 집 앞에 섰다. 술기운에 눈조차 제대로 떠지지 않았지만, 있는 힘껏 그녀의 집 초인종을 눌렀다.

딩동.

인기척이 들리지 않아 그는 다시금 초인종을 눌렀다.

딩동.

"누구세요?"

"왈!"

반가운 유나의 목소리와 함께 샘이 짖는 소리도 들렸다. 기성은 활짝 웃었다. 그녀의 목소리를 들으니 기분이 좋았다. 오랜만에 만나는 샘도 반가웠다.

"옆집 남자입니다."

그는 크게 대답했다.

"윤기성 씨?"

깜짝 놀라는 목소리와 함께 문이 열렸다. 흰색 물방울무늬가 그려진 분홍색 잠옷을 위아래로 갖춰 입고 머리는 한껏 위로 올려 묶은 유나가 얼굴을 드러냈다.

초인종을 누르고 문 앞에 서 있던 기성이 쿵, 하고 문과 부딪쳤다.

"아야!"

"앗, 괜찮아요?"

"하하하."

그는 부딪친 이마를 문지르며 웃었다.

'화장 안 한 얼굴도 예쁘네.'

그는 당황한 유나의 얼굴을 보고 히죽 웃었다.

샘이 그의 곁에서 앞다리를 들고 총총거리며 뛰어다녔다.

"샘이다, 샘— 형이야, 형. 오랜만이지? 보고 싶었지?"

그는 허리를 숙여 샘을 반겼다.

"들어가, 샘."

유나가 발끝으로 샘을 집 안에 집어넣었다.

"뭐예요, 이 시간에? 술 마셨어요?"

"네!"

"지금 몇 시인지 알아요?"

그녀의 질문에 기성은 바지 주머니에서 휴대 전화를 꺼내 시간을 확인하고는 그녀를 향해 씩 웃었다.

"11시 8분입니다."

"취했으면 집에 갈 것이지 웬 주정이에요?"

한심하다는 표정으로 그녀는 문을 닫고 들어가려 했다.

쾅.

"아야!"

하지만 기성은 발을 문틈에 넣어 유나가 문을 닫지 못하게 막았다. 그러고는 진짜 아픈 듯 울상을 지으며 그녀를 바라봤다.

하는 수 없이 그녀는 다시 문을 열었다.

"뭐 하는 거예요?"

"유나 씨."

"왜요?"

"내가 그렇게 불편해요?"

기성의 질문에 유나는 약점을 찔린 사람처럼 입을 벌리고 아무 말도 못 했다.

"나도 유나 씨랑 같은 마음이었는데, 그렇게 유나 씨가 쌀쌀맞게 구니까 내가 아무 말도 못 하잖아요."

그는 살짝 꼬인 혀로 천천히 말을 이어 갔다.

"나 불편한 남자 아닌데……. 편하게 생각해도 되는 사람……."

"어? 어?"

기성은 말을 하다 말고 그대로 풀썩, 유나의 몸에 기대 쓰러졌다.

"이, 이봐요? 윤기성 씨? 윤기성 씨?"

그녀는 무거운 그의 몸을 간신히 떠받치고 그를 흔들었다. 하지만 그는 깨어날 기미가 보이지 않았다.

그냥 확 문 앞에 버릴까?

어차피 5층에는 유나와 기성만 살 뿐이고, 아래층 사람들이 올라올 일은 없었다. 그러니 기성을 그냥 그의 집 문 앞에 버려두고 들어가 버릴까 하는 생각이 들었다. 그의 집 비밀번호를 모르니 그 방도밖에 없다고 마음속 악마가 속삭였다.

'그러다 택배 기사라도 오면……. 아니, 병이라도 나면?'

고민하던 그녀는 결국 그를 부축해 문을 닫고 집 안으로 들어왔다.

"어휴!"

그녀는 그의 몸을 소파에 던지다시피 내려났다. 털썩하고 맥없이 소파에 걸쳐진 그의 몸을 하나하나 소파 위로 끌어 올려 주었다. 샘이 신이 나서 소파 위로 올라가 그의 얼굴을 핥아 댔지만, 그는 아무것도 느끼지 못하는 것 같았다.

기성의 방문으로 인해 일시 정지 한 영화 화면이 그대로 뜬 TV를 그녀가 다급히 리모컨으로 껐다. 그가 보고 싶은 마음에 그가 나왔던 로맨틱 코미디 영화를 찾아 다시 보고 있던 중이었다.

"뭐가 그렇게 좋아서 웃는 거야, 대체?"

술에 취해 쓰러져 놓고 웃는 얼굴로 잠이 든 기성을 보고 있자니 유나는 기가 찼다.

잠시 그렇게 잠든 그의 얼굴을 물끄러미 바라보다가 그녀는 침실에서 여분의 이불을 들고 와 그에게 덮어 주었다.

'나도 유나 씨랑 같은 마음이었는데, 그렇게 유나 씨가 쌀쌀맞

게 구니까 내가 아무 말도 못 하잖아요.'

귀여운 얼굴로 고백하던 기성이 떠올랐다.

'잠은 다 잤네.'

열대야라 잠 못 드는 밤, 에어컨을 살짝 틀어 놔 잠들기 딱 좋은 온도를 만들어 놨는데 기성 때문에 모든 것이 수포가 됐다.

'어훙, 이대로 확 덮쳐 버릴까 보다.'

그녀는 손을 들어 발톱을 세운 맹수 흉내를 내 보이고는 방으로 들어갔다.

마음 한쪽에 고이 접어 자물쇠를 채워 두었던 그를 향한 마음이 제멋대로 탈출해서는 축제를 벌였다.

침대에 누운 그녀는 기쁜 마음을 주체하지 못하고 발을 동동거리며 뒹굴었다. 웃음이 절로 나는 것을 막을 수가 없었다. 이미 기절하듯 잠든 기성이 들을 리 만무하지만, 혹여나 그가 들을까 싶어 이불을 뒤집어쓰고 키득거리며 웃었다.

이미 터져 버린 마음을 주워 담는 것은 불가능했다. 이제 그의 마음도 알아 버린 탓에 두려움이나 망설임은 그녀 안에 존재하지 않았다.

* * *

"꺅!"

"왈! 왈왈!"

여자의 외마디 비명과 강아지 짖는 소리에 기성은 눈을 번쩍 떴다. 천장에 매달린 네모지고 커다란 전등과 베이지색 벽지가 시야에 들어오다 사라졌다.

"아흐—"

눈을 뜨고 초점을 맞추려고 해도 머리가 깨질 듯이 아파서 제대로 눈 뜨는 것이 너무 힘들었다. 간신히 실눈을 뜨고 보니 이번에는 자신을 향해 뒤돌아서 있는 여자의 뒷모습이 보였다. 그는 몸을 일으켰다. 몸 마디마디가 쑤셨다.

'여자?'

낯선 단어였다.

눈을 떴을 때 집에 여자가 있던 적이 언제던가.

그는 한 손으로 머리를 꾹 누르며 상황 파악을 하려고 했지만, 여전히 뇌가 기능하지 않았다. 빙글빙글 도는 시야를 꽉 붙잡으려 해도 제멋대로 굴었다.

"누구……?"

"당장 옷 입어요!"

"네?"

"당장 옷 입으라고요!"

기성은 자신의 몸을 보고 깜짝 놀랐다. 삼각팬티 바람으로 소파에서 자고 있던 것이다. 이불로 보이는 얇은 천은 바닥에 그의 옷과 함께 나뒹굴었다.

갈색 털을 가진 동물이 소파 위로 올라와 그의 얼굴을 핥아 댔다. 샘이었다.

그제야 그의 뇌가 제대로 작동했다.

뒤돌아선 여자는 다름 아닌 유나였다.

"헉! 유나 씨? 샘?"

"옷 입으라고요!"

"네? 네!"

그는 소파에서 벌떡 일어났다. 갑자기 일어난 탓에 눈앞이 빙글 돌아 잠시 허우적거리며 중심을 찾아야 했다.

그의 큰 동작에 샘이 쫓기듯 바닥으로 내려가 유나의 발 옆에 앉았다.

기성은 후다닥 베이지색 카펫 위에 떨어진 바지와 티셔츠를 주워 들었다. 그제야 이곳이 유나의 집이고, 자신이 이곳에 인사불성 고주망태가 되어 침범했다는 것을 깨달았다.

헛발질을 몇 번 하고 나서야 그는 간신히 바지를 입을 수 있었다. 티셔츠 하나를 입는 데도 앞뒤를 헷갈려 허둥댔다.

"다 입었어요."

그의 말에 그녀는 몸을 홱 돌려 그를 째려봤다.

물방울무늬의 분홍색 잠옷을 입은 그녀가 귀여워 기성은 웃음이 터질 뻔했지만, 자신을 향해 눈을 부라리는 그녀를 보고 급하게 표정을 감췄다.

"재워 줬더니 아주, 자기 집 안방이죠?"

"미안해요. 몰랐어요. 그런데 어떻게 내가 여기에 있죠?"

"기억이 안 나신다?"

그녀는 허리에 손을 올리고 퉁퉁 부은 얼굴로 이를 악물며 말했다.

매서운 시선에 기가 죽어 그는 목을 움츠렸다. 뭔가 핑계를 대고 싶은데 머리가 너무 아파서 제대로 서 있는 것조차 힘들었다.

"집에 가서 세수하고 10분 내로 나와요."

"네? 왜요?"

"방송국 가려면 아직 시간 많으니까 술도 깰 겸 조깅하러 가게요."

"조깅이요?"

"빨리 안 가요?"

"가요, 가요!"

억지로 등을 떠미는 그녀 덕분에 그는 자신의 집으로 쫓겨났다.

'미친놈, 미친놈, 미친놈. 도대체 어떻게 된 거야?'

기억이라도 나면 좋으련만, 그의 필름은 어제 희주, 지호와 함께 술을 마신 김치찌개집에서 끊겨 있었다.

'이 자식들, 내가 술 마시면 안 된다니까.'

확 열이 뻗쳤다.

집에 들어와 그는 휴대 전화를 집어 들고 BSB 멤버들의 단체 대화방에 메시지를 남겼다.

[희주랑 지호. 너네, 내일 보자.]

그는 욕실로 들어가 찬물로 세수를 하고 양치를 했다. 찬물이 얼굴에 닿으니 정신은 돌아왔지만, 속이 울렁거렸다. 물 위에 뜬 배라도 된 것처럼 거실이 이리저리 비틀거렸다.

밖에 나오니 휴대 전화 불빛이 깜박였다. 누군가에게 답변이 와 있었다.

[살아 있네?]

희주였다. 그는 술을 안 마셨으니 지금 가장 멀쩡한 상태일 것이다.

[죽기 직전이다.]

[지호는 아직 죽어 있는 것 같던데?]

[아무튼, 너희 두고 보자.]

[흐흐흐.]

희주가 보낸 이모티콘과 메시지에 웃음소리가 음성으로 지원되는 것 같아 기성은 순간 더 짜증이 났다. 그는 얼굴을 찡그리며 휴대 전화를 소파에 던지고 옷을 갈아입었다.

속이 쓰리고 머리가 아프고 세상이 빙빙 도는 기분이었지만, 간신히 몸을 추슬러 모자를 꾹 눌러쓴 뒤 밖으로 나왔다.

이미 유나는 조깅에 적합한 복장으로 갈아입고 그를 기다리고 있었다. 러닝복의 특성상 여실히 드러나는 그녀의 몸매에 자꾸만 시선이 가는 것을 참아 내느라 그는 이중고를 겪어야만 했다.

"준비됐어요?"

"아니요."

"좋네요. 가죠."

뭐가 좋다는 것인지.

전혀 준비되지 않았다는데.

상대방의 컨디션 따위 상관없다는 듯 고소하다는 표정으로 그녀는 엘리베이터에서 내리자마자 천천히 뛰기 시작했다.

"욱."

기성은 속이 울렁거리고 토할 것 같아 손으로 입을 막았다. 하지만 그는 인상을 찡그리면서도 유나의 뒤를 따라 뛰었다.

그녀는 동네를 지나서 한강 공원의 산책로로 접어들었다. 간간이 그가 잘 따라오는지 뒤돌아 확인하면서 그녀는 앞으로 쭉 달려갔다.

'정말 잘 뛰네. 언제까지 뛰려나?'

힘들게 유나를 따라잡고 있는 기성은 하늘이 노래지는 것 같았다.

그렇게 한 시간쯤 달리고 나서야 그녀가 멈춰 섰다.

"헉. 헉. 후—"

무릎을 짚고 거칠어진 숨을 고르는 그를 보며 그녀는 빙긋 웃었다.

"생각보다 잘 따라오네요?"

"내가, 헉, 이래 봬도, 후, 매일같이 운동하는 사람이거든요?"

"아하, 그러시구나."

"정말이에요. 내가, 헉, 숙취 때문에 그렇지, 헉, 원래 훨씬 잘 뛰어요."

"응, 그래요. 알았어요."

누가 들어도 비꼬는 말투다.

그는 고개만 들어 그녀를 올려다봤다. 말투와 달리 그녀는 그를 보며 환하게 웃고 있었다. 맑은 하늘에서 반짝이는 태양 같은 미소에 그는 눈이 부셨다.

"뭐라도 먹으러 가죠."

"내가 먹고 싶은 거 먹어도 됩니까?"

"얼마든지요."

유나의 대답을 들은 기성은 당해 보라는 심정으로 그녀를 데리고 천천히 걸어 집 근처의 순대국밥집으로 들어갔다.

"기성 씨, 오랜만에 오네?"

"네. 안녕하셨어요? 요즘 좀 바빠서 못 왔어요."

"자주 좀 와."

"하하하. 그럼 술 많이 마셔야겠네요?"

"에이, 그냥 오면 되지. 해장만 하러 오지 말고."

"그럴게요. 사장님, 저희 순대국밥 두 개 주세요."

"그래, 조금만 기다려. 빨리 줄게."

자주 오던 곳이라 친해진 사장님이 서글서글한 웃음을 지으며 기성을 반겼다.

기성이 주문하는 것을 들은 유나는 약간 당황한 표정으로 식당을 두리번거렸다.

"순대 못 먹어요?"

"안 먹어 봤어요."

"그럼 먹어 봐요. 맛있으니까."

"순대가 뭔데요?"

"돼지 창자에 돼지 피랑 당면을 넣고……."

"그만!"

그의 설명에 그녀는 손바닥을 쫙 펴서 그의 얼굴 앞에 들이밀었다. 돼지 창자와 돼지 피라는 말에 술도 안 마신 그녀의 속이 안 좋아지는 것 같았다.

"설명 안 듣고 먹을 걸 그랬네요. 그냥 먹을게요. 그만해요."

미간을 찌푸린 그녀를 보고 그는 기분이 좋아졌다. 복수의 짜릿함이랄까. 히죽 웃은 그가 컵에 물을 따르고 수저와 젓가락을 세팅했다.

힘들기는 했지만, 그래도 맑은 공기를 마시며 달린 덕분에 머리는 꽤 상쾌해졌다. 더군다나 술 마신 다음 날 아침부터 힘들게 달리게 만든 그녀에게 순대국밥으로 복수해 줬으니 그것으로 만족했다.

얼마 안 있어 순대국밥이 뜨거운 김을 내뿜으며 뚝배기 그릇에 담겨 나왔다. 기성은 맑은 순대국밥 안에 깍두기 국물을 따랐다. 그리고 자신의 뚝배기 그릇을 유나 것과 바꿔 놓았다.

"먹어요. 진짜 맛있을 거예요."

"고마워요."

그녀는 잠시 순대국밥을 가만히 바라보더니 곧 숟가락을 들었다. 그리고 망설임 없이 숟가락을 뚝배기 안으로 넣어 큼지막한 순대를 꺼내 입속으로 넣었다.

"으아, 시원하다."

뜨거운 순대국밥을 입안으로 넣어 삼키며 기성이 감탄했다. 뜨겁고 얼큰한 국물에 땀이 솟아 모자를 살짝 벗어 휴지로 땀을 닦았다.

당해 보라는 심정으로 유나를 이곳에 데려오기는 했지만, 잘 못 먹으면 어쩌나 싶었는데 다행히 그녀는 어깨를 한 번 으쓱하더니 별말 없이 계속 식사를 이어 갔다.

"내가 술을 많이 마시면 실수를 좀 해요."

기성이 국밥을 먹으면서 말했다.

"그래도 간밤에 큰 실수는 하지 않았겠죠?"

"실수, 했는데요."

"네? 내가요? 무슨 실수를……?"

기성은 깜짝 놀라 물었다. 아무 짓도 안 했을 거라고 자신을 믿고 예의상 물은 것인데, 그녀의 대답이 너무 의외였다.

"내 집에 쳐들어왔잖아요."

"아……. 미안해요."

"나한테 고백도 했고요."

"네?"

이어진 그녀의 말에 너무 놀라서 그는 숟가락을 바닥에 떨어트렸다. 조용한 식당 안에 숟가락이 바닥에 부딪히는 소리가 맑게 울렸다.

간신히 가라앉은 그의 속이 쿵쾅거리는 심장으로 다시 요동쳤다.

"왜 그렇게 놀라요? 이제 와 술김에 한 거다, 기억에 없다, 그러고 빠져나가려고요?"

"아니, 아니요. 미안해요. 안 그래도 나 때문에 불편하다고 했는데."

"밥이나 먹어요."

유나가 수저통에서 숟가락을 새로 꺼내 주며 말했다.

'미친놈. 뭔 짓을 한 거냐? 진짜 고백했다고?'

맛있게 먹고 있던 순대국밥에서 갑자기 아무런 맛도 느껴지지 않았다.

희주와 지호가 술 마시러 가자고 했을 때로 시간을 되돌리고 싶었다. 아니면 적어도 술은 마시지 말라고 자신에게 경고라도 해 주고 싶은데.

그는 아무 말 없이 조용히 국물만 퍼먹었다.

식사를 마치고 계산을 할 때가 되자 그는 다시 자책했다. 지갑이랑 휴대 전화를 집에 그대로 두고 나온 것이다. 희주와 메시지를 주고받다가 화가 나서 소파에 던지고서는 옷만 갈아입고 그냥 나왔다. 다시 '흐흐흐' 하며 웃는 희주의 목소리가 들리는 것 같았다.

그런 기성의 고뇌를 눈치챘는지 유나가 계산서를 들고 일어났다.

"내가 계산할게요."

"미안해요……."

왜 이렇게 그녀 앞에서는 사과만 하게 되는 것인지, 그는 주먹으로 자신의 얼굴을 치고 싶은 충동이 일었다.

허리에 찬 작은 가방에서 그녀는 카드를 꺼내 계산했다.

식당을 나와 두 사람은 조용히 집까지 걸어갔다.

"고마워요. 재워 주고 먹여 주고. 신세를 졌네요."

집 앞에 도착해 기성이 힘없이 말했다. 도저히 유나의 얼굴을 정면으로 쳐다볼 용기가 나지 않아 애꿎은 바닥만 바라봤다.

멍청한 주정뱅이.

다시는 술 따위 입에 대지 않아야지.

별의별 욕과 함께 다짐을 해 가며 그는 시무룩하게 돌아서려 했다.

"그럼 이따 방송국 갈 때 태워 주세요."

유나의 말에 그는 고개를 들고 그녀를 쳐다봤다. 그녀의 얼굴엔 다행히 온화한 미소가 걸려 있었다. 그리고 그의 시무룩했던 얼굴 역시 환하게 펴졌다.

"그래도 되겠어요?"

"네. 태워 주세요."

"그러면 1시에 만나요."

"알았어요."

그녀는 고개를 끄덕이고 집으로 들어갔다.

'후, 다행이다.'

그는 가슴을 쓸어내렸다.

술김에 기억에도 없는 고백을 하기는 했지만, 그녀에게 더 큰 부담을 안기지는 않은 모양이었다. 오히려 그를 피하기만 했던 그녀가 거리 두는 것을 그만두었다. 다행인지 불행인지 알 수는 없지만, 그래도 최소한 마음이 아프지는 않았다.

＊　＊　＊

1시가 되기 전에 기성은 문을 열고 엘리베이터 앞에서 유나를 기다렸다.

집에 들어가 씻고 나서야 그는 자신에게서 얼마나 불쾌한 냄새가 진동하는지 깨달았다. 세수와 양치만으로는 땀구멍으로 솟아 나오는 술 냄새를 지울 수 없었을 것이다. 새삼 그걸 다 이해해 준 유나가 고마웠다.

배우처럼 하고 다니라는 유 대표의 말을 떠올리고 최대한 멋있는 모습으로 준비를 마쳤다. 그래 봤자 감색 면바지에 흰색 폴로셔츠를 입은 게 다지만, 향수도 뿌리고 선글라스도 셔츠 사이에 끼웠다. 눈썹을 살짝 가리는 긴 앞머리도 깔끔하게 뒤로 넘겨 잘생긴 이마를 드러냈다.

대본이 든 가방을 어깨에 메고 뿌연 엘리베이터 철문에 자신의 모습을 비춰 봤다.

'아까 그 주정뱅이 같은 모습은 없겠지.'

그는 어떻게든 그 모습을 유나에게서 지워 버리고 싶었다. 하물며 삼각팬티 바람으로 자던 모습이라니. 그는 고개를 절레절레 저었다. 그 모습을 그녀의 기억 속에서 지울 수만 있다면 악마에게 영혼이라도 팔고 싶은 심정이었다.

한 5년 만에 그렇게 취했던 것 같다.

연기를 시작하고 얼마 안 되어 매우 어두운 인생을 사는 남자 역할을 맡았었다. 그때 그 남자의 삶을 이해하려고 매일같이 술을 마시고 어두운 영화 또는 글만 봤다. 도움을 구할 곳이 없어 수렁 속으로 빠졌던 때였다.

하지만 그렇게 캐릭터를 연구하면 위험하다는 것을 깨닫고 그는 술을 줄였다. 정말 필요한 자리가 아니고서는 술자리에 가서도 술을 마시지 않았다.

물론 술주정은 예전부터 심했다. 사실 주정이라기보다는 흥이 넘쳐서 목소리도 커지고 웃음도 많아졌다. 지인들에게 전화를 걸어 노래를 부르거나 집으로 불러서 같이 수다를 떨었다. 그래도 기분 좋은 주정이라 지인들은 웃으며 넘어갔다.

어제는 편한 자리였다. 희주, 지호와 함께 술을 마셔 본 것이 언제였던가. BSB 활동이 한창이었던 때 이후로 처음이었다. 그때처럼 마음이 아주 편하지는 않았지만, 그래도 그들한테는 못 보여 줄 모습이 없었기에 마음을 놓았나 보다.

근데 어이없게 그 불똥이 유나에게 튄 것이다.

'뭐라고 했을까?'

그는 문득 궁금했다.

간혹 필름이 끊기고 나서도 뒤늦게 조각난 장면이 떠오를 때가 있었다. 어제도 태호를 만나서 집까지 온 것은 간신히 떠올랐다. 그런데 그 뒷부분이 블랙홀에 빠진 것처럼 말 그대로 암흑이었다.

'뭐라고 한 거냐, 윤기성.'

어려운 수학 문제를 눈앞에 둔 것처럼 아무 생각도 들지 않았다.

정답이 미궁 속에 빠졌다.

"뭐 해요?"

바로 옆에서 유나의 목소리가 들려 기성은 화들짝 놀랐다.

너무 엘리베이터를 뚫어지게 바라보며 고민했는지 그녀가 집에서 나오는 소리도 듣지 못했다.

그녀는 무릎을 살짝 덮는 길이의 오렌지색 원피스를 입고 있었다. 옷 스타일에 맞춰 화장한 것인지 얼굴도 오렌지처럼 상큼해 보였다.

"아무것도 아니에요."

"가요. 늦겠어요."

"네."

둘은 지하 1층에 세워진 기성의 차에 올라탔다. 얼마 전 택시를 기다리고 있던 유나를 지나친 그 차였다. 유나는 복잡미묘한 표정이었다.

옆자리에 누군가를 태우고 운전하는 것이 오랜만이라 기성은 살짝 긴장됐다. 속도를 즐기는 그였기에 항상 빨리 달리고는 했는데, 오늘은 조심스럽고 부드럽게 운전했다.

유나는 아무 말 없이 창밖으로 시선을 던지고 있었다. 빨간불에 정차할 때마다 기성은 그녀의 옆모습을 힐끗힐끗 살폈다.

"저기, 궁금한 게 있는데요."

침묵이 이어지는 중에 기성이 입을 열었다. 도저히 궁금해서 못참고 유나에게 말을 걸었다.

"어제 내가 뭐라고 했어요?"

"기억이 안 나요?"

"전혀요."

"그냥 고백이었어요."

그녀는 정확한 대답을 하지 않고 얼버무렸다.

그녀의 당황하는 표정을 보고 기성은 자신의 실수를 깨달았다. 그도 그럴 것이 고백받은 사람한테 무슨 고백을 들었는지 말해 달라고 하는 꼴이라니. 그냥 말해도 낯간지러워질 이야기를 직접 묻는 멍청이가 그였다.

"그럼 유나 씨는 나한테 뭐라고 답했어요?"

자신이 한 말이 뭐였는지 듣는 것은 포기하고 기성은 질문을 바꿨다. 그가 한 고백은 언젠가 기억이 나겠지 싶었다. 아니, 안 나도 그만이었다. 더 중요한 것은 그가 한 말보다 그녀의 대답이었으니까.

이번에는 그녀가 피하지 않고 그를 향해 고개를 돌렸다.

"그게 왜 궁금해요?"

왜 궁금하냐니.

정말 이유를 몰라서 묻는 건가.

기성은 고개를 돌려 그녀의 표정을 보고 싶었다. 하지만 운전 중이라 고개를 돌릴 수가 없었다. 답답함에 속이 터졌다.

"어차피 고백한 것도 기억하지 못하면서 내 대답이 중요해요?"

"궁금해서요."

"아무 대답도 안 했어요. 대답할 겨를도 없이 그쪽이 쓰러졌거든요."

"아……."

그녀는 다시 창 쪽으로 고개를 돌렸다.

'멍청한 놈.'

기성은 속으로 오만 가지 욕을 자기 자신에게 퍼부었다.

그 대화를 끝으로 두 사람은 침묵 속에서 방송국에 도착했다.

주차하고 나서 차에서 내리자마자 기성은 사람들의 시선을 의식해 선글라스를 썼다.

"덕분에 편하게 왔어요. 고마워요."

유나가 차에서 내려 그에게 인사했다.

"유나 씨."

"네."

"지금이라도 대답해 줄 수 있어요?"

"대답이라뇨?"

"내 고백에 대한 대답 말이에요."

기성의 말에 유나는 물끄러미 그의 얼굴을 바라봤다.

"대답을 듣고 싶어요."

그가 다시금 말했다.

"내 대답이 듣고 싶으면 맨정신에 고백부터 다시 하는 게 어때요?"

잠시 고민하던 그녀가 미소 지으며 말했다.

"그럼 이번에는 고백도 내 대답도 잊어버리지 않을 수 있을 텐데요."

그렇게 말하고 그녀는 몸을 돌려 방송국을 향해 걸어갔다.

그 모습을 기성은 잠시 멍하니 바라보기만 했다.

맨정신에 고백부터 다시.

그녀의 말이 의미하는 것은 단 하나였다. 그의 고백을 기다리는 것이다. 멀쩡한 정신으로 고백해 주기를.

"고백부터 다시라……."

멍하던 그의 얼굴에 생기가 돌았다. 그는 안면 가득 웃음 지었다.

술김에 고백했다는 말에 미친 짓을 했다고 생각했는데, 그 반대였다. 오히려 그에게 기회가 생겼다.

한 가지에 집중하는 스위치가 켜졌다. 그녀에 대한 마음을 어떻게든 접으려고 변명처럼 갖다 붙였던 모든 핑계가 순식간에 사라졌다. 오로지 그녀가 그 안에서 목표로 자리 잡았다.

무언가에 집중하면 그것만 보는 것, 그 장점이자 단점이 이 순간 그의 두 눈과 이성을 가렸다. 불과 얼마 전에 일 때문에 그녀를 포기하려 했던 마음은 전부 사라졌다. 아무것도 보이지 않는 터널 끝에서 밝게 빛나는 빛처럼 그녀만 보였다.

이제 그가 할 일은 그녀를 갖기 위해 어떻게 고백하느냐, 고민하는 것이었다. 시시껄렁한 고백은 하고 싶지 않았다. 그렇다고 요란한 것도 분명 부담스러울 테니 적당한 방법을 모색해야 했다.

그는 그가 가장 잘하는 것을 보여 주기로 했다. 하나씩 하나씩 그녀가 그에게 빠져들어 결국엔 헤어 나올 수 없도록 만들 생각이었다.

* * *

유 대표는 대표실에서 퍼팅 연습을 하던 중에 당황한 얼굴로 들어오는 김 비서를 보고 깜짝 놀라 어정쩡한 자세로 동작을 멈췄다. 그

뒤로 기성이 들어오자 더 당황해서는 들고 있던 퍼터를 놓칠 뻔했다.

갑자기 연락도 없이 대표실로 쳐들어온 기성이 히죽 웃는 것을 보면서도 유 대표는 입을 쩍 벌리고 놀라서 바라볼 뿐이었다.

이번 주말에 있을 라운딩에서 유 대표는 내기 돈을 걸어 놓은 상태였다. 그래서 골프복까지 갖춰 입고 사무실에서 가장 취약한 퍼팅 연습을 집중해서 하던 중이었다.

그런 순간에 들이닥쳐 놓고 기성은 팔짱을 낀 채로 문가에 서서 어정쩡한 자세로 입을 벌리고 멈춰 선 유 대표를 향해 혀를 찼다.

'쯧쯧쯧. 유 대표, 뭐 하는 자세야?'

기성의 눈에 호기심과 함께 딱하다는 듯한 동정심이 같이 나타났다.

"죄송합니다, 대표님. 윤기성 씨가 오셨는데요."

"어, 어. 온 거 보여."

유 대표의 대답을 들은 김 비서가 허리를 꼿꼿이 세우더니 큰 걸음으로 대표실에서 나갔다. 웃는 모습을 아무도 본 적이 없어 '얼음 마녀'라 불리는 그녀는 CW 엔터테인먼트가 문을 열었을 때부터 지금까지 쭉 비서실에 근속했다.

"왜 이렇게 놀래?"

소파에 털썩 주저앉으며 기성이 물었다.

"연락도 없이 쳐들어오니까 그러지. 깜짝 놀랐네."

"그러게 회사에서는 일해야지 그렇게 놀면 써?"

"놀긴 누가 놀아, 인마. 이것도 다 일이야, 일. 라운딩 나가서 노는 줄 아냐?"

"노는 거 아니면 적당히 치면 되는데 형은 죽어라 연습하잖아."

"지는 건 싫거든."

기성의 놀림에 유 대표는 삐죽거리며 답했다.

"이번엔 누구랑 치는데?"

"S 영화사 대표."

"오, 우리 사무실 누구 영화 찍어? 누구?"

"누군가는 찍어야지."

잡담을 마치고 마지막으로 집중해서 퍼팅했지만, 골프공은 홀컵에서 완전히 벗어났다.

지난번에 만났을 때 제대로 말해서 그런지 기성의 복장이 전보다는 많이 배우다워 보였다. 유행하는 청청 패션을 입었지만, 그것을 촌스럽지 않게 소화할 수 있는 사람은 연예인뿐이랄까. 그런 기성을 바라보며 자신의 안목을 칭찬하는 유 대표였다.

기성에게 엄청나게 쏟아진 협찬 옷과 액세서리가 사무실에 쌓이던 중인데 그것을 빨리 그의 집으로 보내야겠다고 유 대표는 생각했다.

"김 비서, 오렌지 주스 좀."

— 네, 대표님.

골프채를 내려놓고 전화로 김 비서에게 음료수를 갖고 오라고 한 뒤 유 대표는 기성의 맞은편에 앉았다.

"무슨 일이야?"

"내가 꼭 무슨 일이 있어야 와?"

"어이구, 일 없으면 퍽이나 오겠다, 집돌이가."

"하하하."

기성은 고개를 끄덕이며 인정했다.

유 대표의 말대로 일이 없으면 항상 집에서 책을 읽거나 게임을 하거나 영화를 보는 것이 그가 시간을 보내는 방법이었다. 그러니 일이 없는데 사무실에 왔다는 건 처음부터 말이 안 됐다.

"사실은 형, 내가……."

똑똑.

그가 말을 꺼내는데 노크 소리가 나더니 김 비서가 차가운 오렌지 주스 두 잔을 들고 대표실로 들어왔다. 빳빳한 정장을 입은 그녀의 옷에는 흔한 주름 하나 보이지 않았다.

"고맙습니다."

기성의 인사에 그녀는 언제나처럼 미소도 없이 그저 고개를 꾸벅하더니 다시 밖으로 나갔다.

"얼음 마녀는 여전하네."

"쉿, 들을라. 귀가 얼마나 밝은데."

유 대표가 손가락을 들어 입 앞에 댔다. 밖으로 나간 김 비서가 행여 듣지는 않았을까 조바심을 내며 눈치를 봤다.

"하던 말이나 계속해."

"아, 내가 있잖아……."

아까 말했어야 했는데, 한번 끊기고 나니 다시 말을 꺼내기가 쉽지 않았다.

기성이 유 대표를 찾아온 이유는 미리 말해 주기 위해서였다. 소속사 대표라서가 아니라 그의 곁에 가장 오래 있었던 사람이기에 알려 주고 싶은 마음이 컸다. 희주, 지호에게 그랬듯이 그에게 있어 가장 큰 변화가 될 일을 상의하고 싶었다.

그래도 쉽게 꺼낼 이야기가 아니니까 아무렇지 않게 흘러가듯이 아무것도 아닌 일처럼 단숨에 말해 버리려고 했다.

"뜸 들이지 말고."

"내가 연애를 해 볼까 하는데."

"뭐? 연애? 콜록, 콜록."

오렌지 주스를 마시다가 유 대표는 사레가 들렸다. 간신히 기침을 멈추고 티슈로 턱에 흘러내린 주스를 닦은 그는 얼빠진 얼굴로 기성을 바라봤다.

"누구랑? 배우? 가수? 모델?"

"일반인."

"……"

기성의 대답에 유 대표는 침을 꿀꺽 삼켰다.

"농담……이니?"

"아니."

유 대표는 여전히 반신반의하는 표정으로 잔을 내려놓고 소파에 기댔다.

"네가 연애할 정신이 있어?"

"정신도 시간도 없지."

"그런데?"

"역시 무리일까?"

되묻는 기성에게 유 대표는 대답하지 않았다.

무리라고 말해도 포기할 기성도 아니었거니와 소속사 연예인의 연애를 금지하고 있지도 않았다. 기성의 의지만 있다면 연애만 하든 결혼까지 하든 유 대표가 간섭할 범위는 아니었다. 유 대표는 그저 기성의 결정에 맞춰 보조할 뿐이었다. 그것이 CW 엔터테인먼트가 소속사 연예인을 관리하는 방식이었다.

"누군데?"

대신 유 대표는 가장 궁금한 것을 물었다.

"그냥, 어쩌다 알게 된 사람."

대답하는 기성의 귀가 빨개졌다.

저렇게 마음을 숨기지 못해서야.

기성에게 잔소리할 목록을 하나 더 추가시키며 유 대표는 손가락으로 소파의 팔걸이를 두드렸다.

"너, 진심이야?"

"그런 것 같아."

"같다는 건 또 뭐야? 기면 긴 거고, 아니면 아닌 거지."

불투명한 대답을 싫어하는 유 대표는 확실한 답을 원했다.

"진심이야."

"네 고집을 말릴 수 있는 건 너뿐이잖아. 책임지지 못할 거면 시작도 하지 마라. 한두 살 먹은 어린애도 아니고, 30대야 너."

그는 우려와 애정이 섞인 충고를 했다.

기성의 나이 서른둘. 연예계에서 결혼을 생각하기엔 아직 이른 나이였다. 그래도 지금 연애를 시작한다면 결혼을 생각해야 하는 것은 분명했다. 게다가 기성의 연애 패턴을 봤을 때 그 기간이 짧지 않을 것이 분명했다.

"오케이!"

대표실에 들어설 때보다 한껏 밝아진 얼굴로 기성은 소리쳤다.

"형이 하는 말이 무슨 뜻인지 알았어. 잘 고민해 볼게."

말하면서 기성은 싱글벙글했다. 그 모습을 보고 유 대표는 걱정하는 마음 반, 안도하는 마음 반으로 어정쩡한 표정을 짓고 기성을 바라봤다.

"그나저나……."

갑자기 기성이 말을 돌렸다.

"형은 저 얼음 마녀랑 어떻게 되어 가?"

"응? 뭐가?"

유 대표는 무슨 소리인지 전혀 모르겠다는 얼굴로 물었다.

"혹시 자기 감정도 다른 사람이 말해 줘야 아는 바보야?"

"뭐야? 이 자식이?"

"그러니까 솔직하게 말하면 되잖아. 형이 김 비서 좋아하는 거 우리 회사 사람 다 아는데 뭘 숨기고 그러냐?"

"그런 거 아니야."

"그런 거 아니긴."

기성이 입술을 삐죽였다.

그의 말대로 유 대표가 김 비서를 좋아하는 건 이 회사 사람이라면 다 아는 공공연한 비밀이었다. 하지만 유 대표가 아무런 말도 하지 않고 5년을 지냈기 때문에 다들 모르는 척하면서도 안타까워했다.

그러나 정작 유 대표와 김 비서는 이런 주변 사람들의 노력을 전혀 모르는 것 같았다.

"내 연애는 내가 알아서 할 테니 너는 네 앞가림이나 잘해."

"그래, 연애는 각자가 알아서 합시다."

여전히 웃으면서 놀리는 기성에게 유 대표는 얼굴을 찡그렸지만, 기성은 어깨만 으쓱거릴 뿐 그만둘 생각이 전혀 없었다.

＊　＊　＊

홀가분한 마음으로 대표실을 나온 기성은 뻥 뚫린 도로를 차로 달려 연습실로 향했다. 연습실 건물에 도착해 지하에 주차하고 올라가니 희주와 지호가 안무팀과 함께 연습 중이었다. 오늘도 성규는 다른 일정으로 불참이었다.

"오셨어요."

"어, 어. 안녕."

"10분 쉬었다 시작합시다."

음악이 멈추고 안무팀 사람들이 기성에게 인사했다.

"왔어?"

희주가 어색하게 손을 흔들며 알은척을 했다. 지호는 희주 뒤에 숨어 어깨 사이로 눈만 빼꼼 내밀고 눈치를 봤다. 아무리 그래도 희주의 마른 몸 때문에 지호가 완벽히 가려지지 않았다.

"일로 와, 일로 와."

기성은 가방을 내려놓고 둘을 손짓으로 불렀다. 하지만 두 사람은 뒷걸음질 치며 연습실 구석으로 도망갔다.

"이리로 오랬지."

"연습했더니 너무 힘들어. 좀 쉬자."

희주가 들은 척도 안 하고 소파에 길게 누웠다. 반바지 아래로 마르고 기다란 다리가 땀에 번들거리며 드러났다.

"그래, 힘들어. 쉬어야 또 연습하지."

지호도 그 옆에 주저앉았다. 그가 손으로 구불구불한 앞머리를 들추자 이마에 땀이 가득 맺혀 있었다.

"이것들이!"

기성은 달려가 누워 있는 희주를 덮치고 간지럼 태웠다. 간지럼에 취약한 희주는 숨이 넘어가는 소리를 내며 몸을 비틀었다.

뭐라도 좀 많이 먹으면 좋겠는데 희주는 먹는 양도 많지 않았다. 그러면서 마른 몸이 콤플렉스라며 운동으로 근육을 늘리려 했다. 물론 그건 또 어떻게 잘돼서 자잘한 잔근육이 많이 늘어났다.

"끄악, 야, 흐흐. 놔줘."

"좋아. 그럼 지호 너 이리 와."

한참 간지럼 태운 희주를 놓고 몸을 움직이자 지호가 손발을 저어 대며 저항했다.

"저리 가, 저리 가. 오지 마."

기성은 버둥대던 지호의 손을 꽉 붙잡고 밀어붙였다. 하지만 지호도 힘에서 밀리지 않고 똑같이 기성을 밀었다.

희주와 반대로 지호는 작았던 몸을 운동으로 키웠다. 우락부락한 근육들이 온몸 가득 자리 잡아서 얼굴만 선하게 웃고 있을 뿐, 몸은 성난 황소 같았다.

그러한 시간들을 놓친 것이 기성은 가끔 괴로웠다. 다시는 되돌릴 수 없기에, 잃어버린 시간이 너무 아쉽고 안타까웠다.

"하지 마, 하지 마!"

"어쭈, 힘을 써?"

"힉, 몰라, 몰라."

"내가 술 안 마신다고 했어, 안 했어?"

"아니, 네가 하도 고민이 많아 보이길래 그런 거지."

"이 자식이."

"그리고 내가 마시라고 한 게 아니라 나중에는 네가 마셨다."

"이게!"

한동안 둘은 손을 부여잡고 힘겨루기를 계속했다. 그러다 누가 먼저랄 것도 없이 웃음이 터져서는 꺽꺽, 하고 눈물까지 흘리며 웃어 댔다. 희주도 옆에서 보면서 껄껄 웃으며 뒤로 넘어갔다.

"진짜, 나이만 먹었어. 하나도 안 변했어."

눈가의 눈물을 닦으며 기성이 말했다.

정말 예전이랑 하나도 달라진 것이 없었다. 그때도 이렇게 장난을 치다가 서로 힘겨루기하면서 뒹굴곤 했다. 다들 나이만 먹었을 뿐, 어쩜 그렇게 하는 짓은 애들 같은지. 하나도 변함이 없었다.

"그러니까, 어쩜 이렇게 안 변해?"

"너네랑 이렇게 다시 웃고 뒹굴고 할 수 있다니, 정말 믿기지 않아."

"뭐야, 갑자기."

기성이 갑자기 진지한 분위기를 연출하자 희주가 소름 돋은 팔을 문질러 댔다.

"아니, 진짜 좋아서. 감사한 일이잖아."

"진지한 이야기 할 거면 오늘 또 술 한잔하든가."

지호가 기회를 노린 듯 웃으며 말했다.

"됐어, 야. 술은 콘서트 끝나고 마시자."

"쳇, 실망이야."

"부탁이다."

"알았어."

지호는 박수를 짝짝, 치고 안무팀을 불러 모았다. 안무팀이 다 모이자 지호와 희주는 다시 음악을 틀고 안무를 맞추기 시작했다.

기성은 소파에 앉아 가방에서 운동화를 꺼내 신발을 갈아 신었다. 그러고 나서 그는 안무에 열중하는 희주와 지호를 물끄러미 감상했다.

이 모습을 보기까지 7년이라는 시간이 지났다. 해명하지 않았기 때문에 더 깊어진 오해로 네 명의 감정의 골은 더 깊어지고, 상처는 더 곪아 갔다. 다른 세 사람은 그래도 기성을 향한 원망이라는 공통된 감정이 있었으니 뭉칠 수 있었지만, 기성은 오로지 그 혼자였다.

그의 비활동으로 BSB 전체가 활동을 접었다. 그로 인해 그가 팬들에게서 엄청난 욕을 먹을 때도 그는 다른 멤버와 연락하지 않았다. 그냥 홀로 모든 것을 감내하고 묵묵히 시간을 보냈다.

팬들이 돌아서는 것보다 더 아팠던 것은 힘들 때 기댈 곳이 없는 것이었다. 언제나 그의 뒤에서 버팀목이 되어 줄 것이라 믿었던 세 사람이 사라졌다는 의미였다.

연기를 시작했을 때 다시금 욕을 먹었지만, 그를 둘러싼 오해들보다 배우들과 스태프들의 텃세가 더 힘들었다.

'가수나 할 것이지. 난 저렇게 이도 저도 아닌 애들이 제일 싫어.'

'인기만 믿고 배우 한다고 설치는 거 꼴 보기 싫어.'

'윤기성 들어온다고 빠진 애는 어쩌냐? 걔는 배우 지망생일 거 아냐.'

동료 배우들의 욕은 그의 뒤에서 벌어지는 일이 아니었다. 그가 멀쩡히 듣고 있는데도 그의 얼굴을 빤히 보면서 그런 말을 해 댔다.

그중에서도 가장 기분 상했던 말은 그가 단역으로 출연했던 한 드라마의 총연출을 맡았던 최진상 PD가 그에게 했던 말이었다.

'윤기성. 그따위로 할 거면 그냥 가수나 해, 새끼야! 연기가 아이돌 딴따라 짓처럼 쉬운 줄 알았어? 그냥 BSB인지 뭔지나 할 것이지, 어디 와서 흙탕물을 튀겨.'

실제로 그 말을 들었을 때 기성은 울컥하고 화가 치밀어 올라 최 PD를 주먹으로 칠 뻔했다. 아이돌 가수가 엄청 쉽게 되는 줄 아나 싶어 화가 났다. 연기만큼 어려운 것이 데뷔까지의 나날이었고, 데뷔 이후에도 상상 이상의 고난이 있었다.

그 상황을 눈치채고 재빨리 기성과 최 PD 사이에 끼어든 태호가 없었다면, 분명 사고를 쳤을 것이다. 대신 기성은 분에 차서 그 드라마에서 하차했다. 어차피 노 개런티의 단역이었기에 드라마에 피해를 준 것도 아니었다.

하지만 그날의 분하고 화가 나는 감정의 칼끝이 점차 자기 자신에게로 향했다. 그래서 죽을 듯이 노력했다. 연기 학원도 들어가서 기본부터 차근차근 배웠다. 연기 일과 학원에서의 공부를 병행하니 실력이 미비하기는 했지만, 점차 분명하게 눈에 띄게 늘어 갔다.

아이돌 가수 출신이라는 딱지를 떼기 위함도 있었지만, 자신 때문에 함께 고생한 멤버들까지 욕을 먹이는 게 싫어 정말 피나는 노력을 했다.

이 일화들을 희주와 지호에게 말한다면 분명 자지러지면서 화를 낼 터였다. 성규에게 말하면 어떤 새끼냐고 욕을 할 것이다. 그리고 셋이 뭉쳐 앉아 어떻게 최 PD에게 복수할지 고민할 것이 뻔했다.

'참 고마운 일이야.'

기성은 없던 신앙심이 생길 것만 같았다. 이렇게 소중한 인연을 만들어 준 누군가에게 감사할 따름이었다. 뭔가 계시 같은 것이 아닐까 싶기도 했다.

"뭐 해? 농땡이 피우지 말고 빨리 와."

"어, 알았어."

잠시 추억 속에서 허우적대던 기성을 지호가 불렀다.

기성은 웃으며 자리에서 일어났다. 순간 더 바랄 것도 없이 행복해져 두려울 게 하나도 없었다.

7.

하루살이 사랑

"끝났다!"

의자를 박차고 일어난 유나는 음악도 없이 덩실덩실 춤을 추었
다. 소파에 올라가 자던 샘이 어리둥절한 얼굴로 그녀를 쳐다보더
니 이내 내려와 그녀의 발치에서 같이 뛰어 댔다.

"좋지, 샘? 너도 신나지?"

둘은 한동안 정신을 놓고 덩실덩실 춤을 추며 거실을 누볐다.

나흘 동안의 밤샘 작업으로 드디어 번역 원고의 초고가 완성됐
다. 생각보다 빠른 작업 속도를 낸 덕분에 방송국 통역 일은 훨씬
수월해졌다.

초고를 보내면 교정본이 올 때까지 시간적 여유가 생기니, 방송
국 통역 일이 시작될 때까지는 일이 하나도 없는 것이나 다름없었
다.

대본 리딩도 다다음 주면 마무리되니, 유나에게는 말 그대로 모든 시간이 자유 시간이었다.

"자, 이제 청소를 좀 해야겠지?"

신나던 것도 잠시, 유나는 울상을 지으며 집을 둘러봤다.

소파에 쌓인 옷가지와 싱크대에 쌓인 그릇 더미, 책상 위에 자리를 차지한 빈 음료수병과 과자 봉지들이 시야에 걸리적거렸다.

분명 일에 집중할 때는 아무렇지 않게 넘기던 것들이 일이 마무리되자 걸리적거리는 장애물로 변했다. 마치 그런 유나를 탓하기라도 하듯, 샘이 뒷다리로 몸을 긁고 털었다.

"알았어, 청소할게. 청소하고 목욕시켜 줄게."

"왈!"

그녀의 말을 알아듣고 더 신이 난 샘은 배를 드러내며 뒹굴었다.

분리수거 쓰레기들을 모아 현관 앞에 쌓아 놓고 청소기를 돌렸다. 걸레질도 하고 설거지까지 마치니 벌써 두 시간이나 지나 있었다. 녹초가 되었지만, 이대로 주저앉았다가는 나머지 할 일을 못할 것 같아 유나는 쉬지 않았다.

밤새 일을 한 탓에 베개에 머리만 대면 그대로 잠이 들 것 같았다.

샘을 목욕시키고 자신까지 샤워를 마치고 나오자 깨끗해진 집이 눈에 들어왔다. 드디어 집이 사람 사는 곳으로 보였다.

어느덧 정오를 향해 가는 햇살이 거실로 뜨겁게 쏟아졌다. 그녀는 환기 때문에 열어 두었던 창문을 닫고 에어컨을 틀었다. 서울의 여름은 나날이 뜨거워졌다.

"쓰레기 버리고 올게."

목욕했다고 좋아서 온 집 안을 뛰어다니는 샘의 등에다 소리치고 유나는 분리수거 쓰레기를 들고 밖으로 나왔다.

"어? 유나 씨?"

"어? 안녕하세요?"

우연도 이런 우연이 있을까.

문을 열고 나오자마자 유나는 쓰레기 봉지를 들고 집에서 나오는 기성과 딱 마주쳤다. 그는 여전히 우수에 찬 눈으로 싱그럽게 웃었다. 어울리지 않는 그 조합이 그의 분위기를 만든다는 것을 유나는 그가 출연한 작품들을 보면서 깨달았다.

오랜만에 만나는 그가 반가워 그녀의 얼굴에서도 연신 미소가 떠나지 않았다. 마침 샤워하고 나온 뒤라 다행이라 생각했다.

'나도 참 속없다.'

다시 고백부터 하라는 그녀의 말을 들었는지 못 들었는지, 닷새가 지나도록 아무런 행동도 취하지 않는 그가 미울 법도 하건만 그녀는 그저 반가운 마음뿐이었다.

그가 다시 고백할 거라는 확신은 없었다. 그래도 대한민국에서 잘나가는 배우가 자신을 마음에 두고 있다니, 으쓱한 마음이 들었다. 적어도 그녀 혼자 하는 짝사랑은 아니니까.

"청소했나 봐요?"

"네. 기성 씨는 오늘 연습 없나 봐요?"

"네. 꿀 같은 날이죠."

이번 주와 다음 주, 한 차례씩 남아 있는 대본 리딩 스케줄 외에는 콘서트 준비로 바쁜 기성이었다. 집에서 한가하게 쓰레기를 치울 시간이 없을 텐데, 이렇게 집에 있다는 것은 그의 말대로 꿀 같은 휴식을 취하는 날일 터였다.

"무거워 보이는데 도와줘요?"

"네."

기성이 도와주겠다는 것을 유나는 사양하지 않았다.

그녀가 양손에 탑을 쌓아 들고 있던 재활용 박스 중 하나를 그가 번쩍 들어 가져갔다.

이후 그의 집에서 나온 쓰레기봉투를 버리고, 함께 재활용 센터에서 분리수거를 했다. 그런데 그가 버려지는 플라스틱 양에 입을 쩍 벌리고 놀라워했다.

"뭘 플라스틱이 이렇게 많아요? 매일 배달시켜서 먹나 봐요?"

"바빠서 그래요, 바빠서."

그의 핀잔에 그녀는 서둘러 변명했다.

음식을 못해서가 아니라 바쁜 탓이라고, 기성에게도 그녀 자신에게도 변명했다.

"그럼 점심 먹으러 올래요?"

"점심이요?"

"네. 이따가 열무국수 해 먹을 건데."

"흠……."

잠시 망설이던 유나는 이내 고개를 끄덕였다.

"알았어요. 먹으러 갈게요."

"그럼 30분 후?"

"네."

어릴 적 할머니가 만들어 주셨던 열무김치가 떠올라 먹고 싶어진 유나의 수락에 기성은 활짝 웃으며 치아를 드러냈다.

그렇게 집으로 돌아온 유나는 옷방으로 들어가 고민했다. 방금 청소를 하면서 정리해 놨건만, 이것저것 옷을 헤집는 바람에 도로 엉망이 되었다.

신경 쓴 것처럼 보이지 않으면서 후줄근해 보이지 않는 옷이 뭐가 있을까.

그녀의 고민은 한동안 계속되었다.

30분을 채워서 유나는 결국 반바지에 티셔츠를 골라 입었다. 이것저것 입어 보다 생각이 꼬였다. 그래도 티셔츠는 한국에 오기 전에 새로 샀던 민트색 새 옷으로 갈아입었다.

에라 모르겠다, 하는 마음으로 유나가 기성의 집 문을 두드렸다.

"어서 와요."

미소가 만연한 얼굴로 문을 여는 기성을 보고 유나는 마주 웃으면서도 속으로는 괜한 짓을 했나 싶었다. 기성의 복장은 30분 전과 하나도 달라진 것이 없었다.

새로 샀는지 라벨도 떼지 않고 내어 준 슬리퍼를 신고 그녀는 그를 따라서 안으로 들어갔다. 현관 콘솔에 놓인 디퓨저에서 뿜어내는 대나무 향을 뚫고 고소한 참기름 냄새가 떠다녔다.

"열무김치 알아요? 먹어 봤어요?"

"외할머니가 매년 김장을 하세요."

"시애틀에서요?"

"네."

"대단하시네요."

기성이 큰 그릇에 갓 삶아 찬물에 씻어 낸 국수를 담고 위에 양념장을 올렸다. 마지막으로 그는 냉장고에서 커다란 김치 통을 꺼내 열더니 위생 장갑을 낀 손으로 열무김치를 집어 국수 위에 예쁘게 올렸다.

보기 좋은 떡이 먹기도 좋다고 했다. 그가 만들어 내놓은 열무국수를 맛보고 유나는 눈이 번쩍 뜨였다. 외할머니가 만들어 주셨던 김치 맛과 거의 비슷해 눈물이 핑 돌았다.

"울어요?"

유나가 먹는 모습을 가만히 지켜보던 기성은 깜짝 놀랐다.

"아니요. 안 울어요."

그녀가 서둘러 손등으로 눈가를 닦았다.

"외할머니가 만드신 김치랑 맛이 비슷해서요."

"할머니 생각 났어요?"

"네."

김장 때면 휴가를 낸 엄마와 함께 외할머니 댁에 가서 일손을 돕곤 했다. 김치를 먹는 순간 그날의 냄새와 정경이 눈에 가득 담겼다. '우리 공주님'이라는 애칭을 아빠보다 먼저 지어 준 것이 외할머니였다. 그녀의 하얀 머리카락과 쭈글쭈글한 손, 정겨운 냄새가 그대로 머릿속에 떠올랐다.

"닦아요."

기성이 어느새 거실에서 티슈를 가져와 건넸다.

"진짜 맛있어요."

유나는 눈물을 닦고 기성에게 엄지를 척, 하고 들어 보였다.

"다행이네요."

그제야 그는 자신 앞에 놓인 국수를 먹기 시작했다.

"김치도 직접 담근 거예요?"

"열무김치랑 깍두기 정도는 먹고 싶을 때 해 놔요."

"대단하네요. 김치 담글 정도면 진짜 요리 잘하나 봐요."

"나랑 사귀면 맛있는 음식 엄청나게 먹을 수 있는데."

"네?"

깜짝 놀라 유나는 젓가락을 떨굴 뻔했다.

하지만 기성은 오히려 아무렇지 않게 국수를 입에 가득 담고 그녀를 바라봤다.

"바쁠 때는 힘들지만, 쉬는 날에는 이렇게 맛있고 건강한 음식 만들어 줄 수 있어요."

국수를 삼키고 그가 말을 이어 갔다.

"가끔 외식도 하겠지만, 대부분 집에서 먹게 될 거예요. 내가 꽤 얼굴이 알려진 사람이라 밖에서는 유나 씨가 불편할 수도 있거든요."

"지금 고백하는 거예요?"

"맨정신에 다시 하라면서요?"

"그렇긴 한데……."

"고백이라기보다는 자기 어필 중이에요. 유나 씨가 오케이 할 때까지 하나씩 하나씩 내 장점을 어필할 생각이거든요. 어때요?"

"장점이 꽤 많은가 봐요?"

"아니요, 절대."

그는 고개를 저었다.

"지금 이건 밥 먹으면서 생각났어요. 문득 누군가와 함께 밥을 먹는다는 건 꽤 행복한 일이구나 싶어서요. 그 상대가 유나 씨인 것도 좋고요."

유나는 점점 얼굴이 달아올랐다. 그래도 부끄러운 것이 그녀만은 아닌지 말을 잇는 기성의 귀도 점점 새빨갛게 변했다.

"놓치고 후회하지 말고 저질러 보자, 그렇게 생각해서 말한 거예요."

"……."

"천천히 생각해요. 나도 천천히 어필할 테니까."

그녀의 대답을 기다리지 않고 그는 자신이 하고픈 말을 했다.

"연예인이랑 사귀는 일이 보통 일은 아닐 테니까, 유나 씨도 진지하게 고민해 줬으면 좋겠어요. 알았죠?"

"알았어요."

진지한 얼굴로 말하는 그에게 그녀는 약속했다.

하지만 이미 마음은 기울어져 있었다. 그의 말대로 그와 사귀는 일은 보통의 연애와는 다를 것이다. 그러니 그가 생각할 시간을 준 것을 고맙게 여기면서 그처럼 자신도 진지하게 생각해 보기로 했다.

＊　＊　＊

"왜 나한테 기성 씨가 배우라고 말 안 했어?"

차 한잔하자는 말에 로한이 신나서 달려 나오자마자 유나는 기성의 정체를 알려 주지 않은 것을 따졌다.

"너 일부러 나한테 TV 사라고 한 거지? 내 눈으로 확인하라고?"

"아니, 그게……."

로한은 시선을 돌리며 변명거리를 찾았다.

"뭐, 기성 씨가 어떤 사람이든 그건 이제 됐고."

"유명한 연예인인데 신경 안 쓰여?"

"신경 써야 하나? 아, 뭐 그 사람이 고백했으니까 신경 쓰긴 해야겠다."

"뭐?"

"그 사람이 고백했어. 내가 좋다더라. 사귈까 말까, 고민 중이야."

"절대 안 돼!"

로한이 소리쳤다.

오랜만에 연락이 와서는 차나 한잔하자더니 마주 앉아 연애 상담이나 하려는 유나 때문에 그는 속이 뒤집히는 것 같았다. 카페에 가득한 사람들만 아니면 유나의 어깨를 부여잡고 정신 차리라고 흔들어 대고 싶었다.

"왜 안 돼?"

"그걸 말이라고 해? 연예인이랑 사귀는 게 쉬울 거 같아?"

"쉽지는 않겠지만……."

"모든 사람의 시선이 쏠릴 텐데, 감시받는 삶이라고."

"그런가? 그렇게 힘들까? 많이?"

유나는 입술을 내밀고 볼을 부풀리며 전혀 공감하지 못하는 목소리로 말했다.

"마음 돌려. 어떻게든."

"어휴."

로한의 단호한 말에 유나는 한숨만 쉬었다.

로한은 자신의 인내심이 한계에 다다랐음을 깨달았다.

"근데 윤기성 씨 정말 매력적인 사람이야."

하지만 그런 로한의 속도 모르고 유나는 말을 이었다.

"눈은 참 깊고 슬퍼 보이는데, 웃을 때는 아이 같고. 참 이상해."

"괜히 배우겠어? 겉모습은 백 번도 속일 수 있는 게 배우야."

"꼭 그래서는 아닌 것 같은데. 생각도 깊은 것 같단 말이야."

"생각이 깊은지 얕은지 파악할 정도로 오랜 시간을 보내 봤어?"

"그렇게 오래는 아니지만……."

쾅!

로한은 참다못해 주먹으로 테이블을 내려쳤다.

이젠 정말 한계였다.

사람들의 시선이 로한의 굳은 얼굴과 놀란 눈으로 그를 바라보는 유나에게 따갑게 꽂혔다.

"로한아……. 왜 이래, 너?"

그는 대답하지 않고 자리에서 일어나 카페 밖으로 나갔다. 다급하게 뒤쫓아 오는 발걸음 소리가 들렸다. 그는 카페에서 멀찍이 떨어진 인적 드문 곳에 멈춰 섰다. 그를 뒤따라오던 발걸음도 따라 멈췄다.

휙 돌아선 곳에 숨을 몰아쉬는 유나가 보였다. 하얀색 블라우스에 치마를 차려입은 그녀의 모습이 아리따웠다. 물론 그녀의 옷차림이 그를 위함이 아니라는 것은 그도 알고 있었다. 단순히 외출용으로 차려입은 것이었다. 오로지 그녀 자신의 만족만을 위해.

그는 목을 답답하게 조이는 넥타이를 거칠게 풀었다.

"방금 카페에서 사람들 시선 쏠리니까 기분이 어때?"

"뭐?"

"당황스럽고 무안하고 어떻게 해야 할지 모르겠지?"

"……."

"윤기성이랑 있으면 매 순간이 그럴 거야. 감당할 수 있겠어?"

"……."

입술을 깨문 채 유나는 대꾸하지 않았다.

로한을 바라보는 그녀의 눈은 그에게 무언의 질책을 보냈다. 매섭고 슬프게, 이런 잔인한 현실을 깨닫게 한 그를 원망했다.

"너한테…… 나는 안 보이니?"

그의 입이 맥없이 열렸다.

"네 옆에 항상 서 있던 나는 안 보여? 시애틀에서 고등학교 다닐 때를 생각해. 다시는 그런 어둠 속으로 걸어 들어가지 마. 그 사람이랑 만나면 너 혼자 고립되는 거야. 그러지 말고 그냥 계속 내 손 잡고 있어."

한번 열린 입은 닫힐 생각이 없었다. 힘없던 목소리가 갈수록 커졌다.

학창 시절 이야기에 유나의 미간이 찌푸려졌다. 고등학교 시절은 그녀가 가장 기억하고 싶지 않은 때였다. 하지만 로한에게는 그녀를 만났던 운명 같던 순간이었다.

"부탁이야."

그는 제발 그녀가 자신에게서 돌아서지 않기를 바라며 말했다.

하지만 그의 마음이 전해지지 않은 것일까. 그녀는 뒷걸음질 치더니 이내 돌아서서 그와 반대 방향으로 걸어갔다. 그의 고백 때문이 아니라, 학창 시절 이야기를 꺼낸 탓에 아무것도 들리지 않는 것이리라.

"젠장!"

로한은 자신에게 화가 나 견딜 수 없었다.

로한의 생각대로 유나는 그가 한 말 때문에 상처받았다. 떠올리기 싫은 기억이 떠오른 탓이었다.

시애틀에서 자라면서 간혹 인종 차별 하는 사람을 보기는 했지만, 그녀의 피부에 와닿을 정도로 경험한 적은 없었다.

하지만 고등학교에 진학하고 나서 처음으로 그녀는 인종 차별을 심하게 겪었다. 악의적이고 질이 나쁜 따돌림이었다. 아버지가 유명 정치인의 변호를 맡을 정도로 시애틀에서 잘나가는 변호사라는 것도 상위층의 자제들만 모여 있는 사립 학교에서는 의미가 없었다.

사물함에 냄새나는 걸레가 가득 차 있고, 책상 속에 벌레가 들어가 있어도 그녀는 눈 하나 깜짝 안 했다.

《저 Chinky 입양아라면서? 그 잘난 부모님이 자기 친부모도 아니면서 잘난 척하는 꼴하고는.》

다른 무엇보다 그녀가 입양아라는 것이 알려지면서 따돌림의 정도가 심해졌다.

지금은 인식이 많이 달라졌지만, 10년 전 미국은 입양아, 그것도 동양인 입양아에 대한 인식이 곱지 않았다. 게다가 양부는 백인이었으니 주위 시선이 더 곱지 않았을 것이다.

다양한 인종이 뒤섞인 미국이지만, 어이없게도 인종 차별이 지독하게 심한 나라였다. 동양인이면서 입양아라니, 악조건은 다 갖춘 셈이었다.

사춘기였던 그녀에게 입양아라는 놀림은 견디기 힘들었다. 인종 차별을 떠나서 양부모와도 단절되는 기분이었다. 그때까지 단 한 번도 의심해 본 적이 없는 양부모님의 사랑을 처음으로 의심하고 배척했다. 그리고 자신의 안으로만 파고들어 다른 사람과의 교류를 끊었다.

그때, 로한을 만났다.

쉬는 시간, 일부러 세게 던진 공에 맞아 잔디밭에 쓰러진 그녀에게 달려와 손을 내민 것이 그였다.

'내 손 잡아.'

한국어가 들려 깜짝 놀란 유나에게 로한은 햇살처럼 밝게 웃었다.

준수한 외모와 쾌활한 성격, 그리고 뛰어난 운동 실력 덕에 그는 인종을 뛰어넘어 학교 킹카 자리를 차지했다. 그런 그가 학생들이 모두 보고 있는 데서 그녀의 손을 잡아 준 것이다.

'난 이로한이라고 해. 너 유나 힐이지? 이따 점심 같이 먹을 래?'

그날부터 어느 누구도 그녀를 건드리지 않았다. 욕을 하지도, 침을 뱉지도, 폭력을 쓰지도 않았다. 여자애들은 오히려 그녀에게 잘 보이려고 했다.

그렇게 로한은 유나에게 든든한 버팀목이 되었다.

그런 고마운 친구였기에 유나는 로한의 그녀를 향한 마음을 더욱 모르는 척했다. 그와의 우정까지 잃지 않기 위해서. 지금까지는 그가 대놓고 마음을 표현한 적이 없었기에 가능했다. 그런데 그가 기성과의 일을 듣더니 결국 폭발해 버렸다.

'내 탓이야.'

유나는 자책했다.

로한이 그동안은 자신의 마음을 너무 잘 숨긴 탓에 망각하고 있었다. 그를 너무 편하게만 생각했다. 그녀가 상처받을 것이 뻔한 고등학교 이야기를 꺼낸 것을 보면 그도 상처를 받은 것이리라.

그녀에게 기성 외에 또 다른 고민이 생겨 버렸다. 기성에 대한 고민의 무게를 줄이려던 것이 틀어졌다. 로한의 고백은 계획에 없던 일이라 더욱 마음이 무거웠다.

＊　＊　＊

기성의 차에서는 항상 은은한 커피 향이 났고, 언제나 BSB의 노래가 흘러나왔다.

'이번 콘서트에서 부를 노래 리스트예요.'

며칠 전 유나가 계속 반복되는 BSB 노래의 이유를 물었을 때 기성은 그렇게 설명했다.

오늘로 세 번째 그의 차를 타고 방송국을 오갔더니 어느새 유나도 그들의 노래를 익숙하게 흥얼거렸다.

7월로 접어들자 서울 기온은 30도를 훌쩍 넘어섰다. 장마라는 것은 비도 오지 않고 지나갔다. 일기 예보에서는 일주일 내로 태풍이 올 거라는 말만 되풀이했다.

어느새 기성의 콘서트는 두 달 앞으로 다가왔고, 그만큼 그의 얼굴도 보기가 힘들어졌다. 그래도 그는 방송국에 갈 때면 항상 그녀를 태우고 다녔다.

어쩌다 집에서 쉬는 날이면 맛있는 음식을 만들어 같이 먹자고 초대하거나 그녀의 집으로 갖다주었다. 그러면서 소위 '자기 어필'이라는 것을 꾸준히 이어 갔다.

'이 정도 얼굴이면 대한민국에서도 손에 꼽힐 정도로 잘생긴 거예요. 어디에 데려가도 부끄럽지 않을걸요?'

처음 기성이 자기 어필이랍시고 턱에 꽃받침을 만들며 말했을 때 유나는 마시던 커피를 그대로 뿜을 뻔했다.

Oh, my—

그녀는 입을 벌리고 어이가 없다는 반응을 보였지만, 그는 개의치 않았다.

'이 집, 자가예요. 대출 하나도 안 끼고 산 100퍼센트 내 집이요. 통장도 보여 줄까요? 어디 쓸데가 없어서 돈이 막 쌓여 있는데?'

그다음으로 그는 그녀의 집에 찾아와서 통장을 흔들며 말했다. 그녀는 고개를 절레절레 흔들며 그대로 문을 닫았다.

세 번째는 성격을 언급하며 밀고 나왔다.

'착하고 겸손하고 겸허하고……. 가끔 똥고집을 부리기는 하는데, 그것만 빼면 나쁜 사람은 아닙니다.'

그리고 마지막 어필이 이틀 전이었다.

라면을 끓였다고 먹으러 오라는 연락에 방문한 그의 집에서 그냥 라면이라기엔 너무 요리다운 라면을 먹게 되어 당황한 그녀에게 그가 말했다.

'나 연애하면 오래가요. 항상 2년 이상 만났어요. 쉽게 사랑하고, 쉽게 헤어지는 사람 아니에요. 그러니까 유나 씨한테 지금 아주 진지하게 말하는 거예요.'

하다 하다 과거 연애사까지 밝히다니.

황당한 그의 고백에 그녀는 눈만 끔벅거릴 뿐이었다. 그래도 상관없다는 듯 그는 그녀의 라면 그릇 위에 신김치를 하나 올려 주었다.

그렇게 만날 때마다 기성은 한 가지씩 자신의 장점을 말했다. 그런데 오늘은 웬일인지 방송국에 가면서도, 집으로 돌아오면서도 그는 아무런 말이 없었다.

오늘로 대본 리딩 일정도 끝나서 이제 그와 함께 방송국에 갈 일도 없을 터였다.

포기한 건가?

설마 자신을 가지고 논 건 아니겠지?

그럴 사람은 아니라고 믿지만.

유나는 아랫입술을 살짝 내밀고 창밖을 바라봤다. 이런저런 생각과 함께 내심 섭섭한 마음이 가시질 않았다.

로한의 말처럼 일반인이 연예인과 사귀는 일이 쉬운 것이 아니듯, 연예인이 일반인과 사귀는 일도 쉽지 않을 터였다. 그래도 혹시나 괜히 기성에게 휘둘린 것은 아닐까 싶어 유나는 심통이 났다.

오락가락하는 유나의 마음을 아는지 모르는지 기성은 지하 주차장으로 부드럽게 차를 몰았다.

유나가 안전띠를 풀고 조수석 문을 열고 내리자 그도 함께 차에서 내렸다. 가로로 찢긴 청바지 사이로 보이는 건강한 빛의 그의 허벅지가 슬쩍 시선을 빼앗았다.

"주차 안 해요?"

주차하러 가지 않고 차에서 내리는 기성을 보고 유나가 물었다.

"오늘은……."

기성이 그녀에게 다가서며 조심스레 말을 꺼냈다. 무슨 말을 하려는 건지 그가 마른 입술을 혀로 살짝 핥았다.

"오늘은 대답을 들어야겠어요."

"벌써 장점이 다 떨어졌어요?"

"그렇다기보단, 허락부터 받아야 할 것 같아서요."

"허락이라뇨?"

"허락한다고 말해 줄래요?"

"무슨 짓을 하려고요?"

"어서요."

그는 어린아이 같은 얼굴로 몸을 좌우로 흔들며 아이처럼 조르기 시작했다.

"알았어요, 허락할……."

하지만 유나는 말을 끝마칠 수 없었다.

눈 깜짝할 사이 가까이 다가선 기성의 한쪽 팔이 그녀의 허리를 감싸고 반대 손으로는 그녀의 얼굴을 감쌌다. 그리고 그의 슬픔이 서린 눈동자가, 기다란 속눈썹이, 가느다란 속 쌍꺼풀이 가까워지는 듯싶더니 이내 더는 볼 수가 없었다.

촉촉하고 말랑말랑한 그의 입술이 진득하게 닿았다 떨어졌다. 하지만 그것도 잠시, 다시 뜨거운 숨결과 함께 그녀의 입술을 삼켰다.

그의 혀가 그녀의 입술을 부드럽게 열고 들어와 입안을 탐닉했다. 농밀하고 뜨겁게, 심장이 녹아내리는 것 같아 그녀는 그의 옷깃을 꽉 부여잡았다.

찌르르, 하는 떨림이 그녀 안에서 울릴 때 그가 입술을 뗐다. 여운 속에서 간신히 눈을 뜬 그녀 앞에서 그는 아이처럼 해맑은 미소를 지었다.

"나 키스 잘하죠?"

"잘……하네요."

거짓말을 하기엔 이미 늦었다. 여전히 그녀의 허리를 감싸 안은 그의 팔 때문에 몸을 맞대고 있으니 쿵쾅쿵쾅 뛰는 심장 소리가 그의 귀에도 들릴 것 같았다.

"어떻게, 계속할까요?"

어쩌면 좋을까.

기다리고 있었으면서도 쉽게 대답하지 못하는 그녀의 입술에 그가 다시 입술을 포갰다. 찐득하게 회오리치는 키스에 정신이 아득해졌다.

그렇게 혼을 쏙 뽑아 놓고 그는 다시 그녀에게서 입술을 뗐다.

"내 마지막 장점이에요. 자, 이제 대답해요."

고개를 숙여 그녀를 바라보는 그의 턱선이 그녀의 시야에 날카롭게 꽂혔다. 잠시 침묵하며 그를 올려다보던 그녀는 그의 가슴에 정수리를 쿵 받았다. 그리고 고개를 숙인 채 말했다.

"아, 모르겠다. 지금까지 어필한 장점 중에 키스가 제일 설득력 있네요."

그렇게 말하면서도 그녀는 빨갛게 물든 얼굴을 도저히 그에게 보여 줄 수가 없었다.

"그럼 우리, 오늘부터 1일인 거네요? 맞죠?"

"네."

사실은 그와 키스할 뻔했던 그날 밤부터 이미 기다려 왔던 것이다. 그렇게밖에는 설명이 안 됐다. 갈팡질팡하던 마음이, 고민을 거듭하던 생각이 그의 키스와 함께 사라졌다.

필연적으로 그녀는 자신의 마음을 헤집고 들어오는 그를 허락할 수밖에 없었다.

"좋아요."

잔뜩 들뜬 목소리와 함께 그는 그녀를 더 가까이 끌어당겼다. 그리고 손가락으로 그녀의 턱을 잡아 올렸다.

"고마워요."

그는 그녀의 이마에 입을 맞췄다.

"잠깐 기다려요. 문 앞까지 데려다줄게요."

그가 그녀를 놓아주며 말했다.

"기성 씨 어디 가요? 연습?"

"네. 아무래도 불안해서 지호를 불렀거든요. 아마 밤새 연습할 거 같아요."

"뭐예요, 아쉽게."

키스의 전율이 온몸에 남아 오늘 밤, 그를 보내기 싫었다.

"미안해요."

"치, 알았어요. 문 앞까지 데려다줘요."

"아, 잠깐만요."

그는 다시 돌아오더니 그녀의 얼굴을 양손으로 감싸고 다시 한 번 입술에 키스했다.

이번에는 좀 전의 키스와 달리 강하게 밀고 들어와 숨쉬기가 힘들 정도로 그녀의 혀를 감쌌다.

기다리고 고대했던 달콤함이다.

그에게서 떨어지고 싶지 않아 그녀는 그의 옷을 더 꽉 부여잡았다. 폭풍 같은 키스에 볼이 얼얼해질 때쯤 그가 떨어졌다.

"나 키스 말고 다른 것도 잘하는데, 아쉽죠?"

그렇게 말하고 그는 한쪽 눈을 찡긋했다.

"자꾸 아쉽게 할 거면 오늘부터 1일 취소할래요."

얼굴이 확 붉어진 유나가 말했지만, 기성은 하하하 웃으며 차를 몰고 주차 자리를 찾아가 버렸다.

＊　＊　＊

아침에 일어나 씻고 옷을 갈아입는 동안에도 그는 그녀 생각에 흐뭇한 마음으로 콧노래를 불렀다.

오늘 연습량이 얼마가 됐든 하나도 힘들지 않을 것 같았다. 유나라는 에너지를 충전한 탓에 기운이 솟아났다.

어제 그녀와 나눴던 키스의 전율이 아직도 고스란히 마음에 남아 있었다. 그녀의 슬쩍 감기던 눈과 말랑말랑하니 촉촉했던 입술이 눈을 감지 않아도 자연스레 그려졌다.

만약 지호를 불러 연습을 하지 않았다면, 유나와 밤을 보냈으리라.

그 아쉬움에 밤늦게 집에 돌아와서 그녀의 집 문 앞에서 한참을 서성였다. 그 바보스러움에 기성은 혼자 멋쩍은 미소를 지었다.

준비를 마치고 기성은 멤버들과 모이기로 한 시간에 아슬아슬하게 맞춰 연습실에 도착했다. 그는 차를 주차하고 빠른 걸음으로 연습실로 향했다.

윙. 윙. 윙.

계단을 오르던 중에 운동복 바지 안에서 휴대 전화가 요란스레 울렸다. 기성이 휴대 전화를 꺼내자 발신자에 유 대표가 뜬 것이 보였다.

"여보세요?"

— 어디야, 너?

무슨 일인지 다급하게 느껴지는 유 대표의 목소리였다.

"나? 연습실이지. 왜?"

— 하아…….

"무슨 일 있어?"

— 너 스캔들 터졌다.

"스캔들?"

기성이 깜짝 놀라 계단 중간에 어중간한 자세로 멈춰 섰다.

— 그때 네가 말했던 그 여자야?

"무슨 소리야? 차근차근 말해 봐."

— 아무것도 모르는 거야? 너 지금 어떤 여자랑 동거한다는 기사가 떴어. 한동안 같이 나갔다 같이 들어오고 한 것을 파파라치가 잡아낸 모양인데. 너 나 모르게 동거 시작한 거냐?

"그런 거 아니야. 동거라니?"

동거라니, 정말 말도 안 되는 소리였다.

놀란 기성의 목소리가 갈라졌다. 하지만 생각해 보면 옆집에 사는 기성과 유나를 그렇게 볼 수도 있는 노릇이었다.

— 아니면?

"옆집 살아, 그 여자."

— 믿을 만한 소리를 해!

"진짜야."

못 믿겠는지 버럭 화를 내는 유 대표에게 기성은 힘없이 대답했다.

유 대표조차 믿지 못하는 이런 상황을 대중에게는 어떻게 설명해야 하나 막막했다. 등본이라도 떼서 보여 줘야 하는 걸까.

— 후, 그럼 사귀는 건 맞아? 하긴, 키스하는 사진도 떴는데 묻

는 내가 바보지.

"키스 사진? 그럴 리가……. 그건 어젯밤인데?"

— 어젯밤? 네가 그걸 어떻게 알아?

"어젯밤 키스가 첫 키스였으니까. 그런데 어떻게……?"

'주차장에 잠복하고 있었던 건가?'

보안이 철저하다고 생각한 빌라에 뒤통수를 맞은 기분이었다.

정문에 있는 경비가 아무 차량이나 들여보내지 않았을 텐데, 어떻게 들어왔을까.

혹시 누군가를 매수해서?

아니면 차 없이 사람만 들어온 건가?

별의별 의문이 다 들었다.

— 너 천만 배우야. 파파라치가 안 붙어 있겠냐? 어디서든 조심했어야지.

"미안해, 형."

— 내가 너한테는 친절도 독이라고 했지?

"진짜 미안해. 내가 생각이 짧았어."

— 이걸 어떻게 수습해야 하나…….

사실 확인을 하고 나니 더 고민이 는 것 같은 유 대표였다.

"사실대로 말해. 옆집 사는 여자고, 이제 시작하는 단계라고."

— 사람들이 퍽이나 믿겠다.

"나 그런 거에 일일이 반응하는 거 싫어하잖아. 어쩔 거야, 사람들이. 내가 그게 사실이라는데."

— 돌아왔던 팬들이 다시 등을 돌릴까 봐 걱정이다.

"그것도 어쩔 수 없지. 이게 난데, 이게 내 삶인데 어쩌겠어."

— 내가 다른 사람을 걱정하는 게 아니야. 너 언론에서 여론 몰이해서 애들이랑 7년 동안 떨어져 있었어. 이번에 또 그럴래? 10주년기념 콘서트 직전에 동거 스캔들이라니. 언론에서 어떻게 몰아갈지가 걱정이다.

기성은 메마른 입으로 침을 삼켰다. 유 대표가 난리를 치는 것을보니 이미 웬만한 사람은 다 아는 소식일 테고, 연습실에서 기다리는 멤버들도 분명히 이 소식을 들었을 것이다.

— 콘서트 앞두고 애들한테는 얼마나 날벼락이겠냐. 이번에는오해 없도록 먼저 잘 말해. 벌써 알고들 있니?

"자세히는 모르지. 어제 시작했는데 어떻게 알겠어."

— 그럼 어떻게 할 거야?

"애들한테는 내가 말할게. 안 그래도 말하려고 했어. 기사가 너무 빨리 터져서 당황스럽네."

— 어휴, 모르겠다. 이쪽은 내가 정리할 테니 너는 애들한테 잘말해.

"알았어."

— 참, 옆집 여자랑은 얘기가 된 거야?

"……"

— 그쪽이랑도 상의해야지.

"세 시간만 줘. 애들한테 말하고 나서 상의할게."

— 알았다.

유 대표는 한숨을 푹푹 내쉬며 전화를 끊었다.

기성은 멤버들에게 할 말을 머릿속으로 정리하면서 계단을 마저올라갔다. 어떻게 말해야 그들이 오해하지 않고 축복해 줄까 싶었다. 하긴, 연애하는 일에 오해 살 만한 것은 또 무엇이냐 싶었다.

'그래도 희주랑 지호가 아니까, 내 생각보다 반응이 괜찮지 않을까?'

다만 성규에게만은 자신이 직접 말하고 싶었는데, 타이밍을 놓친 것이 씁쓸했다.

'희주랑 지호에게 대충이라도 들었다면 심하게 화는 안 내겠지? 콘서트에 지장 없도록 잘 수습한다고 해야겠다.'

기성은 침을 꿀꺽 삼키고 연습실로 들어갔다.

하지만 기성의 모든 바람은 그저 바람에 지나지 않았다는 것을 연습실 문을 열자마자 느낄 수 있었다. 평소와는 다른 삭막하기 짝이 없는 공기에 숨이 막힐 것 같았다.

이미 도착해 몸을 풀고 있어야 할 안무팀의 모습은 보이지 않고, 소파에 앉아 팔짱을 끼고 있는 성규가 보였다. 그리고 성규 옆에 앉아 기성을 발견하고 힘없이 손을 드는 희주와 지호의 구겨진 얼굴이 보였다. 매니저 마호는 성규 어깨에 손을 얹고 있었는데, 얼굴에 근심이 가득했다.

"나 왔어."

싸한 기운을 걷어 내고 싶었지만, 기성의 목소리도 밝게 나오지 않았다. 잔뜩 주눅 든 채 숨죽이며 연습실 문을 닫았다.

문이 닫힘과 동시에 성규가 벌떡 일어나더니 성큼성큼 기성에게 다가왔다. 얼굴 가득한 분노가 몸 밖으로 어두운 기운을 뿜어냈다.

"너 이 새끼!"

성규는 기성 앞에서 주먹을 번쩍 들었다. 어깨가 뒤로 빠지고 성규의 주먹이 얼굴에 닿으려는 순간, 기성은 각오하고 눈을 감았다.

'늦었구나.'

또 한 번, 기성은 성규의 기대를 저버린 것이다.

이번에는 또 무슨 오해를 하고 있을까. 이대로 BSB는 끝나는 건가.

주먹이 날아오는 그 찰나의 시간 동안 기성은 생각했다.

언젠가 한 번은 터트려야 했던 곪은 상처가 드디어 오늘, 이 순간, 터져 버렸다.

8.

열병

펙. 쿠당탕.

성규가 날린 주먹에 맞은 기성은 벽에 부딪히며 바닥에 쓰러졌다. 쓰라린 통증이 얼굴과 등에서 동시에 느껴졌다.

기성은 몸을 일으키고 앉아 얼굴을 만졌다. 아슬아슬하게 눈을 비껴서 맞았는지 광대에 통증이 느껴지고 입안에서 피 맛이 났다.

"기성아!"

"김성규!"

가만히 있던 세 사람이 깜짝 놀라 달려왔다.

마호는 다시 기성에게 달려드는 성규를 붙잡고, 지호는 기성을 부축했다. 희주는 두 사람 사이를 가로막았다. 그래도 눈에서 불을 내뿜는 성규의 시선이 기성에게 꽂히는 것을 막지는 못했다.

"하기 싫으면 확실히 말해! 이딴 식으로 사람 뒤통수치지 말고!"

성규가 소리를 질렀다.

쥐어짜 내는 분노를 들으며 기성은 부축을 받아 일어났다. 벽에 부딪힌 등이 뻐근했다.

갑자기 아무런 변명도 하고 싶지 않아졌다. 7년 전과 똑같이. 핑계나 변명이라도 듣고 싶어 하는 성규의 마음을 기성은 모른 척하고 싶었다.

"성규야, 아니야. 기성이도 이제 시작한 단계야."

지호가 기성을 대신해 변명했다.

"그래, 이제 만난 사이야. 그리고 옆집 여자래. 동거하는 거 아니야."

희주도 필사적으로 성규를 향해 말했다.

"바로 옆집에 살아서 한 건물로 들어가니까 그렇게 보인 거지. 기자들이 그런 것까지 확인하고 기사를 쓰진 않잖아."

"거짓말하지 마! 옆집 여자라고? 누가 그걸 믿어? 내가 바보야?"

"야! 사실이 그런데 어떻게 해! 진짜 옆집 여자라니까?"

"그러니까 지금 나만 빼고 다들 알고 있던 거란 말이지?"

이번에는 자신만 소외됐다는 생각이 들었는지 성규가 이를 악물며 말했다.

"지금 가장 어이없고 정신없는 사람은 기성이야. 왜 네가 난리야?"

"지금, 이 상황에 여자를 만난다고? 연기하는 데 집중 안 된다고 군대 가면서 BSB 안 하겠다고 한 거 아니었어? 한 번에 두 가지 일 못 하면서 지금은 콘서트에 연기에 연애까지, 이 세 가지를 어떻게 하려고?"

"야! 김성규!"

듣고 있던 마호가 소리쳤다. 모두에게 금기시되던 7년 전의 일을 끄집어낸 걸 나무라는 것이었다.

아무도 묻지 않았고, 누구도 들으려 하지 않았고, 당사자조차 말하려 들지 않았던 그때의 일.

"왜. 내 말이 틀렸어? 우리 배신하고 나갔잖아. 자기 혼자 살겠다고 리더가 그렇게 나가 버리고. 덕분에 우리는 앨범도 못 냈잖아. 저 비겁한 새끼 때문에 다들 제 살길 찾느라 얼마나 고생했는지 잊었어?"

"그렇게 말하지 마!"

부축하는 지호의 팔을 빼내고 기성이 소리쳤다. 역시 변명 따위 아무것도 하고 싶지 않은 그였다.

'하지만 지금은 상황이 달라.'

어떻게 모인 BSB인데, 이대로 끝나 버리게 둘 수 없었다. 그리고 성규가 하는 오해도 더는 듣고 싶지 않았다.

"나 혼자 살겠다고 나간 거 아니야."

기성의 말에 나머지 넷은 아연실색했다.

"표정 보니까 다들 아직도 그렇게 생각하고 있었던 거구나? 내가, 고작 연기나 하려고 BSB를 떠났다고?"

기성은 미간을 찌푸렸다. 뱃속에서부터 고통이 끓어올랐다. 얼굴이나 등에서 느껴지는 통증과는 차원이 다른 마음의 고통이었다. 7년을 혼자 삭이고 저 깊숙한 곳에 묻어 두었던 고통이었다. 울컥하며 박차고 올라오는 고통 때문에 저절로 얼굴을 찡그렸다.

"무슨 말을 해도 변명처럼 들릴 테니까 지금까지 아무 말도 안 했어. 그런데 아직도 그렇게 생각하고 있을 줄은 몰랐다."

"그럼 말해 봐! 그게 아니면 뭔데?"

성규가 비꼬듯 물었다.

"다! 다 그만두려고 했어! 다 관두고 부모님 일이나 도우면서 살려고. 내가 팀에서 맡은 뚜렷한 역할이 없다고 생각해서, 너희들처럼 음악에 대한 열정이 엄청난 것도 아니었으니까. 내 위치에 대해서 심각하게 고민하고 결정했던 일이야. 군대 갔다 오면 이미 우리의 전성기는 끝나 있을 테니까. 그러니까 너희들이랑 팬들한테 욕먹으면서도 활동을 접은 거였어."

숨이 차서 기성은 잠시 말을 멈추고 심호흡했다.

"제대하고 부모님 일 돕고 있는데 유 대표가 찾아왔어. 연기할 생각 없냐고. 딱 한 번만 해 보라고. 한 달이 넘게 매일같이 찾아오길래 그래, 딱 한 번만 해 보자. 딱 한 번만. 그렇게 시작하게 된 연기가 재미있더라. 내가 할 수 있는 일을, 도전할 수 있는 일을 찾은 기분이었어. BSB 활동 때와는 또 다른 희열이 느껴졌어."

아직도 손끝에서부터 느껴지던 그 희열이 생생했다. 아무것도 할 수 없다고 느꼈던 그때, 계속해서 배우의 길을 걷게 해 준 원동력을 만들어 낸 순간이었다.

멤버들은 모두 고개를 숙이고 기성의 이야기를 들었다.

기성은 한 사람, 한 사람 고개를 돌려 바라봤다.

슬프다.

서럽고.

이제 와 이런 변명을 하게 되다니. 7년 전에 해야만 했던 말을 이런 상황에서 하게 된 것이 애석했다.

"정말 나는, 나 혼자 살겠다고 BSB 관둔 거 아니야."

기성은 서러움에 울먹였다.

"내가 얼마나 너희를 사랑하는데. 우리 BSB를 사랑했는데……."

침묵이 이어졌다. 모두가 생각에 잠겼다. 7년이라는 시간이 느릿느릿 다시금 멤버들 사이를 지나갔다.

"헤어져."

갑자기 성규가 입을 열었다. 분노가 많이 사그라진 힘없는 목소리였다.

"그 여자랑 헤어져. 그러면 네가 방금 말한 거 진심이라고 믿어 줄게."

"야! 그건 아니지!"

"지금까지 뭘 들은 거야, 얘가?"

"성규야!"

성규의 말에 나머지 셋이 놀라서 소리쳤다.

"헤어지기 전까지는 연습하러 나오지 마."

다른 사람의 말은 들리지도 않는 듯, 아랑곳하지 않고 성규는 기성을 노려본 뒤 연습실을 나가 버렸다.

하얗게 질린 표정으로 기성을 바라보는 마호, 희주, 지호처럼 기성의 얼굴도 별반 다를 게 없었다.

＊　＊　＊

딩동, 딩동.

"왈!"

초인종 소리에 잠에서 깬 유나는 크게 기지개 켜고 찌뿌둥한 몸을 일으켰다. 주차장에서 그리고 문 앞에서 기성과 나눴던 황홀했던 순간을 떠올리자 다시금 뱃속에서 찌릿한 쾌락이 움찔거렸다.

딩동, 딩동, 딩동.

"왈! 왈왈!"

여운을 느낄 새도 없이 밖에서 요란스레 울려 대는 초인종 소리와 샘의 짖는 소리에 유나는 벌떡 일어났다.

'도대체 누구야? 이 아침부터? 혹시 기성 씨?'

그녀는 재빨리 옷방으로 가 평상복으로 갈아입었다.

"누구세요?"

방바닥에 떨어진 자신의 옷을 발가락으로 집어 들며 물었다. 샘이 그녀가 집는 옷을 이로 물고 흔들며 장난을 쳤다.

"나야!"

"이로한?"

유나는 깜짝 놀라서 옷을 대충 정리해 놓고, 샘을 안고 현관으로 달려갔다. 문을 열자 출근복 차림의 로한이 화가 잔뜩 난 상태로 서 있었다.

"아침부터 무슨 일이야?"

"너, 윤기성이랑 사귀는 거야? 그래?"

"네가 그걸 어떻게……."

"어떻게? 어떻게!"

쾅!

로한은 주먹으로 현관문을 세게 쳤다. 철문을 강타한 울림이 문 손잡이를 잡은 유나의 손에 그대로 전해졌다. 샘이 큰 소리에 놀라 유나의 품으로 파고들었다.

깜짝 놀라 쳐다보는 그녀를 로한은 이글거리는 눈으로 노려봤다.

"대한민국 국민이라면 갓난쟁이 아기도 알 스캔들이 터졌는데, 어떻게 알았냐고 묻는 거야?"

"스캔들?"

유나는 질겁했다.

"스캔들이라니……?"

"보통 스캔들인 줄 알아? 동거 스캔들이야, 동거."

"동거라니, 무슨 소리야?"

"너랑 윤기성이랑 키스하는 사진이 인터넷에서 난리고, 동거한다는 기사가 떴어. 지금 모른다고 하는 거야? 아니면 너 진짜 윤기성이랑 동거해?"

"무슨 말도 안 되는 소리야? 기성 씨가 옆집에 사는 건 너도 알고 있잖아."

"내가 아는 게 무슨 상관이야. 이미 세상 사람들은 너랑 윤기성이 동거하는 거로 아는데. 잔말 말고 당장 짐부터 싸."

"짐은 왜?"

"빌라 앞에 기자들이 쫙 깔렸어. 여기 있으면 위험해. 지금은 경비들이 막고 있지만, 언제 빌라 안까지 들어올지 몰라. 그러니까 짐 싸. 여기서 나가자."

"나가서? 어디에 있으라고?"

"내 집에 가든, 호텔에 가든. 아무튼, 여기 있으면 안 돼."

로한이 유나의 손목을 잡아당겼다.

"아파! 이거 놔!"

유나는 그에게서 손목을 비틀어 빼냈다. 손목에 빨갛게 손자국이 남았다. 이렇게까지 이성을 잃은 로한이 낯설었다.

"어차피 동거하는 사이로 소문이 났다면, 내가 여기 있어도 상관없는 거 아니야? 내 집은 모를 테니까."

"윤기성 소속사가 가만히 있겠어? 당장 사실이 아니다, 동거하는 사이가 아니라 이웃이다, 이렇게 말하겠지."

"기성 씨 연락 기다릴래."

"유나 힐!"

"그 사람한테 연락 올 거야. 같이 상의하고 결정할게."

"You must be joking? Right?"

분노로 가득 찼던 로한의 얼굴이 이제는 걱정과 근심으로 바뀌었다.

뭐 이런 바보가 다 있단 말인가. 사랑에 빠지더니 앞뒤 안 가리고 달려드는 불나방이 된 건가.

그는 그녀가 한심스러운지 세차게 고개를 흔들었다.

"넌 돌아가."

"유나야."

"난 기다려야 할 사람이 있어."

"유나야!"

로한의 외침에도 못 들은 척 유나는 문을 쾅 닫았다.

그녀는 놀란 가슴을 진정시키며 샘을 바닥에 내려놓고 문에 기대섰다. 샘도 놀랐는지 쏜살같이 그의 집으로 들어가 버렸다.

잠시 후, 힘없이 돌아서는 로한의 발걸음 소리가 들렸다.

'스캔들이 났다고? 기성 씨는 괜찮을까?'

가장 먼저 떠오른 것은 기성이었다. 아침부터 콘서트 연습을 하러 간 그에게도 이미 스캔들 소식이 전해졌을 터였다.

그녀는 빠른 걸음으로 거실로 향했다. 그리고 어젯밤 소파 위에 던져 놓은 가방에서 휴대 전화를 꺼냈다. 로한에게서 부재중 전화가 10통 이상 와 있었다. 그리고 역시나, 기성에게서도 한 통의 문자가 도착해 있었다.

[할 이야기가 있어요. 밤에 들를게요.]

짧은 문자에서 기성의 고뇌가 느껴졌다.

후, 하고 유나는 한숨을 쉬었다. 불과 하루 만에 스캔들이라니. 연예인의 삶은 원래 이렇게 소문도 빨리 퍼지는 건가 싶었다.

그녀는 거실 창가에 붙어 서서 커튼 사이로 밖을 바라봤다. 빌라 정문 밖으로 바글바글 모여 있는 사람들이 보였다. 관리 사무소와 경비실에서 빌라 안으로 들어오려는 사람들을 막는 모양이었다. 로한의 말대로라면 저 사람들은 기자가 틀림없었다.

'저 많은 기자를 상대해야 한단 말이지?'

그녀는 자신은 절대로 연예인의 삶을 살 수 없을 거란 생각을 하며 고개를 저었다.

책상에 앉아 노트북으로 인터넷에 접속하자 포털 사이트 메인 화면과 실시간 검색어가 온통 기성의 이름으로 가득 차 있었다. 하나하나 찾아본 스캔들 기사에는 어젯밤 지하 주차장에서 키스하던 유나와 기성의 사진까지 올라와 있었다.

그리고 그 기사에 달린 사람들의 댓글은 전부 그녀에 대한 욕이었다. 기성을 향한 실망감도 노골적이고, 저질스러운 표현과 함께 적나라하게 달려 있었다.

가장 걱정스러운 것은 BSB 팬들이 쓴 것처럼 보이는 댓글이었다. 콘서트 소식에 기뻐하고 있다가 갑자기 찬물을 뒤집어쓴 것처럼 싸늘해진 반응이었다.

기성은 팬들이 돌아서는 것을 어떻게 생각하고 있을지. BSB 멤버들은 기성의 스캔들을 어떻게 받아들일지. 그러한 걱정들이 물밀듯 밀려왔다.

갑자기 유나는 자신이 없어졌다.

그녀를 향한 기성의 열성에 마음을 **빼앗겨** 시작한 관계였다. 그런데 단 하루 만에 세상 사람들의 시선 속에 던져지다니, 이게 무슨 일인가 싶었다.

'기성 씨만 믿자. 기성 씨만 믿으면 될 거야.'

그녀는 약해지려는 마음을 다잡았다.

이렇게 힘들 수도 있다는 것을 알고 시작했으니 도망치는 것은 비겁했다. 그녀는 빨리 밤이 돼 기성이 돌아와서 자신을 안아 주길 바랐다.

＊　＊　＊

기성은 연습실에서 나와 곧바로 CW 엔터테인먼트로 향했다. 유 대표에게 의견을 묻고 싶었다.

'내가 어떻게 하면 좋을까, 형? 어떻게 하는 것이 모두를 위한 일일까?'

그 '모두'에 자기 자신은 없다는 것을 기성은 알지 못했다.

회사 건물 앞에서 그의 차를 알아보고 몰려드는 기자들을 경호원들이 제지했다. 그래도 경호원들이 치켜든 손 사이로 번쩍이는 플래시에 눈이 부셔 그는 인상을 찡그렸다. 선팅이 짙게 되어 있어도 혹시나 상처가 보일까 싶어 모자를 깊이 눌러썼다.

대표실로 들어가자 기성의 얼굴을 보고 깜짝 놀란 유 대표가 의자에서 벌떡 일어났다.

"김 비서, 얼음 좀 가져다줘요."

— 네, 대표님.

유 대표는 전화로 김 비서에게 얼음을 부탁했다.

성규에게 맞아 기성의 광대뼈 부근에 오백 원짜리 동전 크기의 멍이 들고, 왼쪽 입 옆이 찢어졌다. 김 비서가 가져온 얼음주머니를 얼굴에 대 주며 유 대표는 혀를 끌끌 찼다. 얼음이 너무 차가워 기성은 움찔했다.

"이럴 줄 알았다. 성규지?"

기성은 고개를 끄덕였다. 아무 말 없이 소파에 앉는 그를 보고 유 대표는 한숨을 푹푹 쉬었다.

"어떻게 됐니? 뭐래?"

"헤어지래."

"그래서?"

"글쎄, 어떻게 해야 할까?"

기성은 얼음주머니를 손에 쥐고 눈을 감았다. 아직 그는 아무런 결정도 내리지 못했다.

BSB만 생각한다면 성규가 원하는 대로 해 주고 싶었다.

하지만 그렇게 하면 유나는 어떻게 해야 한단 말인가.

그를 믿고 마음을 열어 준 그녀를 배신하는 것이 되는데.

일이 이렇게 꼬일 거라고 그 누가 상상이나 했겠는가.

"네 선택이다만, 이미 키스 사진이 유포된 상황에서 헤어졌다는 소식을 내는 것도 아닌 것 같다. 그것도 어제 찍힌 사진인데. 이미지가 엉망이 될 거야. 헤어진다고 해도, 일단 기사는 아까 얘기했던 대로 막고 보자."

선택은 기성의 몫이라면서도 유 대표는 이미 이별을 기정사실로 정한 듯했다. 그래서 기성은 씁쓸한 미소를 지을 수밖에 없었다.

그의 생각이 중요하기는 한 걸까.

아무도 그의 생각에는 관심이 없는 것 같았다.

"알았어. 형이 알아서 진행해. 다시 연락할게."

"태호 부를 테니 기다려."

"태호는 왜?"

"집 앞에도 기자가 쫙 깔렸어. 그 꼴로 혼자 못 가. 태호 올 때까지 기다렸다가 같이 가."

그러한 이유로 기성은 태호의 차를 타고 집 앞에 도착했다. 유 대표의 말대로 빌라 앞은 기자들이 자리를 펴고 눌러앉은 듯했다. 그리고 유 대표의 전갈로 빌라 내에 들어와 잠복하고 있던 기자는 쫓아낸 것 같았다.

다행히도 기자들은 태호의 개인 차량까지는 알아보지 못했다.

"힘내요, 형."

태호는 차를 세우고 기성을 향해 몸을 돌렸다. 시트에 앉아 눈을 감고 있는 기성이 오늘따라 안쓰러워 보였다.

"속 썩여서 미안."

"무슨 그런 말을 해요, 형."

"미안하니까."

기성은 눈을 번쩍 뜨고 몸을 일으켜 차에서 내렸다.

"한두 시간만 기다려 줄래?"

"알았어요. 천천히 해요, 형."

"응."

기성은 힘없이 터벅터벅 걸어 빌라 안으로 들어갔다. 엘리베이터를 타고 5층을 누른 뒤 문이 열릴 때까지 그 짧은 순간을 견뎠다.

그는 곧장 유나의 집 문 앞에 섰다. 이곳에 오는 동안 그녀에게 할 말을 정리했다. 그래서 힘겨운 움직임으로 초인종을 눌렀다.

"누구세요?"

"윤기성입니다."

기성의 대답에 후다닥 달려오는 발걸음 소리가 들렸다.

놀란 표정의 유나와 여전히 해맑게 뛰어다니는 샘을 보고 기성은 미소 지었다. 그녀는 평소처럼 청바지에 하늘색 얇은 반팔 니트를 입고 맨발로 뛰어나와 그의 앞에 섰다. 얼굴 가득 근심이 서린 것을 보니 그녀도 사태의 심각함을 아는 모양이었다.

"싸웠어요?"

그녀는 경악하며 물었다. 그의 얼굴에 난 멍 자국과 상처를 따듯한 손길로 매만졌다.

"맞았어요."

"누구한테요?"

그는 대답하지 않았다. 대신 그녀의 손을 잡고 집으로 들어갔다.

"기다려 봐요. 연고 발라 줄게요."

"됐어요."

"흉 지면 어쩌려고요?"

"그냥 여기 앉아 봐요."

자꾸 자리를 피하려는 유나를 끌고 기성은 소파에 앉았다.

그가 무슨 이야기를 하려는 건지 아는 걸까. 그녀의 얼굴이 슬퍼 보였다.

그는 모자를 벗어 테이블 위에 올려 두었다.

"전에 내 이야기 듣고 싶다고 했죠? 지금 해 줄게요."

"약부터 발라요."

"약은 나중에요."

그는 다시 일어나려는 그녀의 손을 꼭 잡아 자신의 옆에 앉혔다. 그리고 천천히 이야기를 시작했다.

"열아홉 살에 멤버들을 만났어요. 다들 가수가 하고 싶다고 모였는데, 소속사 지원이 엉망이라 우리는 데뷔는 정말 꿈도 못 꾸고 있었어요. 밥도 제대로 못 먹고, 그렇다고 연습을 제대로 시켜 주는 것도 아니고. 세월만 보내는 것 같았는데, 어느 날 갑자기 데뷔한다는 거예요. 앨범 녹음도 시작하고. 그때는 정말 기뻤어요. 세상에서 가장 기뻤던 날이었을 거예요."

말없이 저를 바라보며 귀 기울이는 유나의 손을 그는 큰 손으로 쓰다듬었다.

"4집까지 내고 내가 입대를 해야 했는데, 그 무렵 회의감이 들었어요. 내가 랩을 잘하는 것도, 춤을 잘 추는 것도 아니고, 노래를 뛰어나게 잘하는 것도 아니었으니까. 인기는 하늘로 치솟아서 누구도 부럽지 않을 정도인데, 제대하고 나면 과연 이 인기를 이어 갈 수 있을까, BSB의 인기가 떨어지면 나는 어떻게 해야 하나. 온갖 고민이 생겼죠. 어차피 교차로 멤버들이 군대를 다녀오고 나면 아이돌 가수라기에는 전성기가 혹 지나가 버리니까요."

그는 잠시 말을 멈추고 마른입을 침으로 축였다.

"그래서 군대 입대하기 직전에 결정했어요. 연예계를 떠나야겠다. 최정상에 있을 때 내가 내 손으로 관둬야겠다. 그냥 그렇게 멤버들한테 통보해 버렸어요. 다들 나한테 화를 내고 오해가 깊어졌는데 바보 같은 나는 그냥 내버려 뒀어요."

"바보 맞네요."

"그렇죠? 근데 더 바보 같은 건요. 그렇게 BSB가 와해되고 나서 내가 배우 일을 시작했는데, 언론과 팬들과 멤버들의 오해를 지금까지 풀지 않았다는 거예요. 그동안 혼자서 힘껏 싸웠어요. 나는 배우를 하려고 BSB를 나간 것이 아닌데, 다들 그렇게 생각한다니 굳이 해명하고 싶지 않았거든요. 대신 가수 출신 배우라는 딱지를 떼어 내려고 엄청 열심히 일했어요. 단 하루도 쉬지 않고 필모그래피를 쌓았어요. 그렇게 BSB의 멤버로 지낸 때보다 배우로서의 세월이 더 길어졌어요."

그는 잠시 말을 멈췄다. 입안에 모래가 가득한 것처럼 텁텁했다.

"지호가 BSB 콘서트를 열 건데, 같이하자고 손을 내밀었을 때 엄청 기뻤어요. 너무 외로울 때였는데 과거의 일이 어찌 됐든 나한테 같이하자고 하니 고마울 뿐이었어요. 그때까지 BSB 다시 하자고 지호가 몇 번이나 권했을 때는 싫다고 했었는데. 이번에는 왜 그렇게 기뻤는지. 정말 외롭고 애들이 그리웠었나 봐요. 그냥 다른 건 다 신경 쓰지 않고 하자, 그래 해 보자, 그래 버렸어요. 그런데……."

기성은 유나를 바라봤다. 그녀의 크고 동그란 눈을, 기다란 속눈썹과 진한 쌍꺼풀을, 갈색의 맑은 눈동자를 잊지 않기 위해 집중했다. 오똑한 콧날과 아직 젖살이 빠지지 않은 통통한 볼과 촉촉한 입술을, 그곳에 입 맞췄을 때의 느낌을 잊지 않기 위해 애썼다.

"내가 다 망쳤어요. 내가 이러면 안 되거든요."

왜일까, 그녀의 모습이 뿌옇게 흐려졌다.

"미안해요, 유나 씨. 우리 여기서 끝내요."

"뭐…… 뭐라고 했어요, 지금?"

"미안해요. 정말 미안해요."

차갑게 굳은 얼굴로 기성은 유나에게 사과했다. 눈물을 흘리지 않기 위해 어금니를 꽉 깨물었다.

"어떻게 이럴 수가 있어요, 나한테."

"……."

"이렇게 멋대로인 사람이었어요?"

그녀는 입술을 깨물었다. 견딜 수 없는 아픔에 주먹 쥔 손으로 기성의 가슴을 쳤다.

"멤버들에게 다시 상처를 줄 수는 없어요."

"나는요? 나는 상처받아도 돼요?"

"유나 씨는 처음이자 마지막이겠지만, 걔들은 두 번째예요. 이번 만이라도 멤버들을 위해서 원하는 대로 해 주고 싶어요."

"멤버들이 나랑 헤어지래요? 왜요? BSB 활동 때문에요? 난 당신한테 그 정도밖에 안 돼요?"

"가족이에요."

"……?"

"BSB는 그냥 단순히 동료가 아니라 내 가족이에요. 유나 씨한테 이해를 바라지 않아요. 어떻게 이해할 수 있겠어요. 나도 내가 이해가 안 가는데."

"그럼 왜요?"

유나가 소리쳤다. 기성을 때리던 주먹이 바닥으로 힘없이 떨어졌다.

"유나 씨 한 명을 가슴에서 파내는 것이 가족을 버리는 것보다 쉬울 테니까요."

"……."

"정말 미안해요."

그는 힘없이 떨군 그녀의 손을 끌어 잡았다. 그리고 아픈 가슴처럼 꽉 그 손을 쥐었다. 하지만 그처럼 그녀의 마음도 온통 피투성이라 통증을 느끼지 못했다. 자신의 손을 잡은 뜨거운 그의 손을 그저 바라볼 뿐이었다.

＊　＊　＊

약한 가스 불에서 보글보글 끓고 있는 냄비 속의 전복죽을 보며 지호는 자신의 신세를 한탄했다.

왜 이런 꿀처럼 달콤한 아침에 자신의 침대를 차지하고 누운 기성을 돌봐야 한단 말인지.

구시렁대면서도 그는 입구가 넓은 그릇에 죽을 옮겨 담았다.

사흘 전 밤늦게 전화를 한 기성은 며칠만 신세를 져도 되냐고 물었다.

'왜? 기자들이 문 두드려?'

'아니.'

'그럼 왜?'

'그 여자랑 헤어졌거든.'

지호는 순간 말문이 막혔다.

아무 말도 못 하고 입만 어버버 뻐끔거리는 지호를 문가에 그대로 둔 기성은 커다란 가방을 들고 안으로 들어왔다.

'성규 이 자식, 네가 싸질러 놓은 일로 왜 내가 고생해야 하는 거냐?'

울컥하고 화가 치밀어 지호의 이마에 핏줄이 섰다.

그는 그릇을 쟁반에 올리고 따뜻한 물 한 잔과 함께 침대로 향했다.

침대에 이불을 덮고 누운 기성은 고개를 살짝 돌려 촉촉한 눈동자로 지호를 바라봤다. 수염이 까맣게 올라온 초췌한 몰골에 물론 손에선 여전히 휴대 전화를 내려놓지 못한 상태였다.

지호는 쟁반을 침대 옆 탁자에 올리고 통화하는 기성 옆에 앉았다. 기성의 이마에 손등을 대 보니 다행히 열은 내린 것 같았다.

지난 이틀 동안 기성이 끙끙 앓는 바람에 지호는 안절부절못하며 그를 간호했다. 실로 오랜만의 간호라 당황했다.

예전 활동 때는 합숙하면서 아픈 사람이 있으면 지호가 나서서 간호를 담당했다. 멤버들 중 가장 튼튼한 체질인지, 그가 아팠던 기억은 없었다.

그래도 오랜 시간이 지나서 간호란 것을 다시 하려니 한동안은 버벅대며 고장 난 로봇처럼 굴었다.

"네, 죄송합니다. 저 때문에……. 아니요. 괜찮습니다. 네,

네……. 네, 감사합니다. 그럼 촬영 때 뵐게요. 네, 들어가세요."

간신히 전화를 끊은 기성은 지쳤는지 눈을 감고 인상을 찡그렸다.

기성은 그가 알고 있는 모든 드라마 관계자들에게 전화를 걸어 미안하다는 말을 전했다. 누군가는 괜찮다고, 누군가는 연애는 조용히 하라고, 누군가는 그저 전화해 준 것만으로 고마워했다. 아무도 그의 사랑이 끝난 것을 모르기에 힘없는 목소리를 낼 수도 없어 억지로 힘을 주고 웃었다.

"열은 좀 내린 것 같은데, 기분 좀 어때?"

"괜찮아."

핏기 하나 없는 하얀 얼굴로 기성이 대답했다.

성규에게 얻어맞아 생긴 시퍼런 멍은 노랗게 색이 변했다. 다행히 화장하면 가려질 정도였다.

'얼굴로 먹고사는 사람을 이렇게 만드냐, 멍청한 놈.'

지호는 속으로 재차 성규 욕을 했다.

"죽 먹고 오늘까지 쉬자."

"아니야, 일어나야지."

기성은 몸을 일으켜 앉으며 말했다. 말은 그렇게 했지만, 아직 몸은 회복이 안 됐는지 그 간단한 동작에도 크게 휘청였다.

"일어나긴 뭘 일어나. 쉬라면 쉬어."

"내가 제일 못하는데 연습해야지."

"이런 몸 상태로 무슨 연습이야."

"지호야. 나, 드라마 촬영도 2주나 미뤘고, 지금 콘서트에 집중하지 않으면 죽을지도 몰라."

거짓말이 아니라는 것은 몸에 오른 열로 촉촉하게 젖은 기성의 눈을 보면 바로 알 수 있었다. 지호는 한숨을 쉬었다.

"죽부터 먹어. 계속 아무것도 못 먹었잖아. 이거 다 안 먹으면 너 못 나가."

"네, 엄마."

기성은 지호가 내민 쟁반을 받아 수저를 들고 죽을 입에 넣었다. 그보다 요리를 잘하는 지호가 만든 것이니 분명 맛있을 텐데, 지금 기성에게는 아무 맛도 느껴지지 않았다. 유리알을 씹는 것 같았지만, 그는 억지로 죽을 삼켰다.

"엄마라고 하니까 생각났다."

지호가 무언가 생각이 났는지 손가락을 튕기며 말했다.

"네 어머니한테 전화 왔었는데 자고 있어서 내가 받았어."

"뭐라고 하셔?"

"아들놈 스캔들 때문에 정신이 하나도 없다고. 집이랑 사무실로 찾아오는 기자랑 팬들이 많이 있나 봐. 아무튼, 나중에 상황 정리되고 나면 같이 오라고 하셨어."

"너랑?"

"아니, 옆집 여자분이랑."

"아……."

기성은 살짝 머리를 흔들었다.

부모님은 스캔들 기사도 이별 기사도 '아들놈'에게서 바로 듣지 못하는구나 싶어 죄송한 마음이 들었다. 그래도 부모님께 이런 몰골을 보여 드릴 수는 없으니 전화로 생사 보고는 해야겠다 싶었다. 분명 엄청난 잔소리를 들을 것이 뻔했지만.

유나에게 이별을 고하고 지호의 집으로 도피한 지 사흘이 지났다. 아직도 바깥세상에서는 기성의 열애가 큰 화제였다. 동거설은 소속사의 발 빠른 대처로 일단 일축됐지만, 바로 이별 소식을 대중에게 전할 수는 없는 노릇이라 염치없게도 그녀에게 부탁했다.

'유나 씨가 몇 개월만 참아 줘요. 되도록 빨리 정리될 수 있도록 할게요.'

되도록 빨리, 라고 말했지만, 그가 할 수 있는 일은 없었다. 그저 시간이 흘러가는 대로 내버려 둘 뿐. 몇 개월 후면 세상은 그의 애정사에 대한 관심이 줄 것이고, 그때가 되면 유 대표가 알아서 이별 소식을 전할 것이다.

그의 염치없는 부탁에 그녀는 아무런 말 없이 고개를 끄덕였다. 어이없는 이별 통보에 지쳐 버린 그녀의 쓸쓸한 옆모습을 뒤로하고 그는 지호의 집으로 도망쳤다. 주차장에서 기다리고 있던 태호는 아무것도 묻지 않고, 아무 말도 하지 않고 기성을 지호의 집에 데려다주었다.

고작 하루였지만 달콤하고 짜릿했던 사랑의 감정이 두 사람에게 너무 큰 상처를 남겼다.

"진짜 헤어진 거야?"

지호는 심각한 얼굴로 물었다.

귀찮을 것이 분명하지만, 티 하나 내지 않는 지호를 보며 기성은 미안한 마음뿐이었다. 그래도 병이 날 것을 그의 몸이 먼저 알았는지 발걸음이 자연스럽게 지호의 집으로 향했다. 하필 왜 지호네 집으로 가느냐는 태호의 물음에 그는 '그러게'라고 답했다.

아프고 나니 그제야 지호가 BSB 멤버 중에 가장 살림꾼이고, 엄마 노릇을 했다는 게 떠올랐다. 그것을 기억하고 너무 자연스럽게 지호를 찾아온 것이 신기했다. 그동안 아플 때는 어떻게 참았는지 모를 노릇이었다.

"성규가 한 말 때문에?"

지호의 질문은 기성이 답하지 않아 침실 천장을 맴돌았다.

간신히 죽 한 그릇을 비우고 기성은 일어났다. 고개를 절레절레 젓는 지호를 지나쳐 욕실로 들어갔다. 거울에 비친 그의 몰골이 말이 아니었다. 꺼멓게 코밑과 턱을 덮고 있는 수염에 하얗게 핏기 없는 얼굴. 누가 봐도 환자다. 이별을 앓고 있는 환자.

'정신 차려, 윤기성.'

지금이야말로 인생 최고의 연기가 필요한 때였다.

깔끔하게 면도를 하고 몸을 씻고 나와 옷을 갈아입는데 지호가 옆에 붙어서는 쫑알대기 시작했다.

"우린 너 믿어. 굳이 그럴 필요까지는 없다고."

몸에 힘이 하나도 없어 옷 하나 갈아입는 데 시간이 오래 걸리니 지호의 쫑알거림도 길어졌다. 지호는 언제 옷을 다 갈아입었는지 여유만만하게 기성에게 잔소리와 걱정을 쏟아 냈다. 지호가 말이 많은 것은 이미 아는 사실이었지만, 몸이 아프니 지호의 수다를 그냥 듣기만 하는데도 힘에 부쳤다.

열이 떨어진 것 같다는 지호의 말과 달리 기성은 여전히 몸 상태가 안 좋았다. 몸이 으슬으슬 춥고 욱신욱신 쑤셔서 그는 결국 지호에게서 긴팔 남방을 빌렸다. 옷방에서 옷을 꺼내 주면서도 지호는 입을 쉬지 않았다.

"그렇게까지 하지 않아도 우리는 네 진심을 의심하지 않아. 우리 그런 사람들 아니다?"

"알아."

"그런데 왜? 왜 헤어진 건데?"

기성이 말이 없자, 이번에는 지호도 떠들다 지쳤는지 입을 다물었다.

연습실까지 가는 지호의 차 안에는 라디오 DJ의 목소리만 흘러나왔다.

지호에게서 소식을 전해 들은 마호, 희주, 성규는 연습실에 도착한 기성을 맞이하며 어쩔 줄 몰랐다.

"몸은 좀 어때?"

마호가 기성을 앞뒤로 살피며 물었다. 그러자 기성의 몸도 같이 앞뒤로 휘청였다.

"나 사고당한 거 아니야. 그렇게 안 훑어도 돼."

"그렇긴 한데……."

"흔들지 말아 줘. 어지러워, 형."

"응? 응, 알았어."

힘없이 말하는 기성에게서 마호는 두 손을 번쩍 들며 떨어졌다. 그 과장된 행동에 기성은 살포시 미소 지었다.

"며칠 더 쉬었어야 하는 거 아니야?"

희주의 눈에 걱정이 가득했다.

"괜찮아. 연습해야지."

기성의 뒤에서 지호가 고개를 절레절레 저었다. 이미 지호는 기성에게 두 손 두 발 다 든 상태였다.

"저 고집을 누가 말려."

지호는 혀를 끌끌 찼다.

가만히 뒤에서 눈치만 보던 성규는 울상이 되어 기성에게 다가왔다.

"있잖아."

"됐어."

용기를 내서 간신히 내뱉은 성규의 말을 기성이 부드럽게 끊었다.

"그날은 내가 너무 화가 나서, 그래서……."

"괜찮아, 성규야. 나 진짜 괜찮으니까 그렇게 눈치 보지 마."

"그래도 나 때문에……."

잔뜩 구겨진 얼굴로 성규가 우물거렸다.

기성은 힘겹게 고개를 돌려 멤버들을 쭉 둘러봤다. 하나같이 그를 걱정하는 근심 섞인 눈빛들이 가벼운 미소조차 잃어버린 것 같았다.

어쩌다 이렇게 됐을까.

무슨 짓을 저지른 건가.

기성은 고개를 저었다. 그의 행동 때문에 겪지 않아도 될 일과 감정들로 피해받는 멤버들이 딱했다.

"내가 욕심이 지나쳤어. 내 잘못이야."

"야! 무슨 말을 그렇게 해."

기성의 말에 다들 난리가 났다.

"이제 그 이야기는 그만하자. 이미 끝난 일이야. 연습해야지."

단호하게 말한 기성은 발걸음에 힘을 주어 앞으로 나아갔다. 이제 그가 살길은 연습뿐이었다.

＊　＊　＊

오후부터 하늘이 점차 흐려지더니 저녁이 돼서는 비가 억수같이 쏟아졌다. 번개와 천둥이 치고 비바람이 불었다. 태풍이 온다더니 드디어 도착한 모양이었다.

태호가 연습실로 와서 기성을 집에 데려다주었다. 날씨 탓인지, 아니면 벌써 시들해진 것인지, 집 앞에 진을 쳤던 기자들은 보이지 않았다.

삐꺽거리며 유리창을 닦는 와이퍼의 소리처럼 기성의 몸과 마음도 삐꺽거렸다.

아무것도 묻지 않고 시답잖은 위로도 하지 않는 태호를 돌려보내고 기성은 휘청이는 걸음으로 집에 올라갔다.

'제발, 마주치지 않기를.'

믿지도 않는 신들을 총동원해 기도를 올렸다.

기도가 통했는지 기성이 엘리베이터에서 내렸을 때 다행히 옆집 문은 굳게 닫혀 있었다. 하지만 그의 집 문 앞에는 로한이 팔짱을 낀 채 수문장 같은 표정으로 벽에 기대서 있었다.

기성은 우뚝 멈춰 섰다.

"이로한 씨?"

피곤이 밀려왔다.

지금, 이 순간에 로한을 마주치게 될 줄이야.

유나를 마주치게 된 것보다 더 원치 않던 상황이었다.

기성의 목소리를 듣고 로한은 감았던 눈을 번쩍 떴다. 분노란 감정에도 색이 있다면 지금 로한의 충혈된 눈과 같은 색일 것이다.

로한은 저벅저벅 걸어와 주먹을 치켜들었다.

'또?'

이제 막 아물기 시작한 얼굴을 다시 맞을 각오로 기성은 가만히 로한을 응시했다.

번쩍! 우르릉 쾅!

번개가 치고 천둥이 밀려왔다. 맥없이 하얀, 핏기 하나 없이 영혼이 나간 듯한 기성의 얼굴이 번갯불에 스치듯 지나갔다.

날아오던 주먹은 허공에 멈췄다. 이를 악물고 로한은 들었던 주먹을 천천히 아래로 떨궜다.

"이제 여기서 마주칠 일 없으니 걱정하지 말고 집에 들어와요."

"……."

"라고 유나가 전해 달랍니다."

무미건조한 목소리로 말하고 로한은 기성을 지나쳐 엘리베이터 버튼을 눌렀다. 방금 기성이 타고 올라왔기에 엘리베이터 문은 바로 열렸다.

"유나 씨는……."

기성은 몸을 돌려 막 엘리베이터에 탄 로한을 불러 세웠다.

"유나 씨는 괜찮나요?"

"하!"

로한은 기가 차서 콧방귀를 뀌었다.

"그쪽보다는 괜찮은 것 같네요."

그는 여전히 수문장 같은 표정을 풀지 않고 이를 악물며 힘을 실어 대답했다.

그렇게 엘리베이터 문이 닫히고 로한은 사라졌다.

그제야 기성은 어깨를 축 늘어뜨렸다. 잔뜩 힘을 주어 긴장했던 몸에서 기운이 다 빠져나갔다. 다리가 풀려 그 자리에 그냥 주저앉고 싶을 정도였다.

"다행이네."

마음에서 우러나온 안도의 목소리가 흘러나왔다.

자신보다 괜찮다니 다행인데, 이제 여기서 마주칠 일이 없다는 건 집을 내놨다는 뜻인가 싶어 그는 인상을 찡그렸다.

'굳이 그렇게까지⋯⋯.'

불편하기야 하겠지만, 콘서트다 드라마다 일정이 빡빡한 그와 마주쳐 봤자 얼마나 마주치겠는가.

하긴, 그렇게 생각하는 자신도 신께 기도까지 올렸으니, 유나의 심정도 별반 다르지는 않을 것이었다.

그럼 지금 어디에 있다는 걸까.

로한과 함께 있는 걸까.

샘은 어떻게 했을까.

이제 기성과는 상관도 없는 질문들이 쏟아졌다.

느릿느릿 천천히 집 안으로 들어와 기성은 불도 켜지 않고 거실에 덩그러니 섰다. 가끔 번쩍이는 번개가 아무도 없는 고요한 집을 비췄다. 비 때문에 눅눅한 공기가 마음을 짓눌렀다.

외롭고, 또 외로웠다.

사무치게 유나가 보고 싶었다.

거실 창에 가까이 서서 블라인드 뒤를 내다봤다.

혹시 지금 주차장을 빠져나가는 저 차에 그녀가 타고 있지는 않을까, 보이지도 않는 차 안을 응시했다.

어느새 입술 사이로 새어 나온 울음소리가 빗소리에 파묻히길 바랐다. 기성은 허리를 숙이고 양팔로 자신을 끌어안은 채 울고 또 울었다.

＊　＊　＊

'빌어먹을.'

엘리베이터를 타고 주차장으로 내려가면서 로한은 자신에게 화가 나 미칠 지경이었다. 기성을 보면 패 주겠다 다짐을 했건만, 정작 기성의 얼굴을 보니 차마 때릴 수가 없었다. 때려도 분이 가시지 않겠지만, 때릴 수도 없게 만든 기성이 원망스러웠다.

이틀 동안 밤마다 이렇게 기성의 집 앞에서 그가 돌아오기만을 기다렸다. 유나에게 그냥 메모를 남기라고 했지만, 흔적을 남기고 싶지 않다며 미안하지만 직접 전해 줬으면 좋겠다고 했다.

왜 이렇게 잔인한 건지.

너의 아픔은 곧 내 아픔이건만, 왜 그걸 모르는 건지.

로한은 입 밖으로는 절대 꺼낼 수 없는 말을 다시 또 삼켰다.

기성과 헤어졌다는 말은 대환영이었다. 하지만 이렇게 둘 사이에 자신을 끼워 넣는 것은 달갑지 않았다. 그래도 오늘 이후로 이제 다시 그를 만날 일은 없었다.

유나의 삶에서도 로한의 삶에서도 윤기성이라는 이름은 이제 수많은 연예인 중 하나가 되었다. 아니, 더는 그 목록에도 없었다. 이 세상에 존재하지 않는 사람으로 지워 버릴 것이다.

차에 오르자 조수석에 앉아 기다리던 유나가 로한을 멍한 표정으로 바라봤다. 흰 원피스에 머리를 풀고 있어 얼핏 보면 처녀 귀신 같은 모습으로 그녀는 넋이 나가 있었다.

"만났어?"

"어."

"전해 줬어?"

"어."

"그래."

며칠 사이 그녀는 많이 수척해졌다.

아직도 세상은 기성과 유나의 스캔들로 떠들썩한데 당사자들은 영혼이 사라진 모양새였다. 두 사람만 다른 세상에 살고 있었다.

"그 사람은 어때 보여? 괜찮아 보였어?"

유나의 질문에 로한의 한쪽 입꼬리가 쓱 올라갔다.

어쩜 이리 똑같은 건지.

"둘이 똑같네."

"뭐가?"

"그 자식도 너 괜찮으냐고 묻더라."

로한은 거친 손길로 안전띠를 매고 차에 시동을 걸었다.

"죽도록 패 줄까 했는데, 이미 세상을 잃어버린 얼굴이라 봐줬어."

"내가 세상이기는 했을까? 고작 하루였는데."

힘없이 머리를 창에 기대며 유나가 말했다.

"그러니까. 고작 하루였으면서 둘 다 무슨, 세상을 잃은 것처럼 구는 건데?"

"그래, 네 말이 맞아. 고작 하루였는데. 세상을 잃은 건 아니지."

"그래, 그러니까 기운 좀 차려."

로한은 거칠게 차를 몰아 지하 주차장을 빠져나왔다. 무섭게 쏟아지는 비가 차에 닿아 튕겼다. 와이퍼가 요란하게 좌우로 움직였다.

내리는 비가 길거리를 깨끗하게 청소하듯이 유나의 마음속에서도 기성을 깨끗이 씻어 주길 바랐다. 다시는 그녀 마음속에 들어오지 않도록.

유나는 창밖으로 빌라를 바라봤다.

박 PD에게 연락해 드라마 일을 못 하겠다고 전했다. 스캔들 때문이냐며, 축하한다고, 괜찮으니 괘념치 말고 일하러 오라는 그에게 피치 못할 사정이 생겼다고 핑계를 댔다.

출판사를 통해 실력이 뛰어난 다른 통역사를 구해 교체시켜 줬다. 거기까지 신경 쓸 필요는 없었지만, 그것이 예의라는 생각에 번거로운 일을 마다하지 않았다.

'다시 돌아올 수 있을까?'

아직 집을 내놓은 것은 아니었다. 그저 잠시 몸을 피해야겠다는 생각에 로한의 동네에 있는 호텔에 묵었다. 샘에게는 미안하지만, 호텔이 애완동물 반입 금지인 탓에 로한의 집에 맡겼다. 이게 뭐하는 짓인가 싶지만, 기성을 불편하게 하고 싶지 않았다.

불이 나란히 꺼진 자신의 집과 기성의 집을 바라보며 그녀는 속으로 눈물을 삼켰다.

보고 싶었다.

안고 싶었다.

세상을 잃은 것 같다는 그를 보듬어 주고 싶었다.

자신은 세상이 아니니 너무 아파하지 말라고 말해 주고 싶었다.

착각이겠지만, 순간 기성의 집 창가에 그의 모습이 스친 것 같았다. 유나는 흠칫하며 사이드 미러의 빗물 사이로 그를 확인하기 위해 애썼다. 하지만 보이는 것은 빗물에 번진 불빛이 다였다.

9.

그대가 없는 시간

총 서른 곡.

본 공연과 앙코르까지 합쳐 BSB 멤버들이 준비하고 있는 곡의 수였다.

안무는 이제 몸에 다 익어서 어느 정도 꾀를 피울 수도 있게 되었다. 그러나 하나의 고비를 넘기니 또 하나의 고비가 찾아왔다. 바로 노래.

기성은 예전보다 훨씬 실력이 좋아진 지호의 노래를 들으며 울상을 지었다.

콘서트는 100퍼센트 라이브로 진행하지만, 혹시 모를 상황에 대비해 콘서트 버전으로 간단한 녹음을 진행하는 중이었다.

이번 녹음은 솔로 앨범을 냈던 희주의 작업실에서 이뤄졌다. 각 멤버마다 현 소속사가 다르다 보니 이것저것 신경 쓸 게 많아 녹음이라도 편하게 하자는 생각에서 자연스레 이곳으로 장소를 정했다.

"왜?"

희주가 울상이 된 기성의 얼굴을 보더니 깜짝 놀라 물었다.

"아니, 지호 노래 진짜 잘한다. 옛날보다 더 잘하는 것 같아."

"계속 갈고닦았으니까."

"부럽다."

"너도 녹슬지 않았던데 뭘."

지금의 기성에겐 그 어떤 말도 위로가 되지 않았다.

BSB 활동으로 벌어들인 돈을 거의 다 투자해 샀다는 녹음실 장비들을 손수 다루는 희주의 뒷모습에서 프로의 기운이 느껴졌다. 검은 옷을 위아래로 걸치고 있으니 진짜 힙합 가수처럼 보였다.

'내가 콘서트를 망치면 어떻게 하지?'

얼마 만에 마이크를 잡는 것이던가.

지호에 앞서 한 곡의 녹음을 간신히 끝냈던 기성은 풀이 죽었다.

현역 가수 시절에도 자신의 노래 실력이 만족스럽지 못해 팀에 해를 입히는 것은 아닌지 걱정하던 그였다. 하물며 7년이나 지난 지금은 그때보다 더 많은 걱정이 발목을 잡았다.

"연습하면 돼. 아직 한 달도 더 남았잖아."

"겨우 6주 정도밖에 안 남았어."

"밖에라니. 꼬박 채우면 많은 것이 가능한 시간이야."

"웬일로 우리 희주가 걱정을 안 한대?"

"걱정하는 것도 지친다."

희주의 솔직한 말에 기성은 미소 지었다.

"왜 웃어?"

"웃는 게 아니라 미소야, 미소."

"아무튼."

"미안해서."

"알면 됐어."

희주는 기성과 달리 이를 드러내며 웃었다.

녹음을 마치고 나온 지호는 두 사람 앞에 있는 테이블에서 500ml 물병을 하나 집어 들더니 단번에 모두 마셨다. 물이 넘어갈 때마다 굵은 아담의 사과가 위아래로 움직였다. BSB 팬들 사이에서 섹시의 극치라 불리는 부위였다. 물론 지호 본인도 잘 알아서 예전 콘서트에서는 일부러 팬들 앞에서 물을 더 마시고는 했다.

"노래 참 잘해. 언제 그렇게 늘었어? 역시 뮤지컬 배우는 달라, 응?"

기성은 손뼉을 치며 칭찬을 늘어놓았다. 지호는 무대에서처럼 허리를 숙여 인사했다.

"한잔하러 가자."

물을 다 마시자마자 지호는 기성의 팔에 들러붙어 말했다.

에어컨을 가장 세게 틀었어도 올여름의 더위를 쉽게 물리치지 못했다. 어느새 기성의 팔을 붙잡은 지호의 손에 땀이 뱄다.

"또?"

"또라니? 이번이 두 번째인데. 누가 들으면 내가 맨날 너하고 술 마시러 다니는 줄 알겠다."

"너 술 너무 많이 마셔."

"어쩌다 가끔이잖아."

"가끔?"

"한 열흘에 한 번? 일주일에 한 번? 가끔 아닌가?"

큰 입을 활짝 열어 하얀 치아를 드러내며 지호는 웃었다.

"그나마 성규가 내 술친구였는데, 그 자식 요즘 방송 때문에 바쁘다고 안 놀아 준단 말이야. 예능 프로그램 정식 패널로 캐스팅되더니 그 핑계로 요리조리 피해 다녀. 그러니까 기성이 네가 놀아 줘. 응? 응?"

"그래, 네가 술 상대 좀 해 줘. 나보고 술 못 마신다고 얼마나 징징거리는데. 이제 네가 좀 같이 마셔라."

헤드셋을 끼고 지호의 녹음 파일을 듣던 희주까지 몸을 돌리며 가세했다.

"나 녹음해야지."

"녹음은 내일 하면 되지."

"에이, 일하자. 무슨 이 시간에 술이야."

"아, 진짜. 일도 쉬엄쉬엄해야지."

"사실 아까 부른 곡도 다시 녹음하고 싶단 말이야."

"왜?"

"너 노래하는 거 들으니까 다시 해야겠어."

"뭐래? 아까 엄청나게 잘 불렀거든, 너?"

"아니, 그래도."

"아잉, 술 마시자. 응? 응? 마시자."

막무가내로 지호는 기성에게 매달렸다.

'왠지 지난번이랑 똑같은 상황인 것 같은데.'

또다시 덫에 걸린 것 같았지만, 기성은 포기하고 그냥 웃어 버렸다.

이제야 문득 생각이 난 건데, 그는 언제나 지호의 애교에 약했다.

"대신 내가 너 노래 연습하는 거 도와줄게."

"진짜?"

"응, 진짜. 그러니까 응? 오늘은 그냥 술이나 마시러 가자."

"그래, 까짓것. 가자!"

"오—예!"

셋은 엉키듯 걸어 작업실 건물 밖으로 나섰다.

평소 희주가 작업할 때 가끔 들른다는 참치회 가게에 방을 하나 내어 달라고 해 세 사람은 자리를 잡았다. 참치회를 시키고 함께 마실 정종도 주문했다.

"으, 정종 마시면 내일 머리 깨져서 싫은데."

지호는 그렇게 투덜거리면서도 기성이 주는 잔을 거절하지 않았다.

소주잔의 반도 안 되는 크기의 정종 잔에 마시다 보니 주량이 가늠되지 않았는지 어느새 지호는 목소리가 커지고 눈이 쓱 풀렸다. 술을 마시지 않은 희주도 기분이 좋은지 지호를 따라 목소리를 높였다.

"그래서 그때 성규가 삐쳐서 우리가 걔 풀어 준다고 막 먹을 것 사 주고, 걔가 갖고 싶다고 했던 운동화 돈 모아서 사 주고 그랬잖아."

"그랬는데 알고 봤더니 안 삐쳤다는 거. 걔가 그래."

"그래, 그놈이 우리를 아주 갖고 놀아요, 놀아."

둘은 과거에 있었던 일화를 하나씩 꺼내면서 깔깔대고 웃었다.

기성은 옆에서 조용히 술을 마시면서 입가에 미소를 걸었다.

술은 쓰지만, 추억은 달다.

숙소에서 합숙하던 때의 일은 언제 생각해도 웃음이 났다. 배고 프고, 아프고, 멍청하던 시간이건만, 어째서 웃음이 나는 건지.

그래도 가끔 혼자서 되뇌던 추억을 이제는 이들과 함께할 수 있 는 건 축복이었다.

쪼르르 잔에 술을 따라 입에 털어 넣으며 기성은 만족했다.

'이걸로 됐어. 충분해.'

그는 자신을 속였다.

그의 마음속에 자리하고 있던 유나라는 공간이 뻥 뚫린 것을 억 지로 모르는 척했다. 하지만 그 구멍으로 그의 영혼이 흘러나가는 것은 전혀 몰랐다.

"기성아."

추억을 다 곱씹은 건지, 지호가 기성의 잔에 다시 술을 따랐다.

"다시 돌아가."

무슨 말인지 기성은 순간 대화의 흐름을 따라갈 수 없어 어리둥 절했다.

"응? 어디를 돌아가?"

"돌아가서 그분한테 잘못했다고 빌어."

"아……."

그제야 기성은 이해하고 고개를 저었다.

이제 와 어떻게, 무슨 수로.

지금 무슨 소리를 하는지 본인들은 알까.

그는 둘에게 따지거나 나무라는 대신 술잔을 들었다.

"기성아. 우리 다 너 이해하고, 이제 섭섭했던 감정도 없어. 오 히려 너한테 미안하기만 하지. 진작 너한테 묻고 들었어야 했는데,

그러지 못한 거 정말 미안해. 근데 우리 때문에 그 여자를 놓친다면 정말 말도 안 되는 거야. 우리가 너한테 그렇게까지 하면 어쩌냐. 우리를 그렇게 나쁜 놈들로 만들지 말아 줘."

진심으로 걱정하는 목소리가 단어 하나하나에 박혀 기성의 가슴에 절절히 와닿았다.

멤버들이 자신을 얼마나 위하는지, 얼마나 사랑하는지 잘 알면서 자신은 왜 의심했던 걸까. 왜 진작 오해를 풀려고 노력하지 않았던 걸까.

알량한 자존심을 지키려고 했던, 한심했던 과거의 자신을 탓했다.

"솔직히 내가 자신이 없어졌어."

기성은 술을 적셨는데도 메마르기만 한 입을 열었다.

"성규한테 한 대 맞고 그런 말 듣는 순간, 내가 무슨 짓을 하는 건가 싶더라고. 여기까지 오는 데 쉬운 결정은 단 하나도 없었는데, 그 여자한테만은 왜 그렇게 쉽게 마음을 허락한 건지……. 정신이 번쩍 들었어. 정신 차려야지. 더 크게 후회하느니, 이렇게 빨리 끝나서 다행이야. 열병이라도 걸린 것처럼 뜨겁고 어지럽기만 한 사랑이 될 테니 빨리 앓고 훌훌 털어 버려야지. 그게 옳아."

말을 마치고 기성은 잔을 입에 털었다. 술이 뜨겁게 목을 적셨다. 아무리 뜨거운들 데어 죽기라도 할까. 사랑도 마찬가지였다.

희주와 지호는 답답한 마음으로 기성을 바라봤다.

"야, 나도 한 잔 줘."

희주가 손을 내밀어 기성의 빈 잔을 낚아챘다.

"너도 술 마시게? 어쩌려고?"

"모르겠다, 나도. 술이 당기네, 당겨."

"에이, 그래. 마시자, 마셔."

지호는 희주의 잔에 술을 따랐고, 내일 아침 후회할 것이 뻔하면서 희주는 인상을 쓰며 술을 마셨다.

"어우, 써. 맛없어."

희주는 술을 입에 댔을 때보다 더 인상을 찌푸리며 잔을 내려놓았다.

"킥킥, 그러니까 마시지 말랬잖아. 내일 아침에 일어나면 후회할 걸?"

"왜 안 말렸냐고 둘한테 주정해야지."

"왜? 왜, 굳이? 그럴 거면 마시지 마!"

"야, 지금까지 내가 너 주정 부리는 거 얼마나 많이 봐줬는데? 그런데 이번 한 번을 못 봐 줘?"

"나는 주정 안 하거든? 내 주정이라고 해 봤자 얌전히 잠드는 건데, 무슨?"

"웃기지 마. 얌전히 잠만 잔다고?"

"내가 술이 얼마나 센데. 내가 언제 주정 부렸는데? 언제 그랬는데?"

티격태격 싸우는 희주와 지호를 기성은 턱을 문지르며 물끄러미 쳐다봤다. 이들이 말하는 추억은 그가 알 수 없는 것이었다. 그래서 섭섭하다기보다 다른 감정이 솟구쳤다.

절대로, 다시는, 이들을 버리지 않겠다는 결심을.

절대로, 다시는, 이들에게서 떨어져 나가지 않겠다는 다짐을.

기성은 희주가 가져갔던 잔을 다시 빼앗아 술을 따랐다. 그리고 방금 했던 그 결심과 다짐을 담아 입안으로 털어 넣었다.

　　　　　＊　＊　＊

"오늘은 뭐 볼까?"

로한은 소파에 앉은 유나를 힐끗 바라보며 전자레인지에 돌린 따뜻한 팝콘과 함께 냉장고에서 갓 꺼낸 시원한 캔 맥주 두 개를 테이블에 올려놨다.

"아무거나."

"웬만한 신작 영화는 다 본 것 같은데."

"그럼 재밌었던 영화를 다시 보든가."

무표정한 얼굴의 인형처럼 유나는 입만 움직였다.

로한이 잡아 준 호텔은 온갖 편의 시설뿐 아니라 넓은 거실과 부엌, 두 개의 침실까지 갖춘 레지던스였다.

유나는 아침에는 호텔에서 번역 일을 하고, 오후에는 로한의 집으로 가 샘을 데리고 나와 산책했다. 그리고 저녁이 되면 퇴근한 로한이 그녀의 호텔로 와 함께 저녁을 먹고 영화를 봤다.

며칠째 같은 일정이 기계처럼 반복됐다.

"오늘은 영화 건너뛰자."

"왜?"

"너 지금 뭘 해도 집중 안 하잖아."

며칠간 그녀를 지켜보는 것에 지친 로한은 TV를 끄고 캔 맥주를 따서 쭉 들이켰다. 목을 적시는 시원한 맥주도 그의 갈증을 해결해 주지 못했다.

"산책 갈래?"

"산책?"

"너 아직 한강 야경 못 봤지? 엄청 예쁜데, 보러 가자."

"나중에."

유나는 고개를 저었다. 피곤함이 몰려왔다.

걱정하는 마음에 매일 밤 달려오는 로한이 고맙기는 했지만, 솔직한 마음으로는 자신을 혼자 뒀으면 싶었다.

'혼자 둔다고 죽지 않아. 매일 확인할 것까지 없어.'

입가에 맴도는 말을 간신히 삼키는 그녀였다.

"나도 더는 못 해 먹겠다."

소파에서 벌떡 일어난 로한이 캔 맥주를 테이블 위에 탁 올렸다. 맥주 거품이 살짝 튀어 올랐다.

그는 그대로 유나의 팔을 잡았다. 그 난폭함에 놀라 그녀는 눈을 크게 치켜떴다.

"왜 이래?"

"대답해 줘."

"뭘?"

"너한테 나는 어떤 의미니?"

"……."

"여전히 나는 네 눈 밖이야?"

"이러지 마."

유나는 미간을 찌푸렸다.

로한에게 연락한 것이 실수였다.

그냥 혼자서 슬픔을, 아픔을 삼켰어야 했는데.

지금은 죽지 않는다고 말하는 그녀였지만, 이별한 그 순간의 고통은 차라리 죽는 것이 나을 것처럼 아팠다. 처음 겪는 생이별에 마음이 갈가리 찢겼다. 혼자 있다가는 그 고통에 죽을 것 같았다. 그래서 로한에게 전화를 걸었다. 구해 달라고 했다.

그가 그녀에게 품은 마음을 알면서, 직접 들었으면서 어처구니없게 그에게 도움을 요청하다니. 이미 분명하게 자신의 마음을 알렸던 그를 끌어들인 것이 잘못이었다. 어리석은 선택이었다. 그밖에 의지할 사람이 없었다는 핑계가 통할까.

어쨌든, 이제는 모든 것이 지겨워졌다.

"왜? 아직도 윤기성 생각해?"

그의 목소리가 분노로 미세하게 떨렸다.

"그런 거 아니야."

"근데 왜?"

"넌 내 친구야."

그녀는 그를 빤히 쳐다봤다.

'너랑은 절대 안 돼.'

남자로 생각해 본 적도 없고, 앞으로도 없을 것이다.

친구로 남든가, 그게 아니라면 널 볼 수 없다.

그녀의 눈은 정확하게 자신의 의사를 반영했다.

반대로 로한의 눈 역시 많은 것을 그녀에게 말했다.

왜 나는 안 되는 건데.

윤기성은 되고 왜 나는 안 되는데.

왜 나는 아닌 건데!

제게로 쏟아지는 소리 없는 말에 머리가 아파 유나는 고개를 돌렸다.

"나는 더는 너랑 친구 하고 싶지 않아. 널 갖고 싶어졌어."

"이로한!"

"널 가져야겠어."

그는 잡은 그녀의 팔을 끌어당겼다.

"놔!"

"미안하다."

사과부터 한 그는 유나를 소파에서 일으켜 강하게 끌어안았다. 그는 꿈에 그리고 그리던 그녀의 입술에 강제로 입을 맞췄다.

혼자만의 사랑을 시작하고 얼마나 많이 바라 왔던 장면이던가.

얼마나 느껴 보고 싶던 그녀의 입술이던가.

하지만 그 꿈 같은 순간은 정말 꿈처럼 1초도 되지 않아 끝나 버렸다.

짝!

유나는 강하게 몸을 비틀어 로한의 품에서 빠져나왔다. 그리고 그의 뺨을 손바닥으로 세게 휘갈겼다.

얼얼한 통증이 그녀의 손바닥을 타고 올라왔다.

고개가 돌아간 로한은 빨갛게 덴 볼의 통증을 느꼈다. 입안에서 비릿한 피 맛이 느껴졌다. 정직하게 날아온 손에 입안이 찢긴 모양이었다. 그래도 마음이 찢어지는 고통보다는 덜했다.

"남자 한 명한테 차였다고 나 우습게 보지 마. 함부로 대해도 되는 사람 아니야, 나."

그녀는 자기 몸을 끌어안고 그를 노려봤다.

"미안하다."

하지만 그녀를 바라보는 그의 눈은 사과하는 태도와는 거리가 멀었다.

거짓말로 위장했던 우정 따위, 더는 싫다.

내 것이 아니라면 그 누구에게도 너를 줄 수 없다.

그 서슬 퍼런 시선이 그녀를 꿰뚫었다.

"나도 미안해. 이제 너를 친구로도 보지 않아."

"유나야."

로한은 애절하게 유나를 바라봤다.

실수라고 말하면 다시 되돌릴 수 있을까.

하지만 그는 자신이 한 행동을 후회하지 않았다. 그런데도 그녀를 잃고 싶지 않은 이 이중적인 마음을 어찌한단 말인가. 그는 이를 악물었다.

"내가 돌아왔을 땐 여기 없었으면 좋겠어. 샘은 내가 내일 데려갈게."

유나는 휴대 전화와 지갑을 챙겨서 호텔을 나왔다.

덩그러니 혼자 남겨진 로한에 대한 걱정은 하지 않았다. 친구가 아니었다면 경찰에 신고했을 것이다. 그만큼 그가 자신에게 한 행동을 용서할 수 없었다.

그녀는 걷고 또 걸었다.

열대야라더니, 깊은 밤 꺼지지 않는 가로등처럼 서울은 여전히 뜨거웠다. 슬리퍼를 질질 끌고 유나는 서울 밤거리를 걷고 또 걸었다.

그러다 문득 올려다본 가로등에 걸려 있는 현수막을 발견하곤 발걸음을 멈췄다.

「BSB 10주년 기념 콘서트 : 그들이 돌아왔다」

대로변 가로등에 온통 BSB 콘서트 현수막이 걸려 있었다. 각 멤버들의 얼굴이 현수막에 하나씩 자리 잡고 있었다.

기성의 광고라도 보게 될까 TV도 틀지 않았고, BSB의 노래라도 듣게 될까 라디오도 듣지 않았다. 웬만하면 노트북으로 인터넷에 접속하는 것조차 꺼려 했다.

그랬건만, 노력이 무색했다.

누군가에게 맥없이 이끌리듯 유나는 기성의 얼굴이 박힌 현수막을 찾아 걸었다. 그리고 드디어 그의 얼굴이 걸린 가로등 아래에서서 고개를 꺾어 그를 바라봤다. 현수막 속 그는 환하게 웃고 있었다. 그녀가 원하는 대로, 아파하지 않고.

갑자기 현수막 속 기성과 눈이 마주친 것 같아 유나는 몸을 홱 돌렸다. 눈물이 쏟아질 것 같아 하늘을 보며 눈을 끔벅였다. 울고 싶지 않았다.

그런데 사거리 높은 빌딩 전광판에서 BSB 콘서트 광고 영상이 나오고 있었다.

'어디를 가도 당신이 있는데, 나는 어떻게 하면 좋을까요? 이곳에서는 당신에게서 벗어날 방법이 없는 건가요, 윤기성 씨?'

전광판 화면에 활짝 웃으며 노래하는 기성이 나타났다.

유나는 더는 참을 수가 없었다. 그녀는 거리 한복판에 쭈그려 앉았다. 흘러나오는 눈물을 주체할 수가 없었다. 엉엉 소리를 내며 서럽게 울었다.

그와 헤어진 이후 처음으로 흘리는 눈물이었다.

"아가씨, 괜찮아요?"

"왜 그래요? 무슨 일 있어요?"

"왜 저래?"

지나가던 사람 중에 몇몇이 모여들었다.

유나는 대답하지 않고 고개를 세차게 저으며 계속 울었다. 얼마 지나지 않아 사람들도 고개를 내저으며 각자 가던 길을 걸어갔다. 수많은 사람의 시선 속에서 그녀는 스쳐 지나가는 이상한 사람일 뿐이었다.

'보고 싶어. 보고 싶어서 미치겠어.'

울어도 울어도 결론은 똑같았다.

지금 당장 기성을 보고 싶었다. 며칠을 참고 참았는데 결국 터져 버렸다.

왜 붙잡지 않았을까. 눈물을 흘리는 그를 왜 잡지 못했을까. 그녀는 후회하고 또 후회했다. 하지만 이제 와 늦어 버린 일을 돌이킬 수는 없었다.

그를 게워 내듯 그녀는 울음을 멈추지 않았다.

* * *

로한을 통해서 전했던 유나의 바람과는 달리 기성은 집으로 돌아가지 않았다. 그의 마음을 편하게 해 주려던 그녀의 노력이 무색하게도 그는 집에서 다시 짐을 챙겨 나와 이번에는 희주의 집으로 쳐들어갔다.

"이번엔 우리 집이냐? 갑자기 떠돌이 신세고만."

가방을 들고 온 기성에게 희주는 별말 하지 않고 손님방을 내줬다.

요리와는 담을 쌓고 사는 희주를 잘 알기에 기성은 그의 집에서 묵는 동안 요리사를 자처했다. 아침에는 먹기 좋게 부드러운 수프 종류로, 집에 일찍 오는 저녁엔 부대찌개나 주꾸미볶음 등 희주가 좋아하는 매콤하고 얼큰한 요리를 했다.

희주 집에서 생활한 지 나흘째인 오늘, 기성은 집 앞 마트에서 희주가 사 온 커다란 닭 한 마리를 손질하고 있었다. 오늘 저녁 메뉴는 닭볶음탕이었다.

에어컨이 오래돼 성능이 좋지 않아 선풍기 두 대까지 돌리고 있었지만, 계속해서 이마와 등에 땀이 흘렀다.

"야, 이왕이면 좀 토막 내 오면 안 되냐?"

"사다 줘도 불만이야?"

"밥해 주는 사람한테 시비 거는 거 아니다, 너."

"집에 가시든가."

"나 칼 들었거든?"

진심이 살짝 섞인 농담을 들으면서도 기성은 마음이 편했다. 희주 역시 식탁 의자에 앉아 양파를 까며 웃고 있었다.

끼익, 쾅.

오래돼 녹이 슨 대문이 열렸다 닫히는 소리에 둘은 깜짝 놀라 소리가 나는 현관을 쳐다봤다.

"누구 올 사람 있어?"

"아니. 부모님 아니면 없는데."

"오신 거 아냐?"

두 사람은 허둥지둥 싱크대에서 대충 손을 닦고 현관으로 나갔다.

희주가 사는 집은 그의 부모님이 40년 가까이 살았던 주택이었다. 부모님이 녹음이 우거진 용인 산골 마을에서 전원생활을 시작하며 희주 혼자 이곳에 남겨졌다.

그러니 이렇게 대문을 막 열고 들어올 사람이 결혼 후 미국에서 생활하는 친누나 아니면 부모님밖에 없었다. 아무래도 미국보다야 용인이 가까우니 희주는 당연히 부모님이 오셨다고 생각했다.

"누구세요?"

희주는 맨발로 나가 현관문을 빼꼼 열었다.

"나야."

"아, 깜짝이야!"

갑자기 드러난 얼굴을 보고 희주는 소리 질렀다. 하지만 그 목소리에는 반가움도 담겼다.

집에 찾아온 사람은 성규였다. 연습실에서 헤어졌을 때 모습 그대로, 편안한 운동복 차림의 그는 놀란 희주보다 먼저 문을 벌컥 열어 안으로 들어섰다.

"웬일이야, 갑자기?"

집으로 들어오는 성규를 보고 기성은 눈을 동그랗게 떴다.

"너랑 얘기 좀 하려고."

성규는 심각한 얼굴로 기성을 바라봤다.

"왜? 무슨 일 있어?"

무슨 일이길래 저렇게 심각한 얼굴로 찾아온 것인지, 기성은 걱정이 됐다.

콘서트 준비에 무슨 문제라도 생긴 걸까.

그렇다면 저하고만 나눌 이야기가 아닐 터였다. 결국, 스캔들 문제 때문에 차질이 생긴 것이 아니라면.

어두운 상상을 하며 기성은 거실로 발걸음을 옮겼다.

"내가 잘못했다."

그런데 갑자기 성규가 바닥에 무릎을 꿇었다. 화들짝 놀란 기성은 털썩, 소파에 주저앉았다. 그리고 두 사람을 지켜보던 희주 또한 놀라 입을 쩍 벌렸다.

"왜 이래?"

"용서해 줘. 진짜 미안해."

"야, 일어나. 일어나서 얘기해."

기성은 소파에서 일어나 성규 앞에 앉았다. 하지만 성규는 꿈쩍도 하지 않았다. 마치 바위처럼 그 자리에서 고개를 숙이고 주먹을 무릎 위에 얹은 채 움직이지 않았다.

"용서해 줄 때까지 안 일어날 거야."

"아무 데서나 무릎 꿇는 거 아니야. 일어나."

"상관없어."

그야말로 똥고집이었다.

'얘가 이렇게 고집이 셌나?'

BSB 똥고집으로 통하는 사람은 기성과 지호였다. 항상 허허허 넉살 좋게 웃으며 하자는 대로 따라오는 이는 성규였다. 물론 음악과 관련해서는 한 고집 했지만, 지금처럼 이렇게 고집을 부리는 건 처음 보는 모습이었다. 한없이 낯설고 또 낯설었다.

"애냐? 얼른 일어나."

희주도 거들었지만, 한번 꿇은 성규의 무릎은 펴지지 않았다.

"나는 네가 그냥 연기가 하고 싶어서 나간다고 생각했어."

성규는 굳은 얼굴로 천천히 속에 있는 말을 끄집어냈다.

"그래서 너무 미워서, 네 말은 듣지도 않고 미워하고, 너보다 더 잘될 거라고 오기로 버티며 일했는데……."

성규가 낮은 목소리로 말을 이었다. 기성은 그 앞에서 마냥 듣기만 했다.

"그 여자 잡아. 나 때문에 포기하지 마. 응?"

"너 때문이 아니야."

"살아가면서 기성아, 사랑만큼 중요한 것이 없어. 우리는 다른 누구보다 행복하게 하고 싶은 일 하면서 살잖아. 이제 오해도 풀었고, 다시 가족이 됐는데 더 바랄 것이 없잖아."

"그래, 그러니까 난 괜찮대도."

"안 괜찮아, 이 바보야!"

성규가 버럭 소리를 질렀다. 벌겋게 충혈된 눈에 분노가 아니라 안타까움이 가득 찼다.

"다시는 못 만나면? 솔직히 너 엄청 아프고 힘들잖아."

"그래, 맞아. 나 정말 아프고, 엄청 힘들어. 그런데 이미 그 여자한테도 상처를 줬어. 헤어지는 순간 단 한 번이면 될 그 상처를 나는 이미 여러 번 준 것 같아. 그래서 그만두는 거야."

"……."

"나나, 우리를 위해서가 아니야. 그 여자를 위해서, 그래서 그만두는 거야."

남들이 들으면 멋있다고 생각할까.

기성은 속으로 자신을 비웃었다.

멋있는 척해 봤자 비겁한 변명일 뿐이라는 것을 성규나 희주는 모르는 모양이었다. 두 사람은 그의 말에 모든 것이 이해된 듯했다.

희주가 다가와 성규를 일으켰다. 기운 없는 모양새로 성규는 부축을 받으며 일어났다.

"다 같이 모여서 밥이나 먹을까?"

희주는 성규의 단정히 정돈된 머리카락을 헤집으며 기성에게 물었다.

"지호하고 마호 형도 근처 사니까 연락하면 바로 올 거야."

"그래, 닭 한 마리 더 사서 같이 먹자."

희주는 지호와 마호에게 전화를 하러 방으로 들어가고, 기성은 성규에게 티슈를 건넸다.

"눈물 참냐? 닦아. 눈 벌겋다."

헛헛한 마음에도 성규를 보니 웃음이 났다.

서울에서 살던 다른 셋과 달리 성규는 고등학교에 갓 입학한 나이에 부모님을 떠나 멤버들과 숙소 생활을 시작했다. 싹싹하고 재롱둥이인 성규 덕분에 숙소엔 항상 웃음이 떠나지 않았다. 그런 그가 귀여워 장난도 참 많이 쳤는데. 가끔 엉엉 소리를 내며 울어서 물개라는 별명도 지어 줬었다.

"여전하네, 우리 물개."

"그 별명 부르지 마. 나 안 울었어."

"하하하, 알았어."

안 그래도 흐트러진 성규의 머리카락을 기성이 다시 헤집었다.

땀 냄새가 난다는 희주의 핀잔에 성규는 지호와 마호를 기다리는 동안 샤워를 했다. 그리고 체격이 얼추 비슷한 기성의 옷까지 빌려 입었다.

지호와 마호는 희주의 부름에 한걸음에 달려왔다. 불과 두 시간 전에 연습실에서 헤어졌는데, 맞이하는 쪽이나 도착한 쪽이나 똑같이 반가워했다. 왠지 이런 시간을 마냥 기다렸던 사람들처럼.

"너 울었냐?"

"안 울었거든?"

"알나리깔나리, 울보래요."

"안 울었어. 놀리지 마."

"아직도 물개처럼 우냐? 엉엉, 하고?"

"안 울었다고 했다."

지호와 성규는 소파에 바싹 붙어 앉아 다퉜다. 다투면서도 마주 본 둘의 얼굴에는 웃음이 떠나지 않았다.

"밥 먹게 상 차려. 놀지 말고."

마호의 말에 지호와 성규는 벌떡 일어나 상을 꺼내고, 수저를 놓고, 반찬을 옮겼다. 마지막으로 기성이 닭볶음탕을 그릇에 담아 상 가운데에 올렸다.

"자, 먹자."

"잘 먹겠습니다."

둥글게 모여 앉아 다섯 명은 뜨겁게 김이 오르는 닭볶음탕부터 입속으로 집어넣었다.

"오호, 맛있어."

"맛있네, 맛있어."

"이런 맛있는 음식을 맨날 둘이서만 먹은 거야?"

아직 입에 든 음식을 채 삼키지도 않고 멤버들은 호들갑을 떨었다.

"맛있다니까 다행이다."

기성은 안 먹어도 배가 불렀다.

"우리 얼마 만에 다 같이 집밥 먹는 거냐?"

"한 5년 됐지?"

"7년이지. 기성이 군대 가기 전날 먹었으니까."

희주의 말에 네 사람은 깜짝 놀라 젓가락질을 멈췄다.

"진짜? 그렇게 오래됐다고?"

"종종 이렇게 모여야겠다."

"앞으로 형이 모여라, 하면 모이는 거야. 알았지?"

"뭐야, 마호 형이랑 성규가 기성이 다음으로 바쁘면서."

"그런가?"

지호의 타박에 마호는 흐흐흐, 웃음을 흘렸다.

"그러지 말고."

희주가 수저를 내려놓으며 근엄한 얼굴로 말했다.

"그냥 우리, BSB 앨범을 1년에 한 번씩 낼까?"

"콘서트로 끝내지 않고?"

"재결합하자. 어때?"

희주의 제안에 지호와 성규의 시선이 기성에게 쏠렸다. 마호 역시 꽤 궁금한 얼굴이 되어 기성을 바라봤다.

'퍽 난감한 상황이네.'

여덟 개의 눈동자와 시선이 마주치자 기성은 정신이 아찔했다.

저 기대에 가득 찬 눈동자들. 거부의 말은 듣지 않을 것 같은 단호함을 어떻게 한단 말인가.

"하자, 기성아."

지호가 한쪽 눈을 찡끗했다.

제안을 받아들이면 소속사들이 엄청나게 바빠지고, 언론에서도 난리가 날 것이다. 그래도 마음이 기우는 것은 왜인지.

'우리는 가족이니까.'

기성은 굳었던 표정을 풀고 미소를 지었다.

"그래, 하자! 까짓것!"

그의 대답에 환호성이 터져 나오며 집 안을 가득 채웠다.

뒷일은 회사에서 알아서 하겠지, 하는 안일한 생각과 유 대표의 당황하는 얼굴을 보는 것도 재밌겠다는 생각이 들었다. 그리고 오늘은 뒷일은 생각하지 않고 그냥 질러 보고 싶은 마음에 기성은 멤버들과 함께 그냥 웃어 버렸다.

＊　＊　＊

끼익, 하는 문소리에 유나는 눈을 질끈 감았다. 최대한 소리를 안 내려고 조심하면 할수록 오히려 소리가 크게 울려 퍼지는 것 같았다.

실눈을 뜨고 그녀는 문을 확 열어 집으로 잽싸게 몸을 숨겼다. 물론 문을 닫을 때는 다시 조심스럽게 소리가 나지 않도록 조심조심했다.

로한이 출근한 틈을 타 샘을 데리고 집으로 돌아온 이후부터 유나는 마치 간첩이라도 된 사람처럼 행동했다. 집 안에서도 혹여나 바깥으로 무슨 소리가 새어 나갈까 봐 종종걸음으로 걷고, 샘이 조금이라도 짖을라치면 황급히 입을 막았다.

마주칠 일 없으니 집에 들어오란 말을 전한 것이 고작 일주일 전이라 자신은 기성을 반드시 피해야 했다.

꼭 필요한 일이 아니면 밖으로 나가지 않았을 것이다.

하지만 오늘은 한여름에 감기에 걸려 버린 탓에 어쩔 수 없이 감기약을 사러 약국에 다녀왔다.

덕분에 이 무더위에 샘은 에어컨 바람 대신 창문으로 들어오는 뜨거운 바람으로 더위를 식혀야만 했고, 그게 될 리 없었기에 차가운 바닥에 배를 대고 누워 원망 섞인 눈초리로 유나를 바라보고 있었다.

"에취!"

기침하고 나서 유나는 자기 입을 손바닥으로 급하게 막았다. 얇은 카디건을 티셔츠 위에 겹쳐 입었건만, 으슬으슬한 추위가 가시지 않았다.

이 대낮에 바쁜 기성이 집에 있을 거라고는 생각지 않았지만, 조심한다고 나쁠 것은 없었다.

홀쩍이며 그녀는 휴대 전화를 들고 조금 전에 저장했던 번호로 전화를 걸었다.

— 네, 부동산입니다.

"안녕하세요? 방을 좀 내놓으려고요."

약국에 다녀오는 길에 공인 중개사 간판에서 전화번호를 저장해왔다. 계속 이런 생활을 할 수는 없으니 임대 기간이 끝나지 않았어도 집을 옮겨야겠다는 생각이었다.

— 세입자세요, 집주인이세요?

"세입자예요. H 빌라 502호요."

— 아……. 그 집?

전화를 받은 공인 중개사 여직원은 유나가 누구인지 바로 알아챈 모양이었다.

— 집주인한테는 말했어요?

"네, 아까 아침에요."

유나는 씁쓸하게 대답했다.

— 아, 아가씨. 윤기성이랑 진짜 사귀는 거 맞아요? 근데 왜 나가려고 그래? 혹시 결혼해, 둘이?

생면부지의 집주인은 그녀의 전화에 과도한 관심을 보였다.

— 그럼 똑같은 조건으로 내놓을게요.

"네, 감사합니다. 빨리 좀 부탁드릴게요."

— 요즘 비수기라 그렇게 빨리는 안 나갈 거예요.

"그래도 부탁드려요."

유나는 간곡히 부탁하고 전화를 끊으려 했다.

— 저기…….

"네?"

수화기 너머로 망설이는 목소리가 유나를 붙잡았다.

— 진짜 윤기성 씨랑 사귀는 사이예요?

"……."

— 여보세요? 끊겼나? 여보세요?

"이만 끊겠습니다."

유나는 통화 종료 버튼을 꾹 눌러 버렸다.

'남의 일에 무슨 관심이 이렇게 많아.'

불쾌한 감정에 욕지기가 뱃속 깊은 곳에서 끓어올랐다.

일반인인 자신한테도 이런데, 기성은 오죽할까. 그의 삶에 동정심이 일었다.

얼굴도 모르는 사람들의 관심이 버겁기만 한 그녀는 기성의 삶은 절대 이해하지 못할 미지의 세계인 건가 싶어 안 그래도 기운 없는 몸에 힘이 더 쭉 빠졌다.

그러다 갑자기 손에 든 휴대 전화가 울려 그녀는 깜짝 놀라 전화를 받았다.

"여보세요?"

— 유나 힐 씨?

"네, 그런데요?"

— 서울 아동 복지 센터입니다. 지난번에 통화했었는데, 기억하세요?

"네, 네. 기억해요."

— 서류를 찾아서 유나 씨 친부모님을 찾았습니다.

"아! 정말요?"

유나는 순간 기쁜 마음에 목소리가 격앙됐다.

— 네, 그런데.

"……?"

— 죄송하지만, 저쪽에서 유나 씨를 만나고 싶지 않다고 하네요.

"네? 왜요?"

— 자세한 사정은 말하지 않아 모르겠어요.

남자는 유감이라는 목소리로 말을 이었다.

— 가끔 마음을 바꾸는 경우가 있으니까 너무 실망하지는 마세요.

"……네."

— 저쪽에도 마음이 바뀌면 언제든 연락하라고 했으니까 기다려 보죠.

"네, 알겠습니다. 감사해요. 저 때문에 고생하셨네요."

얼굴도 본 적이 없는 두 사람은 서로를 애써 위로하며 전화를 끊었다.

왜 보고 싶지 않아 하는 것일까.

미안해서? 죄책감 때문에?

부모라면 당연히 자기 자식을 보고 싶어 해야 하는 것이 아닌가.

물끄러미 통화가 끊긴 휴대 전화를 바라보며 유나는 눈물을 글썽였다.

기성에 이어 친부모에게까지 거부당했다는 생각에 마음이 괴로웠다. 세상에 그녀를 원하는 사람은 아무도 없는 것 같았다.

딩동, 딩동.

생각에 빠져 있던 유나는 초인종 소리를 듣고 정신을 차렸다.

"왈!"

"안 돼, 샘!"

바닥에 엎드려 더위를 식히던 샘이 짖으며 현관으로 쏜살같이 뛰쳐나가는 것을 유나가 간신히 붙잡았다.

"방에 들어가 있어. 조용히 해야 해."

침실에 샘을 들여보내고, 그녀는 손가락을 들어 입에 가져다 대며 명령했다. 꽁한 표정으로 샘은 침대에 올라가 엎드렸다.

'누구지?'

그녀는 눈가에 맺혔던 눈물을 손등으로 닦고 살금살금 현관문으로 가서 렌즈 구멍으로 밖을 훔쳐봤다. 그런데 웬 남자 하나가 근사한 슈트를 빼입고 문밖에 서 있었다.

'안 덥나?'

누구인지보다 그가 입은 옷 때문에 유나는 고개를 갸웃했다.

딩동.

남자는 다시 초인종을 누르고 손목에 찬 시계를 힐끗 살폈다. 조그마한 얼굴에 양옆으로 쭉 째진 눈과 오뚝한 코, 작은 입을 가진 남자였다. 큰 키에 슈트도 잘 어울리고, 근사한 분위기가 풍기는 그 남자에게 유나는 기시감을 느꼈다.

"누구세요?"

문에 붙어 서서 조심스레 작은 목소리로 유나가 물었다.

"유나 힐 씨?"

"그런데요. 누구세요?"

"안녕하세요, 저는 김성규라고 합니다."

어디서 많이 들어 본 이름이었다.

하지만 아무리 머리를 굴려 봐도 그녀가 아는 사람 중에 김성규라는 이름은 없었다.

"어디서 오셨는데요?"

"아!"

그녀의 반문에 남자는 약간 당황한 듯싶더니 이내 활짝 웃었다. 무언가를 깨달은 사람처럼.

"저희 잘 모르시죠? 기성이랑 같은 그룹에 있는 김성규라고 합니다."

기성과 같은 그룹.

그 말에 유나는 벌컥 문을 열었다.

"그 BSB의……?"

"네! BSB는 아시네요? 처음 뵙겠습니다. 김성규입니다."

성규는 그 작은 얼굴 가득 이를 드러내며 웃었다. 유나는 고개를 숙여 인사했다.

"노래 찾아서 들어 봤어요."

그녀의 대답에 그는 다시 환하게 웃었다.

'그 보컬이구나. 화면으로 볼 때랑 다르네. 못 알아보겠는데?'

그의 정체를 알고 난 유나는 성규를 신기하게 바라봤다.

"저를 찾아오신 거예요?"

"네. 다른 애들한테 기성이 옆집에 사는 분이라고 들어서요."

"저를 왜……? 못 들으셨나 본데 저희 헤어졌어요."

"아, 압니다."

"원하는 대로 헤어졌잖아요. 나한테 무슨 볼일이 있는데요?"

"걔가 그래요? 우리가 원해서 헤어졌다고?"

성규는 한숨 가득한 표정이 되더니 낙담한 목소리로 물었다.

"정확히 그렇게 말한 건 아니지만, 나 대신 멤버들을 택한 건 맞아요."

"흠, 역시 그랬군요."

"그러니까 말해요. 여기 온 이유가 뭐예요?"

"그게……."

"설마……. 기성 씨한테 무슨 일이라도 생긴 건 아니죠?"

문득 떠오른 나쁜 생각에 소스라치게 놀라며 유나가 물었다.

"아니요, 아니요. 그런 거 아니에요."

성규가 손을 펴서 마구 휘저었다.

"그런 게 아니라, 부탁드리고 싶은 일이 있어서 이렇게 실례를 무릅쓰고 찾아왔습니다."

"무슨 부탁인데요?"

"다름이 아니라……."

성규는 손을 앞으로 가지런히 모으고 공손한 자세로 유나에게 자신의 '부탁'을 말했다.

"기성이를 좀 설득해 주세요."

"그게 무슨 말씀이신지……?"

"기성이 사랑하죠? 걔도 유나 씨를 사랑하거든요. 지금 무슨 생각으로 유나 씨를 모르는 척하는지 모르겠지만, 유나 씨가 포기하지 말고 기성이를 설득해 주면 안 될까요?"

"지금 그게 가능하다고 생각하세요?"

유나는 고개를 저으며 성규에게 물었다.

이미 헤어진 사람의 마음을 돌리는 것이 그렇게 간단한 일이던가.

간단한 일이었다면 그녀가 먼저 나섰을 것이다. 이렇게 부탁을 받기 전에.

"그 고집불통이 우리 말은 듣지를 않거든요. 그게 우리를 위하는 일이라고 생각하나 봐요. 그런데 우리는 기성이가 이제 행복했으면 좋겠어요. 그러니까 제발."

성규는 잠시 말을 멈췄다. 그는 양손을 마주 잡고 간절한 눈으로 그녀를 바라봤다.

"제발, 제발 그 바보를 좀 살려 주세요."

그녀의 인생을 송두리째 바꿀 그 '부탁'을 듣고 그녀는 아연실색한 표정으로 그를 바라봤다. 그런 그녀와 달리 말을 마친 그는 속 편하게 웃을 뿐이었다.

10.

결국은 그녀

콘서트 당일이 다가오면 다가올수록 기성은 긴장되는 마음을 다독이는 것이 무리였다. 괜찮다고 자신에게 주문을 걸고, 연습에 집중하려고 노력해 봐도 무대에 선다는 생각만 하면 손발부터 시작해 온몸이 떨려 왔다.

그 여파는 연습 때 여실히 드러나 이미 충분히 익혔다고 생각한 안무를 틀리거나 동선을 잊어버리는 등 실수 연발이었다.

"그렇게 떨려?"

같은 부분에서 기성이 네 번째로 똑같은 실수를 하자 지호는 어이없어했다. 무릎에 손을 짚고 기성을 바라보는 지호의 표정이 어떻게 그럴 수 있냐고 물었다.

"아…… 미치겠다 정말. 미안해, 다들."

안무팀과 멤버들에게 손을 들어 미안함을 표하고 기성은 자리에 쭈그려 앉아 양손으로 머리를 헝클였다. 마음처럼 움직이는 않는 몸 때문에 미칠 것만 같았다.

서서 땀을 닦는 멤버들은 거칠게 숨을 몰아쉬기는 했어도 얼굴색 하나 변함이 없었는데, 기성은 허리가 아프고 발에도 물집이 잡힌 지 오래였다. 비단 정신만이 아니라 신체적 한계도 오고 있었다.

"좀 쉬었다 하자."

"아냐! 그냥 해. 그냥 해도 돼. 미안해, 나 때문에."

"우리도 좀 쉬어야지. 밥 먹고 합시다."

희주가 결국 연습을 중단시켰다.

안무팀도 이쯤 되면 얼굴에 짜증이 보일 만도 하건만 그런 내색 이 전혀 없었다. 이번 공연을 위해 10년 전 데뷔할 때부터 함께 활 동하던 안무팀이 뭉쳤다. 그래서 그들도 이번 공연의 중요성을 잘 알고 있었다. 떨리는 마음은 똑같은지 누구도 기성에게 뭐라 하는 사람이 없었다.

"뭘 그렇게 긴장해?"

"다들 긴장 안 돼?"

"긴장이야 되는데, 너는 좀 도가 지나치는 것 같은데?"

"심장이 터질 것 같아."

"당일엔 어쩌려고 그러는데?"

지호가 고개를 내저었다.

"청심환 준비해 놔야겠네."

"청심환이랑 핫식스."

"그래, 뭐든. 얘 지금 이 상태로 올라갔다가는 콘서트고 뭐고 말 만 하다 내려오겠는데?"

"그래도 우리 팬들은 좋아할 거야."

지호와 희주의 이야기 도중 팬들 이야기가 나오자 기성은 속이 울렁거리고 머리가 아팠다. 꼭 체했거나 멀미할 때의 느낌이었다.

"왜 그래? 안색이 안 좋아."

성규가 기성 옆에 쪼그려 앉아 걱정스럽게 물었다.

"팬들 생각하니까 무서워졌어."

"허, 이 자식 겁보네."

"세상에서 팬들이 제일 무서워."

"걱정하지 마. 7년 만에 만나는 건데 다들 반겨 줄 거야."

"그럴까?"

"당연하지."

그러면 얼마나 좋을까.

기성은 제발 그랬으면 좋겠다고 빌었다.

BSB로 팬들 앞에 서는 일이 다시는 없을 거라 했는데, 7년 만에 돌아오는 것이 혹여나 염치없는 짓은 아닐까.

누구 마음대로 나갔다가 돌아오느냐고, 우리가 받은 상처가 얼마나 큰지 아느냐고, 팬들이 돌을 던지지는 않을까.

사실 지호의 제안에 승낙하기 전에도 이 고민으로 잠 못 이루고 망설이던 그였지만, 콘서트가 다가오고 이미 매진된 입장권 소식을 전해 들었어도 고민은 전혀 줄지 않았다.

"밥 먹고 힘내. 정신 좀 차리고."

마호가 기성의 어깨를 토닥였다.

"허리랑 발은 좀 어때?"

"괜찮아."

"죽겠단 소리구나. 신발 벗어 봐."

"아냐, 아냐. 괜찮다니까."

"성규야, 가서 구급상자 좀 갖고 와."

마호는 기성의 만류에도 그의 앞에 앉아 억지로 운동화를 벗겼다. 그리고 인상 한번 찡그리지 않고 기성의 발에서 양말까지 벗겨 냈다.

"어이구."

"헉!"

"이 꼴로 안무를 한 거야? 너도 참 대단하다."

드러난 기성의 발을 보고 저마다 한마디씩 했다.

발가락 사이사이 물집이 잡혔다 터졌다 반복해 굳은살이 박인 곳도 있었다. 안 쓰고 내버려 둔 부위를 혹사한 탓이었다.

"지금은 아무 감각도 없어."

"그러니까 이제까지 아픈 거 티도 안 내고 췄단 거잖아."

"응……."

"누가 배우 아니랄까 봐. 이런 데서 인생 연기 안 해도 되거든?"

구급상자에서 연고와 반창고를 꺼낸 마호는 정성 어린 손길로 기성의 발을 치료했다. 그리고 파스도 하나 꺼내 기성의 허리에 붙여 주었다. BSB 활동 당시 매니저이기 전에 형이자 보호자였던 예전의 마호가 떠올라 기성은 기분이 묘했다.

"시간 되면 한의원 가서 침 꼭 맞아."

"응."

"꼭."

"알았어, 형."

기성은 예나 지금이나 묵묵히 멤버들을 챙기는 마호가 고마웠다.

이런 형이 있었기에 BSB 멤버들이 이때까지 아무런 사건 사고 없이 연예계 활동을 이어 가는 것이리라. 단순한 매니저가 아니라 멤버들을 옳은 길로 인도해 주는 진정한 보호자였다.

"기성아, 너 전화 오는데?"

"어?"

테이블에 올려 둔 휴대 전화 벨 소리를 듣고 희주가 기성을 불렀다. 마호의 손을 잡고 일어난 기성은 희주가 내민 자신의 휴대 전화를 받았다.

액정에 발신자 표시가 'Y'라고 떴다. 유나였다.

'왜?'

전화기에 뜬 그녀의 이름을 보고 처음 든 생각이었다.

"누군데 안 받아?"

"아무도 아니야."

희주의 물음에 기성은 얼굴에 뜬 물음표를 지우고 무표정하게 답했다.

"뭐 먹으러 가지?"

"김치찌개?"

"또?"

"그냥 자장면 시켜 먹을까?"

"그것도 질리는데?"

멤버들이 메뉴를 놓고 설왕설래해도 기성은 들고 있는 휴대 전화에서 눈을 떼지 못했다. 이미 유나의 전화는 끊겼지만, 다시 전화가 와도 받을 생각은 없지만, 왠지 액정만 바라보게 됐다.

띠링.

순간 메시지가 도착한 소리에 깜짝 놀라 기성은 휴대 전화를 떨어트릴 뻔했다.

[만나고 싶어요.]

역시 유나였다.

답장은 보내지 않고 물끄러미 그녀가 보낸 메시지만 반복해서 읽었다.

왜 만나고 싶을까, 무슨 할 이야기가 더 있어서.

띠링.

[보고 싶어요.]

기성은 어깨를 축 늘어트렸다.

듣고 싶었던 말이고, 그의 마음도 별반 다르지 않았지만, 이런 식은 곤란했다. 어떻게 마음을 정리했는데, 얼마나 그녀를 잊기 위해 애썼는데. 깜빡이도 켜지 않고 무작정 차선을 넘어 끼어드는 건 위험하다.

아니, 이미 두 사람 사이에는 끼어들고 말고 할 차가 없다. 폐차 시켰으니까.

스멀스멀 참고 있던 짜증이 폭발하듯 올라왔다.

퍽!

"빌어먹을!"

휴대 전화가 포물선을 그리며 벽으로 날아갔다. 벽에 부딪힌 전화기는 둔탁한 소리와 함께 떨어졌다. 휴대 전화 케이스는 떨어져 나가고 액정은 무참히 깨졌다. 산산조각 난 모습이 그의 마음과 똑같았다.

"왜 그래?"

"무슨 일이야?"

시선이 쏠려도 기성은 대답 없이 어금니를 악물었다. 지금 입을 벌렸다가는 무슨 말이 튀어나올지 몰라 꾹 참았다.

"드디어 터졌군."

"어쩐 잘 참는다고 했어."

일일이 말하지 않아도 무슨 일인지 안다는 듯, 멤버들은 더는 묻지 않고 고개만 저었다. 그리고 마치 기성에게 아무 일도 일어나지 않은 듯 다시 점심 메뉴를 상의하기 시작했다.

＊　＊　＊

평소에도 잘 알고 있었지만, 체력 관리의 중요성을 더 뼈저리게 깨닫는 요즘, 기성은 아침 운동을 절대 거르지 않았다. 어제부로 주연들끼리 따로 모여 했던 대본 연습도 끝났고, 이제 한 달 앞으로 다가온 콘서트만 남았다.

"오셨어요?"

매번 그를 반기는 트레이너에게 수줍게 고개 숙여 인사하고 그는 러닝머신에 올랐다. 항상 그랬듯이 그는 천천히 걷기 시작했다. 근력 운동에 앞서 몸에 열이 오르게끔 준비시키는 단계였다.

그때, 그의 바로 옆 러닝머신에 누군가 오르며 툭, 하고 수건을 손잡이에 걸었다.

'왜 굳이 이 자리에?'

빌라 지하에 있는 헬스장이긴 해도 꽤 넓어서 러닝머신의 개수도 많았다. 그런데 왜 하필 그의 옆자리에 오르는 것인지 신경이 쓰였다. 그래도 혹시 몰라 고개를 돌려 옆 사람을 확인하지는 않았다.

"Good morning."

하지만 옆에서 들리는 익숙한 여자 목소리에 기성은 눈을 질끈 감았다.

"왜 내 메시지에 답장 안 해요? 전화도 안 받고."

유나는 마치 반가운 사람을 우연히 만난 것처럼 밝은 목소리로 기성에게 말했다.

기성은 눈을 뜨고 나서도 그녀에게 시선을 돌리지 않았다. 목소리만 들어도 그녀가 얼마나 아름다운 웃음을 짓고 있을지 뻔히 그려졌다. 그 얼굴을 볼 자신이 없었다. 그 얼굴을 보면 자신도 모르게 마주 웃을 것 같았다.

"내 말 안 들려요?"

대답하지 않고 그는 러닝머신을 멈추고 자리를 옮겼다. 일종의 귀신 취급이었지만, 그녀는 개의치 않는 듯했다.

그가 근력 운동을 하기 위해 오르는 기구들 옆으로 따라와 그녀는 같이 운동했다.

평소 같으면 모든 기구에서 네다섯 세트씩 할 것을 결국 두 세트씩밖에 못 했다. 맨손 체조도 제대로 할 수 없었다. 그런 것을 아는지 모르는지 유나는 기성의 곁을 마치 강아지처럼 졸졸 따라다녔다.

다시 기성은 러닝머신에 올라 속도를 15로 두고 미친 듯이 뛰었다. 평소보다 조금 빠른 속도였지만, 이렇게라도 해야 그녀에게 쏠리는 신경을 조금이라도 거둘 수 있을 것 같았다.

그 옆에서 그녀는 유유히 자신에게 맞는 적절한 속도로 그를 따라 뛰었다.

도대체 왜 이러는 걸까.

혹시 머리에 이상이 생긴 것은 아닐까.

어딘가에 머리를 부딪쳤다든가.

그는 심각하게 그런 의혹이 들었다.

그렇지 않고서야 어떻게 이렇게 아무렇지 않은 얼굴로 모든 것을 잊어버린 사람처럼 굴 수 있는지, 이해할 수 없었다.

유나 때문에 운동을 약식으로 진행한 터라 마지막 달리는 것까지 대충 할 수는 없어 기성은 땀으로 범벅이 되고 숨이 가빠도 30분을 채웠다.

그리고 여전히 옆자리에서 뛰고 있는 그녀를 내버려 두고 샤워실로 가 몸을 씻었다.

"다 씻었어요?"

"하아……."

샤워실에서 나오자마자 역시나 앞에서 기다리고 있던 유나를 보고 기성은 한숨을 쉬었다. 그녀가 샤워하는 동안 빨리 씻고 먼저 집에 가야겠다고 생각했는데, 그녀의 정수리에 동그랗게 묶인 머리카락을 보니 그녀는 처음부터 샤워는 집에서 할 생각이었나 보다.

결국, 그녀가 이러는 이유가 뭔지 알아야겠다는 생각에 그는 그녀 앞에 섰다.

드디어 귀신 취급에서 벗어났다는 것에 만족했는지 그녀는 활짝 웃었다. 하얀 이가 전등 불빛에 반짝였다. 그래도 그는 딱딱하게 굳은 표정을 풀지 않았다.

"뭡니까? 스토커예요?"

"아니요."

"하는 행동은 스토커 같은데요."

"윤기성 씨가 하는 운동을 함께할 수 있다는 걸 보여 준 것뿐이에요. 이렇게까지 나를 무시할 줄은 몰랐지만."

"왜요?"

"나도 기성 씨한테 자기 어필 중이거든요."

햇살같이 밝은 얼굴과 보일 듯 말 듯 귀여운 작은 보조개. 도망칠 생각은 하지 않고 그대로 그의 시선을 받아 내는 눈빛.

그는 그녀를 바라보다 입술을 깨물었다.

"혹시 어디 아파요?"

"전혀요. 내가 미친 거 같아요?"

"제정신으로는 보이지 않는데요."

"흠, 그래도 할 수 없죠. 떠나간 남자한테 매달리는 짓을 제정신으로 할 수는 없으니까."

도대체 어쩌자는 겁니까?

이렇게 나를 괴롭히고 싶어요?

내가 어떻게 하기를 바랍니까?

유나의 팔을 붙잡고 세게 흔들고 싶었다.

하지만 그는 여전히 웃고 있는 그녀를 그대로 세워 두고 몸을 돌리는 것을 선택했다. 피로가 몰려왔다. 설마 이런 상황이 벌어질 것이라고는 생각지 못했다. 이럴 때는 어떻게 행동해야 하는지, 머릿속을 어지럽히는 질문들이 생겼다.

'이러다 관두겠지.'

무관심이 답이리라.

그는 스스로 답을 내리고 그녀에 대해선 잊어버리기로 했다.

* * *

   항상 막바지 콘서트 연습이 한창이던 연습실이 오늘은 웬일로 한산했다. 점심시간이 되자 안무팀 단장이 팀원들을 데리고 사라졌다. 안무팀끼리 회식 비슷한 것을 한다는 말에 멤버들이 돈을 보태주었다.

   "밥 먹자, 밥 먹자."

   "오늘은 또 뭘 먹나?"

   "쫓아갈 걸 그랬나?"

   "안무팀 회식이라잖아."

   "뭘 회식을 점심에 한대? 콘서트 끝나고 다 같이 하지?"

   기성이 의아해하며 중얼거려도 멤버들은 어깨만 으쓱였다.

   "실례합니다."

   희주의 휴대 전화를 빌려 음식 배달 앱으로 기성이 메뉴를 확인하고 있을 때, 연습실 문이 열리더니 누군가 들어왔다.

   "어? 안녕하세요?"

   성규가 일어나더니 문으로 달려갔다.

   "야, 와서들 인사해. 유나 씨야, 유나 씨."

   뭐?

   기성은 휴대 전화에서 고개를 들어 성규 쪽을 바라봤다.

   멤버들은 이미 일어나서 그녀에게 달려간 후였다.

   청바지에 하얀 티셔츠를 입고 머리를 올려 묶은 그녀는 양손 가득 들고 온 쇼핑백을 멤버들에게 건넸다. 마치 기성은 없는 사람처럼 그녀는 그에게는 시선조차 주지 않았다.

"안녕하세요? 유나 힐이라고 합니다."

"안녕하세요. 어서 오세요."

"점심 식사 전이시죠? 제가 도시락 사 왔는데."

"와! 잘 먹겠습니다."

쇼핑백 안에 든 것은 도시락인 모양이었다. 그녀를 둘러싸고 멤
버들은 환호성을 지르며 웃었다.

"여기는 어떻게 알고 왔어요?"

기성이 유나에게 다가가 물었다. 그는 어이가 없어 아무 생각도
들지 않았다. 도대체 연습실까지 어떻게 알고 왔는지, 왜 왔는지,
도통 이해가 안 됐다.

"나한테 지원군이 있거든요."

"지원군?"

성규가 얼굴 가득 의문문을 띄우는 기성의 눈치를 쓱 보더니 손
을 번쩍 들었다. 겸연쩍어하는 얼굴에 수줍음이 가득했다.

"내가 유나 씨를 만났어."

"왜?"

"어? 어, 부탁할 일이 있어서……."

"둘 다 뭐 하자는 짓……."

짜증이 확 올랐다.

화를 내려던 기성은 매우 놀란 눈으로 그를 바라보는 시선에 입
을 다물었다. 대신 그는 얼굴을 구기고 유나의 손을 잡아 밖으로
데리고 나왔다.

"뭐 하자는 겁니까?"

복도로 나온 기성이 유나에게 소리쳤다.

짜증 섞인 큰 목소리에 그녀는 인상을 찌푸렸다.

"뭐가요?"

"이러지 말아요. 이런다고 다시 유나 씨랑 만날 생각 없으니까."

유나는 방어하듯 팔짱을 끼고 계단 난간에 몸을 기댔다.

'고집쟁이, 똥고집이라더니 정말 맞는 말이네.'

그녀는 미간을 찌푸리며 생각했다. 기성 본인과 성규에게서 들었던 말 그대로 기성은 고집불통이었다. 그래도 그녀는 물러설 생각이 없었다. 그에게 보냈던 메시지들을 시작으로 오늘 아침 헬스장에서도, 도시락을 들고 이곳에 찾아오기까지 무엇 하나 쉽게 시작한 일이 아니었다.

몇 번을 고민하고, 지웠다 썼다를 반복해서 보낸 메시지였다.

떨리는 마음을 간신히 추스르고 시선 한번 주지 않는 그에게 말을 걸었다.

귀신 취급에 스토커 취급까지 받았는데도 그를 위해 맛있는 도시락을 사 왔다.

성규가 미리 알려 준 그의 휴대 전화 번호로 연습실 주소를 물어보는 것도 매우 창피한 일이었다. 비록 성규 그녀와 같은 편임에도 말이다.

그 모든 것을 이겨 내고 여기까지 그를 만나러 왔다.

그러니 소득 없이 돌아가는 한이 있어도 확실하게 그녀의 마음을 전해야 했다.

"윤기성 씨한테는 내가 별거 아니었어요?"

"뭐라고요?"

"나를 잊는 것이 쉬웠냐고요. 나는 이렇게라도 하지 않으면 미칠 것 같은데, 기성 씨는 너무 멀쩡하잖아요."

"그럼 죽을까요?"

짜증스레 내뱉은 기성의 말에 유나는 빨간 입술을 앙다물었다.

"지나간 일은 묻고, 어떻게든 살아가야죠. 지나간 일 붙들고 있을 정도로 내가 한가한 사람이 아니에요."

일부러 더 냉정하게 말했지만, 한눈에 봐도 그녀가 상처받았음을 그는 알 수 있었다.

"윤기성 씨, 정말 너무하네요. 나쁜 사람 아니라더니, 거짓말쟁이."

유나는 눈물이 그렁그렁 맺혀서는 그를 스쳐 지나 계단을 내려갔다.

이럴 거란 걸 알고 있었지만, 너무 아팠다.

그래도 영영 헤어지는 것보다 덜 아프니까 괜찮다.

그녀는 그렇게 마음을 다독이며 계단을 내려갔다.

뒤따라 내려오는 발걸음 소리가 들리지 않는 것에 가슴이 다시금 무너져 내려도 그녀는 꾹 참았다.

다시 돌아올 거라고, 그는 꼭 다시 그녀의 품으로 돌아올 거라는 믿음이 있었다.

반면, 그녀의 뒷모습을 바라보며 기성은 주먹을 꽉 쥐었다.

사람이 말을 하면 왜 못 알아듣는단 말인가.

한 번이면 충분하다고 생각했건만, 도대체 왜.

그는 그녀를 따라가고 싶은 마음을 애써 억누르고 연습실 안으로 들어갔다. 멤버들은 연습실 바닥에 둥글게 주저앉아 도시락을 꺼내서는 맛있다는 말을 연발하며 식사하는 중이었다.

"유나 씨는? 갔어?"

"뭐야, 그냥 보냈어?"

마호와 희주가 눈이 동그래져서 물었다. 지호는 아예 자리에서 일어나 연습실 문밖을 확인하고 돌아왔다.

둘의 말은 들은 척도 않고 기성은 성규를 노려봤다.

"너 유나 씨 왜 만났어?"

"응?"

"만나서 뭐라고 한 거야?"

"응? 별말 안 했는데."

성규는 기성의 시선을 피하며 입안에 든 음식을 삼켰다.

"만나서 뭐라고 했길래 저러는 거냐고."

"이거나 먹어. 너 먹으라고 이름도 쓰여 있다."

기성의 나무람에도 성규는 못 들은 척 도시락 하나를 내밀었다. 기성이 그것을 받아 들자 분홍색 하트 모양의 포스트잇에 적힌 메모가 보였다.

「콘서트 잘될 거예요. 밥 먹고 힘내요!」

동글동글 귀엽게 흘려 쓴 글씨. 기성은 자신의 지갑에 넣어 둔 그녀의 메모를 떠올렸다. 이전에 유나가 초콜릿과 함께 주었던 메모를 지갑에 넣어 보관했는데, 그때와 똑같은 글씨체였다.

그녀가 사 온 도시락은 초밥이었다. 고급 일식집에서 사 왔는지 재료들이 비싸고 싱싱해 보였다.

"아, 안무팀 회식이라는 거……."

"어?"

"그것도 네가 꾸민 짓이야?"

"어? 무슨 소리인지 하나도 모르겠는데?"

말은 그렇게 하면서도 성규의 입가에 미소가 보일락 말락 했다.

그랬구나.

무슨 점심 먹을 시간에 회식인가 했더니, 유나가 온다는 것을 안 성규가 그녀를 배려해서 안무팀을 미리 내보낸 것이었다.

'이걸 고맙게 여겨야 하는 건가?'

그나마 그녀가 안무팀을 제외한 BSB 멤버들만 만난 것이 다행이라는 생각이 들자 기성은 헛웃음이 나오려는 것을 참았다.

"예쁘더라, 기성아."

지호가 감복했다는 표정으로 말하고 젓가락으로 초밥 하나를 집어 입에 넣었다.

"윤기성이 반할 만하던데. 놀다 가게 하지, 그렇게 보내냐."

실실 웃음을 흘리며 희주도 보탰다.

기성은 아무 말 없이 연습실 바닥에 주저앉았다. 성규에게 화낼 생각도 더는 들지 않았다. 성규든 유나든, 생각하고 원하는 바가 무엇이든 그가 무시하면 될 일이었다.

그는 도시락을 열어 초밥을 입에 넣고 묵묵히 씹어 삼켰다.

"기성아."

물끄러미 그를 바라보던 마호가 심각한 얼굴로 그를 불렀다.

"여자가 이 정도로 하는데, 모르는 척하면 진짜 나쁜 거야."

마치 기성의 마음을 읽기라도 한 것처럼 마호가 말했다.

뜨끔했지만, 기성은 내색하지 않았다. 그것조차 눈치챈 사람처럼 마호는 그를 향해 옅은 미소를 지으며 고개를 저었다.

＊　＊　＊

"여기 새 휴대 전화요."

태호는 검은색의 손바닥만 한 새 휴대 전화와 그것이 들어 있던 박스가 든 쇼핑백을 내밀었다.

"번호는 기존 번호고, 문자며 연락처며 사진이며 다 옮겨 놨어요."

"고마워."

"바꾼 지 얼마나 됐다고 그렇게 부숴요? 돈도 많네, 정말."

"하하하. 이번에 협찬 들어와서 다행이지, 아니었으면 깨진 거 그냥 썼겠지."

기성은 휴대 전화를 켜서 이것저것 살피며 말했다.

부순 전화기를 그냥 쓰려던 그는 유 대표가 보낸 협찬 물품들 사이에서 최신형 휴대 전화를 발견했다. 태호에게 시켜서 개통해 오라고 한 지 두 시간도 지나지 않아 태호가 돌아와 전화기를 내민 것이다.

"휴대 전화만 공짜면 뭐 해요? 지난번 쓰던 기계는 할부가 남았는데. 대표님 아시면 또 엄청나게 잔소리하시는 거 알죠?"

"그럼 굳이 알릴 필요 없겠네."

"형에 대한 사소한 거라도 보고하는 것이 제 할 일이에요."

"태호야, 좀 봐줘라."

"지난번에 형들이랑 술 마시고 완전 주정뱅이 된 것도 보고 안

드렸어요. 이번 거는 그것보단 약하니까 숨길 이유가 없네요."

"마음대로 하세요."

포기라는 의미로 기성은 두 팔을 번쩍 들었다.

"스캔들 건은 그래도 좋게 마무리되는 것 같아요. 악성 댓글도 많이 줄었고, 요즘은 공개 연애가 대세라 덜 몰리는 것 같아요."

"그래. 다행이네."

이제 헤어졌다는 공식 기사만 나가면 끝나는 것이다.

시원섭섭하달까. 기성은 자신을 빤히 쳐다보는 태호의 시선을 피했다.

"한 달 정도만 더 기다리면 될 거예요."

"응, 고마워."

"아, 형 차 갖고 왔죠?"

"당연하지."

"지하철 타고 왔으면서 거짓말하는 거 아니죠?"

"애가, 속고만 살았나."

"알았어요. 그럼 저 갈게요."

"응. 오늘 고마워."

태호는 손을 흔들고 녹음실을 나갔다.

오늘은 희주의 녹음실에서 콘서트 때 쓸 음악들을 마지막으로 점검하는 날이었다. 콘서트 시작부터 마지막 앙코르 곡까지. 솔직히 오늘 기성은 쉬어도 되는 날이었지만, 굳이 녹음실로 발걸음을 했다.

"태호는 요즘 그냥 쉬는 거야?"

태호를 보내고 들어오는 기성에게 희주가 물었다.

"공식 일정이 뭐가 없으니까."

"천만 배우가 너무 한가한 거 아니야?"

"콘서트까지만이야. 그럼 좋은 날도 끝이지. 끝나자마자 인터뷰에 화보에, 네 라디오까지. 게다가 드라마 촬영도 얼마 안 남았으니까. 바빠서 정신없을 하루들만 남아 있네요."

"그래도 바쁜 날이 좋은 거야."

"그럼, 그럼."

기성은 고개를 끄덕였다.

연예인에게는 바쁜 것이 최고라는 걸 그 누구보다 잘 알고 있는 기성과 희주였다.

띠링. 띠링. 띠링.

방금 컨 휴대 전화에 메시지가 연달아 들어왔다.

"이야, 누가 이렇게 찾아 대?"

"카드 메시지거나 스팸이겠지. 아니면 개통됐다고 통신사에서 보낸 것이거나."

대답하면서도 기성의 불안한 마음이 고개를 들었다. 요 며칠 운동하러 가지 않아 유나를 만나지 못했다. 휴대 전화가 깨진 이후에는 아예 전원을 끄고 있던 적이 많았다. 누군지 확인하지도 않았는데 유나일 거라는 확신이 들었다.

[연락 좀 줘요.]

역시나 유나였다.

[전화 통화 할 수 없어요?]

[샘을 잃어버렸어요.]

기성은 마지막 메시지에 침을 꿀꺽 삼켰다.

샘을 잃어버리다니, 이게 무슨 소리인가.

자식 갖고 장난칠 부모가 없듯이, 샘을 갖고 장난칠 유나가 아니
었다.

메시지가 온 시간을 확인하자 세 시간 전에 보낸 것이었다.

"야, 나 집에 가 봐야겠다."

"왜? 무슨 일 있어? 좀 있음 애들 올 텐데."

"급한 일이 생겼어. 먼저 가 볼게."

"알았다. 내일도 올 거지?"

"응, 응."

뒤에서 들리는 희주의 물음에 기성은 대충 대답하고 계단을 뛰
어 내려갔다.

중간에 슬리퍼가 벗겨지면서 넘어질 뻔했지만, 간신히 중심을 잡
았다. 하마터면 큰 사고가 일어나 콘서트고 뭐고 다 헛일이 되어
버릴 뻔했건만, 내려가는 속도를 줄이지 않았다.

— 고객이 전화를 받지 않아 소리샘으로……

내려가면서 유나에게 전화를 걸어 보았지만 그녀는 받지 않았다.

기성은 차에 타자마자 시동을 걸고 바로 출발했다. 퇴근 시간 바
로 직전이라 다행히 차는 별로 많지 않았다. 그는 최대한 속도를
내서 집으로 차를 몰았다.

집 주차장에 차를 세우고 유나의 집 문을 두드렸지만, 그녀는 집
에 없었다. 아무래도 샘을 찾으러 집 밖으로 나간 것 같았다. 그래서
그는 자신의 집에서 모자를 쓰고 나와 동네를 돌며 샘을 찾아다녔다.

"샘? 형이야, 어딨어? 샘?"

구석구석을 돌며 샘을 불러 보았다. 어딘가에서 그의 목소리를
듣고 샘이 달려오기를 바랐다.

"샘? 샘? 어딨니, 샘?"

두 시간가량 이곳저곳을 찾아다니느라 땀으로 목욕을 한 것 같았다. 하지만 어디서도 샘의 모습은 발견할 수 없었다.

해가 저물고, 가로등 조명만 의지해 작은 강아지를 찾는 것이 힘들어졌다.

결국, 기성은 샘을 찾는 것을 포기하고 혹시나 유나가 돌아왔을지 모른다는 희망을 안고 집으로 터벅터벅 걸어갔다.

그때, 뒤에서 한 아주머니가 강아지를 안고 뛰어왔다.

"저기요!"

그를 부르는 짧은 쇼트 머리의 아주머니 품에는 개 한 마리가 안겨 있었다. 눈을 가늘게 뜨고 쳐다보니 털에 흙이 잔뜩 묻어 꼬질꼬질한 샘이었다.

"샘?"

"왈! 왈!"

기성은 샘을 알아보자마자 아주머니를 향해 뛰어갔다.

가까이 다가가니 그는 유나가 샘을 잃어버린 이유를 알 수 있었다. 목줄이 끊어져 목에 달랑달랑 매달려 있었다.

뛰는 것을 멈추고 숨을 몰아쉬던 아주머니는 기성을 알아보더니 눈을 크게 떴다.

"어? 그, 이름이 뭐더라? 윤······기성?"

"네, 맞습니다. 어떻게 샘을······."

"아, 아까 길에서 혼자 떨고 있길래 우선 집에 데려갔는데, 누가 부르는 소리에 꼬리 흔들고 막 짖길래 혹시나 해서 뛰어온 거예요. 근데 윤기성 씨 개예요?"

"네, 네. 감사합니다."

"아휴, 다행이네."

아주머니는 샘을 기성에게 건넸다.

샘은 낑낑거리며 기성의 품에 파고들더니 이내 그에게 안겨 얼굴을 마구 핥았다.

"정말 감사합니다."

"어쩌다 개를 잃어버렸어요. 조심해야지."

"하하, 그러게요. 어떻게 감사드려야 하죠?"

"사진 한 장 찍어 주면 안 될까요?"

"제가 지금은 몰골이 좀 그래서. 혹시 사인은 안 될까요?"

"돼요, 돼요."

아주머니는 신나서 잠시만 기다리라고 하더니 주변 가게로 들어가 흰 종이와 매직을 갖고 왔다. 기성은 잠시 샘을 다시 아주머니에게 맡긴 뒤 건물 벽에 종이를 대고 크게 사인을 했다. 물론 아주머니의 성함을 묻는 것도 잊지 않았다.

"고마워요. 앞으로 더 잘될 거야."

"하하하, 감사합니다."

팬이라며 말이 길어지는 아주머니의 수다를 끝까지 들어 주고 마침내 기성은 풀려났다. 오들오들 떠는 샘을 끌어안고 빌라로 돌아오면서 그는 샘에게 계속 괜찮다고 말해 주었다.

딩동.

"누구세요?"

다행히 유나는 집에 돌아와 있었다.

"윤기성입니다."

그의 대답에 안에서 뛰어나오는 그녀의 발소리가 들렸다.

현관문이 벌컥 열리며 나온 유나는 울었는지 눈이 퉁퉁 부어 있었다. 어디가 아픈 건 아닌지, 혈색 하나 없는 얼굴이었다.

안 그래도 부어 있는 눈을 하고서 그녀는 기성의 품에 안긴 샘을 보고 다시금 울음을 터트렸다.

"아, 샘…… 어디 갔었어, 엉엉."

그녀는 샘을 받아 들고 어린아이처럼 엉엉 소리를 내며 눈물을 흘렸다. 그녀 품에 꼭 안긴 샘이 그녀의 얼굴에 흐르는 눈물을 핥아 댔다.

"어디서 찾았어요?"

"누가 주워서 집에 데려갔더라고요."

"고마워요. 진짜 고마워요."

여전히 눈물을 뚝뚝 흘리며 그녀는 연거푸 말했다.

"또 잃어버리지 말아요."

"흑, 네. 절대로요."

기성의 손이 자신도 모르게 유나의 머리를 향했다. 안쓰럽게 울고 있는 그녀의 머리를 쓰다듬어 주고, 가슴에 안아 토닥이고 싶은 마음이었다.

하지만 그는 황급히 손을 내렸다.

"갈게요."

"잠깐만요."

돌아서는 그를 그녀가 불러 세웠다.

그는 돌아보지 않고 걸음만 멈췄다. 보지 않아도 자신을 꿰뚫어 보는 그녀의 시선이 느껴졌다.

"나는 기성 씨 포기 못 해요."

들으나 마나 한 소리.

그는 힘겹게 발을 뗐다.

"기성 씨 말 듣고 친부모를 찾았지만, 나를 만나고 싶지 않대요!"

이건 또 무슨 소리인가.

기성은 또다시 우뚝 자리에 멈춰 섰다.

"듣고 있어요? 모두가 나를 떠나가고 있어요. 죽을 것처럼 아프다고요."

"……"

"그래도 난 절대 포기 안 해요. 기성 씨 포기 안 한다고요!"

울먹이며 절규에 가까운 그녀의 외침을 듣고도 그는 쾅, 세게 등 뒤의 문을 닫아 버렸다. 그러곤 어둠 속에 우두커니 서서 고뇌에 파묻혔다.

뭘 원하는 걸까.

어떻게 하기를 바라는 것일까.

왜 돌아서지 않는 건지.

울고 싶은 사람은 오히려 그였다.

그토록 아프게 했건만, 왜 아직도 자신의 곁에서 맴도는 것인지.

추측할 수 있는 이유는 단 하나뿐이었다.

좋아하니까……. 사랑하니까…….

그에게 버림받고, 보고 싶지 않았던 친부모에게서도 거부당했다. 그렇게 안 좋은 일이 켜켜이 쌓여서 마음이 산산이 부서지고 피를 철철 흘리면서도 그녀는 그를 포기하지 않았다.

좋아하기 때문에. 사랑하기 때문에.

그가 그녀를 좋아하는 것을 알기에.

그가 그녀를 사랑하는 것을 알기에.

기성은 몸을 돌려 문을 벌컥 열었다. 하지만 유나의 집은 굳게 닫혀 있었다. 어느새 그녀는 집으로 들어간 모양이었다.

하지만 괘념치 않았다.

그는 엘리베이터를 타고 지하 주차장으로 가 차에 뛰어들다시피 앉았다. 그리고 엄청난 속도로 주차장을 빠져나와 굳은 표정으로 차를 몰았다.

그렇게 차를 몰아 도착한 곳은 마호가 사는 오피스텔이었다. 오늘 마호는 성규의 스케줄이 없어 집에서 쉰다고 했었다. 기성은 마호가 사는 1502호의 문을 두드렸다.

"누구세요?"

"나야, 기성이."

"어?"

부스럭 소리와 함께 문이 열리고 어리둥절한 표정의 마호가 나왔다.

"무슨 일이야? 들어와."

"아니. 급하니까 여기서 말할게."

"무슨 일인데?"

문을 열고 선 마호 앞에서 기성은 심각한 얼굴이 돼서는 입술에 침을 발랐다.

"지금은 우리 매니저가 아니지만, 그래도 맏형에게 허락을 받아야겠어."

"난 또 뭐라고. 허락할게."

마호는 기성의 말이 채 끝나기도 전에 미소를 짓더니 말했다.

"뭔 줄 알고?"

"유나 씨한테 가려는 거지? 애들이 계속 말했잖아. 가서 용서를 빌라고."

"형⋯⋯."

기성은 말문을 잃었다.

어쩜 이렇게 자신의 마음을 잘 아는 것인지, 용하고 또 용한 마호였다.

마호는 얼굴 가득 뿌듯한 웃음을 지었다.

"뭐 해, 빨리 가지 않고?"

"고마워, 형. 진짜, 내가 앞으로 진짜 잘할게."

"자식, 싱겁기는. 어서 가기나 해."

"응!"

파이팅을 외치는 마호를 한 번 꽉 끌어안은 다음 기성은 다시 집으로 향했다. 가는 길에 유 대표에게 전화를 걸었다. 차량의 블루투스로 흘러나오는 전화 연결음이 BSB의 노래라 기성은 헛웃음이 났다.

— 응. 왜?

"미안한데 형. 도저히 안 되겠어."

— 뭘?

"유나 씨한테 돌아가야겠어."

— 어휴, 깜짝이야. 사람 놀라게 좀 하지 마라.

유 대표의 고조됐던 목소리가 가라앉았다.

— 알았어. 네 마음대로 해.

"왜 안 말려? 형, 말리고 싶었던 거 아니야?"

— 내가? 갑자기? 왜?

"왜냐니……. 일정 소화하기도 빡빡한 데다, 형한테는 황금알 낳는 거위나 마찬가지잖아, 나."

— 처음부터 별로 말리고 싶은 생각도 없었는데?

"그러니까 왜?"

— 말렸으면 좋겠냐?

"아니."

— 네 고집을 아니까 안 말리는 거야. 그리고 너도 혼자인 거 외롭지 않냐? 멤버들은 멤버들이고, 옆에 누가 있어야지.

"고마워, 형."

— 어휴, 징그러워. 끊어, 인마.

"사랑해요! 유 대표!"

장난 섞인 구호를 외치자마자 유 대표는 뭐라고 구시렁거리더니 전화를 끊어 버렸다.

하하하, 웃으며 기성은 한껏 가벼워진 마음으로 집을 향해 달렸다.

'복 많은 놈이지, 내가.'

주변에 그를 사랑하는 사람이 얼마나 많은지, 얼마나 그를 생각해 주는 사람이 많은지 다시금 깨닫는 순간이었다. 전생에 나라를 구했던가, 그는 주변 사람들에게 매우 깊이 감사했다.

* * *

유나의 집 앞에 서서 시간을 확인하니 그녀와 헤어진 지 두 시간이 지나 있었다. 지금쯤이면 샘과의 눈물 섞인 상봉은 끝났을 터였다. 기성은 떨리는 마음으로 초인종을 눌렀다.

딩동.

"누구세요?"

"왈!"

파다닥, 달려오는 소리는 분명 샘의 것이었다. 주인을 잃어버렸던 몇 시간 동안의 떨림이 유나를 만난 순간 다 잊힌 모양이다.

"윤기성입니다."

그의 대답에도 유나의 현관문은 굳게 닫힌 채 열리지 않았다.

10초 정도의 시간이 흘렀을까. 덜컹, 문이 열리더니 유나가 빼꼼 고개를 내밀었다. 여전히 퉁퉁 부어 있는 눈이 하얀 얼굴과 대조적으로 빨갰다.

"왜요?"

잠긴 목소리로 말하는 그녀는 그를 쳐다보지 않았다.

밉겠지. 그녀의 행동이 이해됐다.

"할 말이 있어요."

"뭔데요?"

"여기서 말하긴 좀 그렇고. 내 집으로 가서 이야기 좀 해요."

"싫어요. 여기서 말해요."

그녀가 도리질을 쳤다.

"정말 괜찮겠어요?"

"괜찮으니까 여기서 말하라고요."

"그게 아니라……. 나를 받아 줘도 괜찮겠냐고 묻고 싶어요."

"네?"

"내가 또 유나 씨를 포기할까 봐 겁나지 않느냐고요."

그제야 기성이 하고 싶은 말이 무엇인지 깨달은 유나는 고개를 들어 그를 똑바로 마주했다. 그리고 집 밖으로 나와 문을 닫았다. 안에서 흘러나오던 차가운 공기가 사라지자 한여름 밤의 열기만 고스란히 제자리를 찾았다.

귀여운 곰돌이가 그려진 파자마 원피스를 입은 그녀가 뚫어지게 그를 바라봤다.

"나를 믿을 수 있겠어요?"

"지금, 이 순간, 나는 당신을 향한 믿음으로 가득 차 있어요. 모르겠어요?"

모를 리가 있는가.

그를 바라보며 반짝이는 그녀의 눈동자에는 수많은 별이 총총 박혀 있었다.

빨갛게 달아오른 그녀의 볼은 그에게도 느껴질 정도로 뜨거운 열을 발했다.

모른다면, 그건 거짓말이다.

그는 그녀에게 한 발 다가갔다.

뒷걸음질 치던 그녀의 몸이 쿵, 하고 문에 닿았다.

왜 도망치는 건가.

그렇게 다가올 때는 언제고.

벗어나려고 애썼건만, 흔들어 놓을 때는 언제고.

"너무 잘 알아서 큰일이에요."

그는 한쪽 팔을 문에 지탱하고 다른 손으로 그녀의 볼을 감쌌다.

숨결이 닿을락 말락 코끝을 간지럽힐 때까지 얼굴을 가까이 했다. 도톰하고 새빨간 그녀의 입술에서 망설이는 찰나, 그녀가 먼저 그의 입술에 키스했다.

그녀의 눈은 감겨 있었고, 이런 상황이 오기를 바란 사람처럼 자연스럽게 손을 그의 목에 둘렀다. 잠시 그녀가 그의 입술을 갖고 놀게 두었다.

그녀는 자신의 입술로 그의 입술을 그리려는 듯 부드럽게 맛보았다.

그녀가 그의 아랫입술을 살짝 깨무는 순간, 그는 그녀의 입술을 모조리 삼켰다. 그녀와 다르게 그의 움직임은 거칠었다. 숨이 차오를 때까지 그녀의 입술을 핥고, 혀로 그녀의 입안을 빨았다.

두근거리는 심장 소리가 귀에서 터질 것처럼 들렸다. 이것이 그의 심장 소리인지, 그녀의 심장 소리인지 알 수 없었다.

다리에 힘이 풀렸는지 그의 목을 끌어안는 그녀의 손에 힘이 실렸다.

그는 천천히 그녀의 허리를 감싸 안고 발걸음을 옮겼다. 그녀의 입술에서 입을 떼고, 그녀의 목덜미를 지나 깊이 파인 빗장뼈에 입술을 묻었다.

"아……."

살짝 벌린 입술 사이로 야한 신음이 새어 나왔다.

그는 그녀의 어깨를 살짝 깨물며 간신히 자신의 집 현관문을 열었다. 혹여나 현관 잠금장치의 비밀번호를 틀려서 분위기를 깰까 천천히 공들여 번호를 눌렀다.

띠리릭 소리와 함께 문이 열리자마자 그는 그녀를 번쩍 들어 안았다.

그녀가 그의 허리에 자연스럽게 다리를 감싸자 치마가 올라가며 뽀얀 허벅지 살결이 드러났다. 그는 그녀의 가슴골에 얼굴을 묻고, 한 손을 치마 속으로 넣어 그 하얀 살결을 꽉 잡았다.

호흡이 한층 가빠지는 것을 느끼며 그는 침대에 그녀를 눕혔다. 까끌까끌한 이불의 촉감이 혹여나 그녀의 몸에 생채기는 내지 않을까 싶어, 그녀의 몸이 닿기 전에 재빨리 이불을 바닥으로 끌어 내렸다.

핀으로 살짝 고정했던 그녀의 검고 긴 머리카락이 사방으로 흐트러지고, 그녀의 귀여운 파자마 속에 감춰졌던 속옷이 흘깃 모습을 드러냈다. 그래도 그녀는 부끄러워하지 않았다. 몸을 일으켜 티셔츠를 벗고 바지를 벗는 그를 열에 들뜬 눈으로 바라볼 뿐이었다.

잠시 서서 그녀를 바라보다 그는 그녀의 위로 올라갔다. 그리고 그녀의 몸에서 파자마를 벗겨 냈다.

빗장뼈와 젖가슴에, 가늘게 갈라진 근육이 보이는 배에 그의 입술로 도장을 찍고 혀로 맛을 보았다.

간지러운 듯 몸을 살짝 비트는 그녀를 보며 대담해진 그가 입술을 더 아래로 내렸다. 그러곤 기다란 손가락으로 그녀의 팬티를 끌어 내렸다.

그녀는 무릎을 세우고 다리를 살짝 벌렸다. 촉촉하게 젖은 눈으로 올려다보는 그녀의 기대감 어린 눈동자에 그는 웃음이 났다.

그는 손을 아래로 내려 이미 촉촉하게 젖은 그녀의 소중한 곳을 부드럽게 애무했다.

"앗."

이윽고 그의 손가락 하나가 안으로 들어가 살짝 움직이자, 그녀의 온몸에 힘이 들어갔다.

"힘 빼요."

그녀처럼 가쁜 숨을 몰아쉬며 기성이 말했다.

희열에 차 살짝 벌어진 입술에 입을 맞추고 혀를 밀어 넣어 그녀의 입안을 부드럽게 휘감았다. 위아래로 파고드는 애무에 그녀의 몸이 점점 그에게 바짝 다가왔다.

그는 이제 완전히 그녀 위로 올라갔다. 그녀는 허리를 살짝 들어 그를 맞이했다. 기대감이 가득 어린 갈망하는 눈빛으로 기다렸다.

"아훗……."

"흡, 헉!"

그녀 안으로 힘껏 파고드는 그의 동작에 두 사람은 동시에 신음을 흘렸다.

그녀의 아름다운 얼굴이 희열로 들뜨고, 그 희열을 몸으로 표현했다. 흥분과 쾌락의 파도가 뜨거운 여름의 열기와 함께 춤을 췄다.

그녀는 교성을 한껏 내지르며 그의 등을 손톱으로 눌렀다.

점점 그의 허리 움직임이 빠르고 격렬해지더니, 어느 순간 딱 멈추며 정지했다. 그와 동시에 그녀도 허리를 꺾으며 그를 더 깊이 받아들였다.

짜릿한 전기가 찌릿찌릿 등을 타고 흘렀다.

그렇게 두 사람은 함께 절정을 맞이했다.

"헉, 헉……."

그녀 옆에 쓰러져 그는 숨을 몰아쉬었다. 격렬하게 움직인 뒤라 쉽게 진정이 되지 않는 호흡을 간신히 가다듬었다. 만족스러운 미소가 얼굴 가득 걸렸다.

"이제 도망가지 말아요."

봉긋한 가슴을 위아래로 들썩이며 그녀가 말했다.

"도망가지 않아요."

"숨지 말고, 피하지 말아요."

"숨을 곳도 없고, 피할 이유도 없어요."

"좋네요."

그녀의 입꼬리 한쪽이 쓱 올라갔다. 두 눈은 감겨 있었지만, 감긴 눈 안도 행복으로 가득 차 있다고 그는 믿어 의심치 않았다.

"그거 알아요?"

한 손으로 머리를 괴며 그녀를 향해 옆으로 누워 그가 물었다.

"뭘요?"

"내가 유나 씨를 얼마나 사랑하는지."

그녀는 감았던 눈을 번쩍 떴다. 그리고 그를 흘깃 째려봤다.

"나랑 또 하고 싶어서 하는 말 아니고요?"

"에이, 무슨 그런 말을."

"타이밍이 그렇잖아요."

"알았어요. 사랑한다는 말은 나중에 정식으로 할게요. 딱 기다려요."

"어머, 무서워라."

"이 아가씨가, 진짜."

그는 그녀의 허리를 끌어안고 간지럼을 태웠다. 그녀가 온몸을 뒤틀고 까르륵거리며 발버둥을 쳤지만, 그는 꽉 끌어안은 그녀를 놓지 않았다.

행복한 이 순간이 영원히 계속되기를 바라며 두 사람은 함께 웃었다.

11.

smile for me

K 방송국에 들어서자마자 기성은 자신을 향해 쏟아지는 시선을 유연하게 받아 냈다.

오랜만에 인터뷰 일정이 잡혔다. 유나와의 관계가 확실하게 정리되고 나니 사람들의 호기심 어린 시선은 문제가 되지 않았다. 오히려 그 시선을 즐길 수 있었다.

태호를 따라간 C-12 구역은 K 방송국 연예 프로그램의 세트장이었다. 세트장 한쪽엔 기성이 출연한 영화의 포스터와 함께 그의 입간판이 서 있고, 두 개의 의자가 놓여 있었다.

조명팀과 카메라팀의 분주한 움직임을 보면서 기성과 태호는 대기실로 들어갔다. CW 엔터테인먼트 사무실에서 나온 분장팀과 의상팀 사람들이 그를 기다리고 있었다.

"옷은 이번에 C사에서 협찬이 왔어요."

"그래?"

"명품 브랜드는 협찬을 아무한테나 안 줘요. 알죠?"

"그래? 몰랐는데."

이번 시즌 C사의 쇼에 올라왔던 옷이라며, 자랑을 늘어놓는 의상팀 스태프를 보며 기성은 웃었다. 확실히 전과 비교했을 때 협찬이 들어오는 곳도 많아졌고, 가격대도 많이 높아졌다. 그만큼 그의 인기가 상승세란 소리였다.

스캔들의 여파도 생각보다 크지 않아 광고 계약 해지로 이어지지 않았고, 오히려 광고 제안이 더 들어왔다.

기성의 스캔들이 크게 작용하지 않는 것인지, 아니면 영화가 대박을 터트린 것이 스캔들을 상쇄하는 것인지는 분명치 않았다. 어쩌면 두 가지 모두 작용을 한 것일지도 몰랐다.

똑똑.

옷을 갈아입고 메이크업과 헤어를 위해 거울 앞에 앉아 스태프와 콘셉트 이야기를 나누고 있는데, 노크 소리가 들리더니 누군가 능글맞은 웃음을 지으며 들어왔다.

기억하고 싶지 않은 인간, 최진상 PD였다.

작은 키에 배가 불룩하게 나와서는 그게 무슨 자랑이라도 되는지 손도 아예 배 위에 얹고 서서 기성을 향해 이를 드러내며 웃었다. 식사를 마친 사자 주변을 어슬렁거리는 비열한 하이에나처럼 보였다.

최 PD의 등장이 불편하고 긴장되는 것이 기성만이 아니었다. 태호도 앉았던 소파에서 몸을 일으켰다.

"아이고, 기성 씨. 오늘 인터뷰 있다길래 와 봤어."

최 PD는 어이없게도 기성에게 악수를 청하며 웃었다.

무슨 일로 찾아온 것일까.

그런데 얼마 만에 보는 거지? 4년? 5년?

온갖 껄끄러운 기억을 떠올리며 기성은 자리에서 일어나 최 PD가 내민 손을 일단 잡았다.

"우리 작품 하나 같이해야지. 조금 있으면 나 새 작품 하나 들어가는데, 어때? 생각 있으면 내가 주연 자리 아예 빼놓을게."

최 PD의 머릿속에는 갓 연기를 시작해 어리바리하던 기성은 없는 모양이었다. 자신이 기성에게 했던 욕도 머릿속에서 지운 듯했다.

"감사한 말씀이지만, 이번에 박 PD님 드라마 들어갑니다."

"아, 그 신작 말이지? 알고 있어. 서브라며?"

"네."

"기성 씨가 서브를 맡으면 쓰나? 단독 주연 한번 가야지."

"제가 아직 그 정도 깜냥이 안 되네요."

기성은 돌려 말하며 최 PD의 제안을 거절했다.

"에이, 섭섭하네. 우리 인연이 있는데."

인연이라니, 악연이라면 모를까.

웃는 최 PD 얼굴을 기성은 지금이라도 주먹으로 날려 버리고 싶었다.

"박 PD한테는 내가 잘 말할 테니까, 내가 준비하고 있는 작품이나 같이하는 게 어때?"

"그건 박 PD님에 대한 예의가 아니죠."

"예의?"

순간 최 PD의 얼굴에서 웃음기가 싹 사라졌다. 뱀 같은 눈으로 기성을 슬며시 흘겼다. 기성이 한 말이 무언가 그의 심기를 건드린 모양이었다.

"지금 이러는 건 나에 대한 예의고? 기성 씨 예의는 사람 가려 하는 건가 보지?"

방송국 내에서도 꼰대 짓을 하기로 유명한 최 PD였다. 제작하는 드라마마다 대성공을 거둬서 목이 **빳빳**하고 제멋대로 굴기로 유명했다. 그러니 자신보다 기수가 한참 아래인 박 PD의 작품에 출연한다는 이유로 자신을 거절하는 기성이 아니꼬운 것이다.

"죄송합니다. 계약서에 도장을 찍은 터라 쉽지가 않네요."

기성은 사과하며 고개를 숙였다.

자존심은 상하지만, 최 PD 같은 사람은 될 수 있는 대로 맞장구를 쳐 주고 빨리 헤어지는 것이 좋았다.

기분 나빠하던 최 PD는 그래도 대스타의 사과를 받아 낸 것에 만족했는지 입가에 다시 미소가 걸렸다.

"뭐, 할 수 없지. 다음 작품을 기약하는 수밖에. 그때 가서 딴소리하기 없기야."

"네, 뭐……."

"인터뷰 잘해, 그럼."

최 PD는 발걸음을 돌려 나가는 것 같더니 이내 태호에게로 몸을 돌렸다.

"기성 씨 매니저로 일하기 힘들겠어요?"

"네?"

"이슈 메이커잖아, 윤기성이. 아, 이슈 메이커가 아니라 트러블 메이커인가? 하하하, 농담이야, 농담."

손으로 태호의 팔뚝을 툭툭 치고 최 PD는 밖으로 나갔다.

태호는 분한지 천장을 노려보며 심호흡을 길게 했다. 그리고 최 PD가 방금 치고 나간 팔뚝에 벌레라도 있는 것처럼 탁탁 쳐서 털어 냈다.

"와, 뭐예요, 저 사람?"

메이크업 스태프가 놀란 토끼 눈이 돼서 물었다. 듣고 있던 입장에서도 화가 났는지 그녀는 허리에 양손을 올리고 온 얼굴로 기막혀했다.

"신경 쓰지 마. 원래 저런 사람이야."

"아무리 그래도 그렇지, 태도가 너무하잖아요. 세상 자기 혼자 사는 사람처럼."

"괜찮아. 다시 볼 일 없을 거야."

기성은 어색한 미소를 지으며 그녀를 진정시켰다.

"왠지 기분이 싸한데요?"

"그러게."

태호의 말에 기성은 고개를 끄덕였다.

악연은 역시 악연인 건가. 무슨 말을 해도 최 PD의 말은 곱게 들리지 않았다.

"뭐, 이번 드라마를 끝으로 한동안은 영화 쪽으로 빠져 있어야겠다."

"그러게요. 아니면 K 방송국을 피하든가 해야지. 무서워서 어디일하겠어요?"

"별일 없을 거야."

"그러면 다행인데 불안하단 말이에요."

"괜찮대도."

기성은 의자에 앉아 마저 메이크업을 받았다.

물론 그의 신경 한쪽 끝에서는 경보등이 번쩍번쩍했다.

분명 과거에 그가 드라마를 하차했던 것을 두고두고 곱씹은 것이다. 어리바리했던 그를 기억하지 못한다고 생각한 것은 완전히 틀린 것이었다. 최 PD는 그렇게 뛰쳐나간 기성에게 복수의 칼날을 갈아 온 것처럼 보였다.

'뭐, 별일이야 있겠어?'

불안을 떨쳐 내려 기성은 주먹을 쥐었다 폈다를 반복했다. 그래도 사라지지 않는 불안에 그는 거울 앞에 놓인 물병을 들어 입을 적셨다.

＊　＊　＊

"안녕하세요, 윤기성 씨."

"네, 안녕하세요."

눈이 부실 정도로 환하게 세트장을 밝히는 조명 아래 기성과 인터뷰하기 위해 온 여기자가 마주 앉았다. 그녀는 자신을 정소영이라고 소개했다.

그들을 촬영하는 카메라가 정면에만 석 대, 세트장 뒤쪽에 두 대가 있었다. 사방에서 자신을 찍는 것이 익숙지 않아 기성은 허리를 쭉 펴고 앉았다.

연예 프로그램의 5분짜리 인터뷰 장면을 위한 촬영임에도 세트장은 여느 영화 촬영장이나 드라마 촬영장을 방불케 했다.

"이번 작품은 배우 윤기성에게 그야말로 전환점과 같은데요. 잔혹한 살인 사건을 쫓는 형사 역할로 관객분들의 뇌리에 강한 인상을 남기셨어요. 인기를 실감하시나요?"

정 기자의 질문에 기성은 웃으며 쑥스러워 어찌할 바를 몰랐다.

"확실히 이전보다 들어오는 작품들에 다양성은 생긴 것 같아요. 매우 감사한 일이죠. 최근에서야 알게 됐는데, 남자분들도 만나면 너무 좋아해 주시더라고요."

"배우 일을 시작하면서 많은 일이 있으셨죠?"

"그렇죠."

"지금은 배우로서의 삶이 가수로서의 삶보다 더 오래됐는데. 어떠세요? 배우로서 연기하는 것이 이제는 좀 수월해지셨나요?"

"연기할 때 대충 할 수는 없어요. 열심히 해도 이 정도밖에 못 하거든요. 하하하."

그는 고개를 젖히며 크게 웃었다. 정 기자도 그를 따라 웃었다.

"현장에서 집중력이 대단하다고 들었어요."

"저는 무언가에 집중할 때가 가장 행복한 것 같아요. 연기는 해도 해도 다른 사람이고, 작품마다 표현할 수 있는 연기가 끝이 없으니 너무 재미있어요. 간절하게 그 캐릭터가 되고 싶은 마음에 집착과 끈기가 생긴 거죠."

"앞으로 촬영에 들어가는 드라마는 서브 주연 역할을 맡으셨어요. 많은 분이 윤기성 씨라면 이제 단독 주연을 해야 하는 것 아니냐, 이런 이야기를 하는데요. 이번 작품을 선택하신 이유가 있으신가요?"

"지금까지 제가 연기를 잘해서 주연을 맡았다기보다 운이 좋아서 좋은 작품에 들어간 것 같아요. 그렇다 보니 서브냐 메인이냐는 중요하지 않아요."

거기까지 그가 말을 마치자 정 기자가 손을 들어 카메라 감독에게 신호를 보냈다. 카메라의 빨간불이 꺼지고 잠시 녹화가 중단되었다.

기성은 자리에서 일어나 허리를 쭉 펴고 스트레칭을 했다. 안무 연습으로 생긴 허리 통증이 한 자세로 오래 앉아 있자 뻐근하게 다시 올라왔다.

"여기까지 하고 잠시 쉴게요. 이어지는 인터뷰에서 BSB에 관해 이야기 나눌 건데, 괜찮을까요?"

그녀는 대본 내용을 다시 확인하며 물었다.

"이 인터뷰 방송이 언제죠?"

"다음 주 화요일이요."

"아, 그렇다면 얼마든지요."

콘서트가 끝난 이후에 방송이 나가길 원했던 터라 기성은 고개를 끄덕였다.

"그리고……."

그녀는 잠시 머뭇거리더니 그를 향해 싱긋 웃었다.

"최근 만나시는 분에 대한 질문은요?"

"아…… 그건 좀."

"짧게만 부탁드릴게요."

난감한 상황에도 기성은 미소 띤 얼굴을 유지했다. 사방에 카메라가 가득한데, 아무리 끊어 가는 상황이라도 표정 관리는 필수였다. 카메라를 떠나서 주변에 보는 시선이 너무 많았다.

정 기자는 포기하지 않고 계속 밀어붙였다.

"스캔들 보도 이후 첫 인터뷰 아니에요? 저, 이거 못 따 가면

PD님한테 혼나요."

"상대가 연예인이 아니라 조심스러워서 그래요. 좀 봐주시죠."

"그럼 제가 질문하고 기성 씨 표정만이라도 따면 안 될까요?"

"그것도 좀……."

안 되겠다 싶어 기성은 태호를 눈으로 찾았다. 심상치 않은 눈빛을 알아차리고 멀찍이 뒤에 서 있던 태호가 성큼성큼 걸어왔다.

"무슨 일이시죠?"

"아, 매니저님. 기성 씨가 요즘 만나시는 분 이야기를 좀 듣고 싶어서요."

"죄송하지만, 오늘 인터뷰는 영화와 새로 시작하는 드라마, 그리고 BSB 콘서트까지만 질문을 받기로 되어 있는데요."

"에이, 그건 스캔들 기사 나오기 전이고요."

표정을 싹 지우고 말하는 태호에게도 정 기자는 물러서지 않았다. 몹시 기자다운 태도라 기성은 기분이 나쁘기보다 그녀가 대단하다는 생각이 들었다.

"안 됩니다."

"흠, 알겠어요. 빡빡하시네요."

불만이 가득해 입술을 삐죽거리며 그녀는 다시 카메라 감독에게 신호를 보냈다. 카메라에 빨간불이 들어오고 태호가 빠르게 자리를 이동했다.

기성은 다시 의자에 앉으며 만족스럽게 미소 지었고, 정 기자도 본심을 숨기고 다시 얼굴에 미소를 띠었다.

"자, 이제 며칠 있으면 BSB 콘서트가 열립니다. 호오— 박수!"

"예. 하하하."

정 기자와 함께 손뼉을 치던 기성은 웃음이 터졌다. 쑥스러웠다. 자신을 BSB로 소개하는 것이 얼마 만인지, 정말 까마득한 옛날이야기 같았다.

"축하드려요, 드디어 BSB가 7년 만에 팬들 앞에 모습을 드러내게 됐어요. 그동안 윤기성 씨와 다른 멤버들 사이에 불화설이 간간이 있었어요. 그때마다 누구도 해명하지 않으셨는데, 이번에 다 같이 모여서 콘서트를 연다는 소식에 팬들만이 아니라 BSB를 기억하고 있는 모든 분이 깜짝 놀랐어요."

기성은 어색하게 입꼬리를 끌어 올렸다.

'일부러 이러는 건가?'

유나에 대한 질문을 막은 것에 대한 보복인지, 굳이 BSB의 불화설을 끄집어내는 의도가 궁금했다.

"사소한 오해가 있었던 것이지, 불화는 없었어요."

"그런가요? 팬들을 7년 만에 마주하게 되는데, 기분이 어떠세요?"

"떨려요. 기적을 마주한 거니까요."

"기적이요?"

"네. 너무너무 감사하고 또 감사해요. 멤버들한테도 고맙고, 팬들한테도 고맙고요. 우리 멤버들은 계속 늙어 가고 있고, 옛날보다 모든 면에서 부족한 점이 많을 거란 말이죠. 그런데 한번 사랑해 줬기 때문에 그 마음으로 더 응원해 주는 게 너무 고마워서 몸 둘 바를 모르겠어요."

"이번에 기성 씨 스캔들이 터지면서 많은 분이 콘서트 걱정을 꽤 많이 하셨어요. 무리 없이 잘 진행되고 있는 거겠죠?"

"네, 물론입니다."

기성은 짧게 대답했다.

입으로는 미소 지었지만, 정 기자의 입에서 나온 '스캔들'이라는 단어를 듣자마자 눈빛이 바뀌었다. 그는 더는 질문하지 말라고, 강력하게 눈으로 말했다.

"네, 그럼 지금까지 배우 윤기성 씨와 함께했습니다. 감사합니다."

"감사합니다."

고개를 숙여 인사하고, 카메라가 꺼진 것을 확인한 기성은 의자에서 일어났다.

"수고하셨습니다."

그는 일일이 허리를 숙여 다른 스태프들에게도 인사했다.

"아쉽네요. 제가 기사 좋게 써 드릴 수 있는데."

정 기자가 아쉬움이 가득한 얼굴로 말했다.

"다음에 기회가 되면 부탁드리죠."

"이번에 누가 제보한 건지 모르겠지만, 다음엔 그 정보가 저한테 들어오면 좋겠네요."

"제보라뇨?"

기성이 고개를 갸웃하며 물었다.

그의 질문에 오히려 정 기자가 놀란 것 같았다. 그녀는 작은 눈을 동그랗게 뜨고 입을 오물거리며 호들갑을 떨었다.

"어머, 모르셨어요? 기성 씨 연애한다는 거 누가 제보해서 걸린 거라던데요?"

"누가요?"

"누군지 알면 제가 벌써 찾아갔겠죠, 호호."

제보라니.

그저 집 앞에 찾아온 파파라치에게 운 나쁘게 걸렸다고만 생각했는데.

그보다 누가 자신과 유나의 관계를 알고 제보를 했다는 건지, 의아했다. 하지만 정 기자는 의혹만 남긴 채 인사하고 자리를 떴다.

"왜 그래요, 형? 정 기자가 또 뭐 이상한 소리 해요?"

태호가 굳어 있는 기성의 얼굴을 보고 물었다. 앞서 그녀가 스캔들 기사로 고집을 피웠던 터라 그것과 관련해서 무슨 문제라도 생겼나 걱정하는 목소리였다.

"아니, 그런 게 아니라……. 유나 씨하고 내 스캔들 말이야."

"네."

"그거 누가 제보한 거라는데? 너 알아?"

"제보요? 누가요?"

"그것까지는 모르는 모양이더라. 그런데 누가 제보를 했다는 건 사실인 것 같아."

"누가 안다고 제보를 해요? 동네 사람들?"

동네 사람들이라면, 세탁소 사장님인가.

하지만 그럴 리가 없었다. 그분은 그럴 생각도 없으실뿐더러 제보하는 방법도 모르실 분이었다.

더 떠오르는 사람은 유나의 집에 TV를 설치한 제품 서비스 센터 직원과 인터넷 설치 기사였다. 하지만 그들은 분명 그가 옆집에 산다는 것을 알았다.

"신경 쓰지 말아요. 어차피 다 지난 일인데요, 뭘. 누가 제보한 게 무슨 상관이에요."

"그냥, 좀 뭐랄까. 무섭달까?"

기성은 팔에 돋은 소름을 떨쳐 내는 시늉을 했다.

연예계 생활 10년 동안 수많은 팬을 겪어 봤고, 수많은 일을 겪었지만, 지금처럼 뒤통수에 눈을 달고 싶었던 적은 없었다. 어쩌면 지금까지 사람을 믿지 못해 피해망상에 걸리지 않은 것이 오히려 이상한 일일지도 몰랐다.

"정 기자가 원래 유명해요. 연예부 기자 중에서 가장 독종이고, 독특한 성격이라고 명성이 자자하거든요."

"그래?"

"네. 그러니까 그만 생각해요."

"응. 알았어."

"옷 갈아입고 연습실 갈 거죠?"

"그래야지."

둘은 함께 대기실로 이동해 옷을 갈아입었다.

여전히 기성의 머릿속에는 정 기자에게서 들은 이야기가 꼬리를 물었지만, 태호에게는 내색하지 않았다.

이래저래 오늘은 찜찜한 만남만 있던 기분이라 빨리 멤버들을 만나 불길한 기운을 떨쳐 내고 싶었다.

*　*　*

기성은 팔에 머리를 이고 옆으로 가로누워 고이 잠든 유나를 바라봤다.

하얀 이불을 끌어안고 그를 향해 누운 그녀의 뽀얗고 하얀 살결이 그의 시선을 끌었다.

어깨부터 허리로 물결처럼 이어진 몸매가 아름다웠다. 이불을 살짝 걷어 내면 보일 그녀의 알몸을 상상하며 그는 미소 지었다.

새근거리며 잠든 그녀의 얼굴로 햇볕이 살짝 드리웠다. 그가 손을 들어 가려 주자 햇볕에 찡그리던 그녀의 얼굴이 다시 편안해졌다.

지난밤은 마치 꿈처럼 지나갔다.

누가 누구에게 먼저 안겼을까.

누가 누구의 옷을 먼저 벗겼던가.

그의 기억 속에서는 둘이 키스를 나누며 서로의 옷을 같이 벗겼던 것 같다.

속옷만 남았을 때 그는 그녀를 번쩍 들었다. 그녀의 다리가 그의 허리를 감싼 채 키스를 나누며 그녀의 침대로 갔다.

왈왈 짖으며 발치를 오가는 샘을 발로 살짝 밀고 방문을 닫았다. 문을 박박 긁던 소리도 어느새 귓가에서 사라졌다.

숨이 차오르고, 심장이 세차게 뛰었다. 현실이라고 믿을 수 없을 정도로 하얗고 아름다운 그녀의 몸매에 이성의 끈이 뚝 끊겼다.

'아……'

그녀의 입이 벌어지며 뜨거운 숨결과 함께 신음이 흘러나왔다.

그는 큰 손에 가득 담기는 그녀의 가슴을 잡고, 유두를 빨았다. 허리를 꺾으며 신음을 흘리는 그녀의 가슴과 목덜미에 진한 자국을 남겼다.

그는 그녀의 아름다운 몸을 구석구석 핥았다. 비비 꼬이고 발가락 끝까지 힘을 주던 그녀는 참을 수 없다는 듯 다리를 더 벌리고,

허리를 들며 그에게 안겼다.

그는 꽉 조이는 그녀 안에서 폭발하는 자신을 느꼈다.

땀이 방울져 그녀의 가슴에 떨어지고, 두 사람의 격렬한 움직임에 그녀 가슴의 땀방울은 다시 흩어졌다.

꽉 조이는 그녀 안을 그는 있는 힘껏 오가며 허리를 움직였다. 애타게 끓는 신음이 열기와 함께 방 안을 가득 채웠다.

그녀의 손톱이 등을 파고들고 어깨를 세게 부여잡자, 그 세찬 손아귀에 그가 반응했다. 그녀 안으로 단단한 자신을 더 깊숙이 넣었다.

절정의 순간이었다.

어두운 방 안에서 포근하게 감겨 오는 침대 위의 이불도 걷어 내고 둘은 서로를 끌어안고 몸 구석구석 탐닉했다.

한 번으로는 부족한 열정에 오랜 시간 공을 들여 두 번째, 세 번째의 절정을 맞이했다.

그의 위에서 움직이며 활처럼 휘던 그녀의 몸이 또렷했다. 그가 움직일 때마다 그녀의 허리에 고이던 땀방울도 선명했다.

폭발적인 정사를 마치고, 그는 그녀를 가슴에 꼭 끌어안고 쓰러지듯 잠이 들었다.

'행복하다.'

얼마 만에 느껴 보는 행복인지. 그는 벅찬 감동으로 그녀의 얼굴을 물끄러미 감상했다.

푸, 하고 들릴 듯 말 듯 살짝 코를 고는 그녀가 귀여웠다. 세상 그 무엇도 두렵지 않을 정도로 아드레날린이 샘솟았다.

마음 같아서는 그녀를 끌어안고 온종일 뒹굴고 싶었지만, 빡빡한 일정이 그를 현실로 내쫓았다.

어느새 당일로 다가온 콘서트를 위해 그는 침대에서 조심스럽게 몸을 빼 일어났다.

걱정과 달리 유나는 기성에게 짐이 되는 존재가 아닌 듯했다. 오히려 그녀를 안은 것이 그에게 휴식처럼 달콤한 기억이 되었다.

그래서 달콤하고 짜릿했던 지난밤이 오늘 아침에 활력을 주었다.

유나를 괴롭히는 햇볕을 가리기 위해 커튼을 치고, 조용히 까치발로 걸어 침실을 나왔다. 나오면서 침실부터 거실까지 바닥에 길을 만들며 떨어진 옷가지를 주섬주섬 챙겨 입었다.

'나도 어지간히 급했나 보네.'

그는 피식 웃음이 터졌다.

책상 위에 놓인 빈 종이에 펜으로 메모를 남겼다.

「먼저 갈게요. 이따 만나요.

― ㄴ」

삐친 듯 알은척도 안 하는 샘의 머리를 몇 번 쓰다듬으며 귀여워해 주자 샘이 그의 손을 핥았다. 이른 시간이라 샘도 잠에 취해 있었다.

조금 더 샘을 매만지고 그는 까치발로 다시 침실로 향했다.

여전히 잠이 든 그녀의 머리맡 탁자에 메모지를 올려놓았다. 그리고 그녀의 이마에 쪽, 하고 입을 맞췄다.

"으음, 몇 시예요?"

이마 키스에 눈을 뜬 유나가 눈을 비비며 물었다.

"8시요. 더 자요."

"응, 이따가 봐요."

"네, 이따가 봐요."

"잘할 거니까 너무 걱정하지 말고요."

그녀는 잠에 취해 눈도 제대로 뜨지 못하고 웅얼거렸다. 열정적인 지난밤의 흔적이 얼굴 곳곳에 남아 있었다.

그 모습에 그는 입을 틀어막고 속으로 웃었다.

도도하고 당차 보이던 평소 모습이나, 어젯밤 그를 바라보며 촉촉하게 젖은 유혹의 눈이 아닌 이토록 귀여운 모습이라니. 너무 귀여워 볼을 꼬집고 싶을 정도였다.

더 있다가는 정말 그녀의 볼을 꼬집으며 귀여워할 것 같아 그는 빠르게 그녀의 집을 나섰다.

* * *

리허설을 위해 도착한 잠실 종합 운동장 보조 경기장.

기성은 밴에서 내리며 심호흡을 깊이 했다. 드디어 오늘 이곳에서 7년 만에 팬들과 만나게 된다니, 떨리는 마음에 몸까지 떨리는 것 같았다.

"콘서트 중간쯤에는 올 거예요."

조수석 창문을 내리고 태호가 말했다.

"응. 알았어."

"나 없다고 떨지 말고요."

"하하하, 알았다."

"가방에 청심환이랑 소화제랑 넣어 놨어요. 희주 형 매니저한테 잘 이야기해 놨으니까 이따 봐요."

"알았어, 알았어."

"하필 오늘 또 이래서 미안해요. 최대한 빨리 끝내고 올게요."

"응, 응. 걱정하지 마."

기성은 웃으며 태호를 안심시켰다.

최근 기성은 영화 무대 인사가 끝나고 콘서트 연습 일정밖에 없었다. 그래서 소속사에서 태호를 매니저가 없는 다른 연예인의 일일 매니저로 돌렸다. 하필 오늘 태호가 기성의 콘서트를 제대로 보지 못하는 이유였다.

회사에서 시킨 일 때문인데도 미안한 마음에 거듭 사과하는 태호에게 기성은 괜찮다는 말을 되풀이했다. 어느 정도 안심한 태호는 그제야 차를 출발시켰다.

태호를 보내고 보조 경기장 안으로 들어서자 수많은 사람이 경기장 안을 오가는 것이 보였다. 모두 콘서트를 위해 열심히 일하는 스태프였다. 날이 매우 더워서 다들 땀을 뻘뻘 흘리고 있었다. 실내라면 에어컨이라도 돌릴 텐데, 야외 공연장이라 그마저도 할 수 없었다.

안쓰러운 얼굴로 기성은 눈을 마주치는 모든 스태프와 눈인사를 나눴다.

경기장의 한쪽에 커다란 무대와 조명이 설치됐다. 각종 음향 기기가 무대에 올려지고, 관객석으로 BSB 멤버들이 돌아다닐 수 있도록 설치된 돌출 무대도 보였다. 워낙 방방 뛰어다니는 것을 좋아하는 멤버들과 공연 시간 내내 서서라도 가까이에서 그들을 보고 싶어 하는 팬들을 위한 것이었다.

벌써 관객들이 앉을 파란색 플라스틱 의자가 무대 앞에 죽 깔렸다. 4만 석이라고 들었다. 4만 석이라니. 한창 활동 중일 때도 한 번에 채워 본 기억이 없는 수였다. 그런데도 4만 석의 표가 매진이 라니, 긴장감에 등줄기가 싸늘해졌다.

분명 어제 리허설 때도 봤는데 오늘은 또 기분이 달랐다. 이제 도망가고 싶어도 도망갈 수 없고, 도망가서도 안 됐다.

기대되지만, 부담스러운, 그래서 너무나 두려운 시간이 다가오고 있었다.

"윤기성, 뭐 해?"

무대 위에서 음향팀과 이야기를 나누던 지호가 기성을 발견하고 큰 목소리로 그를 불렀다. 운동복 차림에 야구 모자를 뒤집어쓴 지 호는 제자리에서 방방 뛰며 손을 들어 휘휘 저었다.

기성은 지호를 향해 걸어갔다. 관객석을 빙 돌아 경호를 위한 펜 스를 지나 무대 옆에 설치된 계단을 올라갔다.

"왜 이렇게 얼굴이 하얗게 질렸어? 겁먹었어?"

"그래 보여?"

"어디 아픈 사람 같아."

"그래? 큰일이네."

기성은 손으로 턱을 문질렀다. 아침에 면도한 턱에서 까끌까끌한 감촉이 일었다.

그렇게 티가 난다니, 진정되지 않는 마음을 어째야 하나 심란했다.

"성규만 오면 돼. 곧 도착할 거야."

"희주는?"

"뒤에서 아침 먹어. 너는, 밥은 먹고 왔어?"

"대충."

"가서 든든히 먹어."

"못 먹겠어. 체할 것 같아."

"어이구, 우리 기성이 어쩌나?"

지호는 기성의 팔을 꼭 붙잡고 머리를 기대며 웃었다. 기성과 다르게 지호는 마냥 즐거워 보였다.

"힘내. 뭐 이렇게 긴장하고 그래?"

"넌 긴장이 안 돼?"

"돼. 근데 즐기려고. 팬들이 우리 기다린 만큼 우리도 많이 기다렸잖아. 신나게 놀아야지."

"후, 그래야지."

"할 수 있어. 우리가 있잖아."

"그래."

기성은 지호의 머리에 자신의 머리를 쿵 박았다.

지호의 말이 옳았다. 멤버들이 있다면 할 수 있다. 걱정하지 말고, 이 순간을 즐기며 신나게 놀면 되는 것이다.

다시 음향팀과 무전을 주고받는 지호를 뒤에서 잠시 지켜보다 기성은 대기실로 들어갔다.

대기실의 작은 테이블 앞에 철제 의자를 펴 놓고 앉아 도시락을 먹던 희주가 기성을 발견하고 알은척을 했다.

"왜 이렇게 늦어? 빨리빨리 와야지."

"미안. 지호랑 이야기 좀 나누느라."

"지호 만났어? 쟤는 진짜 신났어. 7년을 어떻게 참았나 몰라."

희주가 고개를 절레절레 저었다.

"밥 먹어야지?"

"아니야. 먹으면 얹힐 것 같아."

희주가 내미는 도시락을 기성이 손을 들어 거절했다.

"그래도 지금 먹어 두지? 제대로 못 먹을 거면 지금 먹고, 점심을 걸러."

"그래야 하나?"

"이거 팬들이 보내 준 거야. 죽도 있더라. 죽 먹어."

바닥에 있는 박스에서 희주가 동그란 도시락 통을 꺼내 주었다.

「BSB의 10주년을 축하합니다. 오늘 우리, 신나게 놀아요!」

하트가 가득한 종이 스티커에 쓰인 글씨를 보고 기성은 울컥했다. 오랜만에 보는 팬클럽 이름이 낯설었다. 아직도 이렇게 기억해 주는 팬들이 있다니. 손에 든 따뜻한 도시락에서 팬들의 뜨거운 사랑이 그대로 전해지는 것 같았다.

"이리로 와 앉아."

희주가 자신의 도시락을 손에 들더니 옆에 있던 빈 의자로 비켜 앉으며 자리를 내주었다.

"그래, 먹자."

기성은 가방을 내려놓고 희주 옆에 앉았다.

도시락 뚜껑을 열자 김이 모락모락 올라오는 하얀 죽이 맛있는 냄새를 풍겼다. 눈물이 차오르는 것을 죽을 먹으며 간신히 삼켰다.

분명 오늘 무대는 눈물바다가 될 것이 뻔한데, 지금부터 울 수는 없었다. 우는 것도 멤버들과 함께, 팬들과 함께하기 위해 속으로 꾹꾹 눌러 참았다.

"어이구."

그래도 눈가에 맺힌 물기를 봤는지 희주가 기성의 머리를 쓰다듬었다.

"나이 먹더니 눈물이 많아졌어?"

희주의 말에 기성은 헛기침하며 손을 저었다.

"울긴 누가 울어."

"에이, 완전 울보고만."

"안 울었다고."

"어차피 오늘 다들 울 텐데 그냥 미리 시작하지?"

둘은 킥킥거리며 웃기 시작하더니 이내 하하하 크게 웃음을 터트렸다.

기성은 멤버들조차 떨리는 마음으로 콘서트를 기다리고 있음을 깨달았다. 자신만 겁을 먹고, 자신만 눈물을 참는 것이 아니었다. 모두가 같은 마음으로 기다리는 것이다.

"뭐가 그렇게 즐거워?"

대기실로 마호와 성규, 지호가 들어서며 어리둥절해했다.

둘은 웃으며 그들을 향해 손짓했다. 모두가 모였다. 7년의 공백을 통으로 들어낼 순간이 카운트다운에 들어갔다.

네 명이 한자리에 모여 팬들이 보내 준 도시락을 먹고, 마지막 리허설에 들어갔다. 음향을 조절하고, 안무의 동선을 확인했다.

점심시간에는 기성을 제외한 모두가 도시락에 달려들었다. 이번 도시락은 기성의 개인 팬클럽에서 보내 준 것이었다.

콘서트 끝나고 팬클럽 카페에 꼭 인사 글을 남겨야지, 생각했다. 그와 함께 7년 동안 마음고생이 심했던 그들을 챙기는 것은 그의 몫이었다.

[도착했어요?]

무대에 오르기 전 마지막으로 기성은 휴대 전화로 메시지를 보냈다.

지난밤 유나에게 초대권을 줬다.

'좋은 자리는 못 줘요. 2층의 매우 먼 자리라 화면으로밖에 안 보일 거예요.'

팬들을 위해 초대권의 좌석은 시야 방해가 있는 곳이거나 2층의 외곽이었다. 판매할 수도 없는 좌석을 초대석으로 만든 것은 전쟁을 방불케 하는 예매 전쟁을 치르는 팬들을 위한 BSB의 배려였다.

그런데도 유나는 그가 내민 초대권을 들고 환하게 웃었다.

'어디든 상관없어요. 꼭 가고 싶었는데, 고마워요.'
'유나 씨가 와 준다면 내가 조금 덜 떨릴 것 같아요.'
'그렇게 많이 떨려요?'
'엄청나게 떨려요.'
'훗, 귀여워라.'

그녀는 그의 얼굴을 손바닥으로 감싸고 꾹 눌렀다. 그의 얼굴을 붕어같이 만들어 놓고 그녀는 혼자 웃음이 빵 터졌다.

[벌써 도착해서 기다리고 있어요. 잘하고, 이따 봐요♡]

그녀의 메시지를 확인하고, 마지막에 그녀가 붙인 하트를 재차 확인한 다음, 그는 휴대 전화의 전원을 껐다.

조금 전 마셨던 청심환보다 떨리는 마음에는 그녀가 더 효과적이었다.

간신히 긴장된 몸과 마음을 추스르고, 그는 무대 뒤에서 준비하며 기다리고 있는 멤버들에게 합류했다.

"준비됐어?"

"응. 가자."

"자, 그럼 구호 외치고 갑시다."

기성의 말에 멤버들의 네 손이 하나로 모였다.

"우리 여기까지 준비 잘해 왔고, 이제 시작이니까 끝날 때까지 다치지 말고 힘내서 팬들이랑 한번 잘 놀아 보자. 하나, 둘, 셋!"

"Go!"

다 함께 구호를 외침과 동시에 무대 조명이 꺼지고, 네 명이 서 있는 리프트가 무대 위로 올라가기 시작했다. 팬들의 함성이 귀를 울리고 몸을 울렸다.

쿵, 소리와 함께 리프트가 무대에 도착하고 음악이 시작됐다.

그리고 BSB와 팬들을 막고 있던 무대 막이 스르르 천천히 위로 올라갔다.

드디어, BSB의 제2막이 시작되었다.

＊　＊　＊

장장 네 시간 반에 걸친 공연이 끝나고 대기실로 돌아온 네 명은 서로를 부둥켜안았다.

옷을 적신 것은 땀이 분명했지만, 얼굴에 흐르는 것은 땀이 아니라 뜨거운 눈물이었다.

참고 참았던 눈물이 팬들을 맞이하는 첫 곡이 끝남과 동시에 터져 버렸다. 공연을 끝내고 아쉬워하는 팬들에게 앙코르 곡까지 선물하고 돌아선 지금, 다시금 눈물이 터지는 것은 또 다른 이유 때문이었다.

진짜로 다시 한 가족이 되었다는 기쁨.

콘서트는 성공적으로 마무리됐고, 드디어 끝났다.

기성은 멈추지 않는 눈물을 손등으로 훔쳤다. 벌겋게 변한 눈으로 돌아보니 멤버들뿐 아니라 안무팀과 다른 스태프들까지 모두 울고 있었다. 모두가 한마음 한뜻으로 이 공연의 성공을 바란 것이다.

"형, 고생했어요."

태호가 수건을 건넸다. 그의 눈도 퉁퉁 부은 것을 보고 기성은 웃다가도 눈물이 터졌다.

"그만 울어요. 유나 씨랑 같이 왔어요."

유나라는 말에 기성은 수건으로 눈을 꾹꾹 눌렀다. 고개를 돌리니 대기실 문밖에 선 그녀가 보였다.

그녀는 청바지에 이번 콘서트를 위해 제작한 BSB 로고가 박힌 검은색 티셔츠를 입고 있었다. 경기장 밖 부스에서 판매하는 상품을 사 입은 모양이었다.

그는 수건을 태호에게 건네고 그녀에게 다가갔다.

"왔어요?"

"네."

환하게 웃는 그녀의 눈도 그처럼 빨갛게 부어 있었다.

오늘은 눈물바다에서 누구도 도망쳐 나올 수 없었던 모양이다.

"우리 어땠어요?"

"진짜진짜 멋있었어요."

그녀는 엄지손가락 두 개를 번쩍 들었다.

"티셔츠 샀어요? 내가 줄 걸 그랬네요."

"괜찮아요. 콘서트도 공짜로 봤는데, 이건 내가 사야죠."

"그래도……."

"봐요, 나 응원봉도 샀어요."

그녀는 환하게 웃으며 가방에서 기다란 막대기를 꺼냈다. BSB 의 로고 모양에 현란한 불이 들어오는 공식 응원봉이었다.

"응원봉도 샀어요?"

"그럼요. 나도 이제 엄연한 BSB 팬이거든요."

"하하하."

둘은 마주 보며 웃었다.

"힘들죠?"

유나는 땀에 젖은 기성의 머리카락을 손가락으로 넘기며 물었다.

오늘 공연을 보고 그녀는 윤기성이라는 가수에게 다시금 반해 버렸다. 화면으로 봤던 배우 윤기성도, 그녀의 옆집에 사는 윤기성 도 아닌 BSB 윤기성에게는 확실히 또 다른 매력이 있었다.

잔망스러운 표정으로 무대를 즐기는 그의 모습에 그녀는 공연 내내 설레었다. 그와 멤버들과 팬들과 함께 울고 웃었다.

이렇게 무대 뒤에서 기성을 보니 꿈에서 깨어난 기분이었다. 그 녀가 이렇게 느낄 정도면 그는 얼마나 힘들고 뿌듯하고 벅차고 감동적일까. 상상도 안 됐다.

"괜찮아요. 들어와요, 멤버들 소개해 줄게요."

그는 그녀의 손을 잡고 대기실 안으로 들어갔다.

땀을 닦고 소파와 대기실 바닥에 아무렇게나 널브러져 있던 멤버들은 기성과 유나를 발견하고 벌떡 자리에서 일어났다.

"인사해, 여기는 내……."

잠시 기성은 뭐라고 말을 할지 고민하며 망설였다.

"여자 친구 유나 씨. 유나 씨, 여기는 우리 BSB 멤버들이에요."

"안녕하세요? 기성 씨 여자 친구 유나 힐입니다."

기성의 소개를 듣고 유나는 그 말을 그대로 옮기며 고개를 숙여 인사했다.

"지난번에 제대로 인사를 못 드렸죠. 희주입니다, 강희주."

"저는 이지호라고 합니다. 우리 기성이, 잘 부탁드려요."

"저는 아시죠?"

희주와 지호가 서로 경쟁하듯이 인사하고, 마지막으로 성규가 웃으며 손을 흔들었다.

"아, 유나 씨. 여기 이 형은 예전에 BSB 매니저이자 우리 보호자였던 마호 형이에요."

기성은 빼놓지 않고 마호를 소개했다.

"마호입니다."

"유나예요."

마호와 유나는 웃으며 악수했다.

"오늘 공연 정말 잘 봤어요. 다들 너무 멋졌어요."

"아, 진짜요? 2층에서도 잘 보이던가요?"

"네. 화면이 커서 괜찮았어요. 음향도 좋았고요."

유나의 대답에 무대 연출을 맡았던 지호가 환하게 웃었다.

"저희 뒤풀이로 삼겹살 구워 먹으러 갈 건데, 같이 가세요."

희주가 유나에게 제안했다.

"아니요. 저는 여기서 빠질게요."

"네? 왜요? 같이 가시죠."

"오늘 콘서트 준비하신 분들끼리 같이하는 자리에 제가 낄 수는 없죠. 전 한 것도 없는걸요."

유나가 손을 저으며 극구 사양했다.

"이제 제수씨인데, 같이 가도 괜찮아요."

"네? 제수씨요?"

성규의 말에 유나가 얼굴이 빨갛게 변하며 어색한 웃음을 흘렸다.

"야, 제수씨 당황하게 하지 마."

"왜? 제수씨 아니야? 맞잖아?"

"에이, 맞기는 맞는데. 갑자기 쓰면 당황하시잖아."

"익숙해지셔야지."

지호와 성규의 대화를 가만히 듣고만 있던 기성의 얼굴까지 빨개졌다.

"그만해, 이것들아."

"적당히 해라."

결국, 마호와 희주가 둘을 제지했다.

"괜찮으니까 같이 가요."

인사를 마치고 멤버들에게서 조금 떨어진 곳에서 기성이 유나에게 말했다.

"괜찮아요. 나 신경 쓰지 말고 멤버들이랑 시간 보내요."

"정말 같이 안 가도 괜찮겠어요?"

"어차피 내일부터 2주 동안 쉬죠?"

"네. 뭐, 드라마 일정이 미뤄져서……."

"그럼, 2주 동안 기성 씨 내 거 해도 되죠?"

"하하하, 알았어요."

기성은 고개를 흔들며 웃었다. 멤버들과 스태프들과 시간을 보낼 수 있게 배려해 주는 유나가 고마웠다.

오늘 공연을 마지막으로 이제 이 멤버들과 언제 다시 모일지 알 수 없었다. 지금까지의 회포를 풀려면 밤을 새워도 모자를 터였다.

"오늘 식사 제대로 못 했죠?"

언제 이렇게 그를 잘 파악하게 된 건지. 그녀는 그의 눈을 똑바로 응시하며 물었다. 그러자 그는 고개를 끄덕였다.

"가서 삼겹살 많이 먹어요."

"네."

"술은 적당히 마시고요. 또 나한테 술주정하면 이번엔 진짜 문밖에서 자게 둘 거예요. 알았죠?"

"네. 삼겹살은 많이, 술은 적당히."

그는 그녀의 주문을 되뇌었다.

그 모습에 그녀는 피식 웃음이 났다.

"나는 이만 가 볼게요. 내일 봐요."

"조심해서 가요."

그는 그녀의 손을 양손으로 꼭 잡았다.

보는 눈이 많아 다른 행동을 하고 싶어도 할 수 없었다. 할 수만 있다면 그녀를 꽉 끌어안고 그녀의 도톰하고 빨간 입술에 입을 맞추고 싶은데, 그럴 수 없어 애가 탔다.

그는 안타까움에 제 입술만 깨물었다.

"내일요, 내일."

"네?"

"오늘 못 하는 건 내일 하자고요."

또다시 그의 마음을 그녀에게 들켜 버렸다.

"기대해요."

그녀는 한쪽 눈을 살짝 감았다 떴다. 그리고 그의 손을 꼭 마주 잡고 피식 웃었다.

한동안 둘은 그렇게 서로에게서 눈을 떼지 못하고 웃기만 했다.

＊　＊　＊

유나는 향긋한 커피 냄새에 잠에서 깼다. 까슬까슬한 이불의 감촉이 맨살에 닿아 간지러웠다.

기지개를 크게 켜고 떠지지 않는 눈을 간신히 뜨니, 침대 머리맡에서 쟁반을 들고 서 있는 기성의 웃는 모습이 눈에 들어왔다.

"일어났어요?"

그는 그녀가 누운 침대 한쪽에 앉았다.

알몸인 그녀와 다르게 이미 옷을 챙겨 입은 그를 보니 부끄러워져 그녀는 이불을 끌어 올려 얼굴을 가리고 눈만 빼꼼히 꺼내 그를 바라봤다. 이미 볼 거, 못 볼 거 할 것 없이 다 본 사이인데도 이성이 돌아온 이후에는 부끄럽기만 했다.

"아침 먹어요."

그는 쟁반에 놓인 오믈렛과 소시지, 그리고 그녀의 잠을 깨운 블랙커피를 보여 주었다.

하룻밤을 보낸 여인을 깨우며 직접 요리한 음식을 침대로 가져오는 남자라니, 달콤함이 넘쳤다. 그녀는 행복한 미소를 지었다.

"옷부터 입고요."

"난 그대로가 좋은데."

"뭐예요, 기성 씨는 옷 다 입고 있으면서."

"그럼 나도 벗을까요?"

그는 쟁반을 침대 옆 탁자 위에 올리고 입고 있던 티셔츠를 훌렁 벗어 던졌다.

너무 빠른 그의 손놀림에 뭐라 하지도 못하고 바라보던 그녀는 웃음이 나왔다.

어쩜 저렇게 아이 같은지.

지난밤 그녀가 새긴 키스 마크가 그의 가슴에 보랏빛 흔적으로 남았다.

눈으로 보지 않아도 그가 오래 머물렀던 곳을 그녀는 너무도 선명하게 잘 기억했다. 그녀는 황홀했던 지난밤을 떠올리자 찌르르 가슴이 떨렸다.

이런 게 사랑일까.

너무 떨리고, 행복해서 두렵기까지 했다.

"됐죠?"

"바보 같거든요."

"하하하."

그는 고개를 젖히고 웃었다. 그러더니 이내 눈빛이 날카롭게 바뀌었다.

"바보라는 소리는 듣고 싶지 않은데."

그는 그녀가 누워 있는 침대에 올라와 그녀 위에 묵직하게 체중을 실었다. 양팔을 그녀 얼굴 옆으로 지탱한 채 바로 위에서 그녀를 물끄러미 내려다봤다.

"왜요?"

"바보라는 말, 취소해요."

"바보 같으니까 바보라고 했죠."

팽팽하게 물러서지 않는 그녀를 향해 그의 얼굴이 점점 가까워졌다.

짙은 갈색 눈동자에 빨려 들어갈 것 같고, 기다란 속눈썹이 얼굴을 간지럽힐 정도로 가까이 다가오자, 그녀는 눈을 감았다. 그리고 그의 도톰한 입술이 그녀의 입술에 닿고 그의 차가운 혀가 농밀하게 그녀의 입안으로 밀고 들어오기를 기다렸다.

"뭐 해요?"

눈을 번쩍 뜨자, 그가 입술을 깨물며 웃음을 참고 있었다.

"바보."

그는 그렇게 말하고 그녀의 몸에서 떨어졌다.

'아, 창피해.'

부끄러움에 잠시 얼굴을 찡그리던 그녀는 이불을 몸에 감고 벌떡 일어나 방에 떨어진 팬티를 주워 입고, 어제 입고 왔던 원피스를 몸에 걸쳤다. 그리고 엉망으로 흐트러진 머리카락을 끌어 모아 정수리에서 하나도 동그랗게 묶었다.

"에이, 아쉽다."

그렇게 말하며 기성도 티셔츠를 다시 입었다. 여전히 그는 개구쟁이처럼 웃고 있었다.

"어서 먹어요."

"기성 씨는요?"

"나는 벌써 먹었어요."

"같이 먹지."

"유나 씨가 너무 곤히 자길래 못 깨웠어요."

"몇 시인데요?"

"11시요."

"11시요?"

그녀는 깜짝 놀라 휴대 전화를 확인했다.

"왜요? 오늘 무슨 약속 있어요?"

"네……."

풀이 죽어 대답하는 그녀를 그가 어리둥절한 얼굴로 바라봤다.

"무슨 약속이……? 말을 하죠."

"남자 친구랑 놀아야 하는데, 벌써 11시잖아요. 몇 시간은 더 볼 수 있었는데."

"뭐예요. 다른 약속 있는 줄 알았네."

"속았죠? 히히히."

웃으며 말했지만, 실제로 유나는 속상했다.

콘서트가 끝나고 벌써 닷새가 지났다. 드라마 촬영까지 시간이 비는 2주 동안 기성과 함께하고 싶었지만, 어제야 비로소 그를 만날 수 있었다.

이제 그와 여유롭게 만날 수 있는 시간이 열흘도 채 남지 않았다. 일분일초가 아까운 이 시간에 늦잠이라니. 흘러간 그 시간이 아까워 속상했다.

"밥 먹고, 나가죠."

"어디를요?"

"유나 씨, 캠핑 좋아해요?"

"좋아해요. 어렸을 적에는 부모님이랑 많이 갔었어요."

"잘됐네요. 나랑 캠핑 가요."

"어디로요?"

"어디든지요. 캠핑카 빌렸으니까 어디로든 갈 수 있어요. 며칠 동안 같이 있어도 대본 연습 때문에 유나 씨 혼자 심심했잖아요. 앞으로 남아 있는 시간 오롯이 유나 씨한테만 집중할게요. 어때요?"

"너무 좋아요."

그녀는 손뼉을 짝, 치고 아이처럼 기뻐했다.

기성이 만들어 준 음식은 언제나 그랬듯이 맛있었지만, 유나는 그 음식을 음미할 새도 없었다. 천천히 먹으라는 그의 걱정 어린 말을 들으면서도 급한 마음에 어찌할 도리가 없었다.

너무 기뻐하는 모습을 들키고 싶지 않았지만, 남녀 사이의 밀고 당기기를 신경 쓸 만큼 여유롭지 않았다.

유나는 아침을 먹은 뒤 집으로 돌아가 씻고, 짐을 챙기고, 마지막으로 샘까지 목줄을 채워 함께 나왔다.

기성은 이미 주차장에서 캠핑카에 자신의 짐을 싣고 유나를 기다리고 있었다.

"샘도 데려가는 거 맞죠?"

"당연하죠."

그녀의 질문에 그는 웃으며 샘을 번쩍 안아 캠핑카 안에 마련된 이동식 장에 넣었다.

"준비됐어요?"

"네!"

"그럼 출발!"

기성과 유나는 캠핑카를 출발시켰다.

＊　＊　＊

기성은 유나를 데리고 대한민국의 아름다운 곳을 한 곳씩 보여 주었다. 서울을 벗어나 충청도, 전라도를 지나 경상도, 강원도까지. 인적이 드문 호숫가나 바닷가, 혹은 산속에 있는 캠핑장을 찾아 차를 세우고 머물렀다.

갑갑한 도시 속에 있다가 자연 속으로 오니 온몸이 정화되는 기분이었다.

하루 일과처럼 오늘도 새벽녘에 눈을 뜬 기성은 유나의 손을 꼭 잡고 산책에 나섰다.

연무가 뿌옇게 가라앉은 오솔길을 그녀와 함께 걸었다.

여름의 뜨거운 햇살도 잠시 쉬는 시간이라 선선한 바람이 두 사람의 뺨을 간지럽혔다. 부지런히 일어나 먹이를 찾는 새들의 지저귐이 머리 위를 오갔다.

내일이면 다시 서울로, 보통의 일상으로 돌아간다는 것이 유나는
믿기지 않았다. 그 일상에 기성은 없을 테니까.

"어디 아파요?"

캠핑카로 돌아와서도 말이 없는 그녀를 보더니, 기성이 고개를
숙여 그녀의 안색을 살피며 물었다.

"아니요."

"오늘 유달리 말이 없네요?"

그녀는 대답하지 않았다. 캠핑카 소파에 앉아 창밖만 바라봤다.

"내일 서울로 돌아가서 그래요?"

"……."

"바쁘기는 하겠지만, 아주 못 보는 것도 아니에요. 휴대 전화로
매일 연락할게요."

"……."

"에이, 이러면 내가 신경 쓰여서 일을 못 하는데."

그 말에 그녀는 창밖에서 시선을 돌려 그를 바라봤다. 쏟아지기 직
전의 눈물이 그녀의 눈에 맺힌 것을 보고 그가 한숨을 짧게 쉬었다.

"바보같이……."

그는 그녀 앞에 한쪽 무릎을 꿇고 앉았다. 그리고 그렁그렁 맺힌
그녀의 눈물을 손으로 닦아 냈다.

"나를 이렇게 좋아하면 어떻게 해요."

"안 될 것도 없잖아요."

"나 어디 안 가요. 계속 유나 씨 옆에 사는 옆집 아저씨고, 유나
씨 남자예요."

"알아요."

"그런데 왜 울어요?"

"꼭 생이별하는 것 같단 말이에요."

결국, 그녀의 눈에서 눈물이 또르르 흘러내렸다.

"은퇴해야겠네."

"네?"

"유나 씨 우는 모습 보고 싶지 않아요. 유나 씨 웃는 모습이 좋은데, 예쁘고. 그런데 나 때문에, 내 일 때문에, 자꾸 울고 그러면 안 되죠."

"그래서 은퇴한다고요?"

"네."

"안 울어요, 안 운다고요."

유나는 손등으로 눈물을 닦았다. 더는 눈물이 흐르지 않게 안간힘을 썼다.

"웃어 봐요."

그녀는 억지로 입술을 끌어 올렸다.

"한쪽만 올라갔는데요?"

"몰라요. 울다가 어떻게 갑자기 웃어요."

뾰로통하게 말하는 그녀의 입술에 그가 다가와 갑자기 입을 맞췄다.

눈을 감을 새도 없어 동그랗게 뜬 눈으로 그의 기다란 속눈썹을 그대로 마주했다.

하지만 이내 그녀는 눈을 감았다.

따뜻하고 폭신폭신한 그의 입술이 몇 번 방향을 바꿔 그녀의 입술에 닿았다 떨어지기를 반복했다. 그리고 이내 그녀의 입술을 벌리고 스르르 혀가 들어왔다. 그가 부드럽게 그녀의 혀를 감싸고 놀려 댔다.

찌르르, 속부터 끓어오르는 울림에 그녀는 그의 옷깃을 부여잡았다.

그것이 신호라도 된 것처럼 그가 그녀의 입술에서 떨어졌다. 그리고 그녀의 머리카락을 손가락으로 쓸어 넘기며 그윽한 눈길로 바라봤다.

"왜 그렇게 봐요?"

"……워서."

"네?"

제대로 들리지 않아 그녀가 다시 물었다.

"사랑스러워서요."

"아이참, 뭐예요."

그녀는 피식 웃었다.

"내가 이렇게 행복해도 되는 건지 모르겠어요."

그가 그녀의 눈동자에서 시선을 거두지 않고 말했다. 빨려 들어갈 것 같은 그의 눈동자에 그녀는 온몸이 마비되는 것 같았다.

뭐라고 설명해야 할까, 이 기분을.

너무도 낯설고, 너무도 그리웠던 기분이라 그녀는 다시금 눈물이 날 것 같아 아랫입술을 깨물었다.

"사랑해요."

무릎을 꿇고 그녀의 얼굴을 손으로 감싸고 시선을 맞추며 그가 고백했다. 그의 손안에서 그녀의 얼굴이 빨갛게 달아올랐다.

"시간이 흘러서 우리가 더는 서로에게 짜릿한 감정을 느끼지 못하더라도, 유나 씨를 향한 이 사랑은 변하지 않을 거예요. 언제까

지나 유나 씨 곁에 있고 싶어요. 이런 나를 받아 줄래요?"

"받아 주고 말고 할 게 뭐가 있어요? 이미 이렇게……."

"이렇게?"

"나도 기성 씨를 사랑하는데요."

그녀는 자신의 얼굴을 감싼 그의 손을 꼭 붙잡았다. 그리고 그의 얼굴로 가까이 다가가 이마에 입을 맞췄다.

"앗!"

그가 그녀의 허리를 꽉 끌어안고 가슴팍에 얼굴을 파묻었다. 깊이 파인 티셔츠 사이로 그의 뜨거운 숨결이 파고들었다. 그 숨결이 살결에 닿자, 그녀의 몸이 파르르 떨렸다.

고개를 살짝 들어 그녀의 달아오른 얼굴을 본 그는 이내 그녀의 티셔츠 속으로 손을 집어넣었다. 브래지어 속으로 뜨거운 손을 밀어 넣어 그녀의 풍만한 가슴을 꽉 잡았다.

브래지어가 위로 밀려나자 그는 그녀의 몸에서 티셔츠를 벗겨 버렸다. 거추장스러운 것은 없애 버리겠다는 강한 의지가 담긴 손길이었다.

티셔츠와 브래지어가 벗겨져 상반신이 알몸이 된 그녀의 몸을 빤히 바라보다 그가 그녀의 가슴을 입에 머금었다. 이로 가볍게 살짝 물자, 그녀는 몸을 활처럼 크게 휘었다.

그는 그녀를 번쩍 안아 침대로 데려가 눕혔다.

"왈!"

샘이 두 사람의 갑작스러운 행동에 놀라 누워 있던 방석에서 번쩍 몸을 일으켰다.

"쉿, 샘. 그냥 자."

기성은 뒤도 돌아보지 않고 말했다. 그의 말을 알아들었는지 샘은 낑, 하는 소리와 함께 다시 몸을 웅크리고 누웠다.

침대에 유나를 눕힌 기성은 그녀의 허벅지쯤에 살짝 올라탔다.

묵직한 무게가 그녀를 짓누르고 뜨거운 손이 그녀의 치마를 지나 속옷 안으로 들어왔다. 거침없는 손길이었다.

갑자기 안을 사정없이 긁어 대는 손가락에 그녀는 머리가 터질 것 같았다.

가슴과 아래를 동시에 공략당하자 그녀는 더는 참을 수가 없어 그의 머리카락을 꽉 잡아당겼다.

촉촉하게 젖은 그녀에게 만족한 듯 그는 웃으며 몸을 일으켜 자신의 옷을 벗었다.

하지만 그는 그녀의 몸에 곧장 들어올 생각이 없어 보였다. 지금까지와는 다르게 그는 그녀의 즐거움을 위해 공을 들이는 것 같았다.

그는 그녀의 다리 사이에 얼굴을 묻고, 그녀의 안으로 뜨거운 혀를 갖다 댔다.

"아훗……. 기성 씨."

전기가 오른 듯 짜릿한 느낌에 그녀의 몸이 살짝 솟구치며 신음을 흘렸다. 그녀는 도망가지 않고 자신의 다리를 조금 더 벌려 그가 더 깊이 들어올 수 있도록 해 주었다.

그는 그녀의 반응에 계곡 사이로 더 깊이 혀를 집어넣었다. 그러곤 그녀의 안을 찌르고 핥았다.

에어컨을 켜지 않은 차 안에서 아침 햇살과 함께 두 사람의 체온이 더 뜨겁게 달아올랐다.

땀이 쏟아져 미끈거리는 몸은 기름을 바른 것처럼 번들거렸다.

발가락 끝까지 힘이 들어가 꼼지락거릴 수도 없는 절정 직전에 그는 그녀의 다리 사이에서 얼굴을 들었다.

'야하다……'

지금까지 봤던 기성의 모습 중에 가장 관능적이었다. 근육질 몸에 흘러내리는 땀, 타액이 번들거리는 입술까지.

당장 그에게 안기고 싶은 마음에 그녀는 몸을 일으켜 그의 팔을 잡아당겼다.

곧 터질 듯이 커진 뜨거운 그의 것이 그녀 안으로 세차게 들어왔다. 그 크기에 매번 놀랐듯이 이번에도 그녀는 기대에 가득 차 다리를 더 넓게 벌리며 그를 맞이했다. 그리고 그의 허벅지에 자신의 다리를 감았다.

기성은 유나의 안으로 힘껏 자신을 넣었다. 그녀의 엉덩이를 살짝 들어 안쪽까지 더 깊게 들어갔다. 가득 찬 느낌이 자신을 꽉 조여 왔다.

그는 그녀의 다리 한쪽을 잡아 어깨에 걸치고 더 힘껏 자신을 밀어 넣었다.

그녀 안에서 잠시 머물며 희열에 들뜬 그녀를 내려다봤다. 팔을 위로 들고 가슴을 적나라하게 내보이고 있는 그녀가 갓 피어난 꽃처럼 아름다웠다.

그는 천천히 허리를 움직였다. 망설임은 전혀 없었다. 모든 동작에 확신을 가득 담고 그는 흥건하게 젖은 그녀 안을 세차게 오갔다.

여전히 그를 꽉 조이는 그녀를 느끼며 움직임이 점점 격렬해지고 사나워졌다.

그는 그녀를 일으켜 앉히고 자신의 위에서 몸을 움직이게 했다.

위아래로 격렬하게 흔들리는 그녀의 몸을 끌어안고 그녀의 가슴을 입에 물었다.

"아아⋯⋯. 훗, 아훗."

"헉⋯⋯. 흐흡⋯⋯."

격해지는 몸짓에 그가 그녀의 가슴을 이로 깨물었다.

그녀는 허리를 젖히고 자신을 지탱하고 있는 그의 팔 위로 흐드러졌다.

견딜 수 없는 열기 속에서 그와 그녀는 동시에 절정을 맞이했다.

아직 맞닿은 채로 움찔거리는 서로를 느끼며 서로를 꽉 끌어안았다.

"이 정도면 내가 없는 동안에도 나를 잊지 않겠죠?"

가쁜 숨을 정리하고 그가 물었다.

"이렇게까지 하지 않아도 기성 씨를 잊을 수는 없다고요."

"그래서, 싫었어요?"

"그럴 리가 없잖아요."

"이제 시작이에요."

"뭐라고요?"

"느껴 봐요."

그의 말대로 그는 그녀 안에서 다시 커지고 있었다.

깜짝 놀란 그녀가 뭐라 반응할 새도 없이 2라운드가 시작되었다.

12.

악연의 고리

드라마 촬영 당일, 즐거운 마음으로 기성이 밴에서 내리는데 주연 배우인 승우에게서 문자가 왔다.

[비상사태. 드라마국 3회의실로 와.]

고개를 갸우뚱하는 기성에게 태호가 주차를 마치고 헐레벌떡 달려왔다.

"큰일 났어요, 형."

태호도 무슨 연락을 받은 건지 표정이 심상치 않았다.

"무슨 일이야?"

"자세히는 모르겠는데, 연출 PD가 바뀌었나 봐요?"

"뭐? 박 PD님이 교체됐다는 소리야?"

"일단 빨리 가 보죠."

마른하늘에 날벼락도 유분수지.

촬영 당일에 연출자가 바뀌는 것은 기성의 연기 인생 5년 중에 들어 보지도 못한 일이었다. 아니, 어쩌면 지금까지 방송국 역사상 최초의 일이 아닐까 싶었다.

태호와 함께 드라마국에 도착하자마자 범상치 않은 어두운 공기를 느낄 수 있었다. 3회의실뿐만 아니라 복도에서도 직원들이 웅성거렸다. 두런거리며 이야기를 나누는 그들의 목소리가 심연처럼 어두웠다.

"여기, 여기."

3회의실 앞에서 승우가 작은 목소리와 큰 손짓으로 기성을 불렀다. 스태프 몇 명이 승우와 함께 있다가 기성을 발견하고 꾸벅 인사했다.

승우는 조용히 하라는 듯 손가락을 입 앞에 세우더니 회의실 문에 바짝 붙어 섰다. 그 기다란 키를 구겨 가며 문에 붙어 있는 모습에 웃음이 터지려는 것을 간신히 참으며 기성도 조심히 다가가 문에 귀를 갖다 댔다.

무슨 일이길래 이 우스운 꼴을 마다하지 않는 걸까, 호기심이 일었다.

"정말 너무하는 것 아닙니까, 선배!"

박 PD의 고함이 문을 뚫고 들려왔다. 누가 들어도 화가 잔뜩 나 있는 목소리였다.

너무 큰 분노가 느껴져 기성은 순간 문에서 귀를 뗐다가 다시 붙였다.

"뭐가 너무해?"

박 PD의 목소리에 비해 상대방의 목소리는 무료한 것처럼 들렸다. 뭐 이런 일로 호들갑을 떠느냐는 듯한 목소리였다.

"제가 이 작품에 얼마나 공을 들였는데요. 이렇게 갑자기 가로채는 건 도둑질이죠!"

"도둑질? 이 새끼가 미쳤나. 너 미쳤어?"

"네, 미치고 환장해서 팔짝 뛰겠습니다. 이건 매너가 아니죠!"

"매너? 매너 좋아하시네. 위에서 정한 일을 나보고 어쩌라고?"

"최진상! 당신이 이 작품 하고 싶어서 중간에서 지랄한 거 누가 모를 줄 알아?"

"뭐? 당신? 지랄? 너 이 새끼 다시 한번 말해 봐."

최진상?

깜짝 놀란 기성은 문에서 떨어졌다.

박 PD를 몰아내고 촬영 당일에 작품을 가로챈 사람이 최 PD라니. 악연이 분명했다.

'뭐, 할 수 없지. 다음 작품을 기약하는 수밖에. 그때 가서 딴소리하기 없기야.'

지난번 인터뷰 촬영장에서 최 PD가 했던 말이 이런 의미였던가.

기성은 등줄기가 싸해지는 것을 느꼈다.

"이 방송국에 당신 지랄 맞은 거 모르는 사람 있으면 나와 보라고 해!"

"이 새끼가. 너 자꾸 중간중간 지랄이라고 할래? 말도 짧고? 너 회사 관두고 싶어?"

두 사람이 같이 목소리를 높이자 회의실 밖으로까지 그 소리가 선명하게 들렸다.

"그래! 관두고 싶다! 이렇게 공들인 작품 두 눈 뜨고 도둑질당할 거면, 차라리 관두는 게 낫지!"

"그래, 너 말 잘했다. 관둬, 관둬. 네가 안 관두면, 내가 관두게 해 줄 테니까."

순간, 말소리가 갑자기 뚝 끊겼다.

"야, 야. 나온다, 나온다."

승우의 말에 문에 옹기종기 붙어서 회의실 안을 염탐하던 사람들이 일제히 떨어졌다.

벌컥, 문이 열리고 머리끝까지 화가 난 박 PD가 나와 사람들을 죽 둘러보더니 인상을 찡그렸다. 그는 그중에서 기성과 눈이 마주치더니 한숨을 쉬고 자리를 떠났다. 떠나는 그의 뒷모습에서도 단단히 화가 난 것을 읽을 수 있었다.

"미친 새끼."

최 PD가 밖으로 나와 박 PD의 뒤에 대고 욕을 했다.

"너네는 뭐야? 일 안 해?"

그의 불호령에 복도에서 웅성거리던 직원들과 스태프들이 순식간에 사라졌다.

그리고 그 자리에는 승우와 그의 매니저, 기성과 태호만 남았다. 승우는 뻘쭘한 표정으로 복도 천장을 바라봤다.

"아이고, 승우 씨. 왜 아직 안 갔어요?"

"아, 네, 가 봐야죠. 가야죠."

"미안해요, 촬영 기다렸을 텐데. 한 주만 더 기다려 줘요."

"아, 예, 뭐."

최 PD의 말에 승우는 일그러진 얼굴에 간신히 미소 비슷한 것을 띠우며 대답했다.

"기성 씨도 연락받았나?"

"아직요."

"아, 이것들이 일을 안 하네? 이번 작품 내가 맡기로 했어. 나도 갑자기 결정된 거라 정신이 없네. 촬영은 일주일 미뤘으니까 일주일 후에 봅시다."

말을 마친 최 PD가 몸을 돌렸다.

"이런 경우가 어디 있습니까?"

"형, 하지 말아요."

태호의 만류에도 기성은 최 PD의 등에 대고 물었다.

"기성 씨가 뭔가 오해가 있나 보네?"

"무슨 오해요?"

"그렇게 흥분하지 말고, 우리 대화로 해결해 볼까요? 들어와요."

최 PD가 3회의실 문을 다시 활짝 열더니 먼저 안으로 들어갔다.

"기성아. 그냥 모르는 척해."

뒤따라 들어가려는 기성을 승우가 말렸다.

"괜찮아요, 형. 개인적으로 최 PD님하고 할 이야기가 있어서 그래요."

"하, 적당히 해라. 저 사람 이름 그대로 진상인 거 너도 알지?"

"네. 나중에 도움 필요하면 말할게요."

"그래."

승우는 걱정스럽기는 하지만 본인이 낄 문제는 아니라고 생각했는지 얼굴을 긁적이다 매니저를 데리고 사라졌다.

기성보다 데뷔 연수도 오래됐고, 그만큼 인지도나 영향력도 더 위에 있는 승우조차도 최진상 PD는 어찌할 수가 없는 난공불락의 성이었다.

"너도 여기서 기다려."

"형, 나 형 매니저예요."

"알아. 그래도 밖에 있어."

기성은 태호를 밖에 세워 두고 3회의실로 들어가 문을 닫았다. 그는 손에 들었던 휴대 전화를 만지작거리다 바지 주머니에 넣었다.

회의실 의자에 다리를 꼬고 앉은 최 PD는 양팔을 불룩한 배 위에 올린 채 그런 기성을 삐딱하게 바라봤다.

"윤기성이 결국, 나랑 같이 작품 하게 됐네?"

"……."

"그러게 그냥 나랑 작품 한다고 하지 그랬어? 왜 팅기고 지랄이야, 지랄이."

주변에 사람이 없어지니 최 PD의 말투가 바로 반토막 났다.

"나 때문에 이렇게 된 겁니까?"

"뭐가?"

"갑자기 연출자가 바뀌는 건 계약 위반 아닌가요?"

"계약 위반? 뭐, 그럴지도? 그래서 일주일 시간 줬잖아. 촬영이 시작된 다음도 아니고, 카메라 돌아가기 직전에 바뀐 건데 뭐가 문제야?"

뻔뻔하기 짝이 없는 최 PD의 말에 기성은 점점 얼굴이 굳어 갔다.

설마설마했는데, 진짜 자신 때문에 박 PD가 물러나게 된 것 같았다. 왜 회의실을 나서던 박 PD가 자신을 보고 한숨을 쉬었는지 이해됐다. 기성 때문이라는 걸 박 PD도 알았던 거다. 차마 대놓고 말하지 못했을 뿐.

"왜 나랑 같이 일하고 싶은 겁니까?"

"왜? 나랑 일하기 싫어?"

오히려 반문하는 최 PD에게 기성은 대답하지 않았다.

당신이라면 좋겠는가, 하고 되묻고 싶은 것을 참았다.

"진짜 싫은가 보네? 왜, 또 예전처럼 그냥 나가 보시지?"

주연도 아니고 조연도 아닌, 자잘한 단역이었음에도 자신에게 반기를 들고 작품에서 빠진 기성이 최 PD는 두고두고 아니꼬웠던 모양이었다.

그는 귀를 후빈 손가락에 후, 하고 입김을 불었다.

"이번 영화 하나 잘됐다고 네가 무슨 진짜 배우라도 된 것처럼 기가 살아서 말이야."

"지금 뭐라고 하셨습니까?"

"한번 딴따라는 영원한 딴따라지. 주제 파악 좀 해. 내가 작품에 써 준다고 하면 너는 그냥 감사합니다, 하고 따라오면 되는 거야. 딴따라 주제에 고개 빳빳이 들고 지랄 맞게 굴지 말고."

"하……."

기성은 주먹을 쥐었다 폈다를 반복했다.

20대의 혈기 왕성하고 아무것도 잃을 것이 없던 때라면 최 PD에게 주먹을 날렸을지도 모른다. 하지만 지금은 30대 중반의 잃을 게 많은 그였다. 정도라는 걸 벗어난 사람에게 폭력을 쓰는 것보다, 자리를 피하는 것이 현명한 일이라는 것쯤은 알 나이였다.

그래서 그는 고개를 절레절레 저으며 회의실을 떠나려 했다.

"BSB 강희주가 지금 여기서 DJ 하던가?"

돌아서는 기성의 등 뒤에 대고 최 PD가 물었다.

기성은 갑작스럽게 등장한 희주의 이름에 걸음을 멈췄다. 그리고 스르르 돌아 최 PD를 바라봤다.

"희주는 왜요?"

"강희주 걔, 라디오 한 4년 했나? 오래도 했네. 슬슬 다른 사람이 할 때도 됐는걸?"

"……."

"내가 다음 개편 때 강희주 잘라 버릴 수도 있어."

"……!"

"드라마 PD도 갈아 버렸는데 라디오 DJ쯤이 대수겠어? 그것도 한물간 딴따라인데?"

"당신!"

기성은 성큼성큼 걸어가 앉아 있는 최 PD의 멱살을 잡아 세웠다. 그런데도 최 PD는 얼굴에서 여유롭고 비열한 미소를 지우지 않았다.

"왜? 때리게? 때려 봐. 때려 봐!"

"이……!"

"때리라니까? 때려!"

최 PD가 머리를 기성의 가슴에 일부러 부딪치며 도발했다.

이걸 바랐던 것인가.

그제야 기성은 최 PD가 노린 것은 그와의 작품 작업이 아니었다는 것을 깨달았다. 최 PD가 진정으로 원했던 건 기성이 괴로움에 몸부림치는 모습이었던 모양이다.

"형!"

문밖에서 소리를 듣고 있던 태호가 벌컥 문을 열고 들어와 두 사람 사이로 뛰어들었다.

"형! 왜 그래요? 이거 놓고 말해요!"

태호가 간신히 둘을 떼어 놓았다.

최 PD는 잡혔던 옷을 툭툭 털어 냈다. 기성은 온 얼굴을 구기며 최 PD를 노려봤다.

"희주 건들지 마. 경고했어. 희주 건들지 말라고!"

"하하하."

뭐가 우스운지 최 PD는 허리를 꺾으며 웃었다.

"그러니까, 그냥 나랑 작품 하면 되잖아."

"……."

"내가 하나에 꽂히면 끝장을 보는 성격이거든?"

최 PD가 기성에게 다가와 그의 얼굴을 손가락으로 툭툭 쳤다. 태호가 앞에서 가로막자 인상을 찡그리며 노려봤다.

"윤기성 네가 내 신경을 건드렸어. 그동안 잘 컸지? 그래도 주제 파악은 해야지. 내가 이번 기회에 제대로 알게 해 줄게. 어디 도망가지 마세요, 윤기성 씨."

"이것 보세요! 최 PD님! 지금 뭐 하시는…… 억!"

중간에서 태호가 소리치자 최 PD가 그를 밀쳐 버렸다. 태호는 의자를 붙들고 뒤로 넘어졌다.

"제삼자는 빠져. 끼어들 데 빠질 데를 몰라?"

기성은 이를 악물고 최 PD를 노려봤다.

"적당히 하시죠, 최 PD님?"

"적당히? 하……."

최 PD가 기성의 어깨에 손을 올렸다. 꺼림칙한 그 손을 기성은 흘겨봤다.

"그 여자는 잘 만나나?"

기성은 시선을 돌려 최 PD를 바라봤다. 한쪽 입꼬리만 올라간 채 웃고 있는 최 PD의 얼굴이 뱀처럼 교활해 보였다.

"얼마 전에 방송국 주차장에서 둘이 차에서 같이 내리길래 내가 기자한테 찔러 줬는데."

"……!"

"벌써 갈 데까지 간 거야? 한집에 사는지는 몰랐는데. 아주 능력 있네, 윤기성. 여자 몸매 죽이던데, 얼굴도 예쁘고."

퍽!

기성은 결국, 참았던 주먹을 쓰고야 말았다.

우당탕 소리를 내며 최 PD가 의자와 함께 바닥을 굴렀다.

"너 이 새끼. 쳤어? 내가 고소할 거야, 이 새끼야!"

최 PD가 입가에 흐르는 피를 닦으며 소리쳤다.

"해."

기성은 언성을 높이지 않고 싸늘하게 대답했다.

"뭐야?"

"고소하라고. 드라마고 뭐고 싹 엎어지면 되겠네."

"이 새끼가."

"다 같이 죽지 뭐."

"윤기성, 너 미쳤어?"

"어, 미쳤어. 그리고 나한테도 꺼낼 카드가 있거든."

기성은 바지 주머니에서 휴대 전화를 꺼내 흔들어 보였다.

"우리 대화, 여기에 다 녹음했거든."

"뭐야?"

"당신이 한 말 여기에 그대로 녹음되어 있어. 그러니까 고소해. 다 같이 죽어 보자고. 누가 죽어서 매장당하게 될지 한번 두고 보자고!"

씩씩거리며 기성이 소리쳤다.

조금 전 회의실로 들어오기 전에 기성은 휴대 전화를 바지 주머니 속에 넣으며 녹음 기능을 켜 놨었다. 무슨 이야기가 오갈지 모르지만, 어떻게 해서든 이 드라마에서 하차하고 싶은 마음에 준비해 둔 것이었다.

그것을 모르는 최 PD가 더한 소리를 꺼낼 줄은 몰랐지만.

"형."

"태호야, 지금 당장 차 준비해. 유 대표 만나러 가야겠다."

"알았어요."

태호는 비틀대며 일어나 엉덩이를 툭툭 털더니 회의실 밖으로 뛰어나갔다.

"당신! 꼭 나 고소해! 알았어?"

얼이 빠져 있는 최 PD를 바닥에 그대로 내버려 두고 기성은 회의실을 나섰다.

드라마가 엎어지는 것도, 자신의 협박이 드러나는 것도 싫은 게 분명한 최 PD는 기성의 주먹에 맞은 것을 없던 일로 칠 것이 분명했다.

하지만 기성은 달랐다. 자신이 폭력을 쓴 것이 드러나더라도 최 PD와 함께 일할 생각은 추호도 없었다.

"으아악!"

회의실에서 히스테릭한 최 PD의 짜증 섞인 소리가 새어 나왔다.

기성의 생각대로 최 PD는 어찌할 바를 모르는 중이었다. 분노로 온몸이 끓지만, 무엇 하나 제 뜻대로 할 수 없는 처지에 온몸으로 고함을 질러 댔다.

'희주를 건드리려고 했다, 이거지? 유나 씨를 욕보이고?'

지금 기성의 심정은 최 PD를 엉망진창으로 죽기 일보 직전까지 패 주고 싶었다. 살려 달라, 잘못했다는 말을 할 때까지 두들겨 패고 싶었다. 욱신거리는 주먹을 참은 것은 이성의 끈을 그나마 간신히 붙들고 있어서다.

궁금증과 호기심으로 다시금 웅성거리는 드라마국 통로를 지나 기성은 굳은 표정으로 엘리베이터를 탔다.

＊　＊　＊

한숙희 여사는 현관문 앞에서 끙끙거리며 어찌할 바를 몰랐다. 다섯 번째로 잠금장치의 비밀번호를 틀리자 요란한 소리와 함께 한동안 비밀번호를 누를 수 없다는 표시가 떴다.

'아들놈, 또 비밀번호 바꾼 거야? 바꿀 때 알려 달라니까.'

그녀는 미간을 찌푸리고 크로스 백에서 휴대 전화를 꺼내 누군가에게 전화를 걸었다.

"태호 군? 나, 기성이 엄마예요."

— 아, 네. 안녕하세요?

"기성이 집 비밀번호가 또 바뀐 모양인데."

— 네, 요즘 기자들 때문에 혹시 몰라서 주기적으로 바꾸고 있어요. 불러 드릴게요.

한 여사는 태호가 부르는 번호를 잠금장치에 입력했다.

띠, 띠, 띠.

하지만 그녀가 눌렀을 때와 마찬가지로 틀렸다는 표시가 떴다.

"그 번호도 아닌가 본데?"

— 그래요? 형이 지금 방송국 미팅 중이라, 조금 이따 알려 드릴게요.

"알았어요. 수고해요."

그녀는 전화를 끊고 현관문 앞에 놓인 쇼핑백을 바라보며 걱정에 잠겼다.

'반찬 해 온 거 쉬면 안 되는데.'

가을이 시작되었어도 낮에는 여전히 더위가 이어졌다. 기성의 미팅이 끝날 때만 기다리다가는 반찬이 어찌 될지 모른다는 생각에 한 여사는 발을 동동 굴렀다.

그때, 엘리베이터 문이 열리며 키가 크고 예쁘장하게 생긴 여자가 내렸다.

"안녕하세요?"

"아, 네."

여자는 한 여사와 눈이 마주치자 빙긋 웃으며 인사를 하더니 옆집 문을 열었다.

"혹시……"

한 여사는 여자에게 말을 걸었다.

"혹시 우리 기성이랑 사귄다는 그 여자분인가요?"

"누구신지……."

여자는 한 여사의 물음에 현관문을 반쯤 연 채 이러지도 저러지도 못하며 되물었다.

"아, 나 기성이 엄마 되는 사람인데요."

"아……."

"여기 사진 보여 줄까요?"

유나가 의심이라도 할까 싶어 한 여사는 휴대 전화의 갤러리를 열어 사진들을 유나 쪽으로 들이밀었다.

"안 보여 주셔도 괜찮아요."

"응?"

"기성 씨랑 굉장히 닮으셨어요."

유나는 기성과 똑 닮은 한 여사의 눈매를 보며 굳이 사진을 확인하지 않아도 기성의 가족임을 알았다.

"안녕하세요, 유나 힐이라고 합니다."

"유나 힐? 외국분이신가?"

"네, 미국 국적이에요."

"호호호, 그렇구나. 반가워요."

"어머님 닮아서 기성 씨가 잘생겼나 봐요."

"어이구, 얼굴만큼 말도 예쁘게 잘하네."

유나는 힐끔 기성의 집 앞에 놓인 짐들을 보고 의아한 얼굴로 한 여사를 바라봤다.

"근데 안 들어가세요?"

"아들놈이 비밀번호를 바꿔 놓고 알려 주질 않아서. 미팅 끝날 때까지 기다리는 중이에요."

"아……. 그럼 잠깐 들어오실래요?"

유나가 현관문을 활짝 열었다.

그러자 문 앞까지 나와 있던 샘이 한 여사에게 쪼르르 달려갔다.

"어머, 샘!"

"아유, 귀여워라. 그럼 내가 잠깐 실례해도 될까요? 반찬을 해 왔는데 쉴까 봐 걱정돼서. 괜찮으면 냉장고도 좀 빌렸으면 싶고."

한 여사는 쭈그리고 앉아 샘을 어루만지며 부탁했다.

"네, 들어오세요. 날도 더운데 차 한잔하면서 쉬다 가세요."

유나는 한 여사가 가져온 짐을 나눠 들고 샘을 집으로 몰며 함께 안으로 들어갔다.

한 여사는 유나의 집을 품평하듯이 이쪽저쪽을 눈으로 훑었다. 그리고 깔끔하게 정리된 모습에 흐뭇한 미소를 지었다.

'생긴 것만큼 집도 예쁘게 꾸며 놨네. 싹싹하기도 하고.'

유나는 쇼핑백에서 반찬 그릇을 꺼내 텅 비어 있다시피 한 냉장고에 집어넣었다. 그러면서 제발 한 여사가 그녀의 냉장고를 보지 않기를 바랐다.

'음식도 안 해 먹는 여자라고 흠이라도 잡히면 어쩌지?'

그래서 그녀는 빠른 동작으로 정리를 끝내고 냉장고 문을 닫았다.

그동안 한 여사는 고맙다는 인사와 함께 거실 바닥에 앉아 샘을 간지럽히며 놀아 줬다.

"커피 드릴까요?"

"아뇨, 아뇨. 그냥 시원한 물 한 잔 줄래요?"

"네, 시원한 물이요."

유나는 한 여사의 주문대로 정수기에서 시원한 냉수를 컵에 받아 갖다주었다. 한 여사는 물컵을 들고 벌컥벌컥 마셨다.

"아유, 요즘 너무 더워서."

"네, 무척 덥죠. 소파에 앉으세요."

"괜찮아요. 바닥이 시원하고 좋아요."

유나는 어찌할 바를 모르며 한 여사가 앉은 거실 바닥 옆에 함께 앉았다.

"기성이랑 만난다고 해서 한번 같이 오라고 했는데, 이놈이 연락도 없고. 갑자기 이렇게 만나서 미안해요."

한 여사는 미안한 얼굴로 부드러운 미소를 지었다.

"아니에요. 기성 씨가 바빠서 어머님께서 섭섭하시겠어요. 옆집 사는 저도 얼굴 보기가 힘든데요."

유나의 말에 한 여사는 뭔가 만족스러운 웃음을 띠었다.

"우리 기성이가 좀 답답하게 굴어도 유나 양이 이해해 줘요. 애가 쓸데없이 생각이 많아. 고집도 세고. 그래서 유나 양이 마음고생을 할 수도 있어요."

"네."

"그래도 바빠서 연애도 못 하고 장가도 못 갈 줄 알았는데, 다행이네요. 이렇게 예쁘고 착한 아가씨랑 만나고 있다니까 한시름 놓이네, 내가."

"좋게 봐 주셔서 감사합니다."

유나는 멋쩍은 웃음을 흘리며 고개를 숙였다.

띠링.

그때, 한 여사의 휴대 전화가 울렸다.

"아, 태호네."

그녀는 태호에게서 온 메시지를 확인했다. 기성의 집 비밀번호였다.

"고마워요. 이제 가 봐야겠어요."

"좀 더 쉬다 가세요."

"응, 아니에요. 나도 사무실 문 열어야 해서 가 봐야 해."

"반찬 그릇 꺼내 드릴게요."

유나가 일어나며 말하자 한 여사가 그런 그녀를 말렸다.

"그냥 유나 양 먹어요."

"네?"

"아까 보니까 냉장고에 뭐가 없던데. 혼자 타지에 와 있으면 집밥이라도 든든하게 먹어야지."

"그래도 이건 기성 씨……."

"우리 기성이 데려다가 여기서 같이 먹음 돼지. 바로 옆집이니까 좋네."

"아, 감사합니다……."

"다음에 기성이랑 꼭 같이 놀러 와요? 응?"

"네, 그럴게요. 감사합니다. 잘 먹을게요."

"나, 가요."

한 여사는 그렇게 말하고 손을 휘휘 저으며 현관으로 갔다. 뒤따라오는 유나에게 굳이 나오지 말라고 손짓까지 하며 한 여사는 빠른 걸음으로 문을 닫고 가 버렸다.

유나가 따라 나갔을 때 한 여사는 이미 엘리베이터를 타고 웃으며 손을 흔들고 있었다.

"안녕히…… 가세요."

닫히는 엘리베이터 문을 향해 유나는 얼빠진 표정으로 인사했다.

＊　＊　＊

"그래서 주먹을 날렸다고?"

"응."

"아이고……."

유 대표는 소파 깊숙이 몸을 기대고 지끈거리는 머리를 부여잡았다.

마주 앉은 기성은 김 비서가 가져온 얼음으로 주먹을 식히는 중이었다.

한 달 전에는 성규에게 맞고 오더니, 이번에는 누구를 패고 왔다고. 그와 함께한 5년 동안 단 한 번도 하지 않던 짓을 갑자기 몰아서 하는 기성 때문에 유 대표는 두통이 몰려왔다.

태호에게서 큰일 났다는 연락을 받았을 때만 해도 무슨 일이길래 이 호들갑을 떠나 싶었다. 그런데 바뀐 드라마 연출자를 폭행했다는 소리에 하마터면 손에 든 전화기를 떨어트릴 뻔했다.

"기성아, 아무리 그래도 폭행이라니. 그것도 방송국에서, 방송국 PD를. 어쩌려고 그랬냐."

"형한테 녹음 파일 메일로 보내 놨어. 그거 들어 보면 알 거야."

"녹음 파일?"

"응. 이 드라마에서 하차할 이유를 만들어야 했거든."

큰 기대를 하지 않고 유 대표는 소파에서 일어나 책상으로 갔다. 굳은 얼굴로 컴퓨터 전원을 켜고 메일을 확인했다. 실제로 기성에게서 온 메일 하나가 도착해 있었다.

— BSB 강희주가 지금 여기서 DJ 하던가?

유 대표도 익히 알고 있는 최 PD의 목소리가 스피커로 흘러나왔다.

— 희주는 왜요?
— 강희주 걔, 라디오 한 4년 했나? 오래도 했네. 슬슬 다른 사람이 할 때도 됐는걸? 내가 다음 개편 때 강희주 잘라 버릴 수도 있어.

녹음 파일을 듣던 유 대표의 눈이 커졌다.

— 드라마 PD도 갈아 버렸는데 라디오 DJ쯤이 대수겠어? 그것도 한물간 딴따라인데?
— 당신!
— 형!

문 열리는 소리와 함께 달려오는 태호의 발소리가 들렸다.

— 형! 왜 그래요? 이거 놓고 말해요!

― 희주 건들지 마. 경고했어. 희주 건들지 말라고!

― 하하하. 그러니까, 그냥 나랑 작품 하면 되잖아. 내가 하나에 꽂히면 끝장을 보는 성격이거든? 윤기성 네가 내 신경을 건드렸어. 그동안 잘 컸지? 그래도 주제 파악은 해야지. 내가 이번 기회에 제대로 알게 해 줄게. 어디 도망가지 마세요, 윤기성 씨.

― 이것 보세요! 최 PD님! 지금 뭐 하시는…… 억!

유 대표는 듣던 것을 중단시키고 대표실 문 앞에 서 있는 태호를 바라봤다.

"김 실장, 저놈한테 맞았어?"

"맞은 건 아니고, 밀치는 바람에 넘어졌습니다. 기성이 형 얼굴을 손가락으로 툭툭 치잖아요."

"최 PD, 이 새끼가 단단히 돌았네. 그럼 최 PD가 너네한테 먼저 손댄 거지?"

"그렇다고 할 수 있죠."

"좋았어."

유 대표의 머릿속에 폭행 사건을 크게 키우지 않을 방도가 떠올랐다.

"더 들어 봐."

"더 들을 것이 있어?"

"내가 왜 때렸는지는 들어야지."

"아, 맞다."

기성의 말에 유 대표는 다시 녹음 파일을 재생시켰다.

— 그 여자는 잘 만나? 얼마 전에 방송국 주차장에서 둘이 차에서 같이 내리길래 내가 기자한테 찔러 줬는데. 벌써 갈 데까지 간 거야? 한집에 사는지는 몰랐는데. 아주 능력 있네, 윤기성. 여자 몸매 죽이던데, 얼굴도 예쁘고.

탁.

유 대표는 키보드를 세게 두드려 녹음 파일을 껐다. 더 들을 것도 없었다. 기성이 주먹을 날린 이유가 충분히 이해됐다. 그가 기성이었다면 한 대로는 끝나지 않았을 것이다. 그나마 기성이 이성의 끈을 놓지 않은 것이 신기할 정도였다.

"미친 새끼. 더 패 주지 그랬냐."

"나는 한 대로도 큰 사고 친 거 아냐? 나머지는 형이 해 줘."

"그래. 이런 건 내가 대신 해야지. 소속사 대표가 이런 거 수습하라고 있는 거 아니겠냐?"

"미안해. 그런데 진짜 너무 화가 나서 어떻게 할 수가 없었어."

"잘했어. 너한테 뭐라고 할 사람 없어."

"그렇게 생각해 주니 고맙네."

"주먹은 좀 어때?"

기성은 얼음주머니를 떼고 손을 들어 보였다.

"멀쩡해. 적어도 이 손보다는 최 PD 얼굴이 더 아플 거야."

그렇게 말하며 기성은 웃었다.

"어떻게, 이 드라마에서 나 빼 줄 수 있겠어?"

"네가 왜 빠지냐? 이 작품 꽤 잘될 건데, 빠지려면 이 미친 도둑 새끼가 빠져야지."

"최 PD가 빠지려고 하겠어?"

"그게 지금부터 내가 할 일이지."

걱정하는 기성에게 유 대표는 자신만만한 웃음을 지어 보였다.

"넌 집에 가 있어. 최 PD에서 다시 박 PD로 바뀌어도 당장 드라마 촬영은 힘들 테니까. 가서 유나 씨랑 놀든가 해."

"진짜 유나 씨랑 놀면 화낼 거면서?"

"알긴 아네?"

"내일 희주가 하는 라디오 초대 손님으로 나가야 해서 그 준비도 해야 해."

"보이는 라디오?"

"응."

"그럼 가서 피부 관리도 좀 받고, 응?"

제발 부탁한다는 표정과 함께 유 대표는 양손을 합장해 보였다.

"BSB 다시 활동하는 건 어떻게 돼 가?"

"뭘 어떻게 돼 가? 멤버들이 다 하겠다고 했으면 하는 거지. 소속사들은 알아서 대처할 테니 걱정하지 마."

"잇속 챙기려고 하는 사람은 없을 테니까, 형도 편하지?"

"당연하지. 애들이 다 착해서."

"나는 BSB 활동으로 버는 건 다 기부했으면 싶은데."

"아이고, 어련하시겠어요? 원하는 대로 하시죠."

어차피 이렇게 될 줄 알았다는 듯 유 대표는 별로 놀라지도 않았다.

"그럼, 대표님. 저는 이만 가 보겠습니다. 잘 부탁드려요?"

"아, 예예. 뒷수습은 저에게 맡기고 윤 배우님은 들어가 쉬세요."

서로 농담을 주고받고 나서야 기성은 안심한 표정으로 태호와 대표실을 나섰다. 그 뒷모습을 바라보던 유 대표는 김 비서를 안으로 불렀다.

　"부르셨습니까, 대표님?"

　김 비서는 손에 노트와 펜을 들고 유 대표가 하는 말을 적으려고 준비했다. 그녀의 표정은 언제나 그랬듯이 딱딱하게 굳어 있었다.

　"김 비서, 지금 당장 노 변호사한테 연락해서 상의할 일이 있다고 여기로 오라고 해."

　"네, 알겠습니다."

　"그리고 최승우 씨랑 한소진 씨 소속사에 연락해서 대표들하고 약속 좀 잡아 줘."

　"약속 시각은 언제로 잡을까요?"

　"오늘 저녁이면 좋을 것 같은데?"

　유 대표의 말에 김 비서는 휴대 전화 시간을 슬쩍 확인하더니 수첩에 무언가를 적었다.

　"노 변호사님이랑 먼저 얘기 나누실 거면 저녁 약속이니 7시로 잡겠습니다."

　"응, 그래."

　"장소는 어디로 할까요? 식사를 겸하실 거면 대표님 좋아하시는 한정식집으로 예약하고요."

　"좋지."

　그의 대답에 그녀는 고개를 끄덕이고 수첩에 또 무언가 끄적였다.

　"더 시키실 일 있으신가요?"

"연락하는 거 여기서 하면 안 돼?"

"왜 그러시죠?"

"그냥, 김 비서랑 더 같이 있고 싶어서."

"안 됩니다."

"연락 다 하면 대표실 문 잠그고 나랑 시간을 보내면 더 좋고."

"업무 시간에는 이러지 말라고 분명히 말씀드렸습니다. 나가 보겠습니다."

얼굴색 하나 변하지 않고 말을 마치자마자 김 비서는 뒤도 돌아보지 않고 대표실을 나갔다.

'차갑기는. 누가 얼음 마녀 아니랄까 봐.'

입술을 삐죽이며 유 대표는 의자에 몸을 깊숙이 밀어 앉았다.

드라마 연출자가 갑자기 교체되었다는 말에도 모르는 척하고 넘어가려 했는데, 녹음 파일을 들어 보니 단순히 넘길 문제가 아니었다. 언제 또 최 PD가 기성의 앞길을 막을지 모르는 상황이라 단단히 해결하고 넘어갈 필요성이 있었다.

'잘못 걸렸어, 최진상. 누가 더 진상인지 내가 보여 줄게.'

유 대표는 비열해 보일 수도 있는 웃음을 지었다. 자신의 회사와 자신의 연예인을 위해서라면 그는 못 할 짓이 없는 사람이었다.

* * *

K 방송국 드라마국 국장실 안의 공기는 무겁게 가라앉아 있었다. 좁아터진 그 안에 모인 사람들만 해도 모두 연예계에서 한 힘을 쓴다는 사람들만 모인 데다 좋은 일로 만난 것이 아니기에 더 그랬다.

"그럼 저희는 다시 박 PD님께 맡기는 것으로 알고 가 보겠습니다."

드라마 제작을 맡은 C 외주사 대표가 재킷 단추를 여미며 자리에서 일어났다.

"불편한 일을 만들어서 정말 죄송합니다. 처음부터 최 PD를 말리는 것이었는데."

"다음에 또 이런 일이 일어나진 않겠죠. 국장님이 얼마나 고생하시는지 저희도 다 아는데요."

외주사 대표는 다른 사람들에게도 고개를 숙여 인사하고 자리를 떴다.

"최 배우한테 전해 듣기는 했는데, 이 정도의 사태인 줄은 어제 유 대표님 만나고 알았어요. 아무리 시청률 탑을 찍는 연출자라지만, 방송국 PD가 이런 식으로 배우를 대하면 안 되죠, 국장님."

정 대표가 얼굴을 찡그린 채 푸념했다.

그녀는 유 대표와 달리 대그룹 막내딸로 그룹의 자본을 이용해 소속사를 세우고 값비싼 배우들을 싹 긁어모은 것으로 유명했다. 이번 드라마의 남자 주인공인 최승우도 그 배우 중 하나였다.

그녀는 새빨간 색의 정장을 위아래로 맞춰 입고, 빨간 립스틱을 발라 안 그래도 이목구비가 뚜렷한 얼굴이 더 화려하고 강하게 보였다.

"미안하게 됐어요. 나도 최 PD가 이 정도로 진상인 줄은 몰랐습니다."

시원하게 벗겨진 국장의 머리에 땀방울이 송골송골 맺혔다.

"괜히 이름이 진상이겠어요? 그나마 우리 최 배우한테 해코지한 것이 아니라 다행이네요."

"에이, 정 대표님. 그렇게 말하면 내가 섭섭하죠."

옆에서 듣고 있던 유 대표가 웃으며 정 대표의 말을 잘랐다.

"말이 그렇다는 거죠. 아무튼, 배우들 입장은 유 대표님과 제가 대표로 전해 드리는 거예요. 국장님께서 다행히 사태를 잘 수습해 주신다고 하니, 믿고 기다리겠습니다."

"걱정하지 말아요. 박 PD가 시작한 일은 박 PD가 끝마쳐야지. 최 PD는 내가 단단히 단속할 테니 유 대표님도 걱정하지 말고 돌아가세요."

국장의 말이 끝나기가 무섭게 국장실 문이 벌컥 열리며 최 PD가 작고 둥글둥글한 몸을 들이밀었다. 기성에게서 맞은 눈가가 시퍼렇게 멍이 들어 있었다.

"손은 됐다 뭐 하는 거야? 노크할 줄 몰라?"

"누가 있는지 몰랐죠."

"누가 없어도 내가 있을 것 아냐!"

국장의 타박에도 얼굴을 한껏 구긴 최 PD는 표정 하나 바꾸지 않았다.

"나중에 뵙죠."

정 대표가 벌떡 일어나 국장을 향해 손을 내밀었다.

"조심해서 가세요. 다음엔 좋은 일로 봅시다."

국장이 그녀의 손을 잡고 살살 위아래로 흔들며 웃었다.

"유 대표님, 안 가세요?"

"정 대표 먼저 가요. 난 여기 최 PD님한테 할 이야기가 있어서요."

"흠. 그럼 먼저 갈게요."

그녀는 문을 나서기 전에 최 PD를 날카로운 눈으로 노려봤다. 엄청 기가 센 시선인데도 최 PD는 유연하게 그 시선을 받아넘겼다.

그녀가 나가고 문이 닫히자 국장은 최 PD에게 다가가 그의 정강이를 구둣발로 냅다 찼다. 유 대표는 그 장면을 못 본 척하고 소파에 다시 앉았다.

"악! 국장님!"

최 PD는 정강이를 붙잡고 펄쩍 뛰었다.

"너 뭔 짓 하고 다니냐?"

"제가 뭘요?"

"협박? 방송국 PD 새끼가 실적 좋다고 대우 좀 해 주고 유명해지니까 네가 눈에 뵈는 것이 없지?"

"그게 아니라⋯⋯."

"아니긴 뭐가 아니야? 벌써 녹음된 것 다 들었는데."

녹음이라는 말에 최 PD가 유 대표를 노려봤다. 유 대표도 지지 않고 그 시선을 그대로 최 PD에게 돌려주었다.

"이번 드라마 다시 박 PD가 맡을 거야. 넌 그냥 찌그러져 있어."

"이런 경우가 어디 있습니까? 윤기성 하나 빠지면 될 일을요."

"윤기성 하나? 아직 사태 파악이 안 돼? 왜 정 대표가 여기 있었겠냐?"

"왜 왔는데요?"

"너 안 빠지면 캐스팅됐던 배우들 전부 빠진단다. 그러니까 너 하나 나가는 게 나은 거 아냐? 어차피 너 이 작품에 별 관심도 없었잖아. 왜 갑자기 분란을 만들어서 일을 어렵게 만들어? 제정신이 아니면 병가 내고 집에 가서 쉬든가."

흥분한 국장이 침을 튀겨 가며 말을 쏟아 냈다.

어제 유 대표가 다른 소속사 대표들을 만나 녹음 파일을 들려주고, 최 PD의 만행을 알리자 그들은 두말할 필요도 없이 유 대표에게 힘을 실어 주었다. 이번에는 기성과 유 대표가 당한 일이지만, 언제 자신들의 소속사 연예인들이 당할지 모르는 일이기 때문이었다.

"제가 한마디 해도 될까요?"

아무래도 말이 길어질 것 같아 유 대표가 자리에서 일어났다.

"뭡니까?"

삐딱한 시선으로 최 PD가 그를 노려봤다.

"우리 소속사 연예인을 다시는 협박하지 마십시오. 분명히 경고하는데, 다시 또 그랬다간 당신, 이 바닥에서 설 곳 없게 만들어 줄 테니까."

"당신 지금 나 협박하는 거야?"

"어, 협박하는 거야. 양아치한테는 똑같이 양아치처럼 행동해야지."

"뭐? 양아치?"

눈을 뒤집고 날뛰려고 하는 최 PD에게 유 대표가 한 발짝 가까이 다가갔다. 그러자 최 PD가 움찔하며 몸을 뒤로 뺐다.

"열받으면 또 해 봐. 딱 한 번만 더 해 봐. 내 말이 그냥 협박으로 끝나는지 아닌지 확실히 알게 해 줄 테니까."

"이, 이······."

최 PD는 화가 나면서도 아무 말도 할 수 없는지 이상한 소리를 냈다.

"국장님, 그럼 저는 이만."

"네, 네. 이놈은 제가 잘 타이를 테니 걱정하지 마세요. 죄송하게 됐습니다. 그리고 그나마 조용하게 넘어가게 해 주셔서 감사합니다."

"피장파장인데요, 뭘. 일이 잘 정리돼서 다행이죠. 가 보겠습니다."

"네. 멀리까지 안 나가겠습니다."

유 대표는 인사를 나누고 국장실을 나왔다.

닫힌 문 뒤에서 고함을 치며 최 PD를 나무라는 국장의 목소리가 들렸다. 아마 새로운 국장으로 바뀌기 전까지는 최 PD가 드라마 연출을 맡는 게 힘들 것이다.

오늘은 그것으로 만족하고 유 대표는 자리를 뜨기로 했다.

＊　＊　＊

[해결 완료.]

유 대표의 짧은 메시지를 확인한 기성은 가슴 한쪽이 후련해지는 기분이었다. 먹은 음식이 가슴에 얹힌 것처럼 답답했던 마음이 싹 가라앉았다.

기성은 휴대 전화를 진동으로 바꿔서 태호에게 맡기고 라디오 부스로 들어갔다.

오늘을 위해 특별히 코디가 협찬받아 온 티셔츠에 그려진 손가락이 평화를 외치고 있었다. 마치 지금 그의 마음을 대변해 주는 것 같았다.

"준비됐어?"

그동안 무슨 일이 있었는지 전혀 모르는 희주가 히죽 웃으며 기성을 반겼다. 여유롭게 데스크에 앉아서 헤드셋을 목에 건 모습이 라디오 DJ 4년 차 프로다워 보였다.

"응, 완벽해."

기성은 희주를 향해 마주 웃었다. 희주를 지켜 냈다는 기쁨과 자신을 향한 기특함이 섞인 웃음이었다.

— 시작합니다. 3, 2, 1

부스 밖에서 라디오 PD의 신호가 떨어졌다. 2부와 3부 사이의 광고가 끝나고 자연스럽게 희주가 대본을 읽었다.

"자, 3부와 4부에서는 예고해 드린 대로 굉장히 중요한 초대 손님을 모셨습니다. 지금 보이는 라디오로 함께하시는 분들, 보이시나요? 올해 천만 관객을 돌파한 영화의 주연 배우이자, 데뷔 10주년을 맞이한 BSB의 자리를 꽉 채워 준 그분, 바로 윤기성 씨입니다. 어서 오세요, 윤기성 씨."

와, 하는 환호성을 지르며 희주가 기성을 소개했다.

"잘생겼다!"

희주의 오두방정 때문에 기성은 밝게 웃으며 고개를 숙였다.

테이블 맞은편에 세워진 카메라로 생중계가 되고 있다는 사실에 긴장이 돼서 몸에 잔뜩 힘이 들어갔다.

"청취자분들에게 인사 부탁드릴게요."

"안녕하세요, 윤기성입니다."

"와— 멋있다. 잘생겼다."

희주가 다시 손뼉을 치며 호응했다.

"아유, 하지 말아요. 창피해."

"오, 귀까지 빨개지셨어요. 기성 씨가 얼마 만에 라디오에 출연하시는 거죠?"

"영화 홍보 때문에 얼마 전에 출연한 적은 있는데, 보이는 라디오는 또 처음이라 어색하네요."

"제가 있지 않습니까? 하하하!"

"하하하."

둘은 얼굴을 마주 보고 웃음을 터트렸다.

확실히 희주가 DJ를 보니 어색함이 많이 줄고, 편안해졌다.

잠시 희주는 대본에 쓰인 대로 기성의 안부와 근황을 물었다.

"몇 달 전에 개봉한 영화가 천만 관객을 돌파했어요. 그렇죠? 오늘 아침 공식 집계 자료에 의하면 우리나라 역대 관객 5위에 랭크됐어요. 진짜 축하드립니다."

"감사합니다. 저도 오늘 여기 오면서 들었어요."

"얼마 전에는 BSB 10주년 콘서트도 끝마쳤고요."

"네."

"소감이 어떠세요?"

"어…… 아무래도 저나 멤버들을 둘러싼 오해들이 많았기 때문에 처음에는 콘서트를 함께하는 것이 괜찮을까, 고민이 됐던 것이 사실이에요. 혹시나 저 때문에 멤버들이 또 사람들 입에 오르락내리락하면 어쩌나 싶고."

"괜한 걱정이었죠?"

"괜한 걱정이었죠. 제가 바보 같았어요. 진작 오해를 풀었어야 하는데, 희주 씨도 알다시피 제가 이상한 거에 똥고집을 피우는 경향이 있어서요."

"어휴, 대단하죠. 윤기성 씨 똥고집."

"하하하. 아무튼, 그래서 걱정을 많이 했는데 콘서트를 하고 나니까 정말 왜 진작 다시 안 했나 싶고. 정말 이렇게 많은 사랑을 여전히 똑같이 주시는 것이 감사하고. 말로 표현하기가 힘드네요."

머쓱한 마음에 기성은 괜히 웃어 보였다.

희주는 모니터를 힐끗 보더니 깜짝 놀란 표정을 지었다.

"지금 게시판이랑 채팅 창이 난리가 났어요. 청취자분들이 뭐라고 하시는지 기성 씨가 몇 개만 좀 읽어 주시겠어요?"

기성이 그의 앞에 놓인 모니터에 작가가 읽어야 할 글을 굵게 표시해 둔 것이 보였다. 다들 기성에게 힘을 주는 말뿐이었다.

"다들 기성 씨가 BSB로 활동하는 모습을 많이 기대하셨나 봐요."

"그러게요. 그렇게 시간이 오래 지났는데도 말이죠."

"그래서 기성 씨가 그분들에게 준비한 선물이 있다고 들었는데요."

드디어 지금인가!

기성은 침을 꼴깍 삼켰다.

"저와 다른 멤버들이 모두 상의해서 결정한 일인데, 이렇게 저혼자 말씀드리게 돼서 죄송하네요."

"다른 멤버들 중에 대표로 기성 씨와 제가 말씀드리는 거니까요. 뜸 그만 들이라고 게시판이 난리네요, 기성 씨?"

"네, 네. 그러니까…… BSB가 다시 여러분을 찾아갈 것 같습니다."

"어떻게요?"

"앨범도 내고, 1년에 한 차례씩은 콘서트도 하고요."

"와— 와!"

소속사를 제외하면 멤버들밖에 몰랐던 소식을 드디어 세상에 공표한 것이다.

BSB의 활동 재개 소식에 게시판뿐만 아니라 인터넷 포털 사이트의 검색어와 기사들도 모두 BSB의 소식으로 가득 찼다. 라디오 부스 밖에서 작가들이 휴대 전화를 가리키며 환하게 웃었다.

"난리가 났네요. 그렇죠?"

"그러게요."

"자, BSB 활동도 재개하고, 이제 드라마 촬영도 들어가고요?"

"네."

"이렇게 몸이 열 개여도 부족할 것 같은데, 연애까지 하신단 말이에요?"

장난기 가득한 얼굴로 활짝 웃으며 희주가 질문했다.

제발, 유나 얘기는 묻지 말아 달라고 개인적으로 부탁까지 했건만, 희주는 기성의 말은 귓등으로도 안 들은 모양이었다.

방송 끝나고 보자. 눈빛으로 희주에게 경고하고 기성은 코를 찡그리며 웃었다.

"네, 뭐 어쩌다 보니. 하하하."

"옆에서 지켜본 입장에서는 기성 씨가 그분을 굉장히 좋아하는 게 느껴졌거든요. 그래서 그 여성은 어떤 분이신가요?"

"하하하!"

기성은 대답하지 않고 웃기만 했다.

"사실 기성 씨가 제게 따로 연락해서 제발 연애 얘긴 묻지 말라고 부탁까지 했거든요? 근데 저도 어쩔 수가 없는 게, 대본에 있어요. 우리 작가들이 녹록하지 않아요, 하하하."

"흠, 그분은 참 고마운 사람이에요. 가수 윤기성도, 배우 윤기성도 아닌 옆집에 사는 아저씨? 일반인으로 봐 준 사람이거든요."

"자, 이렇게 반강제로 공개 연애를 하게 됐는데요. 실망하시는 팬분들도 엄청나거든요? 그 팬들에게 하실 말씀은?"

"음, 아……. 오빠도 연애 좀 하자, 외롭다? 하하하!"

"하하하!"

다시 또 둘이 마주 보고 웃음을 터트렸다.

부스 밖에 있는 작가와 PD도 엄지를 치켜세우며 웃었다. 오늘 방송은 이래저래 대박인 모양이다. 희주와 기성 앞에 놓인 모니터의 청취자 반응도 뜨거웠다. 일일이 읽을 수가 없을 정도로 **빠르게** 채팅 창 화면이 바뀌었다.

7년 만에, 기성은 처음으로 마음 놓고 방송에서 자유롭게 웃었다. 이러한 시간이 주어진 것은 모두 희주 덕분이었다.

7년 동안 자신을 옥죄고 있던 오해들도 풀렸고, 그리웠던 BSB 품으로 다시 돌아갔다. 하늘에서 내려온 것 같은 천사를 만나 사랑에 **빠졌다.**

'복이다, 복. 복 받았어, 윤기성.'

올해 운수가 대길이었던 모양이다.

기성은 꿈이라면 깨지 않기를 바라며 행복을 만끽했다.

13.

달콤하고 짜릿하게

꼬끼오—

요란하게 닭 우는 소리가 들리더니 이내 흥겨운 음악이 방 안에 울려 퍼졌다.

기성은 침대에서 벌떡 일어나 탁자 위에 올려놨던 휴대 전화를 들어 알람을 껐다. 얼마 전 유나가 어느 예능 프로그램에서 들었다며 재밌는 알람 소리를 깔아 준다더니, 그게 닭 소리였던 모양이었다.

'TV 좀 그만 보게 해야겠는걸?'

기성은 얼굴 가득 미소를 지으며 생각했다.

최 PD의 난동 덕분에 뜻하지 않게 일주일의 휴가가 생긴 그는 이틀에 한 번 꼴로 유나와 데이트했다. 물론 집에서 멀리 벗어나지 않고 집 안이나 헬스장, 러닝 코스인 한강 공원 주변이 다였다.

그래도 두 사람은 행복했다. 함께인 시간이 소중한 만큼 그 시간을 쪼개고 쪼개서 서로를 최대한 많이 알고 많이 느낄 수 있도록 노력했다.

오늘도 그녀와 함께이고 싶은 마음이 컸지만, 그녀가 출판사와의 약속으로 아침 일찍부터 외출 중이었다.

그녀 말에 의하면 그녀가 번역한 소설의 초고가 통과되어 교정본을 기다리는 동안 다른 소설의 번역을 맡아 달라는 부탁이 들어왔다고 했다. 한국에 와서도 메일이나 전화로만 연락을 주고받았는데, 이번에는 출판사로 와 주었으면 한다는 말에 약속을 잡았다고 했다.

아쉬움 가득한 얼굴로 새벽에 그녀를 보내고 혼자서 눈뜬 아침이 이렇게 어색하고 허전할 수가 없었다. 이제는 정말 그녀 없으면 미치거나 죽을 거 같다는 생각에 그는 스스로도 어이가 없었다.

지금까지는 어떻게 살아왔을까.

진짜 사랑은 이런 것인가.

철학적인 질문들이 떠오르자 그는 피식 웃고는 침대에서 일어났다. 그런 질문들에 일일이 대답하기 위해 고민하고 싶지 않았다.

드레스 룸에서 반바지와 티셔츠를 걸쳐 입고 나와 세수하고 이를 닦았다. 자느라 흐트러진 머리카락을 빗으로 대충 빗어 넘기고 두 팔을 하늘로 쭉 올리며 기지개를 폈다.

거실 창문을 여니 살짝 선선한 바람이 불다 말았다. 그래도 환기를 위해서 잠시 문을 열어 두기로 했다.

커피 그라인더에 원두를 넣고 손잡이를 돌려 갈았다. 곱게 갈린 원두를 드리퍼의 천 필터에 올리고 주전자의 따뜻한 물을 부었다.

커피가 내려지는 동안 그는 아일랜드 식탁의 바 의자에 앉아 드리퍼 아래로 똑똑 고이는 커피를 물끄러미 바라봤다.

햇살이 들어오는 아침, 가끔 이렇게 내려 마시는 커피의 짙은 향은 그에게 여유를 만끽하게 해 줬다.

딩동.

눈을 감고 향을 즐기던 기성은 초인종 소리에 깜짝 놀라 눈을 번쩍 떴다. 아침 10시. 유나 외에 집에 올 사람이 없었다. 하지만 그녀는 외출 중이라 방문자가 그녀일 수는 없었다.

"누구세요?"

그는 문으로 향하며 큰 소리로 물었다.

"이로한입니다."

들려온 의외의 대답에 기성은 문으로 향하던 걸음을 잠시 멈칫했다가 다시 움직였다.

"유나 씨는 외출 중인데요."

문을 열고 로한의 얼굴을 보기도 전에 기성은 유나의 출타를 알렸다.

"유나가 아니라 윤기성 씨 만나러 왔습니다."

피곤이 가득 묻은 얼굴로 로한은 기성에게 말했다.

슈트 차림인 것을 보니 출근 복장인 거 같은데, 회사는 어쩌고 이렇게 이른 아침에 왜 나를 찾아온 건지.

입가를 맴도는 질문을 삼키고 기성은 문을 활짝 열어 로한을 향해 들어오라는 손짓을 했다.

"실례하겠습니다."

로한은 구두를 벗고 기성이 내준 슬리퍼를 신었다.

"오늘은 선선하죠?"

"그러게요. 아침저녁은 그래도 시원해졌어요."

"잠깐 기다려요. 그래도 에어컨 틀어 줄게요."

기성은 열어 뒀던 거실 창을 닫고 에어컨을 약하게 틀었다.

"그런데 회사는 어쩌고……?"

"외근 나왔습니다."

"아, 그래요……. 커피 내리던 중이었는데, 마실래요?"

"네, 주세요."

기성은 어느새 유리병에 반 이상 고인 커피를 컵 두 개에 나눠 따랐다. 그리고 한 잔을 로한에게 건네고 다시 바 의자에 앉았다.

로한은 커피 잔을 들고 멀뚱멀뚱 서서 어찌할 바를 몰랐다. 잠시 그 모습을 지켜보던 기성은 아차 싶었는지 일어나 자신 옆에 놓였던 의자를 들어 맞은편에 놓아 주었다.

"앉아요, 그렇게 멀뚱멀뚱 서 있지 말고요."

"아, 네."

그렇게 두 남자는 아일랜드 식탁을 사이에 두고 마주 앉았다. 어색한 시선을 어찌할 바 모르는 로한을 기성을 물끄러미 바라봤다.

"유나랑 다시 만나나 보군요. 표정이 밝은 걸 보니."

쓸쓸한 표정을 지으며 로한이 커피 잔을 들었다.

"로한 씨는 몰골이 말이 아니네요. 무슨 일 있어요?"

"유나가 말 안 하던가요?"

"네."

"유나하고 싸웠어요."

"아……. 왜요? 혹시 저 때문에?"

기성의 질문에 로한은 잔을 탁 소리가 나게 식탁에 내려놨다. 기

424

성을 바라보는 로한의 굵은 눈썹이 날카롭게 기울었다.

"세상 모든 일이 다 윤기성 씨를 중심으로 돌아간다고 생각합니까?"

"그런 건 아니지만……. 왠지 나 때문일 것 같아서요. 아닌가요?"

로한은 대답하지 않았다. 대신 눈살을 찌푸리며 컵으로 시선을 돌렸다.

'자식, 앙탈은.'

기성은 속으로만 미소 지을 뿐, 겉으로는 담담한 표정을 지었다.

"나는 왜 찾아왔어요?"

"유나가 잘 지내는지 궁금해서요."

"잘 지내요, 아마도."

"아마도?"

로한이 다시 시선을 들었다.

"나와 함께 있을 때의 유나 씨는 지금 내 모습과 똑같거든요."

"유나는…… 행복한 거군요."

왠지 로한의 목소리에 힘이 빠지는 느낌이었다.

그는 기가 죽은 표정으로 입술을 아래로 내렸다.

"사과해요."

"……."

"뭐, 죽을죄라도 지은 거예요?"

"네."

"흠……."

생각지 못한 대답에 기성은 입을 다물었다. 마찬가지로 로한도 입을 다물어 둘 사이에 어색한 침묵이 감돌았다.

아무래도 커피를 한 잔 더 마셔야겠다는 생각에 기성은 자리에서 일어나 원두를 다시 그라인더에 넣었다. 사각사각 원두 갈리는 소리가 침묵을 가르는 유일한 소음이었다.

"유나 씨라면."

갈린 원두를 천 필터에 넣으며 기성이 입을 열었다.

"진심으로 사과하는 친구를 그냥 내치지는 않을 거예요."

"나도 그렇게 생각해요."

"그럼 뭐가 문제죠?"

"유나한테 진심으로 고백했다가 차였고, 그러다가 싸운 게 문제죠."

"아……."

이제야 어떻게 된 일인지 대충 감이 잡힌 기성은 입을 벌리고 의미 없는 감탄사만 흘렸다.

"이런 걸 나한테 말하는 이유는 뭔가요?"

다시 드리퍼에서 내려오는 커피로 시선을 돌리며 기성이 물었다.

"부러워서요."

"내가요?"

"네. 이제는 정말 유나의 옆자리를 영영 빼앗긴 것 같아서요."

"그래요?"

"네. 지금까지 걔가 만난 사람들을 경계한 적은 없었거든요. 그런데 윤기성 씨는 아무래도 내가 이길 수 없는 사람인 것 같네요."

"그래서요? 앞으로 어떻게 할 건데요?"

"글쎄요. 아마도 이제 짝사랑 따위는 완전히 접고, 새로운 여자를 찾아봐야겠죠."

로한은 그렇게 말하고 잔에서 이미 식어 버린 남은 커피를 쭉 들이켰다.

"되도록 빨리 화해하는 게 어때요?"

기성의 말에 로한은 의아한 표정으로 그를 바라봤다.

"내가 좀 있으면 촬영에 들어가거든요. 유나 씨가 한국에 있는 친구라고는 로한 씨뿐이니까, 안 외롭게 해 줬으면 좋겠는데요."

"나를 믿어요? 나 아직 완전히 유나를 포기한 거 아닙니다."

"알아요. 로한 씨를 믿는 것이 아니라, 유나 씨를 믿는 거예요."

그 말인즉, 절대로 유나가 로한에게 마음을 뺏길 일은 없다는 소리였다.

잠깐이나마 그 자신만만한 말에 울컥하는 마음이 일었지만, 로한은 그대로 아무 말 하지 않고 빈 잔만 뚫어져라 응시했다.

"한 잔 더 마실래요?"

"아니요. 회사 가서 마셔야죠."

로한의 대답을 듣고 고개를 끄덕이며 기성은 갓 내린 커피를 자신의 잔에 따랐다.

"찾다가 정 없으면 연락해요. 괜찮은 사람 소개해 줄게요."

"정 못 찾겠으면 그러죠. 커피 잘 마셨습니다. 고마워요."

로한은 자리에서 일어났다.

"유나 씨한테는 뭐라고 할까요?"

"윤기성 씨 마음대로 해요. 다 말하든지, 그냥 없던 일로 하든지."

기성은 잠깐이지만 로한의 눈에서 갈등하는 마음을 읽었다.

기성을 통해서라도 자신의 마음을 유나에게 전하고 싶은 마음과 기성을 통해서는 아무것도 유나에게 전달되지 않았으면 하는 마음. 기성은 그런 로한의 마음이 너무나도 이해가 갔다. 사랑하는 사람을 잃었거나 빼앗겼다면 누구나 이해할 수 있는 마음이니까.

고개를 꾸벅 숙이고 자리를 뜨는 로한을 기성은 굳이 배웅하지 않았다. 찰각하고 문이 열리고, 탁 소리와 함께 문이 닫히는 동안 기성은 갓 내린 커피의 향을 음미하며 물끄러미 비어 있는 로한의 잔을 바라볼 뿐이었다.

＊　＊　＊

드리퍼에서 내린 원두커피가 차갑게 식는 동안 유나는 멍한 시선으로 컵을 바라보기만 했다. 방금 서울 아동 복지 센터에서 걸려 온 통화 내용 때문에 다른 것이 눈에 들어오지 않았다.

— 알아보니까 유나 씨 친어머니 되시는 분이 어린 나이에 원치 않는 임신을 했던 모양이에요. 혼자서 어떻게든 유나 씨를 키워 보려고 했지만, 그 당시에 미혼모가 아무런 도움도 없이 애를 키우는 게 쉽지가 않던 때라…….

센터 공무원의 목소리가 지난번처럼 어두웠다.

— 유나 씨가 입양되고 몇 년 후에 결혼해서 지금의 가정을 꾸리셨나 보더군요. 남편이나 자제분들이 아무것도 모른다고…….

나중에 시간이 더 지나면 모르겠지만, 지금은 만날 수가 없다고요. 미안하다고 꼭 전해 달라 하셨습니다. 행복했으면 좋겠다고, 건강했으면 한다고도 하셨고요.

이야기를 들으면서 유나는 아무 말도 할 수 없었다.

어릴 때, 철없던 시절에 친어머니라는 사람의 사정을 들었다면 어땠을까. 분명 원망했을 것이다. 지금의 남편, 지금의 자식들은 걱정하면서 왜 나는 걱정하지 않는 거냐고, 따져 물었을 것이다.

하지만 지금의 유나는 친어머니라는 사람의 사정을 이해하고 안타까워했다. 지금 유나의 나이보다 훨씬 어린 나이에 생각지도 않았던 임신을 한 것이다. 누구의 도움도 받지 못하고 10개월을 견디고, 홀로 출산하고, 6년이라는 세월 동안 아이를 키웠다.

그게 과연 쉽게 할 수 있는 일일까?

아니, 훨씬 더 빨리 유나를 버리지 않은 것이 용할 정도였다. 아니, 처음부터 아이 낳을 생각을 한 것이 대단했다.

임신 사실을 안 순간 태아를 없애려는 시도를 안 했을까? 했더라도 결과적으로 병원을 뛰쳐나온 것이다.

그러니 어떻게 그 사람을 이해하지 않을 수 있겠는가.

어떻게 안타까워하지 않을 수 있겠는가.

괜찮다고, 그럴 수 있다고, 이해가 간다고. 새 가정 속에서 행복하고 건강하길 바란다고.

유나는 친어머니에게 전할 말을 부탁하고 전화를 끊었다.

잔 속 커피에 둥둥 뜬 먼지가 눈에 들어와 유나는 싱크대에 커피를 쏟아 버렸다. 마음속에 남은 먼지 같은 찌꺼기를 없앴다.

"무슨 일 있어요?"

고개를 돌리니 기성이 냉장고에 머리를 기대고 서서 그녀를 바라보고 있었다.

커피를 버리고서도 한참을 그대로 컵을 들고 있으니 이상하게 보이는 게 당연했다. 그녀는 컵을 싱크대에 놓고 그를 향해 돌아섰다.

"일전에 기성 씨가 친부모가 궁금하지 않느냐고 했던 말 기억해요?"

"네, 당연히."

"갑자기 궁금해져서 알아봤거든요. 친부모를 찾을 수 있는지. 찾을 수 있다면 만날 수는 있는지."

"그런데요?"

"찾았는데, 나를 만나고 싶지 않대요."

"아, 맞다. 안 그래도 궁금했어요. 그게 무슨 소리인가 했거든요."

그는 몸을 바로 하더니 그녀에게 다가왔다.

"괜찮아요?"

그는 손으로 그녀의 흘러내린 옆머리를 쓸어 넘겨 주었다. 손가락이 하는 부드러운 동작에 그녀는 저절로 미소가 지어졌다.

사랑받고 있다는 느낌이 가슴에 저리게 퍼졌다.

"괜찮아요."

"왜 만나고 싶지 않대요?"

"혼자서 나를 낳아서 키우다가 힘에 벅찼던 모양이에요. 지금은 아무것도 모르는 남편과 자식들 때문에 만나기가 곤란하다고요."

"아……."

"기성 씨도 이해 가죠?"

"유나 씨한테는 미안하게도, 그렇네요."

"괜찮아요. 나도 이해하니까."

씁쓸하게 웃는 유나를 기성은 꼭 품에 안았다.

"그래도 유나 씨가 잘 자라 준 걸 고맙게 생각할 거예요, 그분도."

"그럴까요?"

"그렇고말고요. 그리고 유나 씨가 자신을 만나고 싶어 하는 걸 아니까 언젠가 그분도 준비되면 찾아올 거예요."

"그 말을 들으니 조금 기분이 나아졌어요."

"꼭 그럴 거니까 기운 내요."

"고마워요."

기성은 씩 웃더니 그녀를 살짝 들어 안고 어기적어기적 걸어가 소파에 비스듬하게 기대 누웠다. 그녀는 불편한지 잠시 뒤척이다가 그의 몸에 등을 붙이고 누웠다.

"참, 오늘 이로한 씨가 날 찾아왔는데."

"로한이가요?"

유나는 깜짝 놀라 기성의 몸에서 등을 떼고 그를 돌아봤다.

기성은 두 눈을 휘둥그레 뜨고 자신을 바라보는 그녀를 향해 포근한 미소를 지었다.

"기성 씨를 걔가 왜요? 왜 찾아온 거래요?"

"뭘 그렇게 깜짝 놀라요?"

"기성 씨를 만날 이유가 없는 애니까요. 무슨 얘기 했는데요?"

그녀는 아예 몸을 돌려 기성을 쳐다봤다.

왜? 무슨 이유로?

더 할 말이 남았나?

기성 씨한테 무슨 말을 한 건데?

온갖 의문이 솟구쳤다.

로한과의 일을 비밀로 한 것은, 그 일이 기성과는 전혀 상관없는 일이고, 굳이 그가 알 필요도 없는 일이기 때문이었다. 그런데 로한이 기성을 찾아왔으리라고는 전혀 생각지 못했다.

"유나 씨랑 싸웠다던데요? 맞아요?"

"네."

"왜 싸웠는데요?"

유나는 다시 몸을 돌려 기성의 몸에 기댔다.

"말 안 해 줄 거예요?"

"하기 싫어요."

"궁금한데."

"로한이가 뭐래요?"

"그냥…… 별 얘기 안 했어요. 유나 씨가 괜찮은지, 잘 지내는지 궁금했던 모양이에요."

"흥."

유나는 콧방귀를 뀌었다.

다시는 보지 않겠다고 다짐했지만, 그래도 로한과 나누었던 10년의 우정이 발목을 잡았다. 그녀 때문에 상처 입었을 그가 걱정되는 마음도 있었다.

기성은 그런 유나의 근심을 아는 듯 양팔로 그녀를 꼭 껴안았다. 따뜻한 체온이 전해지자 그녀는 이내 얼굴을 펴고 고개를 들어 아래에서 그를 올려다봤다.

"화해해요."

"……."

"내가 바쁘면 같이 놀 사람이 없잖아요."

"샘이랑 놀면 돼요."

"타지에서 혼자 외롭게 지내면 향수병 걸려요."

"……."

"화해해요. 알았죠?"

"생각해 볼게요."

유나는 반반인 마음으로 대답했다. 그리고 얼른 화제를 바꿨다.

"나 없는 동안 뭐 했어요?"

"로한 씨 만나고, 운동하고, 대본 외웠죠. 어려워요. 유나 씨는 오늘 일 잘했어요?"

"알고 보니까 기성 씨랑 만나는 여자가 나라는 걸 알고 호기심에 보고 싶었던 모양이에요."

"에이, 설마."

"진짜요. 뭐, 나쁘지는 않았어요. 일할 것만 잔뜩 받아 오긴 했지만."

"잘됐네요."

"뭐가요?"

"나도 이제 드라마 촬영으로 바빠질 텐데, 유나 씨도 일이 많으면 그렇게 많이 내가 그립지는 않을 것 아녜요."

"아하, 그러니까 지금 기성 씨는 촬영 때문에 바쁘면 내 생각이 많이 나지 않는다는 말이에요? 실망이네요."

"아니, 그런 게 아니라⋯⋯."

대답을 잘못했다고 여겼는지 기성이 난감한 표정을 지으며 어찌할 바를 몰랐다.

"귀여워."

그녀는 고개를 쭉 빼고 그의 턱에 쪽, 입을 맞췄다. 그제야 그는 살짝 미소를 지었다.

"멤버들이랑 앨범 작업은 언제 시작해요?"

"아직 예정에 없어요. 일단 내가 드라마 촬영으로 몇 개월은 바쁘니까, 내년이나 되어야 무슨 이야기가 나오겠죠."

"천천히 하면 되죠. 이제 앞으로 쭉 시간이 많은데."

"참!"

갑자기 유나에게서 떨어지며 기성이 소리쳤다.

"내년 초에 BSB 앙코르 공연 잡혔는데."

"와! 진짜 잘됐네요! 언제예요?"

"아마 1월이 될 것 같아요. 그런데 이번에는 초대석이 없어서 티켓을 못 줄 것 같아요. 지난번에 공연했던 장소가 아니라 실내인데 3, 4일에 걸쳐서 하는 거니까 시간 날 때 대기실로 와요. 무대 뒤도 공연 보기에는 괜찮을 거예요."

"어유, 공연은 앞에서 봐야죠. 내가 알아서 할게요."

"우리 표 구하기 힘들어요. 예매하는 게 피 튀기는 전쟁이라던데. 이래 봬도 나 현직 아이돌이거든요."

아이돌이라고 당당하게 말하더니 이내 쑥스러워하며 얼굴을 붉히는 기성을 보고 유나는 정신이 아찔했다. 사소한 표정에도 이렇게 심장에 무리가 가게 만드는 사람이 내 사람이라니, 뿌듯했다.

"팬들도 힘들게 구할 거 아니에요? 내가 새치기할 수는 없죠. 열심히 한번 해 보고 안 되면 무대 뒤에서 볼게요."

"그럼 한번 도전해 봐요."

"내가 운이 좋거든요. 두고 봐요."

"만약에 유나 씨가 표를 구하면 진짜 부러울 것 같아요."

"왜요?"

"나는 우리 BSB 공연을 무대에서가 아니라 객석에서 보고 싶거든요. 그냥 팬들이랑 같이 즐기면서 보고 싶어요. 나도 BSB 정말 좋아하는데."

"불가능한 꿈이네요. 기성 씨는 언제나 무대에 서 있을 테니까요."

밝게 말하던 유나는 기성이 짧게 한숨 쉬는 걸 눈치채고 몸을 일으켰다. 그리고 그의 다리 위에 앉아 그를 마주 봤다.

"왜 그래요? 무슨 문제 있어요?"

"내가 잘하는 건지 모르겠어요."

"뭘요? BSB요?"

"네."

"이제 와서요?"

"그러게요. 나 때문에 괜히 잘못되지는 않을까 싶어요."

"기성 씨 때문에 왜요?"

"내가 BSB를 나갔을 때도 나 때문에 구설수에 오르고 마음고생을 했는데, 이번에도 그러지 말란 법은 없으니까요. 그리고 7년이라는 시간 동안 서로 교류가 없었으니까. 나를 조심스러워하거나 어색해하면 어쩌나 걱정도 되고."

기성의 말을 거기까지 듣고 유나는 양손으로 그의 얼굴을 꽉 붙들어 잡았다. 양쪽으로 볼을 눌러 기괴한 얼굴을 만들었다.

"이보세요, 윤기성 씨!"

"네?"

"정신 좀 차리세요!"

그는 기괴한 얼굴에 간신히 어리바리한 표정과 함께 어색한 미소를 만들었다. 그녀는 그의 얼굴을 잡았던 손에 힘을 풀었다. 그리고 그의 머리카락을 쓰다듬었다.

"나는 BSB에 대해 잘 모르는 사람이지만, 기성 씨랑 멤버들 보고 있으면 헤어졌던 시간이 믿기지 않아요. 정말 가족이란 생각이 들 정도로 믿을 수 있고, 기댈 수 있는 사람이 네 명이나 있는 거예요. 그런데 뭘 망설이고, 뭐가 두려워요?"

"그런가요?"

"그럼요. 기억 안 나요? 기성 씨, 이 가족을 지키고 싶어서 나랑 헤어졌던 사람이에요."

"어이쿠, 그건 좀 잊어 줬으면 좋겠는데."

"아무튼요. 가만 보면 기성 씨는 너무 생각이 많아서 문제예요."

"내가 그래요?"

"나랑 다시 만나느냐 마느냐 하는 것도 혼자 엄청나게 생각 많이 하고 고민하고 그랬죠? 누구한테도 상의하지 않고, 하물며 BSB 멤버들한테도요."

"네……."

기성이 시무룩해져서 대답했다.

"그것 봐요. 너무 생각이 많아도 문제라니까요. 혼자 아무리 생각을 많이 해 봤자 결론이 안 나는 것도 있다고요."

"피— 그냥 생각이 깊은 거라고 하면 안 돼요?"

"안 돼요. 쓸데없이 생각이 많은 거예요. 고집도 세고."

유나는 단호하게 대답했다.

"뭐, 그래도 나는 그런 기성 씨를 사랑하지만요."

"우와— 훅 치고 들어오는 사랑 고백."

"앞으로는 혼자 고민하지 말고, 나나 멤버들하고 같이 고민해요. 네?"

"알았어요. 모르나 본데 나 벌써 그렇게 하고 있어요."

"알아요. 그래도 약속해요."

"약속할게요."

기성의 대답에 만족한 유나는 그의 목에 팔을 두르고 뾰로통해져 내민 그의 입술에 입을 맞췄다. 짧은 그 입맞춤에 그의 표정이 흐느적거리며 풀렸다.

'역시 귀여워.'

그녀는 만족스러운 미소를 한껏 지으며 그를 향해 다시 가까이 다가갔다. 그 아름다운 얼굴과 우수에 찬 눈과 오똑한 콧날과 도톰한 입술, 각진 턱선에 마음이 촉촉이 젖어 드는 것을 느끼며 입술을 맞췄다.

＊　＊　＊

[점심시간에 잠깐 만나. 회사 앞 카페에서 기다릴게.]

로한이 근무하는 금융 회사 앞 카페에서 유나는 그에게 메시지를 보냈다. 언젠가 그에게서 받았던 명함이 이렇게 쓰일 줄은 몰랐다.

점심시간이 되려면 아직 30분이나 남았기에 커피를 주문하고, 창가 자리에 앉아 길가를 바쁘게 오가는 사람들을 감상했다.

저 사람들은 지금 행복할까.

그녀가 느끼고 있는 감정을 느껴 본 적은 있을까.

이 세상이 얼마나 아름다운지 알기는 할까.

사람들에게 대답을 들을 수도 없고, 들을 생각도 없었기에 쓸모없는 감상에 젖었다.

어느새 하늘이 높아지고 가을이 왔건만, 여전히 기온은 하늘을 향해 치솟고 있었다.

기성은 일주일 전에 드라마 촬영을 시작했다. 잘 다녀오겠다는 말과 함께 짙은 키스를 남기고 새벽같이 나간 그는 사나흘에 한 번 꼴로 집에 들어왔다. 드라마나 영화 촬영은 대기의 연속이라더니, 그 말이 맞는 듯했다. 지쳐서 들어온 그에게 그녀가 해 줄 수 있는 건 잠자는 동안 옆을 지켜 주는 것뿐이었다.

그래도 그녀는 만족했다.

그래도 그녀는 행복했다.

그때, 창밖 멀리서 긴 다리로 헐레벌떡 뛰어오는 로한이 보였다. 걸음을 옮길 때마다 목에 걸린 파란색 넥타이가 이쪽저쪽으로 휘날렸다.

'어휴, 넌 도대체…….'

감정을 숨기지 못하는 로한의 모습에 유나는 짧은 한숨과 함께 살포시 미소 지었다. 어쩌면 그래서 그를 친구로서 좋아했을지도 모른다.

438

짤랑—

카페 문에 달린 종이 울리고 로한이 뛰어 들어와 고개를 휘휘 저으며 유나를 찾았다. 이내 유나를 발견한 그는 빠른 걸음으로 그녀에게 다가와 맞은편 의자에 앉았다.

"무슨 일이야? 여기는 어떻게……?"

십년지기 친구이자 사랑했던 여인, 얼마 전까지 세상에서 가장 가까웠던 유나가 굳은 얼굴로 자신을 바라보는 현실에 로한은 가슴이 저렸다.

굳게 다문 입술을 굳이 벌려 말하지 않아도 그녀는 확실하게 그에게 말하고 있었다.

더는 네가 오해할 만한 그 어떤 여지도 주지 않겠다고.

"뭐 마실래?"

당황한 얼굴로 질문을 쏟아 내는 로한에게 유나는 무미건조한 얼굴로 물었다.

"어? 커피."

"기다려, 사 올게."

"아니야, 내가 갈게."

로한은 벌떡 일어나 카운터로 가 주문을 하고 음료가 나오길 기다렸다.

얼마나 쏜살같이 달려온 것인지 음료를 기다리는 그의 등이 땀으로 흠뻑 젖은 것이 보였다.

"무슨 일이야?"

로한이 아이스 아메리카노를 받아 들고 와서는 자리에 앉기도 전에 유나에게 물었다.

"점심시간 아직인데, 이렇게 나와도 돼?"

"괜찮아. 대신 일찍 들어가면 돼."

"기성 씨 만났다면서."

"어? 응⋯⋯."

"왜?"

이유를 묻고 있지만, 대답을 들으려고 하는 질문이 아니었다.

로한도 질책하는 질문임을 알았는지 굳이 대답하지 않았다.

"그날은 정말 미안해, 유나야."

아이스 아메리카노를 두 모금 삼키고 그는 힘겹게 말문을 열었다.

오늘 같은 순간이 오면 뭐라고 말해야 할까, 어떻게 사과해야 할까.

그렇게 수도 없이 혼자서 연습을 했건만, 쉽게 입이 떨어지지 않는 것은 왜일까.

그래도 그는 준비했던 말을 끝까지 마쳤다.

"내가 돌았었나 봐. 정말 내가 미쳤었어. 용서해 줘."

"네 마음은 편해졌어?"

"어?"

"몇 년 동안 끙끙대며 안고 있던 마음을 고백해서 후련해졌냐고."

"뭐, 어떤 의미로는."

"그래."

둘은 어색한 침묵을 남긴 채 각자의 커피를 마셨다.

"너는 행복하니?"

"나?"

"윤기성 씨랑 다시 만나는 것 같던데."

"응, 다시 만나."

"얼굴이 좋아 보여. 그런데 정말 행복하니?"

"응, 행복해. 내 인생에 이런 적이 있었나 싶을 정도로."

"그래."

다시 침묵이 흘렀다.

지금까지 두 사람이 만나 오면서 이렇게 긴 침묵이 흘렀던 적은 없었다. 그래서 더 견디기 힘든 시간이었다.

"미안하다."

침묵을 깨고 로한이 굳은 얼굴로 다시 유나에게 사과했다.

"뭐가?"

"우리 관계를 내가 다 망쳐 버려서."

"나도 미안해."

"뭐가?"

"친구를 잃고 싶지 않아서 네 마음을 모르는 척했던 거. 진작 네가 마음을 키우지 않도록 내가 선을 그었어야 했어."

"넌 잘못한 거 없어. 내가 우정을 이용한 거니까."

로한의 말에 유나는 아무 말 없이 커피 잔을 만지작거렸다.

"나중에."

다시 말을 이으려던 그는 잠시 멈칫했다. 말을 이어도 될지 말지 고민하는 눈치였다. 그러다 이내 다시 결심이 섰는지 그는 굳은 얼굴과 확고한 말투로 말을 이었다.

"나중에, 시간이 오래 지나서 나도 사랑하는 다른 여자가 생기고, 그래서 너를 친구로만 볼 수 있게 되면, 유나야. 그때는 다시 내 친구 해 줄래?"

"후, 로한아."

"응?"

유나는 짧은 한숨과 함께 옅은 미소를 지었다.

"넌 언제나 내 친구야. 네 마음이 편해지면 언제든지 다시 찾아와. 기다리고 있을 테니까. 알았지?"

"응, 알았어. 고맙다."

로한의 잔에 담긴 얼음이 녹아 짤랑, 하고 잔에 부딪히는 소리가 들렸다.

한동안 둘은 그렇게 서로의 얼굴을 바라보며 아무 말 없이 옅은 미소만 지었다. 10년이라는 시간의 추억이 두 사람 사이를 빠르게 스쳤다.

＊　＊　＊

이틀 만에 촬영장에서 돌아온 기성은 피곤한 몸을 간신히 추스르며 유나 집 문 앞에 섰다. 메이크업을 지우고 편한 옷으로 갈아입을까도 생각했지만, 그럴 만큼 시간이 여유롭지 않았다. 어차피 지금 메이크업을 지워도 몇 시간 후면 다시 받아야 한다. 게다가 지금 그가 할 행동을 생각하면 이대로가 더 나을 것 같았다. 조금이라도 더 멋져 보이고 싶었으니까.

딩동딩동.

"누구세요?"

"나예요."

이제 누군지 제대로 밝히지 않아도 반갑게 달려오는 발걸음 소리가 들렸다. 샘조차도 기성의 방문에 더는 짖지 않았다. 그만큼 유나와 샘에게 기성은 익숙한 존재가 됐고, 그에게도 그 둘은 똑같은 존재가 되었다.

활짝 문이 열리고, 흰색의 가벼운 원피스를 입은 유나의 환한 얼굴과 샘의 촐랑거리는 발걸음이 그를 반겼다.

그는 샘을 번쩍 들어 안았다. 얼굴을 핥는 샘이 이제는 익숙했다.

"이번엔 빨리 돌아왔네요?"

"네 시간 정도 비어서 잠깐 빠져나왔어요."

"겨우 네 시간이요?"

유나가 시간을 확인하더니 입술을 삐죽 내밀었다.

밤샘 촬영을 끝내고 아침 9시에 돌아와서는 오후 1시가 되면 다시 돌아간다는 말이니, 그녀의 반응은 당연했다.

"그럼 그냥 촬영장에 있지, 뭣 하러 집에 왔어요?"

"내가 와서 싫어요?"

"그럴 리가 있어요?"

"들어가도 되죠?"

"아, 맞다. 들어와요."

그제야 그녀는 웃으며 그를 집 안으로 초대했다.

언제나처럼 그녀는 창가에 붙은 책상에서 열심히 번역하던 중이었는지, 책상 위에 컵이 여러 개 쌓여 있었다. 한번 무언가에 집중하면 주변을 신경 쓰지 않는 것이 그와 닮았다.

그는 거실 소파에 앉아 배를 보이며 뒤집어 누운 샘을 만져 줬다.

"일하던 중이었어요?"

"네. 교정본이 와서 다른 작업이랑 겹쳤어요."

"밤새웠겠어요?"

"아니에요, 일찍 일어났어요."

유나는 부엌으로 가 기성이 선물한 커피 그라인더에 원두를 넣고 갈았다. 그를 위해 커피를 내려 주려는 것이었다.

"어제는 뭐 했어요?"

"로한이 만나고 왔어요."

"오?"

기성은 반가움에 눈을 동그랗게 떴다.

"화해했어요?"

"네."

"다행이다. 한숨 놓이네요."

"걔랑 놀 시간도 없이 바빠요, 나. 한가하지 않다고요."

"아직 완전히 푼 건 아니군요?"

그녀는 대답하지 않았다.

그라인더로 간 원두를 드리퍼에 옮겨 담고 뜨거운 물을 부었다. 이내 실내에 향긋한 커피 향이 돌았다.

"진짜로 왜 왔어요? 하루 정도 시간이 나지 않는 이상 그냥 현장에 있었잖아요."

유나가 갓 내린 커피를 이쁜 하늘색 커피 잔에 담아 기성이 앉은 소파로 왔다. 그에게 잔을 건네고 옆에 바싹 붙어 앉아 물었다.

"그냥, 좀 생각해 봤는데요."

커피 향을 음미하면서 기성이 말했다.

"앞으로 두세 달은 이렇게 얼굴을 잘 못 보잖아요. 일주일에 한 번 보면 많이 보는 거고요."

"괜찮아요. 잘 기다릴 수 있어요."

"훗, 나도 알아요. 유나 씨가 인내심이 강하다는 거."

그는 웃으며 커피를 한 모금 마셨다. 그리고 앞에 있는 테이블에 잔을 내려놓고 주머니에서 지갑을 꺼냈다.

"줄 게 있어요."

그는 지갑 안에서 카드 하나를 꺼내 그녀에게 내밀었다.

"받아요."

"이게 뭐예요?"

"내 집 현관 카드 키예요."

"카드 키?"

그녀는 건네받은 카드를 물끄러미 바라봤다.

"이걸 왜 나한테 줘요?"

"내가 집에 없어도 내가 보고 싶거나 하면 오라고요."

그의 말에 그녀는 피식, 웃었다.

이게 뭘 의미하는지 그가 알까.

집 열쇠를 준다는 것이 미국에서는 가벼운 의미가 아닌데.

그녀는 분명 그는 모르고 이런 행동을 한 것이라 여겼다. 그래서 이 상황이 웃기면서도 설레었다.

"아니면."

그가 조심스레 말을 이었다.

"아예 내 집에 유나 씨가 계속 있어도 좋고요?"

"네?"

가만히 카드 키를 바라보던 유나가 고개를 번쩍 들어 기성을 바라봤다.

속마음을 들킨 것 같아 볼이 발그스레해졌다.

"미국에서는 그렇게 한다고 들었어요. 사귄 지 어느 정도 시간이 지나면 집 열쇠를 준다면서요?"

"이게 어떤 의미인지 알고 하는 말이에요?"

그녀는 메마른 입으로 침을 삼키며 물었다.

"네, 잘 알아요."

그는 득의양양한 웃음을 지었다.

"같이 살자는 의미죠. 나랑 같이 살아요, 유나 씨."

"기성 씨……."

너무 생각지도 못했던 그의 말에 그녀는 말문이 막혀 버렸다.

냉큼 카드 키를 챙겨 넣고 싶은 마음과 공인인 기성의 환경을 생각하면 함부로 결단해서는 안 된다는 마음이 공존했다.

갈팡질팡하는 유나의 마음을 눈치챘는지 그가 그녀의 손을 덥석 잡았다.

"다른 건 생각하지 말아요."

"……."

"나 사랑하죠?"

"……네."

"나도 유나 씨를 사랑해요. 처음으로 아, 이 여자는 꼭 붙잡아야 겠다, 그런 마음이 들었어요. 처음으로 이 여자와 평생을 함께하고 싶다, 그런 마음이 든 거예요."

그는 갑자기 소파에서 일어나더니 카펫에 한쪽 무릎을 꿇고 앉았다. 그리고 청바지 주머니에서 무언가를 꺼내 손에 들고 그녀에게 내밀었다.

두 개의 반지였다.

군더더기 없이 수수한 은반지였다.

그는 반지를 손가락으로 든 채 잔뜩 긴장한 얼굴로 그녀를 바라 봤다.

"유나 씨, 나랑 결혼할래요?"

"기성 씨……."

"오늘은 너무 급해서 이런 조악한 반지밖에 못 주지만, 나중에 정식으로 예쁘고 알 큰 반지로 바꿔 줄게요."

"……."

"안 될까요?"

아무런 말 없이 물끄러미 반지와 그의 얼굴을 바라보는 그녀 때 문에 그는 조바심이 났다.

역시 무리였나.

너무 섣부른, 이른 판단이었나.

반지를 제대로 준비했어야 했던 걸까.

온갖 후회가 들 무렵, 닫혔던 그녀의 입술이 살짝 열렸다.

"나는 지금 이 조악한 반지로 충분해요."

그녀의 말에 긴장했던 그의 얼굴이 풀리며 환한 미소가 걸렸다.

"그 말은……?"

"당연히 Yes죠. 할게요, 그 결혼."

그녀는 기쁨의 눈물이 그렁그렁 맺혀서는 그를 향해 가느다란 손 가락을 내밀었다.

그는 작은 반지를 그녀의 넷째 손가락에 끼웠다. 나무랄 데 없이 딱 알맞게 그녀의 손가락에 끼워졌다.

이 순간을 얼마나 기다렸던가.

공주님이 백마 탄 왕자님과 사랑에 빠졌듯이, 유나도 기성과 사랑에 빠졌다.

그만 있다면, 그녀의 곁에 그만 있다면 아무것도 필요하지 않고, 그 어떤 것도 중요하지 않았다.

그녀는 그가 든 나머지 하나의 반지를 그의 넷째 손가락에 끼웠다. 서로의 심장을 나눠 가진 것처럼 그녀 안에서 또 다른 심장이 쿵쿵 뛰었다.

발갛게 상기된 얼굴로 반지를 바라보는 유나를 보며 기성은 하늘을 날아갈 것 같은 기쁨에 휩싸였다. 그는 꿇었던 무릎을 펴고 그녀를 와락 껴안았다.

"고마워요, 유나 씨. 진짜 고마워요."

"숨 막혀요."

"미안해요, 하하하."

그는 순간 꽉 끌어안았던 그녀를 풀어주며 크게 웃었다.

눈물이 그렁그렁 맺혀 있기는 했지만, 그녀도 그를 향해 한껏 밝은 웃음을 지었다.

그 누구도 이 순간을 방해할 수 없는 기쁨과 환희의 시간이었다.

"그렇게 좋아요?"

입이 귀에 걸려 좋아하는 그를 보며 그녀가 눈에 맺힌 눈물을 쓱 닦고 물었다.

"네, 좋아요."

"프러포즈하려고 집에 온 거예요? 쉬지 않고?"

"어쩔 수가 없었어요. 유나 씨를 보고 싶은 마음이 더 컸으니까요."

"고마워요. 정말 생각지 못한 선물이에요."

"나야말로 고마워요. 솔직히 걱정했거든요."

"내가 싫다고 할 줄 알았어요?"

"나…… 쓸데없이 생각이 많잖아요."

그는 머리를 긁적이며 바보 같은 웃음을 지었다.

"다음에 집에 오면 깜짝 놀라게 해 줄게요."

"어떻게요?"

"샘이랑 같이 기성 씨네 집에서 뒹굴고 있으면 되겠죠?"

"하하하. 미안해요. 짐 옮기는 것도 못 도와주겠네요."

"이거랑 이거로 충분해요."

미안해하는 그에게 그녀는 카드 키와 손에 낀 반지를 들어 보였다.

지금 그녀에게는 부러운 사람이 하나도 없었다. 그에게서 받은 카드 키와 반지가 그녀를 부자로 만들었다. 세상 그 누구보다 행복한 부자로.

"식을 언제 올릴 수 있을지는 모르겠지만, 그때까지 잘 살아 봐요, 우리."

그가 손을 내밀었다.

"달콤하고 짜릿한 동거 생활이 되겠네요."

그녀가 따듯한 온도로 그녀를 기다리는 그의 손을 맞잡았다.

에필로그

크리스마스이브, 시애틀의 한 마을.

유나와 기성은 택시에서 내려 기사가 꺼내 주는 짐을 받았다.

여행 가방 두 개에 면세점에서 산 선물이 든 쇼핑백이 네 개였다. 말이 네 개지, 터질 것처럼 빵빵하게 가득 찬 쇼핑백 안에는 각종 선물이 켜켜이 들었다.

여행 가방과 쇼핑백을 잠시 길 위에 올려놓고 두 사람은 택시가 떠나는 것을 지켜봤다.

"떨려요?"

기성의 시선이 택시 끝자락을 놓지 못하는 것을 보고 유나가 물었다.

"네? 아, 네. 떨리네요."

"안 잡아먹으니까 겁먹지 말아요."

"그러실까요?"

"당연하죠."

"BSB 첫 방송 때보다 더 떨리는데요."

"그 정도예요?"

"영화 처음 개봉하는 날보다 떨려요."

"어쩜 좋아. 청심환이라도 챙겨 올걸."

"아니에요, 농담이에요."

"준비됐으면 들어갈까요?"

"잠깐만요."

기성은 길게 심호흡하고 머리카락을 정리했다. 긴 비행시간 때문에 초췌해진 몰골을 공항에서 나오면서 대충이나마 정리하기는 했지만, 그래도 혹여나 흠이 있지는 않을까 걱정됐다.

그는 공항에서 갈아입은 슈트를 한 번 더 살피고, 넥타이가 삐뚤어지지는 않았는지 다시금 매무새를 다듬었다.

그런 그를 웃으며 기다리는 유나에게 그는 드디어 준비됐다는 신호를 보냈다.

"가죠."

둘은 웃으며 짐을 나눠 들고 바로 앞에 보이는 집으로 다가갔다.

기성은 마치 영화 '나 홀로 집에' 나오는 케빈의 집에 놀러 온 기분이었다.

크리스마스는 미국에서 매우 중요한 명절이라더니, 한국에서는 시내나 백화점에서만 볼 수 있는 크리스마스 장식들이 집집에 설치되어 있었다. 아직 해가 완전히 저물지 않은 이른 시간이라 전등에 불이 들어오지는 않았다. 저녁이 되면 전등이 얼마나 화려하게 반짝이는 거리를 만들지 기대에 부풀었다.

루돌프 사슴과 눈사람, 지팡이 장식이 정원에 서 있고, 현관문에 커다란 가랜드를 달았다. 지붕까지 전구를 휘감은 집이 조금은 낯설어 기성은 눈을 굴렸다.

부모님 집에서 하루나 이틀 지냈으면 좋겠다는 유나의 부탁에 비행기에서 내리자마자 이곳으로 곧장 택시를 타고 달려온 것이 조금도 후회되지 않았다.

똑똑.

유나가 갈색 현관문을 손등으로 두드렸다.

"유나야!"

바로 문이 열리며 중년 여성이 나와 유나를 와락 끌어안았다.

하얗게 센 머리카락이 듬성듬성 보이는 짧은 머리를 한 이 여성은 반가움에 눈물까지 고인 채 유나를 품에 안고 볼에 연신 입을 맞췄다.

"엄마, 숨 막혀요."

"아, 미안. 너무 오랜만이라."

유나의 반응에 그제야 기성은 이 여성이 유나의 엄마라는 것을 알았다.

유나와 그녀의 양모는 진짜 모녀 사이로 보였다. 함께한 시간이 있다 보니 닮아 있달까. DNA와 핏줄을 떠나서 풍기는 분위기가 매우 비슷했다.

잠시 후 아버지로 보이는 키가 크고 우람한 체격의 남성이 나타나 역시 유나를 꽉 끌어안았다. 그 역시 웃는 표정이 유나와 비슷했다.

기성은 문밖에서 멀뚱멀뚱 서서 그 모습을 지켜봤다. 자신이 소개될 때를 기다리면서.

"이 잘생긴 남자는 누구실까?"

인사를 마치자 유나의 엄마가 기성을 호기심 가득한 눈으로 훑으며 물었다. 이미 그가 누구인지 알면서 딸이 자신에게 소개해 주기를 상기된 얼굴로 기다렸다.

유나는 기성에게로 다가와 팔짱을 꼈다.

"내 남자 친구예요. 윤기성 씨."

"오호, 그 사람?"

"네. 기성 씨, 인사해요. 내 엄마와 아빠예요."

기성은 짐을 바닥에 내려놓고 허리를 숙여 인사했다.

"안녕하세요? 윤기성입니다."

"캐서린이라고 해요. 어서 와요."

유나의 엄마 캐서린이 활짝 웃으며 기성에게 손을 내밀었다. 기성은 캐서린이 내민 손을 두 손으로 잡으며 공손히 악수했다.

《어서 와요.》

"얼굴 좀 풀고 말해요, 조나단. 이이가 괜히 이러는 거니까 신경 쓰지 말아요."

굳은 얼굴로 악수를 청하는 유나의 아빠 조나단에게 캐서린이 한마디 쏘아붙였다. 조나단은 간단한 한국어는 잘 알아듣는지 캐서린의 말에 멋쩍은 표정을 지었다.

《내 얼굴이 뭐가 어떻다고 그러지? 자, 추운데 얼른 들어와요.》

조나단은 표정을 살짝 풀며 말했다. 그래도 그의 얼굴엔 무언가 불만이 서려 있었다.

역시 딸의 남자를 소개받는 건 모든 아버지에게 힘든 일인가. 기성은 조나단의 표정에 더욱 긴장했다.

그의 안내를 받으며 기성은 집 안으로 들어갔다.

《미시즈 힐, 집이 너무 안락하고 예쁘네요.》

기성은 거실로 들어서 한 바퀴 빙 둘러본 다음 캐서린을 칭찬했다. 집에 대한 칭찬은 집주인에 대한 예의라고 미국에 살았던 지호에게서 배웠다.

하지만 입에 발린 칭찬이 아니라 진심에서 우러나온 칭찬이었다.

영상의 기온이기는 하지만, 습기 때문에 뼈까지 시려 오는 시애틀의 추위를 녹여 주는 벽난로의 온기가 거실에 가득했다. 그리고 유나의 서울 집처럼 베이지색으로 꾸며진 실내에 따뜻한 색감의 천 소파와 그 위에는 색색의 쿠션이 가득했다. 짙은 갈색의 카펫과 같은 색상의 가구들이 조화를 이루었다.

"캐서린이라고 불러요. 고마워요, 기성 군."

캐서린은 밝게 웃었다. 그녀는 웃을 때마다 눈이 가늘게 감겼다.

"할머니!"

유나가 갑자기 소리치더니 위층에서 내려오는 할머니를 향해 달려가 안겼다.

"우리 강아지."

"할머니도 오신 줄 몰랐어요."

"우리 강아지가 남자 친구를 데려왔다는데 봐야지."

"아이, 참."

할머니는 유나의 엉덩이를 손바닥으로 툭툭 쳤다.

"기성 씨, 인사드려요. 우리 할머니예요."

"안녕하세요, 윤기성입니다."

기성은 할머니께 다가가 인사드렸다. 할머니는 두 팔을 뻗어 기성을 끌어안았다. 그녀의 작은 키에 맞춰 기성은 몸을 한껏 수그렸다.

"자, 밥 먹을까요? 식사 아직 못 했죠?"

"네."

"아직 이르지만 그럼 밥부터 먹어요."

"아, 그보다 먼저……."

기성은 말을 하다 말고 유나를 바라봤다.

"기성 씨가 엄마랑 아빠 드린다고 선물을 잔뜩 사 왔어요."

그의 시선을 알아차리고 유나가 재빨리 말을 이었다.

"뭘 이렇게 많이 사 왔어요? 그냥 와도 되는데."

"그래도 크리스마스니까요."

"그럼 내일 아침에 같이 풀어 보죠. 크리스마스 선물은 당일에 풀어야지."

캐서린은 쇼핑백을 그대로 거실 벽난로 옆에 세워진 커다란 크리스마스트리 아래 내려놓았다. 조나단이 그녀를 따라 쇼핑백을 갖다 두려고 했다.

《아, 미스터 힐. 이건 지금 보시죠?》

《조나단이라고 불러요.》

《네, 조나단. 이건 조나단 선물인데, 지금 보는 게 나을 것 같아요.》

기성의 말에 조나단은 들고 있던 쇼핑백 안을 확인했다.

《술……인가요?》

《네. 좋아하신다고 들어서요.》

《흠······.》

조나단은 쇼핑백 안에서 커다란 상자를 꺼냈다. 자주색 상자가 밖으로 나오자 그는 얼굴이 갑자기 환해졌다.

《이건······.》

그는 놀란 눈으로 기성을 바라보며 확인을 바랐다.

《네. 좋아하시는 양주 중에 특별히 오래된 것으로 준비했습니다.》

《아빠, 이거 진짜 비싼 거 아시죠?》

60년도 더 된 비싼 양주 상자를 이리저리 황홀한 눈으로 바라보는 조나단에게 유나가 말했다.

《알지, 알지. 이게 진짜 내 크리스마스 선물인데? 하하하.》

조나단은 갑자기 통쾌한 웃음을 터트리더니 기성의 어깨를 끌어안았다.

《참 마음에 드는군요.》

《감사합니다.》

기성은 그제야 굳었던 얼굴을 풀었다.

조나단이 양주를 좋아하니 선물로 준비하면 좋겠다는 유나의 말에 거금을 들인 것이 효과를 본 순간이었다. 딸이 데려온 남자 친구가 불만이었던 조나단이 이렇게 쉽게 마음을 바꿀 줄은 몰랐지만.

《당신, 적당히 마셔요. 또 한 번에 다 마시지 말고요.》

《이게 얼마나 비싼 술인데. 한 잔씩 아껴서 마실 겁니다.》

캐서린의 잔소리에 조나단은 술병을 끌어안고 말했다.

조나단은 거실에 있는 장식장에 기성이 선물한 양주를 고이 모셔

두었다. 그리고 웃으며 그에게 다이닝 룸으로 가자며 안내를 자처했다.

"준비한 것은 많이 없지만, 그래도 맛있게 먹어요."

캐서린의 말과 달리 식탁에는 엄청나게 많은 음식이 준비되어 있었다. 크리스마스에 꼭 먹는다는 커다란 칠면조구이와 함께 각종 한식 반찬들이 보였다. 그릇 사이사이에는 붉은색 꽃으로 장식되어 있고, 촛대의 초도 화려한 분위기를 만들었다.

맛있는 냄새를 풍기는 음식을 보니, 기성은 군침이 돌았다. 긴장한 탓에 비행기 안에서 아무것도 못 먹었는데, 긴장이 풀리고 나니 꼬르륵 소리가 날 정도로 배가 고팠다.

할머니가 식탁의 가운데에 앉고, 나머지 네 사람이 마주 앉아 식사를 시작했다.

"너무 맛있어요."

"그래요? 엄마하고 같이 아침부터 준비했는데, 보람이 있네요."

"유나 씨가 캐서린 닮았으면 요리를 잘하겠는데요?"

"호호, 그럼 얼마나 좋을까? 우리 딸 실력 알죠?"

"잘 알죠."

캐서린과 기성은 유나를 앞에 놓고 웃었다. 유나는 어깨를 으쓱해 보이며 마음대로 하라는 표정이었다. 그런 놀림 따위에 신경 쓰지 않는 모습이었다.

"샘은 어떻게 지내?"

커다란 칠면조 다리를 뜯어 기성의 접시에 놓아 주며 캐서린이 물었다.

"잘 지내요."

"데리고 오면 좋았을 것을."

"비행시간이 너무 길잖아요. 다음에 올 때 데려올게요."

"지금은 애견 호텔에 맡긴 거니?"

"아니요, 로한이한테 맡겼어요."

"아……. 로한이는 잘 지내고?"

"요즘 연애하느라 바빠요, 걔. 샘이니까 봐 주는 거지, 저도 통 얼굴 보기 힘들어요."

로한은 얼마 전 함께 근무하는 여성에게 고백을 받았다며, 기성에게 연애 상담을 했다. 기성은 그걸 왜 자신에게 상담하는지 어리둥절했지만, 성심성의껏 상담에 응했다.

결국, 로한은 그 여성과 일단 만나 보기로 했다. 생각 외로 그 여성과 마음이 잘 맞는지 그의 연애는 한창 불이 붙은 상태였다.

"잘됐네, 정말 잘됐어."

캐서린은 자기 일처럼 좋아했다.

《기성 군은 배우라고요?》

《네. 가수도 겸하고 있습니다.》

조나단의 물음에 기성이 티슈로 입을 닦고 대답했다.

《내가 한국 배우들을 잘 몰라서 얼마나 유명한지를 모르겠네. 엄청 유명하고 인기가 많다고는 들었는데. 미안해요.》

《괜찮습니다.》

기성은 엷은 미소를 지었다.

유나의 부모님이 그를 모르는 것은 당연했다. 그가 출연했던 작품들이 해외로 수출되기는 했지만, 미국보다는 아시아권에서 인기가 많았다.

《같은 사무실에서 일하는 젊은 직원들한테 물어보니 아는 사람도 있던데. 엄청나게 연기를 잘하고 노래도 잘한다고 칭찬하더군요. 역시 배우는 다른가. 잘생긴 건 인정해야겠군요.》

《아하하, 과찬이십니다.》

기성은 조나단의 칭찬에 쑥스러워 몸 둘 바를 몰랐다. 처음의 쌀쌀했던 태도와 달리 조나단은 기성에게 완전히 마음을 연 것 같았다.

"우리 유나랑 지금 같이 산다고요?"

"네, 그렇습니다."

이번에는 캐서린이 질문을 이어 갔다.

"얼마나 된 거죠?"

"4개월 정도 됐습니다."

"유나가 한국에 가자마자 아닌가요?"

"아, 네……."

기성은 침을 꿀꺽 삼켰다.

이곳에 온 이유, 그 이유를 말할 순간이 왔다는 것을 직감적으로 느꼈다.

"안 그래도 드릴 말씀이 있습니다. 조나단, 캐서린 그리고 할머님."

그의 말에 세 사람의 눈이 그에게 쏠렸다.

기성은 그들과 시선을 차례로 맞추고 옆에 앉은 유나의 손을 잡았다. 유나는 어느새 얼굴이 붉어져서 수줍은 미소를 짓고 있었다.

"저희 결혼하고 싶습니다."

"어머나!"

"꺅! 꺅!"

가장 격한 반응은 캐서린에게서 나왔다. 그녀는 의자에서 벌떡 일어나 통통 뛰었다. 기쁨을 주체하지 못하고 기성과 유나에게 다가와 두 사람을 꽉 안았다.

할머니도 이내 일어나 두 사람을 안고 등을 두드렸다.

조나단은 두 여자의 반응을 통해 방금 기성이 한 말을 눈치챈 듯했다.

유나는 포옹을 풀고 캐서린과 할머니에게 왼손을 들어 보였다. 왼손 약지에 얼마 전 기성에게서 받았던 반지가 끼워져 있었다. 프러포즈 때 나눠 끼웠던 은반지 대신 그가 새로 준비한 반지였다.

드라마 촬영이 끝나고 기성은 유나에게 줄 결혼반지를 직접 디자인해서 강남의 유명한 보석상에 맡겼다. 그 결과물이 그녀의 손에 끼워져 있는 것이다.

커다란 다이아몬드가 가운데 박혔고, 그 주변으로 작은 다이아몬드들이 두 줄로 반지 테를 이루었다. 세상에 단 하나뿐인 디자인의 반지를 세상에 단 하나뿐인 그녀에게 주고 싶었다는 것이 그의 설명이었다.

유나가 손을 좌우로 천천히 흔들 때마다 조명에 반짝이는 그 영롱한 빛에 캐서린과 할머니는 입을 벌리고 함박웃음을 지으며 반지를 구경했다.

조나단은 묵묵히 자리에 앉아 그 모습을 빤히 지켜보기만 했다. 그에게는 반지가 하나도 중요하지 않았다.

《배우는 자신 안에 있는 모습을 연기한다고 하던데. 내가 기성 군의 최근 작품들을 다 알아봤거든요? 좋은 역할도 있지만, 몇몇은

아니던데. 출연했던 일부 영화에서는 살인마나 마약 중독자 역할도 있었죠?》

어느 정도 캐서린과 할머니의 흥분이 진정되자 조나단이 물었다. 여전히 캐서린과 할머니는 눈가에 눈물이 그렁그렁 맺힌 채 유나를 붙들고 기뻐했다.

《기성 군 안에 혹여나 연기했던 그런 모습이 실제로 존재할까 봐 걱정이군요.》

《연기는 연기일 뿐입니다. 물론 그 역할은 제 안에 있는 악을 끄집어내야 했지만, 그래서 정말 힘들었습니다. 그 역할을 해 봤기 때문에 저는 제가 악인이 될 수 없다는 것을 압니다. 절대로 저는 유나 씨에게 제 악의 얼굴을 보이지 않을 겁니다. 절대로요.》

《솔직해서 좋군요.》

조나단은 그렇게 말하더니 자리에서 일어나 다이닝 룸을 나갔다. 다시 돌아온 그의 손에는 조금 전에 기성이 선물했던 양주가 들려 있었다.

《아빠! 그거 비싼 술이라니까요?》

양주의 마개를 따는 것을 보고 유나가 소리쳤다.

조나단은 크리스털 잔 두 개를 가져와서 양주를 따랐다.

《그러니까 기성 군과 마셔야지.》

《네?》

《사위랑 처음으로 마시는 술이 이 정도는 돼야지 않겠어?》

《사위요?》

《내 딸이랑 결혼하면 사위 아닌가? 맞죠, 기성 군?》

조나단이 얼굴 가득 미소를 띠며 기성을 향해 잔을 내밀었다.

기성과 유나의 결혼을 허락하는 의미였다.

《정확하십니다!》

기성은 큰 소리로 대답하며 잔을 받았다. 마침내 이곳에 온 목적이 이루어진 순간이었다. 기쁨으로 기성과 유나의 얼굴도 환하게 밝아졌다.

결혼을 말 그대로 허락받기보다는 소중한 사람들에게서 축복받기 위함이었다. 기성의 가족들이 그랬듯이 유나의 가족들도 한마음 한뜻으로 두 사람의 결혼을 축하하고 축복해 주었다.

서로를 끌어안고 기쁨에 취해 있는 동안 기성과 유나의 두 눈이 마주쳤다.

'사랑해요.'

기성이 소리 내지 않고 입 모양으로 유나에게 말했다.

'나도 사랑해요.'

유나 역시 입 모양만으로 기성에게 답했다.

두 사람의 시선은 서로를 향해 영원한 사랑을 약속했다.

매일 함께 발맞춰 걷고, 서로를 향해 아낌없는 사랑을 주고, 시간이 흘러서 더는 가슴 떨리는 짜릿함이 없어도 사랑하는 마음만은 변함이 없을 거라고.

— Fin

작가 후기

안녕하세요, 이해인입니다.

1월에 시놉시스를 짜는 것을 시작으로 〈달콤하게 짜릿하게〉를 3개월 만에 휘리릭 써 버렸습니다. 지금까지 여덟 작품을 썼지만, 이처럼 처음부터 끝까지 즐겁게 쓴 적은 없었습니다.

역시 즐거운 마음으로 쓴 작품은 글에서도 즐거움이 폴폴 풍기는지, 이번에도 연재 중에 독자 여러분의 사랑을 듬뿍 받았습니다. 감사해요. ^^

전 작품에 이어 바로 다음 작품이 종이책으로 나오게 되어 감개무량합니다.

정말 종이책으로 만들어 주실 줄 몰랐는데, 뿔미디어의 이영은 편집자님과 그 외 이 책을 위해 힘써 주신 모든 분께 감사드립니다.

그리고.

제 작품을 전혀 읽지 않지만, 그래도 격려와 응원은 그 누구보다 열성적인, 제 1호 팬 남편에게, 마음 놓고 쓰고 싶은 글을 쓸 수 있는 환경을 만들어 주어 고맙고, 사랑한다는 말을 전합니다.

다음 작품은 더더욱 달콤하고 짜릿한 작품을 보여 드릴 수 있도록 하겠습니다.

감사합니다. ^-^

이해인 드림.

www.b-books.co.kr

www.b-books.co.kr